ROSY EDWARDS

Tinderella

GOLDMANN
Lesen erleben

Buch

Rosy Edwards ist ein typischer Single: Eigentlich geht es ihr auch ohne Mann ganz gut, aber es wäre schon ganz schön, wenn es endlich passierte – das mit der Liebe fürs Leben. Nachdem ihre Freunde vergeblich versucht haben, sie zu verkuppeln, hat sich Rosy vorgenommen, ihr Liebesleben in die eigene Hand zu nehmen. Und da so viele darüber sprechen, warum sich nicht online umsehen? »Tinder« ist die neueste Errungenschaft des Online-Datings: schnell, hip – aber nicht immer Erfolg versprechend. Bald schon kennt Rosy auch die ungeschriebenen Regeln der App: Wähle niemals den Typ mit Schwarz-Weiß-Fotos (tatsächlich ist er rothaarig und/oder hässlich). Oder den Typ mit dem Hut (die Wahrscheinlichkeit, dass er darunter keine Haare hat, ist groß). Oder den, der seinen nackten Oberkörper zeigt, (wahrscheinlich ist er ein Idiot). Aber das ist noch nicht alles. Denn dann wird es ja erst spannend! Rosy hat alles mitgemacht, vom noblen Dinner in luftigen Höhen bis zum Date, das beinahe in einer Drogenrazzia endete. Sie tindert sich wacker durchs Leben, verliebt sich in die Falschen, verkennt die Guten und hofft doch immer wieder, dass der Richtige nur einen »Wisch« entfernt ist, und vielleicht ist er das auch …

Weitere Informationen zu Rosy Edwards
finden Sie am Ende des Buches.

Rosy Edwards

Tinderella

Geschichten aus dem Singleland

Ins Deutsche übertragen
von Stefanie Retterbush

GOLDMANN

Die Originalausgabe erschien 2015 unter dem Titel
»Confessions of a Tinderella« bei Century,
Penguin Random House Group, London.

Dieses Buch basiert auf dem Leben, den Erfahrungen und Erinnerungen der Autorin. In einigen Fällen wurden die Namen der Personen, die Daten oder einzelne Details der Ereignisse geändert, aber nur um die Privatsphäre der Beteiligten zu schützen. Die Autorin hat dem Verlag versichert, dass der Inhalt dieses Buches, bis auf einige wenige zu vernachlässigende Kleinigkeiten, der Wahrheit entspricht.

1. Auflage
Deutsche Erstveröffentlichung Juni 2016

Umschlaggestaltung: UNO Werbeagentur, München
Umschlagmotiv: Getty Images/Gregor Schuster;
FinePic®, München
Gestaltung der Umschlaginnenseiten: UNO Werbeagentur, München
NG · Herstellung: Str.
Satz: omnisatz GmbH, Berlin
Druck und Bindung: GGP Media GmbH, Pößneck
Printed in Germany
ISBN: 978-3-442-48437-9
www.goldmann-verlag.de

Besuchen Sie den Goldmann Verlag im Netz

Für Anthony, Fiona, Benjamin und Sam

1.
Immer in Bewegung

Hier einige Fakten über Hummus:

1. Hummus stammt ursprünglich aus dem Orient und wird dort vor allem zum Frühstück gegessen.
2. Die Hauptzutat von Hummus sind Kichererbsen, eine Hülsenfrucht, allerdings nicht näher mit herkömmlichen Erbsen verwandt.
3. Reich an Eiweiß und arm an Kohlenhydraten ist Hummus ein sehr gesundes Nahrungsmittel (es sei denn, man verzehrt es wie ich in Industriemengen).

Ich habe eine Menge über Kichererbsen gelernt, seit ich mit den Pärchen hierherkomme. Eser, mein Lieblingskellner, schmuggelt immer heimlich eine zusätzliche Portion für mich an den Tisch. Vermutlich aus Mitleid. Hin und wieder erzählt er mir eine kleine Geschichte dazu. Einer Statistik zufolge – aus dem Internet, muss also stimmen – bringen die meisten Menschen sich montagmorgens um. Vermutlich weil Sonntagabende für alleinstehende Menschen so unerträglich deprimierend sind. Die Pärchen und ich sind oft sonntagabends hier. Und Eser scheint mich als einzigen Single in unserer kleinen Truppe wohl für hochgradig selbstmordgefährdet zu halten.

»Die Pärchen«. So nenne ich, arg verkürzt und etwas

herablassend, vier meiner engsten Freunde, die es nur im Doppelpack gibt – Sophie und Ollie, Kate und Bob. Wobei man zu ihrer Verteidigung sagen muss, dass sie sich normalerweise überhaupt nicht pärchenhaft benehmen (sprich, sie kopulieren nicht auf dem gedeckten Tisch). Bob heißt eigentlich auch Ollie, aber weil es viel zu verwirrend ist, zwei Ollies im engsten Freundeskreis zu haben, haben wir vor ewigen Zeiten beschlossen, einen der beiden umzutaufen. Und so wurde aus Kates Ollie Bob. Weil er mit Nachnamen Roberts heißt und »Rob« so spießig und humorlos klang. Ich heiße eigentlich Rosamund, ein Name, mit dem sich meine Mutter vermutlich für meinen langen, schmerzhaften Weg durch den Geburtskanal an mir rächen wollte, auch wenn mich heute alle Rosy nennen. Außerdem bin ich rotblond, einen Meter fünfundfünfzig klein, und von dem ganzen Hummus rundum gut gepolstert. Mein Leben ist auch ohne »Rosamund« schon peinlich genug.

Das Thema des heutigen Abends sind die derzeit unverschämt hohen Immobilienpreise. Im Laufe der letzten Jahre haben sich unsere Gesprächsthemen allmählich immer mehr verschoben, woran man unschwer erkennt, wie sehr sich unser Leben verändert hat, seit wir zwanzig waren. Seit die harsche Realität des Erwachsenwerdens und des unerbittlichen Stadtlebens uns der Freude und Zuversicht unserer Herzen beraubt haben. Früher haben wir lang und breit darüber diskutiert, wie anstrengend und stressig unsere Jobs sind, und neue aufregende Abenteuer für das nächste sehnlichst erwartete Wochenende geplant. Heute machen wir uns über den verhassten Job lustig und murren über nervige Kickboards in der Stadt. Mit siebzehn hat meine Mutter mir prophezeit, dass ich eines Tages auch Radio 4 hören würde – und zwar freiwillig. Ich weiß noch genau, wie ich sie aus vollem

Halse ausgelacht habe und meinte, sie würde wohl langsam senil. Aber kurz nach meinem fünfundzwanzigsten Geburtstag muss etwas Seltsames passiert sein, denn eines Morgens wurde ich wach und musste mit Entsetzen feststellen, dass Radio 1 mir auf die Nerven ging und ich die Vorstellung, Marmelade einzukochen, plötzlich gar nicht mehr so abstoßend fand. Vor Kurzem bin ich siebenundzwanzig geworden, und ich gestehe ohne Scham, dass ich BBC Radio 4 gar nicht so übel finde. Ich stehe auf *Desert Island Discs*, eine Sendung, in der der jeweilige Gast erklärt, welche acht Platten er oder sie auf eine einsame Insel mitnehmen würde und warum. Und Barry Cryer finde ich einfach zum Schießen.

Wir reden über Immobilienpreise, weil Kate und Bob sich gerade nach einem Haus umsehen und ihre gesamte Freizeit damit verbringen, Immobilienpornos anzuschauen statt wie jeder normale Mensch Twitter und richtige Pornos zu konsumieren. Dass sie überhaupt darüber nachdenken, ein Haus zu kaufen, erscheint mir genauso abgefahren, als würden sie ernsthaft darüber nachdenken, sich eine Meerjungfrau als Haustier anzuschaffen – ich schlucke ja schon, wenn ich über drei Pfund für einen Soja-Latte hinblättern soll (was mich allerdings nicht davon abhält). Während ich mir mit einem Stück Fladenbrot Hummus (aus meiner Privatration) in den Mund schaufele, erklärt Bob: »Clapton können wir uns fast nicht mehr leisten.«

»Forest Hill?«, fragt Ollie.

»Da gehen die Preise auch durch die Decke.«

»Deshalb schauen wir uns jetzt ein bisschen weiter nördlich um«, wirft Kate ein, »entlang der Harringay Ladder.«

»Unfassbar, was man vor drei Jahren für das Geld noch bekommen hätte.«

»Drei Schlafzimmer statt einem.«

»Das eher ein Wandschrank ist als ein Zimmer«, fügt Sophie düster hinzu.

»Und eine Küche, die nicht gleichzeitig als Bad dient«, werfe ich ein. Ich beteilige mich gerne an solchen Gesprächen. Vom Hauskauf verstehe ich ungefähr genauso viel wie von chinesischer Papierschöpfkunst.

»Und einen Garten«, sagt Bob und legt seine Hand auf Kates. »Aber wir werden schon was finden. Früher hätte ich nicht mal im Traum daran gedacht, mich in Southgate umzuschauen.«

»Da gibt's jetzt auch einen Costa«, meint Sophie.

»Ein Caffè Nero wäre mir lieber«, entgegne ich. »Der Latte bei Costa ist nicht so toll.«

»Unmöglich, in eine Gegend zu ziehen, in der es nur unterdurchschnittlichen Latte gibt«, meint Ollie, und alle lachen, als wäre das ein Witz.

Als Eser uns das Essen serviert, braucht er einen Kollegen zur Verstärkung: Wir konnten uns heute nicht so recht entscheiden, weshalb wir kurzerhand eine bunte Mischung aus Hackbällchen, Köfte, gegrillten Auberginen und dampfenden Schüsseln Gemüsereis für alle bestellt haben. Das Problem dabei, Rosy, Singular, zu sein, ist allerdings, dass ich auf dem Katzenstühlchen an dem einen Tischende sitze und die guten Sachen heute Abend alle am anderen Ende stehen. Als das Lamm schließlich bei mir ankommt, ist es schon heftig geplündert. Das Gespräch verebbt langsam, bis wir uns schließlich alle in gefräßigem Schweigen dem herrlichen Kreuzkümmelaroma hingeben und immer wieder hingerissen murmeln: »Mmh, das musst du unbedingt probieren …«, um dann wieder andächtig zu verstummen, gefolgt von drei Minuten zügiger und beinahe lautloser Nahrungsaufnahme. Als wir uns wieder der gebotenen Höflichkeit erinnern, stürzen Bob und Ollie sich begeistert in eine Fußballdiskussion, zu der Sophie, Kate und ich wenig bis überhaupt nichts beizutragen haben und die uns noch weniger interessiert. Sophie schenkt Wein nach. »Hat Cassie euch auch schon das Datum für die Hochzeit geschrieben?«, fragt sie. Kate nickt. Mir hat sie auch schon Bescheid gesagt. Ich weiß genau, wo das kleine Kärtchen liegt: ganz unten in meiner Unterwäscheschublade. Wenn ich es nicht sehe, brauche ich nicht an die Hochzeit zu denken, und das bedeutet irgendwie, dass ich auch nicht hingehen muss. Ich antworte mit einem vagen Halbsatz, worauf Kate sich sofort unbarmherzig auf mich stürzt: »Ist das wegen Charlie?«, und sofort wünsche ich mir, ich hätte einfach den Mund gehalten.

Sophie bedenkt Kate mit einem »Halt die Klappe«-Blick ... unglaublich unauffällig, es sieht aus wie eine parodistische Pantomime. Kate beißt sich auf die Lippen und sieht mich an.

»Weißt du, ob er sie mitbringt?«, frage ich.

»Keine Ahnung«, entgegnet Sophie. »Cassie hat nichts gesagt.« Sophie und ich sind schon ewig beste Freundinnen – so lange, dass es mir nicht mal was ausgemacht hat, als sie mir auf die Füße gekotzt hat, und das an meinem Geburtstag; so lange, dass ich auf Anhieb weiß, wenn sie lügt. Bestimmt hat Cassie doch etwas gesagt, und die Antwort auf meine Frage lautet Ja. Um die etwas angespannte Stimmung aufzulockern, schwindele ich: »Ich glaube nicht, dass ich an dem Tag freibekomme«, worauf wir alle erleichtert aufatmen können. Streng genommen ist Cassie Sophies Freundin (in der Grundschule waren sie in einer Klasse und haben zusammen Küssen geübt, woran Sophie sich besonders gut erinnert). Und sie hat eine Art, Komplimente zu machen, dass man ... dass man sich am Ende selbst dafür hasst (über meine Haare hat sie mal gesagt: »Ich hätte zu gerne mal rote Haare, nur für einen Tag, nur um zu sehen, wie das ist«). Lieber gebe ich das Geld, das ich für Reise, Unterkunft und Hochzeitsgeschenk bräuchte, für etwas aus, das ich wirklich mag und/oder öfter als zweimal im Jahr sehe. Außerdem habe ich die bittere Erfahrung machen müssen, dass Hochzeiten mitnichten die feuchtfröhlichen Ringelreihen sind, wie romantische Komödien uns Singles das so gerne vorgaukeln, damit wir nicht im allerletzten Augenblick noch kneifen und die penibel geplante Sitzordnung durcheinanderbringen. Dennoch könnte ich darüber hinwegsehen und mich überwinden hinzugehen, wüsste ich nicht ganz genau, dass mein Exfreund Charlie auch eingeladen ist, noch dazu mit seiner neuen Flamme.

Charlie. Der Name gefiel mir, lange bevor Charlie selbst mir auffiel, und als wir uns ineinander verliebten, gefiel mir der Klang unserer Namen: *Rosy und Charlie. Charlie und Ro.* Wir haben uns durch die Arbeit kennengelernt: Meine alte PR-Agentur machte eine Kampagne für die Firma, in der er arbeitete. Ich habe in den Meetings gesessen und überall hingeschaut, nur nicht zu ihm (noch heute kenne ich jede Steckdose in diesem Raum), und als seine Firma uns alle zu einem vorweihnachtlichen Umtrunk eingeladen hat, bin ich nur mitgekommen, weil meine Kollegin Pip mich förmlich an den Haaren mitschleifte. An diesem Abend hat Charlie das erste Mal mit mir gesprochen. Am nächsten Tag hat er mir eine SMS geschickt, was mich, die ich mich jahrelang strikt an die Zwei-Tages-Regel gehalten hatte, damals tief beeindruckte. Unglaublich, dass ich beinahe die Gelegenheit ausgeschlagen hätte mitzugehen, aber wenn ich es noch einmal zu tun hätte … Ich weiß nicht. Es kommt mir fast vor, als sei das in einem anderen Leben passiert.

Wir kommen von Hölzchen auf Stöckchen, während wir uns langsam, aber sicher durch das restliche Essen arbeiten. Es geht um Urlaubsplanung (Sophie und Ol: Istanbul; Bob und Kate: Frankreich; ich: vielleicht ein Wochenende bei meinen Eltern), den Nahen Osten, Samstagabendshows im Fernsehen, gewürzte vs. ungewürzte Nüsschen und wie unverschämt teuer Bahnreisen geworden sind. Wir kennen uns schon so lange, dass die Themen fließend ineinander übergehen. Sophie und ich haben uns an unserem vierten Tag an der Uni kennengelernt, Kate kam zwei Tage später dazu, und weil drei gemeinsame Studienjahre noch nicht reichten, sind wir nach unserem Abschluss gemeinsam nach London gegangen und haben in mehreren WGs zusammengewohnt, bis eine nach der anderen mit ihrer besseren Hälfte zusammenzog. Ich habe mich schrecklich für die beiden gefreut, als sie Ollie und Bob kennenlernten, und Kate und Soph waren es auch, die mich in den ersten Monaten nach Charlie über Wasser gehalten haben, als ich selbst jeden Halt verloren hatte.

Eser steht demonstrativ an unserem Tisch, während wir träge in den Resten herumpicken, und wartet, bis wir uns schließlich satt und zufrieden zurücklehnen. Dreimal muss er hin- und herlaufen, bis alles abgeräumt ist, und beim letzten Mal hat er die Dessertkarte unter dem Arm. Ich hätte nichts gegen ein bisschen Baklava – was ich gerade laut sagen will, als Ollie das Wort ergreift und die Rechnung und eine Runde Kaffee für alle bestellt. Bei uns wird nicht lange rumdiskutiert, ich werde mir auf dem Heimweg einfach ein Crunchie kaufen. Die Rechnung kommt prompt, schneller als jedes Essen, und Ollie rechnet mit dem Handy aus, wie viel jeder von uns in den Topf werfen muss. Als er die Summe verkündet hat, beginnen er und Sophie das traditionelle Tauziehen darum, wer heute an der Reihe ist zu zahlen (sie war am Montag einkaufen, aber er hat die Reinigung bezahlt), und beide plädieren hart und unerbittlich für sich, was ich irgendwie nie verstanden habe, weil ich es genau anders herum machen würde. Ich lege meine Karte obenauf; hoffentlich wird sie angenommen – sonst stehe ich wieder genauso blöd da wie neulich beim Sommerschlussverkauf bei Topshop. Und dann geht es ans Taxibestellen.

Ich bin diejenige, die am weitesten entfernt wohnt, am wenigsten verdient und das Taxi ganz aus eigener Tasche bezahlen müsste, also sehe ich nur zu, wie meine Freunde sich um ihre Handys scharen und auf Taxi-Apps eintippen, und spiele derweil gelangweilt mit den Zuckertütchen und lausche dem gedämpften Gemurmel: »… billiger als letztes Mal …«, »… keine Viertelstunde, wie immer …« Diesen Teil des Abends kann ich auf den Tod nicht ausstehen.

»Wie kommst du denn nach Hause, Ro?«, fragt Ollie.

»Ich dachte, ich laufe zur U-Bahn, ist ja nicht weit.«

Stirnrunzelnd schaut Ollie mich an. »Kriegst du die letzte Bahn noch?« Den ganzen Abend habe ich immer wieder aufs Handy geschaut (keine Anrufe, keine Nachrichten), ohne auch nur einmal nach der Uhrzeit zu sehen. Es ist 00:20 Uhr. Sonntags ist das Restaurant bis um ein Uhr nachts geöffnet. Was ich eigentlich hätte wissen müssen, nachdem ich beim letzten Mal ein Taxi nach Hause nehmen musste, was mich stolze siebenunddreißig Pfund gekostet hat (mehr als ich für meinen Anteil am Abendessen hatte berappen müssen). »Ich nehme den Nachtbus, kein Problem«, erkläre ich kess in der Hoffnung, so zu überspielen, dass es in Wirklichkeit ein ganz gewaltiges Problem ist. Mit dem Bus dauert es doppelt so lange wie mit der Bahn.

»Wie lange brauchst du zur Haltestelle? Fünf Minuten?«, fragt Kate.

»Eher fünfzehn ...«

»Immerhin regnet es nicht mehr«, meint Ollie. »Das ist doch schon mal was.«

Eser bringt den Kaffee. In stillem Protest gegen den Baklava-Boykott habe ich keinen mitbestellt, was mir jetzt sehr entgegen kommt: Wenn ich für den Heimweg schon länger brauche als gedacht, will ich sobald wie möglich los. Ich tue, als müsste ich gähnen, was ich dann auch tatsächlich muss, und sage meinen Freunden, dass ich mich auf den Weg mache. Sofort versucht ein stimmgewaltiger Chor, mich zum Bleiben zu überreden, aber ich bin schon mit einem Fuß zur Tür hinaus.

»Dann bringen wir dich wenigstens noch zur Bushaltestelle«, erklärt Bob, während ich in den Parka schlüpfe und mir den Ruchsack über die Schulter schwinge (eigentlich wollte ich damit einen gewissen Nerd-Chic ausstrahlen, aber ehrlich gesagt sehe ich eher aus wie eine zwölfjährige Austauschschülerin, ganz besonders mit dem Parka). Ich entgegne, dass ich gerne ein Stückchen zu Fuß gehen möchte: Esers Großzügigkeit sei Dank besteht mein Körper zu zweiundvierzig Prozent aus Hummus, und im Restaurant, wo es bei meiner Ankunft kuschelig warm war, kommt es mir inzwischen unerträglich heiß und stickig vor. Wir verabschieden uns mit Küsschen links, Küsschen rechts, und ich marschiere zielstrebig zur Glastür hinaus nach draußen. Ollie hatte recht mit dem Regen: Es muss vor einer Weile aufgehört haben, und die Bürgersteige glänzen nass und dampfen im gelben Licht der Straßenlaternen.

Ich ziehe den Reißverschluss meiner Jacke auf und laufe los, hinein ins Brummen des abendlichen Verkehrs, der eine Wohltat ist nach dem Surroundgeplapper und dem Crescendo scheppernder Teller im Restaurant. Ich kann mir meine

Freunde vorstellen, wie sie noch zusammensitzen und ihren Kaffee schlürfen und die Taxis draußen mit schnurrendem Motor warten lassen. Nicht lange, dann werden sie die Haustüren aufschließen und im dunklen Flur nach dem Lichtschalter tasten, sich die Zähne putzen und sich schnell ausziehen, ins Bett springen und sich zusammen einkuscheln. Das vermisse ich am Pärchendasein. Und den Sex, den vermisse ich auch. Sehr. Himmel, wie ich den Sex vermisse.

Erst merke ich gar nicht, dass ich mich verlaufen habe. Nur langsam überkommt mich eine dunkle Ahnung, wie eine schleichende Erkältung, und sie wird erst zur Erkenntnis, als ich mich schließlich umschaue und mir nichts auch nur annähernd bekannt vorkommt. Ich bin vor dem Restaurant nach links gegangen und dann auf die Kirche zugesteuert, aber jetzt denke ich fast, ich hätte nach rechts gemusst und auf nichts zusteuern sollen. Charlie hätte gewusst, wo wir lang müssen. Er hätte das Telefon ausgepackt und mir den Stadtplan gezeigt und mich von hinten umarmt: »Denk mal nach, Rosy«, hätte er gesagt, »wir sind hier und wollen *da* hin – warum sollten wir da nach links gehen?« Und dann hätte er gelacht und mir einen Kuss in den Nacken gegeben und hätte mir gesagt, dass ich ein Dummchen bin und wäre in die richtige Richtung losmarschiert. Und ich hätte seine Hand genommen und wäre ihm gefolgt, weil ich ihm blind vertraute. Ich bin ihm immer gefolgt, sogar in den letzten Monaten. Bis er weg war.

Ich habe keinen Internet-Empfang auf dem Handy, und den Weg zurückgehen, den ich gekommen bin, könnte ich nur, wenn ich wüsste, woher ich gekommen bin. Ich spiele mit dem Telefon in meiner Hand. Es ist schon spät. Wenn ich sie jetzt anrufe, wäscht sie mir bestimmt den Kopf. Andererseits ist sie seit dem ersten Semester an der Uni meine beste Freundin, also wird sie es mir verzeihen. Und sie hätte es sich ja auch vorher überlegen können, ob sie meine beste Freundin sein will. Schließlich wusste sie, worauf sie sich einlässt. Ich suche ihren Namen und drücke auf »Anrufen«. Beim dritten Klingeln geht sie ran. »Ja?«

»Ich habe mich verlaufen.«

»Wo bist du denn?«

»Wenn ich das wüsste, hätte ich mich nicht verlaufen.«

»Also gut, wo warst du?«

»In dem türkischen Restaurant; und jetzt suche ich die Bushaltestelle, aber ich habe gerade kein Internet, und es ist dunkel ...«

»Okay, ganz langsam.«

Ich hole tief Luft, wie von der Besten befohlen, und lausche beim Ausatmen auf das Geklacker ihrer Tastatur im Hintergrund. Allein ihre Stimme zu hören tut gut.

»Okay, in welcher Straße bist du?«

Ich mache ein paar Schritte auf das Straßenschild zu und kneife die Augen zusammen. »Corrance.«

»Corrance, okay ... siehst du die Kirche?«

Auf der anderen Straßenseite ragt eine gewaltiges graues Gebäude mit spitzem Turm und Buntglasscheiben in den Himmel. Ich lehne mich mal ganz weit aus dem Fenster. »Ja.«

»Wenn du drum herum zur Vorderseite gehst, müsste da eine kleine Grünfläche sein, die überquerst du und hältst dich dann links, und von da müsstest du schon die Hauptstraße sehen – bitte sag mir, dass du die Bushaltestelle siehst?« Sie klingt entnervt, als sei es eigentlich ein Ding der Unmöglichkeit, sich keine hundert Meter vom Zielort zu befinden und sich trotzdem verlaufen zu haben – für mich ist das jedoch fast alltägliche Realität. Einmal habe ich mich sogar in der Schule verlaufen, auf die ich schon seit zwei Jahren ging. Könnte ich mir eine Superheldenkraft aussuchen, dann wäre es ein gutes Orientierungsvermögen. Oder Teleportation, denn damit hätte sich mein Problem, den richtigen Weg zu finden, sowieso erledigt.

»Wie war das Essen?«, erkundigt sich die Beste.

»Ganz nett ... viel Gerede über Häuser und Urlaub. Was ja ganz spannend ist, aber manchmal auch ein bisschen ...«

»... scheiße?«

Ich muss lächeln. »Genau.«

Sie meint: »Tja, wenn du halt *unbedingt* allein sterben willst ...«, was mich zum Lachen bringt.

»Darum geht es gar nicht. Sie geben mir nicht das Gefühl, nicht dazuzugehören. Aber dieses ganze Gerede über Häuser und Urlaub führt mir jedes Mal vor Augen, wie unerreichbar das alles für mich ist.« Selbst mir entgeht der traurige Unterton in meiner Stimme nicht. Mein Singledasein treibt mich nicht zur Verzweiflung, aber in den letzten Monaten habe ich mehr und mehr das Gefühl, als würde ich ... abgehängt. Die Beste meint: »Geht mir genauso«, und auch in ihrer Stimme ist die Traurigkeit nicht zu überhören, weshalb ich sie nur noch lieber mag.

Und dann sagt sie: »Ach, scheiß drauf.« Sie vergewissert sich, dass ich weiß, wo ich hinmuss, und sagt, sie ruft mich morgen an. Wir wünschen uns eine gute Nacht und legen auf. Wie sie mir gesagt hat, überquere ich die kleine Grünfläche und stehe dann an der Hauptstraße, die mir bekannt vorkommt – vor allem das türkische Restaurant, das ein Stückchen die Straße hinunter zu meiner Linken liegt. Ich halte mich rechts. Blöde Geografie.

Um halb zwei bin ich schließlich zuhause. Oona, eine meiner beiden Mitbewohnerinnen, ist noch wach und sitzt auf dem Sofa, die Zeitung von heute vor der Nase, den Laptop auf dem Schoß und den Fernseher im Hintergrund eingeschaltet.

»Wie war das Essen?«, erkundigt sie sich, als ich hereinkomme.

»Ganz nett, danke.« Ich gehe in die Küche und hole mir ein Glas Wasser. Überreste von etwas, das wohl mal Erdbeeren und Bananen waren, kleben an den Schrankfronten und dem Fliesenspiegel und überziehen die verkrustete Innenseite des Mixers in der Spüle. Ich stecke den Kopf ins Wohnzimmer. »Hat Harriet ...«

»Ich habe ihr einen Zettel an die Tür geklebt.« Unsere andere Mitbewohnerin Harriet ist eine sehr angenehme Zeitgenossin, wenn sie nicht gerade wieder mit ihrem Safttick in der Küche Amok läuft. Dann könnte ich auch Amok laufen. Ich muss unbedingt daran denken, ihr morgen eine SMS zu schicken und sie vor Oonas Zettel zu warnen. Mit Oona zusammenzuleben ist ... eine Herausforderung. In dem einen Jahr, seit ich hier eingezogen bin, hat sie mir zweimal die Kündigung angedroht, hat eine Klorollenquote eingeführt und wollte allen Ernstes den Fernseher verkaufen, weil Harriet und ich »sowieso nur Müll gucken«.

Ich halte das Glas unter den Wasserhahn und sage Oona, dass ich gleich ins Bett gehe.

»Ich fliege morgen nach Dublin, müsste aber am Sonntag wieder zurück sein«, sagt sie, was ich als ihre etwas eigenwillige Art und Weise interpretiere, mir eine gute Nacht zu wünschen. Oona macht irgendwas mit Finanzen. Keine Ahnung, was genau, wobei ich aus den wenigen Anekdoten, die sie gelegentlich erzählt, schließe, dass sie viel reist und ständig irgendwelche Leute anschreit. Manchmal feuert sie sie auch. Harriet ist Grundschullehrerin, worunter ich mir wenigstens was vorstellen kann, und es klingt einigermaßen interessant, vor allem verglichen mit meinem Job als PR-Account-Managerin. Und weil ich in sieben Stunden schon wieder mit dem PR-Account-Managen anfangen muss, sollte ich besser schleunigst ins Bett gehen.

*

Ich bin hundemüde. Letzte Nacht konnte ich nicht schlafen (der Hummus war schuld), also habe ich auf der Busfahrt zur Arbeit beschlossen, am besten so wenig wie möglich zu tun. Inzwischen ist es beinahe 10 Uhr. Eigentlich sollte ich um diese Zeit meine Mailbox geleert, die tägliche Presseschau zusammengestellt und verschickt und das Netz nach Berichten über unsere neueste Kampagne abgefischt haben. Leider habe ich bisher nur zwei meiner siebzehn Punkte umfassenden To-do-Liste ausstreichen können (dreizehn sind der Übertrag von vergangenem Freitag). Der erste lautete: *Kaffee holen*, und statt meine Arbeit zu machen starre ich wie blöde auf den Computerbildschirm. während vor meinem inneren Auge eine Folge der alten Sitcom *»'Allo, 'Allo«* läuft.

»Rosy.« Ich falle fast vom Stuhl vor Schreck, als ich Helens Stimme höre. Sie steht direkt hinter mir und guckt zum Glück leicht amüsiert. Meine Chefin ist zwölf Jahre älter als ich und Mutter zweier Kinder, hat glänzende kastanienbraune Haare, die aussehen wie direkt aus einer Werbeanzeige, trägt *jeden Tag* Lippenstift, und allein ihre Mantelkollektion muss mehr gekostet haben als meine Miete für ein halbes Jahr. Das heutige Exemplar ist von Max Mara, was ich weiß, weil ich beim Aufhängen auf das Etikett gespinkst habe. Helen ist spät dran und hat eine Sporttasche in der Hand (so teuer, dass ich die Marke gar nicht erkenne), das heißt, sie kommt wohl vom Training mit Dermot, ihrem Ex-Marine-Personal-Trainer. »Wie war's?«, erkundige ich mich.

»Urgs«, ächzt Hellen. »Grausam. Arsenal muss gestern verloren haben, und ich glaube, Dermot hat seinen Frust an meinem Quadrizeps ausgelassen. Ich musste Sit-ups machen, bis ich umgekippt bin und mich auf dem Boden zusammengeringelt habe.« Ich biete an, ihr einen Tee zu machen, was Helen so dankbar annimmt, dass ich mich glatt frage, ob ich dafür eine Gehaltserhöhung bekomme. Ich koche ihr eine Tasse Kräutertee (sieht aus wie Pisse, riecht wie Pisse), den ich ihr ins Büro bringe, in der anderen Hand mein Feld-Wald-und-Wiesen-Schwarztee.

»Prima, danke«, seufzt Helen und lehnt sich in ihrem Sessel zurück. »Ich jammere zwar dauernd, aber er ist wirklich gut. Ich wiege wieder genauso viel wie vor der Schwangerschaft, vielleicht sogar noch ein bisschen weniger.« Sie dreht sich mit dem Sessel zu mir herum. »Ich habe noch einen Gutschein für eine Gratis-Probestunde, du solltest es wirklich mal ausprobieren.«

»Dermot würde mich fertigmachen.«

Helen lacht auf. »Aber im Fitnessstudio wimmelt es nur so vor gut aussehenden Männern«, sagt sie und wendet sich wieder dem Rechner zu. »Da könntest du jemanden kennenlernen.«

Ich starre stur geradeaus auf meinen Bildschirm. An Helens Logik ist nichts auszusetzen: Ich kann mir nur zu gut vorstellen, dass man in ihrem exklusiven Hundertzwanzig-Pfund-pro-Monat-Fitnessstudio nicht mal ein Rad schlagen kann, ohne einen muskulösen, attraktiven Mann von den Füßen zu holen – Typen, denen ein leichter Schweißfilm auf der Haut genauso gut steht wie der Anzug aus der Savile Row. Leider verdiene ich nicht ganz so viel wie Helen und bin auch nicht mit einem erfolgreichen Börsenmakler verheiratet, weshalb ich ins Fitnessstudio bei mir um die

Ecke gehe. Da kostet die Mitgliedschaft nur fünfundvierzig Pfund im Monat. Kein Firlefanz, keine Extravaganzen, einschließlich der Männer. Mein Studio ist ideal, um neue Menschen kennenzulernen, wenn man auf Fünfzigjährige mit überkämmter Glatze und Bierbauch steht. Gleiches gilt für verheiratete Kerle, mit Steroiden vollgepumpte Kleiderschränke oder Typen im Ballonseidentrainingsanzug, die ein ganz spezielles Aroma verströmen. Jüngere, halbwegs attraktive Männer schneien zwar gelegentlich auch mal herein, aber die Wahrscheinlichkeit, einen davon kennenzulernen, ist nicht allzu groß, wenn man kaum öfter als einmal im Monat hingeht. Wie gerne wäre ich fitter und besser in Form. Als ich noch studiert habe, bin ich dreimal die Woche joggen gegangen, aber seit ich in London lebe, hat meine Bewegungsfreude im selben Maße abgenommen, wie die Zeit zugenommen hat, die ich untätig auf der Couch herumlümmele.

Am späten Vormittag ist Helen unterwegs zu einem Meeting, und Pip, meine herzallerliebste Arbeitsvermeidungskomplizin, hängt seit einer Viertelstunde am Telefon, und es sieht nicht danach aus, als würde sie so bald wieder aufhören zu telefonieren. Also öffne ich die Pressemitteilung, an der ich eigentlich arbeiten sollte, auf dem Bildschirm und versuche mich darauf zu konzentrieren. Helens Empfehlung bezüglich des Fitnessstudios läuft, seit sie diesen ominösen Satz gesagt hat, in Endlosschleife in meinem Kopf. Im Laufe der vergangenen Stunde hat es sich in meinem Gehirn allerdings irgendwie verbogen und verzerrt, sodass ich mich nur noch daran erinnere, dass meine schlanke, reiche, verheiratete Chefin mir gesagt hat, ich würde nie einen Mann finden und einsam und allein alt werden, wenn ich meinen dicken, faulen Hintern nicht ins Fitnessstudio bewege. Ich hätte nichts dagegen, mit Helen zu tauschen: Ich wäre gerne eine Frau, die Max-Mara-Mäntel trägt und mit dem größten Vergnügen eine Tasse dampfend heißen Grasaufguss trinkt, und ich hätte ganz sicher nichts dagegen, so einen flachen Bauch zu haben wie sie. Das Einzige, was mich davon abhält, in besagten Grasaufguss zu spucken, ist, dass ich weiß, wie viel harte Arbeit dahintersteckt. Ich lasse die Pressemitteilung Pressemitteilung sein und kneife mir in den Bauch. Ich kann mindestens einen Zentimeter Wabbel zwischen die Finger klemmen, drei, wenn ich daran ziehe, was ich dann auch mit sadistischer Freude tue.

*

Ich bin zu der Erkenntnis gekommen, dass ich krankhaft fettleibig bin. Statt also zum Mittagessen zu Pret zu gehen und irgendwas x-Beliebiges zu kaufen, das ich im Gewühl zu fassen bekomme, ehe mir der Arm abgerissen wird, entscheide ich mich für die kleine gemischte Box von dem tollen Sushi-Laden, und zum Nachtisch stelle ich mir einfach vor, ich äße einen Brownie. Als ich am frühen Nachmittag wieder am Schreibtisch sitze, ist meine To-do-Liste nur um drei Punkte geschrumpft, und ich kann an nichts anderes denken als daran, wie träge ich geworden bin: Acht Stunden am Tag sitze ich im Büro, und die einzige Bewegung, die ich bekomme, besteht in den kurzen Abstechern zu diversen Lebensmittelläden. Am Wochenende tausche ich den Bürostuhl gegen die Couch, schaue fern und esse. Ab und zu treffe ich mich mit der Besten oder Kate und Sophie zu Happy-Hour-Cocktails, die genauso viele Kalorien haben wie die doppelten Cheeseburger, die wir in uns hineinstopfen, bevor wir anschließend nach Hause wanken. Und an den Wochenenden schummele ich ohnehin mit dem Essen.

Um halb fünf bemühe ich mich nicht mal mehr, so zu tun, als hätte ich zu tun, und schicke der Besten eine Nachricht.

Rosy:
Lass uns heute Abend ins Fitnessstudio gehen.

BF:
Nein.

Rosy:
Wir treffen uns dann um sieben dort.

Eigentlich sind Fitnessstudios nicht viel anders als Clubs. Man zahlt Eintritt, und falls man auf einen leckeren Drink, eine Sitzgelegenheit und ein nettes Gespräch gehofft hat, sollte man sich das lieber gleich aus dem Kopf schlagen. Treibende, beatlastige Charthits dröhnen aus den Lautsprechern, und alle schwitzen im Takt dazu. Die Luft ist trotz Klimaanlage schweißgeschwängert, und Männer und Frauen jeglicher Couleur nippen an ihren Drinks und beäugen einander kritisch. Die Beste hält lässig eine Wasserflasche in der Hand, während ich mich umschaue und verlegen meinen T-Shirt-Saum zerknülle – ich schwitze schon, obwohl ich noch nichts anderes getan habe als hereinzuspazieren. Ich weiß nicht, ob ich der Typ fürs Fitnessstudio bin. Die Kleiderordnung für die Damen scheint eng, kurz und nuttig zu sein – wohingegen ich aussehe wie eine frischgebackene Mami an ihrem ersten freien Abend nach der Entbindung. Wären meine Leggings wenigstens an den Knien nicht so ausgeleiert. Meine ranken, schlanken, durchtrainierten Studioschwestern stecken in Designertops, von denen ich nie gedacht hätte, dass man sie tatsächlich zum Training trägt; im Vergleich dazu sieht mein ausgeblichenes *The Earthquake Album*-T-Shirt aus, als hätte ich es aus einem Müllcontainer gefischt. Früher war ich oft im Fitnessstudio, vor allem in der Zeit mit Charlie – er ging regelmäßig hin und hat mich immer bequatscht mitzukommen – und mit steigender Fitness war auch mein Selbstbewusstsein gewachsen. Nach unserer Trennung hat sich mein lädiertes Selbstwertgefühl zwar mühsam wieder berappelt, aber mein früheres Lungenvolumen habe ich nicht wieder zurückbekommen.

Die Beste marschiert zielstrebig zum Crosstrainer, also steige ich aufs Laufband, drücke ein paar Knöpfe und versuche zumindest so auszusehen, als wüsste ich, was ich da tue. Das Band setzt sich in Bewegung – für den Anfang gar nicht mal so schlecht. Mein Blick wandert zum Gerät meines Nachbarn, dessen Anzeige verrät, dass er mit 15,5 km/h unterwegs ist. Aber seine Füße, die in gut sitzenden, futuristisch anmutenden, leistungssteigernden Turnschuhen vom anderen Stern stecken, hämmern so unerbittlich auf das Band ein, dass ich unmöglich Schritt halten könnte. Ich steigere Steigung und Geschwindigkeit, bis es in den Waden zieht. Ich bin bei bemitleidenswerten 7,3 km/h. Energisch stopfe ich mir die Kopfhörer in die Ohren und hopse in lässigem Laufschritt weiter, der eindeutig schreit: »Ich wärme mich nur auf.«

Okay. Ich jogge. Fühlt sich gut an, ist auch ganz gut auszuhalten – und wenn ich das Handtuch über die Anzeige drapiere, sieht keiner, wie langsam ich laufe. Die Uhr ist auf zwanzig Minuten gestellt, und bisher bin ich schon wie lange gelaufen … fünfundvierzig Sekunden. Ich schaue mich suchend nach der Besten um und sehe sie auf dem Crosstrainer hinten bei der Wand. Ihr Pferdeschwanz wippt munter im Takt wie bei einer Cheerleaderin, und was für einen Sport-BH sie auch trägt, er wirkt wahre Wunder bei ihrer Oberweite. Das ist auch dem Gewichtheber vor ihr nicht entgangen. Der ist allerdings doppelt so breit wie eigentlich von der Natur vorgesehen, also dürfte er schwerlich ihr Typ sein. Die Beste marschiert unbeirrt weiter. Meine Haare schwingen nicht, und meine Brüste streift höchstens mal ein verirrter Blick, aber ich habe auch noch keinen gesehen, dessen Blicke ich gerne auf mich ziehen würde. Ein Typ, der vielleicht ganz gut aussehen könnte, sitzt vor mir auf dem Trimmrad. Diese Annahme stützt sich allerdings allein auf seinen Hinterkopf, und es wäre nicht das erste Mal, dass ich mich von einem wohlgeformten Schädel in die Irre führen lasse.

Minute sechzehn, und nur mein Stolz lässt mich noch weiterlaufen. Aber ich halte durch, bis meine zwanzig Minuten in der Hölle vorbei sind und ich endlich vom Laufband steigen kann, nur um festzustellen, dass meine Beine sich in Seegrasstelzen verwandelt haben. »Ich muss ein bisschen dehnen«, sage ich zur Besten, die zu mir herübergeschlendert kommt. Ich schaue sie an, aber sie mustert schon die ausgelegten Matten.

»Am besten legst du dich neben den da«, sagt sie. »Den Kerl in den blauen Shorts.« Ich folge ihrem Blick zu den Matten, wo der fragliche Kerl sich gerade vornüber beugt. Mit unseren gierigen Blicken degradieren wir ihn kurzzeitig zum Objekt und starren ihm hingerissen auf den Arsch. Als er sich wieder aufrichtet, sehe ich, dass er blaue Augen hat, genauso blau wie seine Shorts, dass seine Nase ganz leicht nach oben zeigt und die kurzen blonden Haare akkurat geschnitten sind. Ohne das ölige Gel sähen sie bestimmt viel besser aus. Schweißperlen laufen ihm den kurzen Hals hinunter, die er mit dem Handtuch wegwischt. Er ist nicht gerade groß, aber das bin ich auch nicht, dafür ist er schlank und ganz ansehnlich. Die Beste stupst mich in die Rippen. »Geh rüber und sag Hallo.«

»Warum?«

»Weil er gut aussieht.«

»Einigermaßen«, korrigiere ich sie und schaue mich unauffällig nach der Konkurrenz um. Die Beste sieht mich mit ungebrochenem Optimismus in den großen, runden Augen an. Ich muss an Helen denken. Ihr Mann ist auch nicht besonders groß.

Ich gehe hin. Von Gymnastikmatten wird mir übel, ich darf nicht zu lange darüber nachdenken, wer da schon alles draufgelegen und reingeschwitzt hat. Mit spitzen Fingern hebe ich eins der Dinger an einer Ecke hoch und lege dann mein Handtuch darauf, als Schutz gegen den jahrealten eingezogenen Schweiß. Während ich mich ausstrecke, geht mir auf, dass Mr McFit und ich die einzigen Leute hier sind. Und meine Matte so dicht neben seine zu legen einfach lächerlich und sicher auch verdammt nervig ist – nicht unbedingt die besten Voraussetzungen für eine neue Bekanntschaft. Er liegt auf dem Rücken, das rechte Knie an die Brust gezogen, also gehe ich auf alle viere und strecke abwechselnd die Beine. Er breitet die Arme zu beiden Seiten aus, dreht den Körper, um den Rücken zu dehnen, und dreht den Kopf zur von mir abgewandten Seite.

Ich hocke mich auf die Fersen und schaue mich hilfesuchend nach der Besten um, sehe sie aber nirgends. Also fange ich mit den Dehnübungen an, die ich im neunten Schuljahr beim Korbballspielen gelernt habe. Zuerst drehe ich langsam den Kopf (links, Mitte, rechts, Mitte). Miss Armond behauptete immer, das sei der Schlüssel zu einem vernünftigen Brustpass. Mr McFit liegt immer noch auf dem Rücken, und mit dem linken Bein als Hebel streckt er das rechte aus, den Blick konzentriert auf die Decke geheftet. Ich lasse die Schultern kreisen und bewege die Arme wie Windmühlenflügel im Kreis. Schließlich richtet er sich auf und setzt sich kerzengerade hin wie ein perfektes L, mit geradem Rücken, die Beine ausgestreckt auf dem Boden (ich *glaube* immer bloß, dass ich so sitze), sodass wir uns quasi gegenübersitzen. Wollte ich ihm tief und bedeutsam in die Augen schauen, wäre das jetzt die perfekte Gelegenheit – aber vorher muss ich irgendwie seine Aufmerksamkeit erregen. Also hechte ich hoch. Ganz unvermittelt.

Was in gewisser Weise beeindruckend gut funktioniert: Er schreckt hoch und schaut mich entgeistert an, worauf ich ihn mit einem verschämten, aber freundlichen Lächeln bedenke, nur um dann entsetzt festzustellen, dass ich meine Lungenkapazität maßlos überschätzt habe. Sämtliche Gedanken an ihn werden von den sich einschaltenden lebenserhaltenden Maßnahmen unterbunden. Wie gerne würde ich einen Blick zu ihm riskieren, aber wenn ich die Augen von dem fixierten Punkt an der gegenüberliegenden Wand nehme, kippe ich um und lande aller Wahrscheinlichkeit nach breitseits auf ihm. Aber früher oder später kommt ohnehin alles wieder auf den Boden der Tatsachen zurück, und es wird sicher keine elegante Landung.

Als ich schließlich zu ihm rüberlinse, tut er, als hätte er nichts bemerkt, und streckt sich nach den Zehenspitzen. Also drehe ich mich auf die Seite und hebe und senke langsam das Bein in der Hoffnung, dass es wie eine Übung aussieht. Ich bin meilenweit davon entfernt, fit genug fürs Fitnessstudio zu sein. Wenn ich herkomme, dann um der Wirklichkeit zu entfliehen: Dieses Studio ist der perfekte Ort, wenn man sich die Kopfhörer in die Ohren stecken und so tun will, als spielte man in einem Musikvideo mit und/oder trainierte für Olympia. Hierherzukommen ist jedenfalls besser, als den Abend im Pyjama auf der Couch zu verbringen und mit schlechtem Gewissen Unterschichtenfernsehen zu schauen. Aber es ist ganz bestimmt kein guter Ort, um Männer kennenzulernen. Ich bin regelrecht erleichtert, als Mr McFit die Matte zusammenrollt und ich nicht mehr die Sportskanone spielen und mir den Kopf darüber zerbrechen muss, wie um alles auf der Welt man einen Mann in Embryonalstellung anspricht. Ein letztes Mal strecke ich mich aus, und als ich mich schließlich aufrappele, sehe ich die Beste, die von dem quadratischen Gewichtheber in einer Ecke gestellt wurde. Grinsend schaue ich so lange zu, bis meine Untätigkeit quasi zur Mittäterschaft wird, dann eile ich zu ihrer Rettung und tue, als sei ich ihre bessere Hälfte.

*

Beim Nachhausekommen dachte ich erst, es wäre niemand da, aber gerade, als ich die schwere Sporttasche fallen lasse, trompetet mir Harriet (meine nichtdiktatorische zweite Mitbewohnerin) aus ihrem Zimmer ein fröhliches Hallo entgegen. Ich gehe hin und sehe sie auf dem Bett sitzen, wo sie sich gerade hingebungsvoll die Zehennägel lackiert. »Wie war's im Studio?«

»Schmerzhaft.« Ich lasse mich rücklings neben sie aufs Bett fallen und bin fest entschlossen, mir nicht anmerken zu lassen, dass das Ziehen in meinen Beinen genauso schlimm schmerzt wie mein verletzter Stolz. Für unbeteiligte Beobachter, von denen es in Fitnessstudios nur so wimmelt, muss mein Versuch, Mr McFit anzuquatschen, einfach zum Schießen ausgesehen haben. Ich hätte auch einfach »Hi« sagen können oder »Wie geht's?« oder »Findest du die Matten auch so eklig?« – alles besser als mein missglückter Hockstrecksprung. Allein bei dem Gedanken daran möchte ich vor Scham im Boden versinken. Ich spüre Harriets fragenden Blick. »Meine Chefin meinte, im Fitnessstudio könnte man spielend leicht Männer kennenlernen«, sage ich und schließe die Augen. »Stimmt aber nicht.«

»Willst du denn jemanden kennenlernen?«

»Hmm?« Vorsichtig klappe ich erst ein Auge auf und dann das andere.

»Falls du auf der Suche bist, wüsste ich da eventuell jemanden. Ich könnte euch ja mal zusammenbringen?«

Meine Augen, die ohnehin nur halb geöffnet sind, werden noch schmaler. Mit Freunden von Freunden verkuppelt zu werden, die »unheimlich witzig« (sprich seltsam und nervig) oder »so süß« (hässlich) sind, und das nur auf Grundlage einer einzigen Gemeinsamkeit, nämlich, dass wir beide Single sind, ist eins der ewigen Probleme alleinstehender Menschen. Als Sophie sich das letzte Mal als Kupplerin betätigte (Josh, 32, der Mitbewohner ihrer Schwester), wäre ich beinahe darauf reingefallen, bis ich sie fragte, ob sie sich auch selbst mit ihm verabreden würde. »Himmel, bloß nicht«, meinte sie daraufhin lachend. »Nein, ich finde den total öde.«

»Ein Freund von James?«, frage ich Harriet und stütze mich auf die Ellbogen. Denn offen gestanden weiß ich nicht, ob es so clever wäre, mit einem Freund von James anzubandeln: James trägt Turnschuhe zur Jeans.

»Nein, ich kenne ihn noch aus der Ausbildung, er heißt Craig.« Und damit steht sie auf und holt ihr Telefon, wobei sie wegen des noch feuchten Nagellacks die Füße hochzieht wie ein Storch im Salat. »Er hat sich vor ein paar Monaten von seiner Freundin getrennt, und als wir letzte Woche miteinander geredet haben, hat er quasi durchblicken lassen, dass er so langsam wieder die Fühler ausstreckt.«

»Quasi durchblicken lassen?« Klingt nicht unbedingt, als sei er ernsthaft auf der Suche.

»Nein, er ist wirklich toll«, entgegnet Harriet, ganz auf ihr Handy konzentriert. Mir entgeht nicht, dass das keine Antwort auf meine Frage ist. Bestimmt sucht sie ein Foto von Craig, um es mir zu zeigen, und ich weiß jetzt schon, was mich erwartet: Bestimmt hat er zwei Köpfe oder sechzehn Nasenlöcher oder ist einen Kopf kleiner als ich oder einen Meter größer. Er hat Haare bis zum Po oder ein Hakenkreuz auf die Stirn tätowiert. Was auch immer mich erwartet, der Typ wird mir ganz sicher nicht zusagen.

»Okay, was meinst du?«, fragt Harriet und reicht mir das Handy.

Ich staune nicht schlecht – keine meiner Befürchtungen scheint sich zu bewahrheiten. Craig leidet weder unter einer monströsen Missbildung, noch wirkt er wie ein Fanatiker irgendeiner Art. Die Haare sind ordentlich geschnitten, er ist anscheinend durchschnittlich groß und hat ein offenes, freundliches Gesicht. Unglücklicherweise muss Craig mindestens fünfundvierzig sein. Ich schaue Harriet an, die gespannt mein Urteil erwartet. »Ich glaube, der ist ein bisschen zu alt für mich, Haz.«

Harriet greift nach ihrem Telefon. »Ach, echt?«, fragt sie, und man hört ihr die Enttäuschung an. Nachdenklich betrachtet sie das Foto. »Er ist ein bisschen älter, aber er ist wirklich so ein netter Kerl, ihr würdet euch bestimmt blendend verstehen – er macht auch was mit PR, genau wie du.« Craig ist beinahe doppelt so alt wie ich, nicht mein Typ, und das Einzige, was wir gemeinsam haben, ist unser Job. Was ich allerdings nicht hoffen will. Wenn ich mit Mitte vierzig immer noch ein jämmerlicher kleiner Accountmanager bin, dann ziehe ich auf die Fidschi-Inseln und fange noch mal ganz von vorne an. Ich glaube nicht, dass wir ein Traumpaar werden können.

»Ich weiß nicht, ob ich schon wieder offen für jemand Neues bin«, sage ich zu Harriet. »Jedenfalls suche ich nicht.« Was im Grund genommen stimmt. Wenn ich mit den Pärchen unterwegs bin, kommt mir zwar manchmal der Gedanke, dass es ganz schön wäre, jemanden an meiner Seite zu haben. Und sollte mir ein Mann in den Schoß fallen (sozusagen), würde ich bestimmt nicht Nein sagen. Aber einen neuen Partner zu suchen ist so verdammt anstrengend – und außerdem wüsste ich gar nicht, wo ich anfangen sollte.

»Er ist so ein netter Kerl«, sagt Harriet fast vorwurfsvoll und starrt noch immer unverwandt auf ihr Handy. Das sind sie immer. Aber noch bin ich nicht so verzweifelt, dass ich mich auf ein Date mit Craig einlassen würde.

Noch nicht.

2.
Bootsmann

Als ich Pip am nächsten Tag bei der Arbeit von Harriets Verkupplungsversuchen erzählte, nickte sie mitfühlend, hörte aufmerksam zu, und als ich fertig war, gurrte sie: »Ooh, da fällt mir ein, mit wem ich dich verkuppeln könnte«, um dann fast in ihrer Handtasche zu verschwinden und ihr Handy herauszukramen. Als lösten die Worte »Single« und »verkuppeln« so etwas wie einen pawlowschen Reflex aus und die Leute könnten gar nicht mehr anders, als mir ungebeten eine Verabredung aufzuschwatzen.

»Also, ich weiß nicht, Pip«, wende ich zaghaft ein. »Eigentlich suche ich gar keinen …«

»Er heißt Elliot. Er ist ein Ex, aber das ist schon eine Million Jahre her, also zählt das nicht. Wir sind immer noch befreundet – Geoff findet das nicht so prickelnd, du würdest mir also einen Gefallen tun, wenn das mit euch beiden was würde.« So weit ist es also schon gekommen: Ich werde als Opfer dargebracht, um aufgebrachte Ehemänner zu besänftigen. Pip hält mir das Handy vors Gesicht (manchmal wünschte ich wirklich, Handys wären einfach nur zum Telefonieren da), und ich sehe eine Facebook-Seite. Sie bedeutet mir, dass ich mich durch die Bilder klicken soll.

Mein großer Bruder, den ich immer noch Bru nenne (auch wenn ich keine drei Jahre mehr alt bin und nicht mehr auf einsilbige Abkürzungen verfallen muss), hat mir mal erzählt, man bräuchte nur eine Zehntelsekunde, um sich ein Bild von jemandem zu machen. Damals fand ich den Gedanken absurd: Im Bruchteil einer Sekunde kann man doch höchstens einen flüchtigen Blick auf einen anderen Menschen erhaschen. Unmöglich, sich in dieser Zeit ein Bild von jemandem zu machen. Man kann ja schon froh sein, wenn man das Gesicht richtig sieht. Und was, wenn der andere gerade eine fiese Grimasse zieht? Dann könnte man sich zu der Annahme hinreißen lassen, er sei ein notorischer Nörgler und Menschenfeind, obwohl er sonst eigentlich für sein sonniges Gemüt bekannt und allseits beliebt ist. Man bekäme zwar einen ersten Eindruck, aber einen grundfalschen. Also habe ich Bru gesagt, dass er ein Blödmann ist und die Klappe halten soll (ich war elf). Aber als ich mir Elliots Fotos so anschaue, höre ich ihn laut und deutlich in meinem Ohr. Ich weiß nicht, ob man sich allein anhand von Bildern ein treffendes Bild vom Charakter eines Menschen machen kann, aber wenn das funktionieren sollte, dann finde ich, dass Elliot ... nett wirkt. Er hat dunkle Haare und helle Augen, und wenn er lächelt, bekommt er Lachfältchen. Er ist kein Schönling, aber attraktiv, mehr Katalogmodel als GQ, aber er hat Potenzial. Aus eigener (schmerzlicher) Erfahrung weiß ich, wie sehr Fotos täuschen können: Für jedes halbwegs vernünftige Foto von mir gibt es mindestens siebzehn, auf denen ich aussehe, als hätte ich einen schwerwiegenden Gendefekt, also im Zweifelsfall für Elliot.

»Sieht gar nicht so schlecht aus«, sage ich zu Pip. »Was macht er denn beruflich?«

»Irgendwas mit Versicherungen, glaube ich. Er ist toll, sehr nett und klug. Was hältst du davon, wenn ich mal mit ihm rede und ihm deine Nummer gebe?«

Es ist ein ziemlich großer Schritt vom Durchstöbern eines Facebook-Profils eines unbekannten Mannes bis hin dazu, sich im wirklichen Leben mit ihm zu treffen, und ich weiß nicht, ob ich schon bereit dafür bin. Andererseits weiß ich sowieso kaum etwas mit Gewissheit: Ich weiß nicht, ob es so eine gute Idee war, gestern siebzehn Pfund für ein neues Shampoo auszugeben statt fürs Essen; ich bin mir nicht sicher, ob ich immer noch bauchfreie Tops tragen kann, und doch laufe ich liebend gern damit herum; und ich arbeite seit meinem einundzwanzigsten Geburtstag, als ich gerade frisch von der Uni kam, bereit, die Welt zu erobern, in der PR-Branche und weiß immer noch nicht, ob ich das überhaupt möchte. So gesehen kann ich mich ruhig auch mit Elliot verabreden. Was ich Pip sage, die mich daraufhin anstrahlt wie ein Honigkuchenpferd. Ich sage ihr, sie solle tun, was sie nicht lassen kann. Und auch wenn sie mir glaubhaft versichert, nur Geoff zu simsen, bin ich mir ziemlich sicher, dass sie postwendend Elliot eine Nachricht schickt. Ich wende mich wieder meiner To-do-Liste zu, die in den vergangenen zehn Minuten noch länger geworden zu sein scheint.

Vier Tage später, als Elliot mir eine Nachricht schickt, habe ich das Gespräch mit Pip längst wieder vergessen. Weshalb ich auch überhaupt nichts damit anfangen kann, als ich eine SMS von einer unbekannten Telefonnummer bekomme mit einer Anspielung auf eine *»etwas peinliche Geschichte«*, aber er wolle sich trotzdem unbedingt *»mal melden!«*. Gleich danach kam eine zweite Nachricht.

+44771 ...
Ach ja, ich bin übrigens
Elliot, der Freund von
Pip!!

... und plötzlich fällt es mir wieder ein.

Ich habe ihm geantwortet, und nun schreiben wir schon seit über einer Woche hin und her, also schien es nur logisch, dass Elliot vorschlug, heute Abend essen zu gehen. Die multiplen Ausrufezeichen in seinen Nachrichten sind immer noch allgegenwärtig (und etwas beunruhigend), ansonsten haben wir uns bisher an die eher unverfänglichen Themen gehalten: Gestern hat er mir erzählt, dass seine Familie ein Boot besitzt und dass er zum Geburtstag seines Mitbewohners eine Lasagne gekocht hat. Er steht also auf Segeln und italienisches Essen. Und ich habe Elliot gesagt, dass es mir genauso geht. Obwohl mir von beidem schlecht wird. Ich war noch nie bei einem Blind Date, und es ist so lange her, seit ich das letzte Mal eine Verabredung hatte, dass ich gar nicht mehr weiß, wie das überhaupt geht. Ich möchte ja nicht lügen (zumindest nicht mehr als nötig und nicht mehr als schon geschehen), aber es erschien mir ratsam, vor dem ersten Treffen ein paar Gemeinsamkeiten herzustellen. Sophie und Kate sind ganz aus dem Häuschen vor Aufregung. Sie sind felsenfest davon überzeugt, dass Elliot und ich füreinander bestimmt sind, und planen schon ein gemeinsames Pärchenwochende in den Cotswolds.

Ich trödele herum: Es ist 18:45 Uhr, und wir sind erst um 19:00 Uhr verabredet. Überpünktlich am Treffpunkt aufzulaufen könnte nach Verzweiflung aussehen, und zu spät zu kommen, ist schlichtweg unhöflich (es sei denn, man wird Augenzeuge eines kleineren Verkehrsunfalls und eilt den Verletzten zu Hilfe. Das hatte ich mir schon als Ausrede zurechtgelegt. Und, ja klar, nichts Schlimmes passiert, eigentlich fast ein Wunder ...). Um Punkt sieben auf der Matte zu stehen wirkt hingegen pedantisch, und allmählich weiß ich überhaupt nicht mehr, wann ich denn nun da sein sollte. Ich steige drei Stationen zu früh aus und laufe das letzte Stück, um noch ein bisschen Zeit totzuschlagen, aber es hat angefangen zu regnen, obwohl zwei Wetterseiten unabhängig voneinander steif und fest behauptet haben, für heute sei keinerlei Niederschlag zu erwarten. Die Kapuze überzuziehen sähe etwas übertrieben aus, aber wenn ich sie nicht aufsetze, krisseln sich meine sorgfältig geglätteten Haare schneller, als man Königspudel sagen kann. Es ist dunkel, kalt und ungemütlich – Februar halt –, und trotzdem habe ich ein seltsames Kribbeln im Bauch bei dem Gedanken an die bevorstehende Verabredung mit Elliot; ein bisschen wie damals, als ich die Lebensmittelvergiftung hatte. Aber ich bin mir ziemlich sicher, das liegt nur an der Aufregung. Schließlich ist das nicht nur meine erste Verabredung mit Elliot, sondern meine erste Verabredung seit der Trennung von Charlie überhaupt. Vor zwei Tagen lag ich abends im Bett und erlitt eine Panikattacke, weil ich dachte, dass ich bestimmt verlernt hätte, wie man so was macht – Charlie und ich waren fast zwei Jahre zusammen, und seitdem hat es zwar ein paar belanglose One-Night-Stands gegeben, aber dafür bedurfte es keiner besonderen Verführungskünste meinerseits (bei einem brauchte es nicht mal Worte). Aber wie die Beste mir eingeimpft hat, kann eigentlich überhaupt nichts schiefgehen, sofern ich nicht über meine eigenen Füße stolpere oder innerhalb der ersten zwanzig Minuten versuche, ihn ins Bett zu kriegen.

Ich kenne die Bar, die wir als Treffpunkt ausgemacht haben. Der Vorschlag kam von Elliot, und der Laden ist auch ganz nett, ein bisschen nichtssagend vielleicht. Es ist fünf vor sieben, aber der leichte Nieselregen verdichtet sich allmählich zu einem Wolkenbruch, und die Bar ist gleich da vorne – ich sehe schon die Regentropfen von dem beleuchteten

Schild abperlen, und da die Ampel an der Kreuzung gerade auf Grün umspringt, kann ich genauso gut einfach reingehen. Wenn ich ein bisschen schneller gehe, brauche ich nicht zu warten, ich mag es, wenn alles so mühelos geschieht. Zwei Leute stehen an der Ampel und warten: eine bereits pitschnasse Frau, die ungeduldig von einem Fuß auf den anderen tritt und versucht, sich mit einer Zeitung gegen die einsetzende Sintflut zu schützen, und ein Mann in einer dünnen Regenjacke, die mir irgendwie bekannt vorkommt, aber ich weiß gerade nicht ... Ach ja, stimmt: Bru hatte früher auch so eine. Die konnte man zusammengeknüllt in einen kleinen Beutel stopfen. Wir haben immer darum gewetteifert, wer von uns beiden sie am schnellsten zusammenknuddeln konnte. Auf dem Rückweg aus den Ferien auf der Isle of Wright hat er sie auf der Fähre liegen gelassen und ihr eine ganze Woche lang nachgeheult, bis Mum es schließlich nicht mehr hören konnte und ihm eine neue kaufte, die er meines Wissens nie getragen hat. Da ich keine fleißige Vogue-Leserin bin, ist die Rückkehr der marineblauen 1993er Regenjacken vollkommen an mir vorbeigegangen. Der Mann und die Frau überqueren gerade die Straße, als ich die Ampel erreiche. Die Frau sprintet hurtig los, während der Kerl im Anorak erst links, rechts, links guckt, dann auf die Straße tritt und auf die Bar zusteuert. Erst als er die Tür öffnet und sich dabei halb umdreht, erkenne ich ihn. Es ist Elliot. Elliot ist Mr Anorak.

Ob er mich schon gesehen hat? Wäre es erbärmlich und rückgratlos, sich jetzt auf der Stelle umzudrehen und zu flüchten? Wäre es umgekehrt, und meine Verabredung würde mich vorher sehen und sich einfach umdrehen und abhauen, ich würde mich für den Rest meines Lebens im Bett verkriechen und könnte meiner Familie nie wieder in die Augen sehen, geschweige denn, mich je wieder verabreden –

also wäre es, alles in allem, in der Tat erbärmlich und ekelhaft. Von so etwas Trivialem wie einem geschmacklosen Kinderanorak darf ich mich nicht abschrecken lassen. Ich finde das Ding zwar unmöglich, aber der Inhalt kann ja trotzdem charmant und witzig sein. Und selbst die grässlichste Garderobe lässt sich durch die Liebe einer geschmackssicheren Frau und einen kleinen Abstecher zu Topman ganz schnell richten. Die ganze Geschichte könnte eine herrliche Anekdote für Elliots Hochzeitsansprache werden.

Hastig stürze ich durch die Tür und genieße die wohlige Wärme, die mich beim Hineinkommen umfängt. Elliot steht an die Theke gelehnt und studiert aufmerksam die Real-Ale-Auswahl, noch immer im Regenjäckchen.

»Elliot?«

»Rosy?«

»Ja!«

»Ha! Schön dich kennenzulernen.« Er strahlt über das ganze Gesicht und schließt mich in eine feuchte Umarmung (was nicht halb so sexy ist, wie es sich anhört), und ich entspanne mich gleich ein bisschen. Wir rücken voneinander ab und schauen uns schweigend an.

»Toller Laden!«, sagt Elliot.

»Ja, sehr nett – ich war schon ein paarmal hier. Nicht so laut, und die Drinks sind ganz okay.« Ich klinge wie mein Vater. Eigentlich kein gutes Omen.

»Ja, echt cool.« Elliot sieht sich um, nickt aus unerfindlichen Gründen und lächelt. Ich ziehe die Jacke aus und hoffe, dass er dasselbe tun wird. »Möchtest du was trinken?«, fragt er.

»Ein Wodka Soda wäre toll, danke.«

»Normal oder doppelt?«

Ich entscheide mich für einen doppelten.

Einen freien Tisch zu finden ist nicht schwer – nur vier andere sind überhaupt besetzt –, und ich steuere einen in einer ruhigen Ecke an, während Elliot unsere Getränke bestellt. Dann kommt er rüber, stellt die Getränke auf den Tisch und zieht den Anorak aus, unter dem ein langweiliges, aber nicht weiter zu beanstandendes graues Hemd zum Vorschein kommt. »Schönes Hemd«, sage ich.

»Danke.« Er setzt sich und trinkt einen Schluck aus der Bierflasche. »Ich glaube, das habe ich damals zur Beerdigung von meinem Opa gekauft.« Er lächelt unbeirrt weiter, während er das sagt. Ich lege, wie ich hoffe, eine taktvolle kleine Gedenkpause für Elliots verstorbenen Großvater ein und frage dann: »Wie war die Fahrt?« Was meine Eltern mich auch bei jedem Besuch zuhause fragen.

»Ganz okay – sind nur sechs Stationen mit der Tube. Die Northern Line.«

»Die ist gut – mit der fahre ich immer zur Arbeit. Morgens ist sie allerdings immer rappelvoll.«

»Ja, das ist manchmal ganz schön ätzend«, stimmt Elliot mir nickend zu. Ich nicke. Wir nippen an unseren Getränken. »Wie war deine Fahrt?«

»Ach, ganz gut«, sage ich. »Ich bin mit dem Bus gekommen. Ich wohne ganz in der Nähe.«

Elliot lacht, wobei ich nicht so recht weiß, warum eigentlich – ich habe doch gar nichts Komisches gesagt. Dann verstummt er, und wir versinken wieder in tiefem Schweigen.

*

Elliot redet übers Segeln: Er benutzt Wörter wie »Baum« und »Klampe«, und ich verstehe nur Bahnhof, aber ich bin heilfroh, dass wenigstens einer von uns beiden was sagt, weshalb ich ganz genau zuhöre und ständig Zwischenfragen stelle. (Erste Frage: »Was ist ein Baum?« Zweite Frage: »Was ist eine Klampe?«) Es ist immer schön, wenn jemand mit Begeisterung von seiner großen Leidenschaft erzählt, selbst wenn das Thema staubtrocken und langweilig ist. Und außerdem ist das eine gute Gelegenheit, mir Elliot etwas genauer anzusehen. Die hellen Augen, die auf den Fotos so gestrahlt haben, sind in Wirklichkeit eher ausdruckslos. Die akkurat geschnittenen Haare sind nur einen Monat von einer Topffrisur entfernt. Und die kleinen Lachfältchen sind zwar ganz charmant, aber ich verstehe nicht, warum er so penetrant dauerlächelt. Alles in allem sieht er seinen Fotos sehr ähnlich; an seinem Aussehen liegt es jedenfalls nicht. Der Grund, warum ich schon um zehn nach acht wieder nach Hause gehen möchte, ist schlicht und ergreifend, dass ich ihn nicht anziehend finde. Ich wusste es vom ersten Augenblick an, und ich kann mir nicht vorstellen, dass sich daran noch etwas ändert, bevor ich mein Glas ausgetrunken habe. Ich finde Elliot überhaupt nicht attraktiv: Es gibt keinerlei sexuelle Anziehung, und ich glaube, wir haben überhaupt nichts gemeinsam. Bis auf die Tatsache vielleicht, dass wir beide *Die Sopranos* gesehen haben. Bestimmt wird er eines Tages seine Leichtmatrosin (sagt man das so?) treffen und mit ihr gemeinsam in den Sonnenuntergang segeln und den Baum und die Klampen trimmen. Aber es gilt doch als allgemein anerkannte Wahrheit, dass man es irgendwie »weiß«, wenn man dem Richtigen begegnet, und ich glaube, das gilt auch für den Falschen.

Plötzlich merke ich, dass Elliot nichts mehr sagt. Ich will etwas sagen – irgendwas, egal was – und durchforste mein Hirn nach Worten, aber da ist nur gähnende Leere. Wir lächeln einander an, oder ich ihn – Elliot hat vermutlich die ganze Zeit gelächelt. Schnell trinke ich den letzten Schluck aus.

»Möchtest du noch was trinken?«, fragt Elliot, die Hände auf den Knien und bereit, sofort aufzuspringen.

»Also … ich glaube, ich möchte nichts mehr.« Ich runzele die Stirn und nicke und sage das so erstaunt, als sei das eine Erkenntnis, die mir just in diesem Augenblick gekommen ist. Worauf Elliot sagt: »Ich glaube, ich hole mir noch ein Bier«, und noch ehe ich etwas sagen kann, ist er aufgestanden und marschiert an die Bar. Noch ein Real Ale, meint er, sei jetzt »goldrichtig«.

*

Elliot trinkt ziemlich langsam. Unser Date kommt mir allmählich vor wie ein Traum, in dem man davonlaufen möchte, aber nicht kann, weil die Beine einem plötzlich nicht mehr gehorchen. Wir haben über Weihnachten gesprochen, hypothetische Lottogewinne und (noch mehr) Fernsehserien. Das Ganze hat genau siebzehn Minuten gedauert, und Elliot hat seine Flasche gerade mal zu einem Drittel geleert.

»Hast du … noch Geschwister?«, erkundige ich mich.

»Nein, ich bin leider ein Einzelkind«, entgegnet Elliot. Keine Ahnung, warum mich das wurmt, aber es scheint mir wie ein weiterer Beweis dafür, dass wir überhaupt nicht zusammenpassen.

»Und du? Hast du Geschwister?«

Ich erzähle ihm, dass ich einen älteren Bruder habe, und dass der gerade auf einem Schiff mitten auf dem Indischen Ozean unterwegs ist.

»Ist er Seemann?«, fragt Elliot interessiert und setzt sich sofort mit gespitzten Ohren kerzengerade auf. Es erscheint mir fast grausam zuzugeben, dass er Meeresbiologe ist.

»Ganz toll«, sagt Elliot lächelnd.

Als er (endlich) das Ale ausgetrunken hat, fragt Elliot

mich, ob ich gerne noch woanders hingehen möchte. Es dauert ein paar Sekunden, bis der Groschen fällt. Glaubt er allen Ernstes, aus uns könnte was werden? Dieses Treffen liefe gut? »Ich muss morgen ziemlich früh raus«, piepse ich mit dünner, hoher Stimme. Das ist nicht gelogen: Ich will um halb acht im Büro sein, um den Bericht für Helen fertigzuschreiben, den ich ihr eigentlich schon für heute versprochen hatte. Wobei das nicht der Grund ist, warum ich lieber schleunigst nach Hause möchte.

»Klar, kein Problem«, meint Elliot. »Ich auch.«

»Wollen wir dann gehen?«, schlage ich vor und springe im selben Moment auf. »Hast du es weit bis nach Hause?«

»Nur sechs Haltestellen mit der Northern Line.«

»Das geht ja.«

»Ja, genau, ist nicht weit. Die Bahn dürfte jetzt nicht so voll sein.«

Draußen auf dem Bürgersteig vor dem Pub dreht Elliot sich zu mir um: »Ich finde dich wirklich toll, Rosy. Ich fand den Abend ganz toll.« Ich schaue ihn an, wie er mich anschaut. Die Augen unter den dunklen Augenbrauen sind groß und rund, und ich sehe, wie er mit der linken Hand am Kragen seiner Regenjacke herumnestelt. Und ehe ich mir auf die Zunge beißen kann, höre ich mich sagen: »Das sollten wir bei Gelegenheit mal wiederholen.« Elliot stimmt mir begeistert zu: Er würde mich nur zu gerne wiedersehen, wie er sagt – nächste Woche hat er Zeit.

»Ich schaue zuhause mal in meinen Kalender«, entgegne ich, obwohl ich überhaupt keinen Kalender besitze.

»Kein Problem. Ich simse dir, und dann machen wir was aus.« Zum Abschied umarmen wir uns, und ich gehe in die entgegengesetzte Richtung, obwohl meine Wohnung genau in der Richtung liegt, in die auch Elliot geht.

Ich weiß nicht genau, was da gerade passiert ist. Elliot hat gesagt, ich sei »wirklich toll«, und das war's. Es ist verdammt lange her, dass mir ein anderer Mann als mein Vater so ein Kompliment gemacht hat, und ich konnte ihn nicht so eiskalt abservieren. Ich konnte ihm einfach nicht ins Gesicht sagen, dass ich ihn nie wiedersehen will. Ihm dafür aber gleich eine zweite Verabredung in Aussicht zu stellen war wohl auch etwas übertrieben. Elliot war langweilig, sexuell ungefähr so anziehend wie ein Leberwurstbrötchen, und sein Dauergrinsen ist mir am Ende unglaublich auf die Nerven gegangen, aber eigentlich ist er doch ein netter Kerl und hat solche Grausamkeit nicht verdient. Nur dass ich alles nur noch schlimmer mache, wenn ich ihm jetzt einen Korb gebe, nachdem ich ihm falsche Hoffnungen gemacht habe ... Mist. Verabredungen unterliegen einem ganzen Wust hochkomplizierter Regeln und Konventionen, und selbst wenn ich sie früher einmal gekannt haben sollte, sind sie inzwischen längst vergessen, obwohl ich es immerhin geschafft habe, nicht über meine eigenen Füße zu fallen. Mal sehen ... spucken, hauen oder rassistische Bemerkungen – das sollte man wohl besser vermeiden, genauso wie in schmuddeligen Klamotten aufzutauchen oder ganz ohne Klamotten oder im Latexanzug. Höflich anbieten, etwas zu trinken zu holen, und zwar nicht nur für sich selbst. Reden, lachen, gelegentlich sicherstellen, dass man keine Essensreste zwischen den Zähnen hat: Das sind die Grundregeln, an die ich mich größtenteils gehalten habe. Aber wie beendet man eine Verabredung? Es muss doch Möglichkeiten geben, sich auf Nimmerwiedersehen zu verabschieden, ohne dass einer der Beteiligten das Gesicht verliert. Wie auch immer man dieses Problem möglichst elegant löst, wenn ich noch mehr Verabredungen habe wie die mit Elliot, muss ich das so schnell wie möglich herausfinden.

3.
Warum sollte ich dich lieben?

Das Internet: International anerkannte Zufluchtsstätte für die Seltsamen, die Nachteulen und die Feld-, Wald- und Wiesen-Verschwörungstheoretiker und nun auch mein Portal zur neuen großen Liebe.

Das sollte ich wohl etwas genauer erklären.

Elliot hat sich nicht mehr gemeldet. Vielleicht tut er es noch, aber nach mittlerweile sechs Tagen halte ich das für unwahrscheinlich. Eigentlich bin ich heilfroh, nichts mehr von ihm gehört zu haben, und würde er doch noch simsen, ich würde vermutlich eine nette, freundliche, unverfängliche Antwort formulieren, die nicht damit endet, dass ich ihm versehentlich eine weitere Verabredung in Aussicht stelle. Ich hatte gar nicht erwartet, dass Elliot sich gleich am nächsten Tag bei mir meldet oder am Tag danach. Aber am dritten Tag nach unserem Treffen habe ich mich dabei ertappt, dass ich immer wieder aufs Handy schaute. Nur so. Am vierten Tag konnte ich das blöde Ding kaum noch aus der Hand legen. Nach einer schlaflosen Nacht, in der ich wachgelegen und mir stundenlang den Kopf zerbrochen habe, warum um alles auf der Welt ein Anoraktträger nicht auf mich abfährt, war ich am Morgen des fünften Tages gezwungen zuzugeben, dass ein kleiner Teil von mir (ein klitzekleiner Teil; »Teil« an sich ist schon übertrieben – eigentlich war es mehr ein Bruchstück, ein Splitter von mir) enttäuscht war, dass er sich nicht mehr gemeldet hat. Und das, wie ich zu meiner

Schande gestehen muss, nicht etwa, weil Elliot mir gefallen hätte … sondern weil ich wollte, dass er mich mochte. Ich bin nicht sonderlich stolz auf mich. Gestern ging mir dann auf, dass ich die Wahl habe: Entweder ich drücke vor Scham brennende Zigarettenstummel auf meinem Arm aus oder ich akzeptiere die Tatsache, dass die Verabredung mit Elliot in mir die Sehnsucht nach einem Partner geweckt hat. Dass ich mich nach Gesellschaft sehne statt nach Einsamkeit, nach echter Nähe statt flinker autoerotischer Fingerspiele im Badezimmer. Ich dachte, diese Gefühle seien zusammen mit der Beziehung zu Charlie gestorben – wer hätte gedacht, dass ausgerechnet Elliot, Mr Anorak, sie wieder zum Leben erwecken würde? Und da ich mich nicht darauf verlassen kann, von meinen Freunden mit dem Richtigen verkuppelt zu werden, sehe ich mich gezwungen, die Sache selbst in die Hand zu nehmen. Und das heißt, die Suche ins Internet zu verlagern.

Mit sieben habe ich die Hochzeit meiner Ballerina Barbie mit Willy, meiner anatomisch korrekten männlichen Puppe, geplant und ausgerichtet und selbst als Gast den Feierlichkeiten beigewohnt. Es war Barbies dritte Ehe: Vorher hatte sie eine Captain-Scarlet-Actionfigur von Bru geheiratet, und etwas später im selben Jahr war Hochzeit Nummer zwei mit meinem Teddybären gefolgt. Barbie lebte glücklich und zufrieden mit ihren drei Ehemännern, denn als Kind hatte ich keinen Grund, nicht daran zu glauben, dass die Liebe ewig hält, eine Ehe ein Leben lang andauert und man einfach alles haben kann. Vielleicht sollte ich eine Twitter-Kampagne für eine polyamouröse Barbie starten, um künftigen Generationen weitere Verwirrung zu ersparen. Und so tanzten Barbie und Willy ihren Hochzeitstanz, und ich war überzeugt, dass ich, wenn ich einmal groß wäre, genau wie Barbie sein würde. Ich würde aussehen wie sie, heiraten, mich fortpflanzen und meinem Traumjob als Künstlerin/Hairstylistin/Aston-Martin-Testfahrerin nachgehen. In meiner heilen Kinderwelt gab es keine »Verabredungen«, ich wusste nichts von unerwiderter Liebe oder Zurückweisung. Von Scheidung hörte ich das erste Mal im dritten Schuljahr, als (Nachforschungen meiner Mutter zufolge) Poppy Masons Dad eine Affäre mit dem Kindermädchen hatte und Poppys Mutter ihn vor die Tür setzte, was allem Anschein nach nur die Konsequenz nach sich zog, dass Poppy von nun an zu Geburtstagen und an Weihnachten doppelt beschenkt wurde. Das fanden meine Freunde und ich ziemlich cool, weshalb wir eine ganze Weile hofften, unsere Eltern würden sich ebenfalls scheiden lassen. Erst als Teenager, als ich mit ansehen musste, was passiert, wenn Eltern sich trennen, wurde mir bewusst, wie schmutzig die Wirklichkeit ist. Und erst da begriff ich den Ernst des Eheversprechens, das, wie Hunde und lebenslängliche Haftstrafen, oft kein ganzes Leben lang hält.

Meine eigenen Eltern sind die große Ausnahme. Dieses Jahr feiern sie ihren dreiunddreißigsten Hochzeitstag, und wann immer ich mich in meine heile Barbiewelt zurückwünsche, muss ich daran denken, wie mein Dad mir mal gesagt hat, dass er meiner Mutter jeden Morgen, ehe er zur Arbeit geht, sagt, dass er sie liebt. So sehr ich ihre Beziehung achte und bewundere, verstehen tue ich sie nicht. Wie man dreiunddreißig Jahre mit demselben Menschen zusammenbleiben kann, ist mir ein Rätsel. Denke ich zu lange darüber nach, überkommt mich ein Gefühl, als steckte ich in einem Aufzug fest, und ich muss an das dritte Newton'sche Gesetz denken (für jede Kraft gibt es eine gleich starke Gegenkraft). Die angesichts der Vorstellung, einsam und allein zu sterben, aufsteigende Panik gleicht dann die Platzangst wieder aus. Internetdating ist ein gangbarer dritter Weg: Man kann die Füße in den Datingpool tauchen, ohne sich gleich kopfüber hineinstürzen zu müssen oder Gefahr zu laufen, von einem Hai in Stücke gerissen zu werden.

Siebzehntrilliarden Treffer erscheinen, als ich »Online-Dating« in die Suchmaschine eingebe. Allein die schier unüberschaubare Masse an Datingseiten zeigt schon, wie wichtig es ist, sich für die richtige Plattform zu entscheiden – ich will schließlich nicht mein sauer verdientes Geld aus dem Fenster werfen, um irgendwelche unmöglichen Vollhorste kennenzulernen. Aber meine Recherche (zehn Minuten in einem Forum für die ganz Verzweifelten; vierminütiges Gespräch mit der Besten) hat ergeben, dass ewiges Glück einen stolzen Preis hat und der exakt zweiunddreißig Pfund im Monat beträgt. Nach reiflicher Überlegung habe ich mich für die »Soulmates«-Plattform des *Guardian* entschieden, weil ich den *Guardian* gern lese. Wenn also ein Mann bei der Auswahl eine ähnliche Logik zugrunde legt, haben wir zumindest schon mal unseren links angehauchten Gerechtigkeitssinn gemeinsam, und als Eisbrecher könnten wir gemeinsam über Tim Dowlings Kolumnen lachen. Idiotensicher ist das allerdings nicht: Ich muss auf der Hut sein, dass mir kein schlitzohriger *Telegraph*-Leser unterkommt, der das System austricksen will und sich unter Vorspiegelung falscher Tatsachen hier angemeldet hat und unter Interessen Al Gore und Quinoa angibt. Und außerdem muss ich gestehen, dass ich den *Guardian* eigentlich nur am Wochenende lese. Und dann auch meistens nur das Magazin.

Es dauert nicht lange, bis mir dämmert, dass die richtige Seite auszuwählen nichts ist verglichen mit der Tortur, ein eigenes Profil zu erstellen. Wobei, momentan sitze ich im Caffè Nero und starre bloß reglos auf meinen Laptop.

Ich dachte, ein Café wäre der richtige Ort für diese nervenaufreibende Aufgabe, denn sein Profil für eine Datingplattform an einem öffentlichen Ort zu erstellen, lässt die ganze Sache in meinen Augen nicht ganz so erbärmlich aussehen, wie wenn man dabei allein zuhause sitzt. Wobei mich der Spaß jetzt schon 4,20 gekostet hat (ich brauchte einen Soja Chai Latte und ein Biscotto zur Stärkung) und ich mir trotzdem erbärmlich vorkomme. Und der Trubel um mich herum ist meiner Konzentration auch eher abträglich: Jedes Mal, wenn ich einen guten Einfall habe, schaltet der Barista den Milchschäumer ein, und bei dem ohrenbetäubenden Zischen und Fauchen verliere ich sofort den Faden.

Ich nippe an meinem Latte. Ich habe mir einen Tisch ganz hinten in der Ecke ausgesucht, gleich an der Wand, damit niemand mir über die Schulter gucken und sehen kann, was ich mache. Aber wenn ich mich so umschaue – mehr oder minder das Einzige, was ich bisher gemacht habe –, frage ich mich, wie viele der anderen Gäste womöglich auch aktive Internet-Liebesjäger sind. Und ich frage mich, wie viele von ihnen unfreiwillig Single sind.

Ich frage mich auch, wann aus dem World Wide Web das Internet wurde.

Jetzt frage ich mich, ob ich ein getoastetes Sandwich möchte. Ich muss mich konzentrieren.

Welcher normale Mensch über vier trompetet denn gerne seine Vorzüge in die Welt hinaus? Ich kann ja nicht mal meinen alten Wintermantel bei eBay einstellen, ohne mich umständlich für den etwas hakelnden Reißverschluss zu entschuldigen. Und wenn ich anders als augenzwinkernd und ein wenig abfällig über mich reden soll, bekomme ich sofort ein Ziehen in den Zähnen. Wobei, wenn ich mir die anderen Profile so anschaue, scheine ich nicht die Einzige zu sein, die damit ein Problem hat. *»Lass uns gemeinsam einsam sein!«*, meint Sasha aus Bow, als verschwände der Makel, wenn man ihn nur mit jemandem teilt. Tony, zweiunddreißig, aus Richmond, möchte seinen Freunden erzählen, er habe seine neue Flamme »in einer Bar« kennengelernt. Das ist ja gut und schön, aber ich frage mich, warum Tony dann nicht einfach *in eine Bar geht*?

Also gut. Okay. Okay. Mal sehen. Ich brauche jetzt kein Sandwich. Okay ...

Hi! Ich bin Rosy, süße siebenundzwanzig ...

Nein. Keine Ausrufezeichen. Keine Verniedlichungen. Löschen.

Schön, dass du dir mein Profil anschaust, du hast eindeutig Geschmack ...

Mein Finger wandert zur Korrekturtaste, und ich sehe zu, wie die Buchstaben blitzschnell aufgefressen werden. Gut möglich, dass ich noch einen Chai Latte brauche.

Die Mädels – aber natürlich. Die Mädels sind der Schlüssel zum Erfolg. Ich brauche mir nur anzuschauen, was die anderen weiblichen Bewerberinnen geschrieben haben, dann klaue ich mir die schönsten Sätze aus den besten Profilen zusammen und kreiere unter meinem Namen die perfekte Hybridfrau. Zuerst schaue ich mir Anna, 28, aus Dalston an: Sie kocht gerne (am liebsten Braten), spielt Scrabble (dahinter hat sie »LOL« geschrieben, um dem Ganzen einen ironischen Touch zu verleihen, aber Scrabble ist ein cooles Spiel, das LOL geht also auf ihre Kosten), Fitnessstudio, Kino und Ausgehen mit ihren Freunden ... sie hat aber auch nichts gegen einen Sonntagnachmittag im Pub einzuwenden oder ein Glas Rotwein zu einem guten Film zuhause auf der Couch. Becky aus Islington kocht auch gerne – Chili ist ihre Spezialität. Daisy aus Forest Gate ist wie ich Merlot-Trinkerin. Justine »chillt« am liebsten und »schaut gern gute Filme« – immer muss es ein »guter« Film sein, als hätten diese Mädels nicht alle schon ein halbes Dutzend Mal *Romy und Michelle: Alle Macht den Blonden* gesehen.

Mit jedem Profil, das ich lese, kommt mir mein eigener großer gähnend leerer Kasten noch größer und leerer vor. Nicht dass ich etwas gegen Kino hätte, aber seit ich weiß, dass eine mittelgroße Tüte süßes Popcorn 758 Kalorien hat, gehe ich nicht mehr so gerne hin wie früher – das Popcorn war für mich immer der Hauptgrund, ins Kino zu gehen. Kochen kann ich nicht, es sei denn, Pesto unter die Spaghetti zu heben würde auch zählen. Und nach dem Fitnessstudio-Debakel von letzter Woche kann ich auch nicht guten Gewissens behaupten, ich triebe gerne Sport. Ich treffe mich gerne mit Freunden, aber ich schaue auch gerne im Schlafanzug *Masterchef* an und knabbere dabei *Kelloggs Special K* direkt aus der Schachtel, was beides wohl kaum als »Hobby« durchgeht. Mein Leben besteht aus Arbeit, Fertiggerichten, Freunden und Putzen. Sieht ganz so aus, als verdiente es keine Lobhudeleien. Nein, je mehr ich darüber nachdenke, was ich *mache*, desto klarer wird mir, was ich alles *nicht* mache. Ich würde gerne öfter zu Konzerten gehen, tue es aber nicht. Ich jammere immer nur rum, wie hoch die Eintrittspreise oder wie phlegmatisch meine Freunde sind, aber würde ich weniger Geld für Maniküre und Coffee to go ausgeben, könnte ich mir auch die Tickets leisten (wobei ich mir dann neue Freunde suchen müsste). Ich würde auch gerne mal einen Halbmarathon laufen und Gitarrenunterricht nehmen. Ich würde gerne all die vielen Ausstellungen besuchen, über die ich immer nur in der Zeitung lese.

Nein, wenn ich das hier schaffen will, muss ich mich auf meine Persönlichkeit konzentrieren. Eigentlich bin ich ganz nett – da sind sich meine Freunde ziemlich einig. Was schätzen Männer sonst noch so an Frauen? Intelligenz? Sinn für Humor? Ich weiß nicht, woran das liegt, aber die meisten Frauen, die ich kenne, sind nicht besonders witzig. Dabei wäre es doch viel schöner, einen Mann zum Lachen bringen zu können als zum Weinen. Vielleicht durchstöbere ich mal die Profile einiger Männer und durchforste sie nach den Charakterzügen, die am gefragtesten sind. Dann kann ich so tun, als wäre ich diese ideale Frau.

»Entspannt« scheint ein ziemlich beliebtes Adjektiv zu sein – vermutlich eine Umschreibung für »bitte schrei mich nicht an, wenn ich mich ab und zu betrinke, so wie meine Ex das immer gemacht hat«. »Kontaktfreudig« und »abenteuerlustig« werden auch recht häufig genannt, und ehrlich gesagt sehe ich mich selbst als recht spontanen, offenen Menschen. Letzte Woche beispielsweise habe ich mir Profiteroles gekauft, einfach so, weil mir danach war. Aber ich müsste schon genauer wissen, auf was für ein »Abenteuer« ich mich da einlasse, ehe ich mich entscheide: Ein verlängertes Wochenende in den Cotswolds, sehr gerne; ein Gratistrip nach Südamerika und ein Monat in einem venezolanischen Gefängnis, lieber nicht.

Zur Stärkung nippe ich an meinem Chai Latte und fange an zu tippen:

> Wenn du auf Death Metal stehst, Tieropfer und Orangenmarmelade … dann bist du wohl nicht der Richtige für mich …

Ich brauche dringend ein getoastetes Sandwich.

Menschen kommen und gehen. Männer haben *Beowulf* übersetzt, Frauen haben Romane auf ihren Laptops getippt, eine schnatternde Schar junger Mädchen hat eine Runde Flat White Cappuccino bestellt und dann eine geschlagene Stunde über eine gemeinsame Freundin namens Carly abgelästert. Stunden sind vergangen, womöglich Tage. Ich habe jegliches Zeitgefühl verloren. Allerdings habe ich es geschafft, etwas zu schreiben/zusammenzustückeln, das gerade mal so als Profil durchgehen könnte. Das habe ich mir ausgedacht/zusammengeklaut:

> Stehst du auf Death Metal? Tieropfer? Den Geruch von Regen und Hundewelpen? Dann bin ich nicht die Richtige für dich.
>
> Ich bin kontaktfreudig, entspannt und immer offen für ein kleines Abenteuer. Seit einem unsäglichen Zwischenfall bei der Schuldisco habe ich zwar keinen Rotwein mehr getrunken, leiste dir aber gerne mit einem Wodka Soda Gesellschaft, während du dir eine schöne Flasche Shiraz aufmachst. Wenn ich nicht gerade in meiner PR-Agentur für Chaos sorge, treffe ich mich gerne mit Freunden, gehe ins Kino, ins Fitnessstudio und plane meine nächste Rucksackreise (bei einer Reise durch Kambodscha habe ich mich mit dem Reisefieber infiziert – und mit Amöbenruhr!).
>
> Wenn du bis hierhin gelesen hast, Respekt! Und wenn dir das, was du gelesen hast, gefallen hat, dann melde dich doch einfach mal.

Wenn meine Mischmasch-Copy-and-Paste-Methode funktioniert, müsste ich jetzt eigentlich die begehrteste Frau auf Guardian Soulmates sein, wenn nicht gar im ganzen Internet. Wobei ich die Wahrheit hier und da ein wenig frisieren musste: Tatsächlich bin ich nicht mit dem Rucksack durch Kambodscha gereist, sondern habe mich eine Woche lang auf Bali betrunken, und ich hatte auch keine Amöbenruhr, sondern nur einen verteufelt dicken Kater. Aber schließlich ist das hier ein Online-Dating-Profil und darum weder der richtige Ort noch die richtige Zeit für schonungslose Ehrlichkeit. Es war ein harter Kampf, und ich weiß nicht, ob ich die Kraft aufbringen kann, auch noch Fotos auszuwählen. Die meisten Leute haben ein, zwei Porträtfotos eingestellt, auf denen sie in die Kamera lächeln, und ein paar Bilder, auf denen man sie bei der Ausübung ihrer diversen Hobbys sieht. Da ich aber keine habe (weder Hobbys noch Fotos von mir bei deren Ausübung), lade ich aus der beschränkten Auswahl meines Laptops die drei hoch, auf denen ich am wenigsten sauertöpfisch gucke. Ich will nach Hause.

*

Die Reaktion auf mein Profil ist unglaublich. Und damit meine ich, es ist kaum zu glauben, dass einige dieser Männer tatsächlich funktionierende Mitglieder dieser Gesellschaft sind. Eigentlich hatte ich mir fest vorgenommen, mindestens einen ganzen Tag abzuwarten, ehe ich mich wieder einlogge und nachschaue, ob sich jemand mein Profil angesehen hat. Aber schon acht Stunden nach der kreativen Tour de Force im Caffè Nero bin ich eingeknickt und musste staunend feststellen, dass sich bereits zwölf Nachrichten in meinem Posteingang tummelten, darunter ganz sicher auch eine von meinem künftigen Ehegatten. Ich weiß ja nicht, wie viele Antworten man als anständige Resonanz werten kann, aber nachdem ich mir mein Profil noch mal durchgelesen und dabei eine Grimasse gezogen habe, die mir bestimmt tausend neue Falten im Gesicht eingegraben hat, fand ich zwölf Nachrichten als Ausbeute eigentlich gar nicht so übel.

Bis ich sie las. Es wimmelte nur so vor Rechtschreibfehlern, Slang, Abkürzungen, unerklärlichem Einsatz von Apostrophen ... allein die falsche Verwendung von »das« und »dass« war so schmerzhaft, dass ich mir die Augen am liebsten mit Wodka ausgespült hätte. Tom aus Hammersmith fing so an: *»Hi Rosy, hoffe, das es dir gut geht?«* Wobei ich beschlossen habe, im Zweifel für den Angeklagten zu entscheiden, vor allem nachdem ich die Nachricht von Francis, 27, gelesen hatte: *»Hey Babe, siehst soooooo sexy aus, willse ma was trinken gehn?«* Maslows Bedürfnispyramide sollte so abgewandelt werden, dass sie den korrekten Gebrauch der Muttersprache einschließt.

Das ist jetzt eine Woche her, und noch immer bekomme ich täglich jede Menge Zuschriften, und wohl nur der statistischen Verteilung wegen sind tatsächlich auch ein paar dabei, die ich ernsthaft in Betracht ziehe. Auf dem Sofa der Besten sitzend logge ich mich ein, während sie uns was zu essen macht (sprich, eine Tiefkühlpizza in den Ofen schiebt).

»Ist das eine Datingseite?« Ich habe sie gar nicht aus der Küche kommen gehört. Jetzt steht sie plötzlich hinter mir und linst neugierig auf den Bildschirm. Schnell schließe ich das Fenster, aber es ist zu spät. Sie reicht mir einen Teller. »Hast du mit jemandem geschrieben?«, fragt sie grinsend. »Das musst du mir sofort alles haarklein erzählen.«

Er heißt Jonathan. Er hat mich vor ein paar Tagen angeschrieben und ist bisher der vielversprechendste Anwärter. Die Beste drängt mich, ihr die Nachrichten zu zeigen, schließlich hätte sie ja auch schon meine Vagina gesehen, da könne sie auch mein albernes Geflirte nicht schocken. Also suche ich eine eher unverfängliche Stelle, die sie dann lesen darf.

Rosy:
Nein, Mannschaftssport mache ich
nicht – wobei ich früher Kapitän unserer
College-Cheerleader-Mannschaft war …

Jonathan:
Kapitän, so so? Heißt das, du standest ganz oben auf der Pyramide? Ich war mal zweiter Kapitän unseres Rugby-Teams, also nicht ganz so gut wie du! bist du mal runtergefallen? bestimmt hattet ihr ganz schön knappe Röckchen an!

Rosy:
Die Röckchen waren ziemlich kurz … wenn es windig war, musste man echt aufpassen. Und spielst du noch Rugby? Auf welcher Position? Mein Bruder und mein Vater haben früher auch gespielt, also weiß ich *vielleicht* sogar, wovon du redest …

Jonathan:
leider komme ich kaum noch zum Spielen! Hab früher für meinen Heimatverein gespielt aber Arbeit und Wettkämpfe vertragen sich nicht da muss man mindestens zweimal die Woche zum Training. Ich hab eigentlich überall gespielt, keine bestimmte Position. Und was machst du sonst noch so?

Rosy:
Och, das Übliche. Mich mit Freunden treffen, immer mal ins Fitnessstudio …

Die Beste sagt: »Du hast ihm erzählt, dass du Cheerleaderin warst!«, und als sie sich wieder einkriegt und aufhört zu lachen, meint sie: »Klingt doch ganz okay. Bisschen forsch vielleicht und etwas nachlässig bei der Zeichensetzung.«

Ich beiße mir auf die Zunge. Das ist mir auch schon aufgefallen, und jetzt, wo die Beste es so unverblümt anspricht, stört es mich noch mehr.

»Wo wohnt er denn?«

Das ist das zweite Manko. »Debden? Ich musste erst mal auf der U-Bahn-Karte nachschauen, wo das überhaupt liegt. Ganz am Ende der Central Line.«

»Und hat er schon vorgeschlagen, dass ihr euch mal trefft?«, fragt sie.

»Ja, am Freitag.«

»Er hat dir einen Freitag angeboten?«

»Warum klingst du so erstaunt?«

Die Beste erklärt das so: Sonntagsnachmittagskaffee signalisiert Teilnahmslosigkeit, ein Drink unter der Woche bedeutet: »Du bist ganz okay, aber mal sehen«, und das Wochenende halten Männer sich für Frauen mit echtem Potenzial frei. Nach dieser Erklärung schwebe ich ein paar Zentimeter über dem Boden. Dann fragt die Beste, wo wir uns treffen wollen. Die Bar, die er vorgeschlagen hat, kenne ich nicht. Die Beste zieht die Augenbrauen hoch: »Interessante Wahl.«

*

Es gibt viele Gründe, warum ich so selten am Leicester Square bin. Erstens bin ich kein Tourist, und selbst wenn, würde ich niemals herkommen: Der Gegend fehlt es an Finesse und Charakter, wie man sie sonst fast überall in London findet. Nennt mich einen unverbesserlichen Snob, aber meiner Ansicht nach ist der gigantische M&M-Laden nicht unbedingt ein Aushängeschild für eine Kulturhauptstadt. Auf jedes Theater und jedes Kino in dieser Ecke kommt mindestens ein Laden, der billigen Union-Jack-Schrott verkauft, oder eine überfüllte, überteuerte Bar, die Cocktails in grellen Farben serviert. Und in eine dieser Bars führt Jonathan mich aus.

Er erwartet mich bereits, als ich aus der U-Bahn komme, und ich erkenne ihn auf den ersten Blick: Er sieht seinen sechs Fotos auf GS sehr ähnlich. Er ist groß und schlank, wodurch er insgesamt ziemlich *lang* wirkt, hat einen Bartschatten am Kinn und kurz geschorene schwarze Haare mit recht deutlichen Geheimratsecken (oder »hoher Stirn«, wie mein Dad immer zu sagen pflegte, als es bei ihm anfing). Tja, wenn man auf die dreißig zugeht, ist ein Freund mit vollem Haupthaar ein Luxus, kein Grundrecht. Er geht voran zur Bar, und so langsam beschleicht mich das Gefühl, dass man sich hundert Fotos anschauen kann, ohne zu wissen, wie jemand wirklich aussieht.

Jonathan zieht eine der schweren Glastüren zur Letters Bar auf, und sofort schlägt mir der Lärm wie eine Woge entgegen, gefolgt von feuchter, erstickender Wärme wie in einem Gewächshaus. Ganz London scheint sich hier in diesem Laden zu drängen: Es ist rappelvoll mit Büromenschen in Endlich-Wochenende-Stimmung, die mit feuchtem Hemd und gelockerter Krawatte Rücken an Rücken mit Grüppchen kichernder Mädels in engen Röckchen und schwindelerregend hohen Schuhen stehen. Entlang der Wände reihen sich mit schwarzem Leder bezogene Sitzecken. In einer hocken ein paar Studenten, die Jacken und Laptops in einer Ecke zusammengeworfen, und schlürfen ihre Getränke, zwei Tische weiter schäkern zwei gediegene ältere Herren mit zwei auffallend gut aussehenden Damen, die wahrscheinlich (hoffentlich) ihre Ehefrauen sind. Im Kühler auf dem Tisch dümpelt eine leere Champagnerflasche, die nächste ist schon auf dem Weg. Für ein Gläschen nach dem Theater ist es noch zu früh und für ein Schlückchen vorher schon zu spät, und obwohl ich mir nicht vorstellen kann, was sie hierher geführt haben mag, scheinen sie sich doch prächtig zu amüsieren. Ob ich mich dazu setzen dürfte?

Wobei ich staune, dass sie sich überhaupt unterhalten können bei den dröhnenden Euro-Clubbeats im Hintergrund, die die Luft noch dicker zu machen scheinen. Jonathan schreit mir etwas zu – was ich nur weiß, weil seine Lippen sich bewegen und eine Ader an seinem Hals pocht, aber ich verstehe nur: »Wülf-fu-as-nkn.« Ich schüttele den Kopf und schaue ihn fragend an: das internationale Zeichen für Unverständnis. »Willst du was trinken?«, brüllt er mir ins Ohr.

»Einen Wodka Soda, bitte«, schreie ich zurück. Zu einem Limettenscheibchen würde ich auch nicht Nein sagen, aber ihm das jetzt auch noch entgegenzubrüllen, ist mir zu anstrengend. Ich habe zwar nur mein missglücktes Date mit Elliot als Vergleich, aber wenn wir uns den ganzen Abend abwechselnd anbrüllen müssen, sehe ich schwarz für diese Verabredung. Jonathan schiebt sich durch die Menschenmassen zur Theke, und plötzlich erblicke ich das urbane Äquivalent zu einer schattigen Oase mitten in der Wüste: einen freien Tisch. Alle anderen sind zu beschäftigt mit Schlangestehen oder Quatschen oder sind um acht Uhr abends schon so betrunken, dass sie nichts mehr mitbekommen. So klein zu sein hat mir im Laufe der Jahre viele peinliche Momente beschert (ich war die einzige Schülerin, die für das Schulfoto auf einem Gerüst stehen musste; da war ich in der neunten Klasse und hatte zwei Jahrgänge unter mir), aber in London eine kindergroße Erwachsene zu sein bringt auch gewisse Vorteile mit sich, wie sich beispielsweise in der Rushhour in die letzte kleine Lücke in der Bahn quetschen zu können, in die für das ungeübte Auge (sprich normalgroße Menschen) nie und nimmer jemand passen würde. Ich sehe mich gerne als U-Bahn-Ninja. Und jetzt kann ich mich ganz einfach durch die dicht gedrängt beieinanderstehenden Menschen schlängeln und hurtig den Tisch besetzen. Ich sehe Jonathan zurückkommen und winke ihm fröhlich zu, dann beobachte ich, wie er herkommt und vorsichtig versucht, die Getränke nicht zu verschütten, und dabei alle finster anstarrt, von denen er befürchtet, sie könnten unvorsichtigerweise den Ellbogen ausfahren.

Er stellt unsere Gläser auf den Tisch und schiebt sich auf die Sitzbank. Dann stoßen wir an und sagen »Cheers«, und ich nippe schon an meinem Drink, als Jonathan beiläufig bemerkt: »Die machen hier immer Doppelte.« Ich muss mich zusammenreißen, um nicht zu husten und zu prusten und zu würgen, als der billige Wodka sich scharf und säuerlich die Speiseröhre hinunterätzt.

Schnell stelle ich das Glas ab. »Zwei davon, und ich bin sturzbetrunken.«

»Okay, dann bestelle ich gleich ein halbes Dutzend!«, brüllt Jonathan und tut, als wolle er aufspringen und den Barkeeper herwinken.

Ich ringe mir ein Lachen ab beim Gedanken daran, wie Jonathan mich bis zur Willenlosigkeit betrunken macht. »Unglaublich, wie voll es hier ist.«

»Ja, ganz schön voll. Freitags ist hier immer die Hölle los«, sagt er. Immer? Wie oft kommt er denn hierher? In der kleinen Sitzecke sind wir etwas geschützt vor dem infernalischen Krach, aber es ist so anstrengend zuzuhören und sich verständlich zu machen, dass ich schon Kopfschmerzen bekomme, weil mein Nacken so verspannt ist.

Immerhin wird der Wodka genießbarer, je mehr man davon trinkt. »Du hast mir noch gar nicht erzählt, was du beruflich machst«, kreische ich quer über den Tisch.

»Ist etwas ungewöhnlicher«, dröhnt er zurück. Vielleicht ist er Delfintrainer. Vielleicht ist er Willy Wonka. Und dann sagt er: »Ich arbeite im Sicherheitsbereich am Flughafen Gatwick.« Er erzählt mir von der »voll lustigen Truppe« von »Jungs«, mit denen er zusammenarbeitet. Anscheinend besteht ihre Arbeit in weiten Teilen daraus, »voll lustige« Videos auf YouTube zu gucken.

»Und was machst du da genau?«

»Warst du schon mal am Flughafen?«, fragt Jonathan und beugt sich nach vorne.

Ich stutze. »Klar.«

»Und du bist auch schon mal geflogen, ja?«

»Ja …«

»Also, vor dem Boarding musst du durch die Sicherheitskontrolle, und da gibt es diese Scanner – weißt du, was ich meine? Man geht durch, und dann piepst es? Ich bin dafür zuständig, das Handgepäck auf verbotene Gegenstände zu durchleuchten. Und wenn sich jemand verdächtig verhält, können wir ihn rausziehen und gründlich durchsuchen.«

Jetzt beuge ich mich auch vor. »Und worauf achtet ihr da besonders?«, frage ich lachend. »Wären sich auffällig unauffällig verhaltende Herren mit Sonnenbrille und Trenchcoat zu offensichtlich?«

»Kommt drauf an«, entgegnet Jonathan todernst. »Wenn sich jemand verdächtig verhält. So was halt.« Er verzieht keine Miene. Entweder hat er nicht verstanden, dass das ein Witz sein sollte, oder er hat ihn überhört – beides eher alarmierend.

»Ja, klar.«

Worauf Jonathan sich wieder zurücklehnt und wohl darauf wartet, dass ich etwas sage.

»Ich habe mich nur gefragt, ich meine ... ganz konkret? Also, wie genau macht man sich verdächtig? Blickkontakt vermeiden, so was in der Art?«

»Konkret?« Er runzelt die Stirn, und ich schaue in mein Glas und nehme mir fest vor, nie wieder von Gatwick abzufliegen. »Eigentlich nicht ... nur wenn einer sich auffällig verhält. Verdächtig halt.«

»Verstehe.« In meinem Glas schwimmt jetzt eine trübe Mischung aus verwässertem Wodka und geschmolzenen Eiswürfeln. Ich schwenke sie ein bisschen herum. Der offizielle Dating-Spielstand ist damit null zu zwei. Mein Desinteresse an Jonathan war nicht gleich auf den ersten Blick da wie bei Elliot, aber es ist im Laufe des Abends gereift und jetzt schon ziemlich ausgeprägt. Wie verwirrend. Beim Schreiben kam Jonathan eigentlich ganz gut rüber: witzig, interessant – wie kommt es bloß, dass mir jetzt ein völlig anderer Mensch gegenübersitzt? Aber wo ich nun mal hier bin, fühle ich mich auch verpflichtet, mich ernsthaft zu bemühen, eine nette Unterhaltung in Gang zu bringen, bis mir eine gute Ausrede einfällt, mich möglichst schnell aus dem Staub zu machen. »Und was war das Abgefahrenste, das du je in einem Koffer entdeckt hast? Das wirst du sicher ständig gefragt.«

»Handschellen«, meint Jonathan grinsend. »Und ich wette, du rätst nie, wofür die waren!«

»Ich glaube, ich kann es mir denken«, entgegne ich glucksend.

»Sexspiele.«

»Ja, genau, das dachte ich mir.«

»Möchtest du noch was trinken?« Es klingt nicht wie eine Frage. Jonathan wurschtelt sich aus unserer Sitzecke und bleibt neben mir stehen, während er meine Antwort abwartet.

»Ich bin dran, oder?«

Worauf er spöttisch grinst. »Das macht ihr Mädels immer.«

»Was bitte?«

»So tun, als wolltet ihr eine Runde holen – und dann kramt ihr ewig nach dem Portemonnaie und wartet nur darauf, dass der Kerl sagt: ›Lass mal, ich mach das schon.‹«

Ich kann ihm kaum folgen. »Aber … ich hole wirklich gerne die nächste Runde.« Und damit halte ich ihm mein Portemonnaie unter die Nase.

Wieder grinst er spöttisch. »Schon okay«, brummt er und stiefelt zur Theke. Ich verstehe nicht, was da gerade passiert ist. Hätte ich zahlen sollen? Oder darauf bestehen müssen zu zahlen? Und dann ruft er ganz beiläufig über die Schulter zurück: »Ich bringe dir noch mal dasselbe mit«, was wohl offensichtlich die Strafe für mein Fehlverhalten ist.

*

Der Moment, in dem Jonathan mich fragt, ob ich schon mal einen Dreier hatte, ist der Moment, in dem ich zu dem Schluss komme, dass Internetdating doch nichts für mich ist. Ich hatte zwar erst zwei Verabredungen, und die eine ist nicht mal übers Internet zustande gekommen, aber die beiden, Elliot und Jonathan, haben es geschafft, dass ich meinen teuren, unversicherten Laptop am liebsten mit Schmackes an die Wand werfen würde. Jonathan quasselt ununterbrochen: Ich sehe, wie seine Lippen sich bewegen, aber ich höre schon gar nicht mehr hin. Seit drei Minuten durchforste ich mein Hirn fieberhaft nach einer Ausrede, um schleunigst von hier verschwinden zu können. Ich könnte vorgeben, noch mit einer Freundin verabredet zu sein – aber wer verabredet sich schon am Abend eines Dates noch mit einer Freundin …? Nein, wenn ich dieser unsäglichen Geschichte ein schnelles Ende machen will, brauche ich eine Entschuldigung, die plausibel und unanfechtbar ist, falls er nachhaken sollte. Aber vielleicht gibt es in so einem Fall einfach nur faule Ausreden. Gute Erklärungen braucht man nicht, man glaubt doch lieber eine schlechte Ausrede, als sich eingestehen zu müssen, dass das Gegenüber einen abstoßend findet und einen keine Minute länger erträgt. Ich könnte wieder darauf hinweisen, dass ich »früh rausmuss«, genau wie bei Elliot (wobei der Plan bei ihm nicht unbedingt aufgegangen ist). Eine Gratwanderung zwischen Glaubwürdigkeit und unverhohlener Ablehnung. Eigentlich sollte ich mich bei Jonathan für den netten Abend bedanken und ihm sagen, dass ich jetzt gerne nach Hause gehen möchte. Aber was, wenn er es nicht kapiert? Ich würde es nicht über mich bringen, ihm zu sagen: »Und bitte, ich möchte dich nie wiedersehen.«

»Rosy?«

Ich schrecke hoch. »Ja.«

»Bist du dabei?«

O Gott – wobei? Nach Hause gehen? Oder zu ihm nach Debden, billiges Bier trinken, und dann schaut Jonathan dabei zu, wie eine Prostituierte namens Cherry mir an den Nippeln leckt? Ich denke, nein wäre hier die beste Antwort. »Lieber nicht, tut mir leid.«

»Ach, komm schon, noch eine Runde.«

»Ich weiß nicht …« Ich zwinge mich zu tun, als sei ich hin- und hergerissen: Noch einen ekligen Drink mit Jonathan oder schnell nach Hause, unterwegs ein Wispa kaufen und dann husch, husch in den Pyjama schlüpfen.

»Na komm«, sagt er und lehnt sich so heftig zurück, dass er gegen die Lehne der Sitzbank knallt. »Sei kein Arsch.«

»Ich gehe jetzt nach Hause«, sage ich, diesmal etwas entschlossener. »Aber trotzdem vielen Dank, war ein netter Abend.«

»Ernsthaft, du willst gehen?« Er scheint ehrlich verblüfft. »Okay. So toll bist du nicht, aber ich dachte, ich versuch's mal.« Bei Männern wie Jonathan ist ein Nein immer die beste Antwort.

Zuhause angekommen klettere ich mit dem Laptop ins Bett und logge mich in meinen GS-Account ein. Ich habe neun ungelesene Nachrichten im Posteingang. Bei dreien entdecke ich gleich in der ersten Zeile einen Rechtschreibfehler. Die anderen überfliege ich zwar rasch, aber sie sind allesamt belanglos und nichtssagend. Bis zum heutigen Abend fand ich ungelesene Nachrichten genauso spannend wie den Stapel mit den vielen bunten Umschlägen am Tag vor meinem Geburtstag. Aber mit den Jahren verliert der erwartungsfrohe Kitzel seinen Reiz, und man stellt fest, dass die wenigsten Karten, genau wie die wenigsten Nachrichten, wirklich halten, was sie versprechen (bei den Karten sind es übrigens die mit dem Geld drin). Die anderen sind ganz hübsch, landen aber früher oder später im Papierkorb. Ich öffne den Thread mit Jonathans Mails und scrolle bis ganz zum Anfang zurück auf der Suche nach einem Hinweis darauf, was für ein herablassender, rüpelhafter Widerling er in Wirklichkeit ist. In seiner ersten Nachricht hat er eine augenzwinkernde Anspielung gemacht, über die ich damals lachen musste, aber jetzt kann ich fast hören, wie er sagt: *»... und machst du heute unsägliche Dinge* ohne *Rotwein?«* Igitt. Ich scrollte weiter: Kleinigkeiten, die ich anfangs anziehend fand – dass er Rugby spielt, ein bisschen rau wirkte, sensibel, clever, aber nicht selbstverliebt ... Der Jonathan meiner Tagträume stand samstagabends in der Küche und kochte Abendessen, während ich mit einem Glas Sauvignon Blanc auf unserem Habitat-Sofa saß und den *Guardian* las. Selbst wenn der echte Jonathan mit mir in eine schicke Bar gegangen und sich nett mit mir unterhalten hätte, statt mich abfüllen zu wollen und mich einen Arsch zu nennen, hätte er dem Traummann meiner Fantasie niemals das Wasser reichen können. Sein lässiger Umgang mit der Grammatik war Fingerzeig genug, dass aus uns nie was werden würde. Ich markiere den Thread und klicke auf Löschen. Guardian Soulmates fragt mich, ob ich mir sicher bin. Bin ich.

4.
L'amour sieht aus wie du

Die Beste weiß genau, dass die Lösung für jede Krise, vor allem Männer und die Angst vor einer freudlosen, einsamen Zukunft betreffend, in einer gut gekühlten Flasche Weißwein, einer Familienpackung Nachos (pro Person) und viel gutem Zureden in Form der Beste-Freundinnen-Aufmunterungsansprache besteht. Im Alter von achtzehn Jahren und einem Tag wachen wir Frauen morgens auf und können diese kleine Ansprache auswendig (genauso wie wir jederzeit mit dem Rauchen aufhören und ein paar Brocken Spanisch sprechen können). Sie deckt sämtliche Bereiche des Frauseins ab, angefangen vom Älterwerden über Männerkennenlernen bis hin zu den Körperteilen, die man niemals, unter keinen Umständen, rasieren sollte – und alles dazwischen. Wir Frauen tragen einander den entsprechenden Abschnitt daraus vor, wann immer eine Geschlechtsgenossin traurig, verletzt oder einsam ist, und Sinn und Zweck der ganzen Sache ist es, die Ängste besagter Geschlechtsgenossin zu zerstreuen, damit sie weitermachen kann, sprich arbeiten, sich verabreden oder aufstehen (abhängig von der Art der jeweiligen Krise). Dabei ist es ganz egal, dass diese kleine Ansprache hauptsächlich auf Halbwahrheiten und Spekulationen beruht – »Natürlich wirst du nicht einsam und allein sterben«, »Die wären doch bescheuert, würden sie dich nicht nehmen!«, »Nie im Leben vögelt der die megascharfe Vorzimmerdame, wo er sich doch bei dir immer so sicher und geborgen fühlt« – denn darum geht es nicht. Es geht darum, der Freundin/Schwester/Putzfrau klarzumachen: Selbst wenn die ganze Welt sich gegen dich verschworen hat, du bist nicht allein. Es ist immer jemand da, der zu dir hält und dich anfeuert, nicht aufzugeben. Die Beste leistet heute Abend ganze Arbeit. (Zum Thema Jonathan zischt sie empört: »Das hat er echt gesagt? Wichser. Gut, dass du den los bist.«) Und der Wein kühlt wie erhofft die erhitzten Gemüter. Auf der Suche nach Trash-TV zappen wir uns durch die diversen Sender und landen schließlich bei einem Film, in dem Nicholas Cage mit Vollgas in verschiedenen Autos durch eine Stadt rast. Allmählich finde ich Gefallen an dem Streifen, eben ist auch Angelina Jolie aufgetaucht. Die Beste sitzt neben mir und tippt eifrig auf ihrem Handy herum.

Ich habe mein GS-Profil gelöscht. Ein vielversprechender Kontakt mit einem Typen namens Owen ist im Sande verlaufen, und ansonsten bekam ich immer nur sporadisch die eine oder andere Nachricht. Viel zu viel Aufwand und insgesamt der Mühe nicht wert. Das ist jetzt eine Woche her, und auch wenn ich zwischendurch ein paar depressive Augenblicke hatte, in denen ich nach dem Verzehr von Zweidritteln einer Donut-Tüte »Seniorenheim für alleinstehende Frauen« gegoogelt habe, stehe ich eigentlich zu meiner Entscheidung. Frauen und Männer kopulieren seit Jahrhunderten auch ohne Laptop miteinander, und das Internet ist nicht die einzige Möglichkeit, Männer kennenzulernen. Ich bin ein geselliger Mensch, ich gehe gerne aus, und manchmal sogar dahin, wo es Männer gibt. Ich sollte mehr in Bars gehen. Den finanziellen Mehraufwand und die potenziellen Leberschäden kann ich mit der Aussicht aufwiegen, dass ich irgendwann ganz bestimmt einen attraktiven, intelligenten Mann kennenlernen werde, der mich unbedingt (aus Gründen, die ich bisher noch nicht näher definieren kann) heiraten will.

Ich weiß, dass es so was gibt, weil es bei meinen Eltern so war. Dad war in einer Bar, wo sie den Geburtstag eines Kollegen feierten, und Mum war auch da, weil ihre beste Freundin Liz (meine Patentante – wäre die Geschichte anders ausgegangen, wäre sie jetzt nicht meine Patentante, sondern »Liz, die blöde Kuh, die Mum nicht ausstehen kann«) sie überredet hat mitzugehen. Dad behauptet, Mum sei ihm gleich beim Hereinkommen aufgefallen, und er habe den ganzen Abend auf eine Gelegenheit gewartet, sie anzusprechen. Mum dagegen behauptet, er habe den ganzen Abend damit zugebracht, der Bedienung in den Ausschnitt zu starren, und sie seien sich nur durch einen zufällig perfekt getimten Gang zur Toilette überhaupt über den Weg gelaufen. Nicht allzu lange danach musste Dad beruflich ins Ausland und hat ihr jede Woche einen Brief geschrieben.

»Ich wünschte, heutzutage würde man sich noch Briefe schreiben«, sage ich seufzend zur Besten.

»Hm?«

»Heute schreibt niemand mehr Liebesbriefe. Würde ein Mann mir einen Brief schreiben, ich wäre, du weißt schon …« Ich schnipse mit den Fingern. »Rettungslos verloren.«

Sie schaut kurz auf und meint: »Ich habe keine Ahnung, wovon du redest«, und wendet sich dann wieder ihrem Handy zu.

Ich höre einen Schlüssel in der Wohnungstür. Oona spaziert ins Wohnzimmer und lässt sich noch im Mantel in den grünen Sessel fallen. Ich frage sie, wie ihr Tag war, obwohl ich mir die Antwort schon denken kann.

»Lang«, sagt sie. »Und sehr anstrengend.«

Die Beste schaut auf. »Hi«, sagt sie und bricht dann ab,

weil sie sich nie merken kann, welche meiner Mitbewohnerinnen wer ist. Auch egal. Oona sagt kurz Hallo, und es ist unübersehbar, dass sie auch nicht mehr weiß, wie die Beste eigentlich heißt. Möglicherweise hat sie es nie gewusst.

»Wo du gerade da bist«, sagt Oona und streift sich mit dem jeweils anderen Fuß die Schuhe ab, »vergiss bitte nicht, dass die Gemeindesteuer diesen Monat fällig ist.«

»Ich habe das Geld schon überwiesen«, sage/schwindele ich.

»Weiß Harriet auch Bescheid?«

»Bestimmt.« Ich hoffe doch. Eine Neuaufführung des Wasserabrechnungsdesasters von letztem Herbst möchte keiner von uns erleben.

Oona lehnt den Kopf seitlich gegen den Sessel und wendet sich dem Fernseher zu. »Was um alles auf der Welt seht ihr euch da an?«

»Einen Film über Autos. Mit Nicholas Cage.«

»Ist das ein Dokumentarfilm?«

»Ich glaube nicht.«

Oona gibt ein Geräusch von sich, das die lautliche Entsprechung eines Achselzuckens sein könnte, und rafft dann Tasche und Schuhe zusammen. »Ich gehe unter die Dusche und dann ins Bett. Wenn ihr so nett wärt und den Fernseher leiser stellen würdet ... Ich muss morgen früh raus, also sehen wir uns wohl erst wieder am Wochenende.«

»Okay. Nacht, Oona.«

»Gute Nacht.«

»Nacht«, murmelt die Beste, mein ambivalentes Echo. Sie macht keinerlei Anstalten, bald nach Hause zu gehen. Im Gegenteil, es scheint, als sei ihr Telefon zu einem hypnotischen Strudel mutiert, von dem sie den Blick nicht mehr losreißen kann. Ich spreche sie an, aber sie reagiert nicht, also stupse ich sie in die Rippen und verlange zu wissen, wer oder was da so verdammt spannend ist. »Du starrst seit Stunden auf dein Handy. Schreibst du jemandem?«

»Nein.« Sie grinst und schaut mich dann endlich an. »Ich bin bei Tinder.«

»Du bist bei was?«

»Das ist der Hammer, da musst du auch hin.«

»Ich weiß ja nicht mal, wovon du redest.«

Die Beste rutscht heran und hält mir das Handy unter die Nase. Darauf ein Mann mit Bart, der uns mit Beanie auf dem Kopf und Gitarre im Arm ansieht. Darunter stehen Name und Alter: Er heißt Bryan und ist neunundzwanzig. Unten am Rand des Displays sind ein grünes Herz und ein rätselhaftes rotes Kreuz zu sehen.

»Wie findest du Bryan?«, fragt die Beste. »Hop oder top?«

Ich beuge mich etwas weiter über das Handy. »Weiß nicht, kann ich jetzt gar nicht sagen ... warum? Wieso willst du das wissen?«

»Genau darum geht es. Findest du ihn auf den ersten Blick anziehend?« Die Beste tippt auf das Gesicht in der Anzeige, und plötzlich tauchen vier weitere Fotos auf: Bryan in der Kneipe, Bryan mit Hund, Bryan mit seinen Freunden, die Bryan alle verblüffend ähnlich sehen.

»Also, wenn ich mich entscheiden müsste ... er ist eigentlich nicht mein Typ.«

»Nein, meiner auch nicht«, murmelt die Beste und wischt mit dem Daumen über das Display nach links. Im Bruchteil einer Sekunde ist Bryan verschwunden und statt seiner Travis, 30, zu sehen.

»Wo ist Bryan hin?«

»Weg.«

»Wie, weg?«

Die Beste seufzt und schaut mir direkt ins Gesicht. »Tinder ist wie ein Supermarkt für Männer. Immer, wenn du einen beiseitewischst, erscheint ein anderer, und dann kannst du dich entscheiden, ob du ihn likest oder lieber weitersuchst.«

»Wie liked man denn jemanden?«

»Man wischt ihn nach rechts statt nach links.« Die Beste wischt weiter unermüdlich nach links und verwirft die auftauchenden Gesichter so schnell, dass sie zu einem einzigen Wirbel verschmelzen. Dabei brummt sie unablässig: »Nein, nein, nein …« Dann hält sie unvermittelt inne. Ein umwerfend gut aussehender Mann – blond, sonnengebräunt, klare grüne Augen – steht in Boardshorts neben einem türkis schimmernden Pool, in der Hand ein Bier und auf dem bildschönen Gesicht ein breites, strahlendes Lächeln. Der Mann heißt Ed und ist siebenundzwanzig.

»Ed gefällt mir«, sage ich.

»Mir auch«, stimmt die Beste mir zu. »Weshalb wir ihn auch nicht nach links, sondern nach rechts wischen.« LIKE blinkt es sofort auf dem Display auf. Ed ist verschwunden, und der Nächste (Colin, 30) guckt uns entgegen.

»Aber wieso ist Ed jetzt auch verschwunden? Weiß er, dass du ihn geliked hast? Kannst du ihn wieder zurückholen?« Die Fragen sprudeln nur so aus mir heraus. Doch noch ehe die Beste darauf antworten kann, erscheint schon wieder ein neues Bild auf dem Display: Ed kommt uns entgegengewirbelt, und darunter die Worte: »It's a match!« Das muss etwas Gutes bedeuten, denn die Beste strahlt über das ganze Gesicht.

»Wir haben uns gematcht«, erklärt sie. »Weil wir uns beide geliked haben – und um deine Frage zu beantworten, nein, sonst hätte er nicht erfahren, dass ich ihn geliked habe. Das erfährt man nicht, wenn man nicht gematched wird.«

»Ich wünschte, bei den Guardian Soulmates gäbe es auch so eine Funktion«, sage ich und winde mich bei dem Gedanken an Mani aus Tottenham, den meine Zurückweisungen nur noch weiter zu ermutigen schienen. Die Beste wischt fleißig weiter. Justin, Amir und Gavin fliegen nur so an uns vorbei, während sie unverdrossen weiterwischt. Links, links, links. »Jeder von denen könnte die Liebe deines Lebens sein«, wende ich ein.

»Bestimmt nicht.«

»Woher willst du das so genau wissen?«

Die Beste schaut mich an, die rechte Augenbraue hochgezogen. »Das weiß man einfach – du hast gesagt, du hättest es gleich gewusst, als du Elliot gesehen hast.«

»Ja, aber der stand leibhaftig vor mir. Und wir haben uns persönlich kennengelernt, Zeit genug also, um festzustellen, dass er mich nicht die Bohne interessiert. Du schaust dir die Jungs höchstens eine halbe Sekunde lang an.«

»Dann finde ich sie einfach nicht attraktiv.«

»Ziemlich oberflächlich.«

Die Beste zuckt nur mit den Achseln und wendet sich wieder dem Handy zu. Mein Blick geht zum Fernseher. Inzwischen ist Vinnie Jones auf der Mattscheibe aufgetaucht.

Ich weiß nicht recht, was ich von Tinder halten soll – ich finde die Idee dahinter eher verstörend. Meine Mutter fände das ganze Konzept unmöglich, für sie stünde so etwas auf einer Stufe mit Promis, die sich Knall auf Fall ineinander verlieben, sich verloben und heiraten. »Die kennen sich gerade mal zehn Minuten!«, wettert sie dann immer empört. (Inzwischen verlasse ich vorsichtshalber den Raum, wenn sie Anstalten macht, sich mit Medien jedweder Art zu befassen.) »Das ist doch keine Hochzeit, das ist ein PR-Gag.« Weibliche Promis nennt sie nur »diese Pop-Sternchen« (obwohl viele von ihnen überhaupt keine Pop-Sternchen sind), und sagt, mit den Eheversprechen hielten sie es wie mit ihren sogenannten Live-Shows – »sie tun nur so«. Meine Mutter hat Sorgen, die Ehe könnte zu einem Wegwerfprodukt verkommen. Als ich im späten Teenie-Alter war, haben sie und Dad eine schwierige Phase durchgemacht. Bru war schon an der Uni, und hat mir erst nicht geglaubt, wenn ich ihm am Telefon erzählte, wie unsere Eltern sich stritten und dann tagelang kein Wort mehr miteinander redeten. Keiner der beiden hat mit mir darüber gesprochen. Nach einem besonders schlimmen Wochenende (ein Teller war geflogen), setzte ich mich zu Mum, die gerade bügelte, und fragte sie, ob sie sich scheiden lassen wollten. »Wenn ein Sturm aufzieht«, sagte sie zu mir – ich kann mich noch lebhaft daran erinnern – »holt man die Segel ein, macht die Schotten dicht und rechnet mit dem Schlimmsten. Aber man geht nicht gleich von Bord.«

»Und wenn es ein Tornado ist?«, fragte ich sie. »Ein Affären-Tornado, weil jemand eine Affäre hatte?«

»Niemand hatte eine Affäre«, erklärte sie mir streng. Und ich schaute zu, wie sie mit mathematischer Präzision Dads Hemden faltete. »Man tut sein Bestes. Man wurschtelt sich durch, und man denkt daran, warum man sich dieses Versprechen gegeben hat.« Eine App, bei der man jemanden aufgrund eines Zehntelsekundeneindrucks abtut, wäre ihr ein Graus. Dad fände das nicht so schlimm, solange irgendwo Cricket läuft.

Ich schaue mir die Beste an, die immer noch Männer shoppt. Die Guten ins Körbchen, die Schlechten in das, was bei Tinder dem Müllcontainer entspricht, wo sie mit viel Glück um zwei Uhr nachts von einem Freeganer herausgeangelt werden. Noch während ich ihr zusehe, hat sie ein weiteres Match mit einem Mann namens Jose, und erst da fällt mir auf, was mir eben bei Ed entgangen ist. Nachdem durch Wischen und Tippen bestätigt wurde, dass man beim gegenseitigen Anblick Sabber im Mundwinkel hatte, stellt Tinder eine Frage: »Weitersuchen?« Ungläubig wiederhole ich den Satz, aber die Beste nickt nur wissend. »Das wird man immer gefragt. Hat nichts zu bedeuten.«

Geht es darum bei Tinder? Die ewige Suche? Und wenn ja, was sucht man eigentlich? Jemanden zum Flachlegen? Einen neuen Freund? Den Gang zum Altar? Die Beste fliegt nur so durch den endlosen Strom von Gesichtern, als seien es bloß kunstvoll zusammengestellte Pixel und keine richtigen Männer, die lachen und furzen und sich zusammenreißen, um am Ende von *Toy Story 3* nicht zu weinen. Von meiner Seite des Sofas aus wirkt das wie die unromantischste Art und Weise, die große Liebe zu finden, die ich mir vorstellen kann.

5.
Die Höllenhunde der Liebe

Irgendwas piepst durchdringend. Entweder mein Telefon oder der Rauchmelder in der Küche, der mich darauf aufmerksam machen will, dass sich unsere Wohnung gerade in ein flammendes Inferno verwandelt. Ich habe das Piepen im Traum gehört, aber jetzt bin ich wach, und das enervierende Geräusch ist immer noch da. Puh, zum Glück sehe ich mein Handy im Dunkeln leuchten und stelle erleichtert fest, dass ich zwar vollkommen unnötigerweise aufgewacht bin, aber immerhin nicht kurz davorstehe, den Flammentod zu sterben. Ich taste auf dem Nachttischchen herum, bis meine Fingerspitzen es schließlich erwischen. »Hallo?«

»ICH BIN VERLOBT!«, kreischt eine Stimme am anderen Ende der Leitung, und ich zucke verschreckt zusammen. »Bob hat mich gefragt, ob ich ihn heiraten will!«

Nach neun Jahren erkenne ich Kates leichten walisischen Akzent auf Anhieb, aber in meinem schlaftrunkenen Zustand muss ich erst mit zusammengekniffenen Augen auf das Display linsen, um mich zu vergewissern, dass ich mich nicht geirrt habe. Eigentlich will ich sagen: »Wie toll!«, aber heraus kommt wohl nur ein verschlafenes Grunzen, weil Kate erschrocken fragt: »Was? Ach herrje, habe ich dich etwa geweckt?«

Langsam komme ich zu mir und hieve mich in eine halb sitzende Position, dann schalte ich die Nachttischlampe ein. Der Wecker zeigt 00:37 Uhr. »Nein! Also, ja, aber jetzt bin ich wach ... Kate, das ist ja wunderbar, das ist echt wunderbar – ich freue mich so für dich!«

»Danke!«, quiekt sie fröhlich. »Wir sind gerade erst nach Hause gekommen ... wir waren essen, und er hat sich den ganzen Abend schon so seltsam benommen, und dann wollte er unbedingt zu Fuß nach Hause gehen, statt die Bahn zu nehmen, obwohl ich hohe Schuhe anhatte ...« Die ganze Geschichte sprudelt nur so aus ihr heraus. Sie sind wohl am Fluss entlanggegangen, der romantisch angestrahlt war, sind zu einer Bank gekommen, wo er aus dem Nichts eine Flasche Champagner hervorgezaubert hat ... und das Ganze endete mit einem großen Diamanten an ihrem Finger, worauf ja letztendlich alles hinausläuft. Plus natürlich ewige Liebe, etc.

Man hört Kate die Erleichterung förmlich an, als sie seufzt: »Der Ring ist wunderschön.« Die Befürchtung, einen scheußlichen Verlobungsring zu bekommen, hängt wie ein Damoklesschwert über unseren rosaroten Hochzeitsfantasien: Mit Schrecken haben wir uns ausgemalt, wie der Mann den perfekten Heiratsantrag plant, nur um dann die Schmuckschachtel aufzuklappen, und darin findet sich das Schmuck gewordene Grauen – ein farbiger Stein oder, schlimmer noch, ein Stein mit *Prinzessschliff* ... unvorstellbar.

Kate plappert unverdrossen weiter und erzählt mir von ihren Ideen für das Brautkleid, die Torte und den Ort für die Feier. Wir reden über Bob und wie toll er ist und beschließen, so bald wie möglich mit der Planung zu beginnen; am besten gleich morgen. Vor einigen Jahren standen Kate und ich bei der kleinen Weihnachtsfeier unseres Unifreunds Barrett zusammen in einer Ecke und schwelgten in wehmütigen Erinnerungen an die Hochzeit mit seiner

Ida, einer Psychotherapeutin – er hatte als einer der Ersten aus unserer Clique geheiratet. Damals hatte Kate gesagt: »Man lernt sich kennen, man verliebt sich, man zieht zusammen, dann fragt er dich, ob du seine Frau werden willst – so läuft das.« Sechs Monate später hatte Kate Bob kennengelernt. Schon nach einem Jahr wusste sie, dass sie ihn heiraten wollte, und obwohl sie noch fünf weitere Jahre warten musste, bis er ihr die Frage aller Fragen stellte, ist alles genau so gekommen, wie sie es vorhergesagt hat. »Ich weiß gar nicht, was ich sagen soll, so freue ich mich für dich, Kate«, sage ich zu ihr, als schließlich alles gesagt ist. »Ich freue mich wirklich ganz doll für dich.« Und dann sage ich ihr, dass ich sie lieb habe, und sie sagt mir, dass sie mich lieb hat, und dann legen wir auf, und in meinem Schlafzimmer wird es wieder ganz dunkel und still. Es ist beinahe halb zwei. Wie gerne möchte ich gleich wieder einschlafen, aber meine karusellfahrenden Gedanken halten mich wach, und ich muss immer wieder an diese Weihnachtsparty denken, und daran, wie selbstverständlich Kate sagte: *»So läuft das.«* Kurz darauf waren wir unterbrochen worden, weil alle anfingen, Limbo zu tanzen, und danach habe ich mich gehörig betrunken. Aber ich weiß noch genau, wie sehr mich das damals verstört hat. Und jetzt, wo ich so allein im Dunkeln liege und an Kate denke und an meine Eltern – und auch an Harriet und ihre selbstverständliche Art, wie sie mir Craig gezeigt hat, als wollte sie sagen: *»Hier ist ein Mann – also, wo liegt das Problem?«* – überkommt mich das gleiche Gefühl tiefer Verunsicherung. Für mich sind Beziehungen und Liebe und die Ehe mit ihrem ewigen Treueschwur … alles willkürliche Konzepte, unbegreiflich, unergründlich, und doch ist das Maß, mit dem sie gemessen werden, ganz konkret: Man *weiß einfach,* das ist *der Richtige.* Ich weiß noch, was ich damals gedacht habe, ehe die Musik anging und der Wischmopp als Limbostange herhalten musste: *Das Leben verläuft nicht in geraden Bahnen.*

Am nächsten Morgen wird mein Bus – der Bus, mit dem ich seit drei Jahren tagtäglich jeden Morgen zur Arbeit fahre – umgeleitet. Zu allem Übel hat sich auch noch ein langer Rückstau gebildet, weshalb ich unweigerlich zu spät kommen werde, obwohl ich das Haus frühzeitig verlassen habe. Als ich dann den Taschenspiegel zücke, um mich zu vergewissern, dass ich keine Zahnpasta auf dem Oberteil habe, sehe ich, dass einer meiner Ohrringe spurlos verschwunden ist. In meiner Handtasche krame ich nach dem Handy und gehe auf Facebook. Kate hat die große Neuigkeit zusammen mit einem Foto des Rings – der wirklich atemberaubend schön ist – und zwei weiteren Bildern gepostet: Eins von ihr und Bob an dem Abend, als wir alle ihn kennengelernt haben, und eins, das ich letzte Woche von den beiden gemacht habe, als wir alle zusammen unterwegs waren. Bob sieht älter aus als damals und Kate dünner. Nach nur zehn Minuten stehen bereits vierzehn Glückwunschnachrichten unter Kates Post. Die meisten Namen kenne ich, einige aber auch nicht, und diese unbekannten Frauen (die Nachrichten stammen fast ausschließlich von Frauen) schreiben Dinge wie: »Willkommen im Club!« und »Ich kann dir meine Kontakte geben!«. Das müssen wohl ihre »anderen« Freundinnen sein – die verheirateten Frauen von der Arbeit und vom Yoga. Entweder das, oder Kate ist neuerdings unter die Freimaurer gegangen. Sie hat doch Sophie und mich – was braucht sie da noch andere Freundinnen?

Und wo wir gerade dabei sind: Sophie hat eine Nachricht, garniert mit jeder Menge Emojis und multiplen Ausrufezeichen, gepostet – der einzige Post, auf den Kate geantwortet hat, und zwar: *»Du bist die Nächste.«* Dreimal lese ich sie. Kate hat recht. Wir alle wissen, dass es nur noch eine Frage der Zeit ist, bis Ollie ihr einen Heiratsantrag macht, sogar Sophie weiß das, aber ich kann den Blick nicht von diesen Worten losreißen. Zuerst heiratet Kate und dann Sophie, und dann ziehen sie in einen schnuckeligen Vorort und werden schwanger und laden mich nicht mehr ein, damit sich ihre Kinder nicht mit meinen promisken Single-Keimen infizieren. Ich schaue aus dem Fenster und habe keinen Schimmer, wo ich bin.

*

Trotz der Verspätung bin ich heute Morgen fleißig gewesen und habe bereits fünf Punkte meiner To-do-Liste abgearbeitet, weshalb ich finde, dass ich mir in der Mittagspause einen kleinen Ausflug zur Delikatessenabteilung des großen Sainsbury verdient habe. Ich lasse mir Zeit und schlendere gemächlich durch die Gänge, wäge sorgfältig das Für und Wider der verschiedenen Monster-Munch-Knabbersnack-Geschmacksrichtungen gegeneinander ab und entscheide mich nach zähem inneren Ringen schließlich für Roastbeef, dazu einen Hühnchen-Nudelsalat, eine kleine Schachtel Sushi, eine Cola Light und ein Schächtelchen Nüsse. Nun steht nur noch eine Entscheidung an, ehe ich wieder ins Büro zurückgehe: Welche Schokolade? Ich habe bereits eine kleine Vorauswahl getroffen, und fünf Kandidaten haben es in die Endrunde geschafft. Richtige Hardcore-Schokoriegel gönne ich mir äußerst selten, umso wichtiger also, mich für den richtigen zu entscheiden. Zuerst greife ich zu einem Twirl, lege es aber gleich wieder zurück. Dann verharren meine Finger unschlüssig über einem Galaxy, aber ein Galaxy erscheint mir doch etwas zu extravagant. Ein bodenständiges Twix vielleicht? Ich nehme eins, lege es wieder zurück, und mein Blick geht zu den Malteser Knusperkugeln. Ganz unvermittelt schnappe ich mir ein Twix und ein Twirl aus der Auslage und renne Hals über Kopf zur Kasse, ehe ich es mir noch mal anders überlegen kann. Das Twirl esse ich schon auf dem Weg zurück zum Büro, also zählt es eigentlich nicht. Am Schreibtisch picke ich an meinem Mittagessen herum und mache auf Buzzfeed ein Quiz, um herauszufinden, welche Disney-Prinzessin ich bin. Am Ende kommt Cinderella heraus, also wiederhole ich das Quiz so lange, bis ich Arielle aus *Die kleine Meerjungfrau* bin.

Die Cola Light habe ich mir in weiser Voraussicht zur Überbrückung des Drei-Uhr-Nachtmittagslochs aufgespart, zu dieser Tageszeit bereitet es mir aus unerfindlichen Gründen körperliche Schmerzen, die Augen aufzuhalten, und ich sollte mich tunlichst davor hüten, wichtige Entscheidungen zu treffen. (Was ich auf die harte Tour lernen musste, nachdem ich versehentliche eine E-Mail, die eigentlich für Charlie bestimmt gewesen war, an einen Journalisten verschickt hatte. Zum Glück kannte ich den Journalisten persönlich, sonst wäre ich allein aufgrund der ersten beiden Sätze im hohen Bogen aus der Agentur geflogen.) Ich schicke der Besten eine SMS und erkundige mich, ob sie die große Neuigkeit schon auf Kates Profil gelesen hat. Sie antwortet postwendend, ja, habe sie, und sie findet es toll, auch wenn es nicht wirklich eine Überraschung ist. Sie will wissen, ob ich jemanden zur Hochzeit mitbringen darf, und ich muss daran denken, wie die Adern an Kates Stirn immer ervortreten, wenn ich bei Dinnerpartys mal wieder ihre schöne Sitzordnung durcheinanderbringe, also schreibe ich zurück und sage Ja.

Die Beste:
Geh zu Tinder.

Rosy:
Vielleicht.

Die Beste:
Mach schon! Morgen Abend habe ich ein Date mit Ed…

Rosy:
Dem schnuckeligen Typen vor dem Pool? Krass!

Die Beste:
Wir gehen zu einer Weinprobe und anschließend was essen. Bin schrecklich aufgeregt!

Rosy:
Brauchst du nicht – wird bestimmt ganz toll. Musst mir nachher alles ganz genau erzählen.

Dann stopfe ich das Handy wieder in die Tasche und wende mich dem Bericht zu, an dem ich seit drei Tagen sitze und der mich offen gestanden nicht die Bohne interessiert. Seit meinem achten Lebensjahr, als ein Autor an unserer Schule war und von seiner Arbeit erzählte, wollte ich Schriftstellerin werden, und irgendwann habe ich herausgefunden, dass man mit Schreiben sogar seine Brötchen verdienen kann. Ich habe allerdings auch feststellen müssen, dass manche Menschen – Menschen wie meine Chefin beispielsweise – einen zwar fürs Schreiben bezahlen, aber statt erfundener Geschichten eine detaillierte Auflistung der Medienberichterstattung erwarten, die man quartalsweise für die Klienten der Agentur zusammenzustellen hat ... In einer PR-Agentur zu arbeiten ist nicht unbedingt das, was ich mir als kleines Mädchen erträumt hatte. Aber immerhin schreibe ich. Heutzutage träume ich von einem Luxusanwesen und Titten wie Kate Upton: Man muss das Beste aus dem machen, was man hat.

Drei Stunden (und zwei Dosen Cola) dauert es, bis der Bericht endlich fertig ist, und eine weitere, bis ich ihn Korrektur gelesen habe, aber irgendwann ist es endlich geschafft. Als Helen Anstalten macht, sich eine Tasse Tee zu holen, springe ich geschwind auf, um für einen kurzen Augenblick meinem Rechner zu entfliehen.

Nachdenklich starre ich den Wasserkocher an und warte ungeduldig, bis das Wasser kocht. Ich weiß jetzt schon, wie alles kommen wird: Die Beste fängt was mit Ed an, und ehe man sich's versieht, haben sie sich über beide Ohren ineinander verliebt und kommen nicht mehr aus dem Bett. Kate stürzt sich derweil mit Feuereifer in die Hochzeitsvorbereitungen, und weil Sophie als Nächste dran ist, wird sie mitgerissen von dem Strudel. Währenddessen sitze ich allein zuhause, mampfe Thunfisch aus der Dose, und meine Freunde meiden mich, weil ich Single bin und/oder mich nicht mehr wasche. Hin und wieder gehen sie aus purem Mitleid mit mir weg, aber sie reden nur noch darüber, ob die Brautjungfernkleider besser marineblau oder mitternachtsblau sein sollten. Und ich sitze derweil stumm in der Ecke, still und hungrig, weil ich meine angebrochene Thunfischdose zuhause vergessen habe. Ich sollte mir ein Hobby zulegen, irgendwas, das man auch alleine machen kann.

Der Wasserkocher beginnt zu brodeln, und im selben Augenblick höre ich mein Handy piepsen ... oder dachte es zumindest. Aber als ich nachschaue, habe ich keine neuen Nachrichten, nur die alten von der Besten. Ich lese noch mal die letzte, die sie mir geschrieben hat: *Geh zu Tinder.* Fast scheint es, als sei Tinder inzwischen allgegenwärtig: Ich sehe Leute im Bus wischen, im Café, direkt vor meiner Nase – die raschen Daumenbewegungen sind so unverkennbar, dass man nicht mal das Display zu sehen braucht, um schon von Weitem einen Tinderaten bei der Arbeit zu erkennen. Vor ein paar Tagen stand ich im Caffè Nero hinter zwei Mädels in der Schlange, die angeregt über Tinder diskutierten. Die Erste beklagte sich darüber, dass es auf Tinder einfach keine gut aussehenden Männer mehr gäbe, und ihre Freundin stimmte ihr nachdrücklich zu und erzählte dann von ihrem letzten Date. Das hatte wohl wenig vielversprechend begonnen: »Ich glaube, der war schon betrunken, als er ankam.« Die Erste entschied sich für einen Muffin, quasselte aber unverdrossen weiter, sodass ich geschlagene zehn Minuten warten musste, bis ich schließlich meinen Chai Latte bekam. Tinder schleicht sich langsam, aber sicher in mein Leben, ob ich will oder nicht.

Ich bringe Helen ihren Tee, dann setze ich mich mit meiner Tasse wieder an den Schreibtisch und schaue in den Posteingang: keine neuen Nachrichten. Ein Blick aufs Handy – nichts. Nicht mal Spam-Mails verirren sich noch in meinen privaten Posteingang. Facebook gleicht bis auf die ständige Flut an Glückwünschen für Katie einer Geisterstadt. Neunundzwanzig Glückwunschnachrichten haben sich inzwischen angesammelt, eine endlose Kette an Glückseligkeit und Liebesbekundungen, die sekündlich länger zu werden scheint. Nicht dass ich es ihr nicht gönnen würde: Kate ist einer der nettesten, klügsten, liebenswertesten Menschen, die man sich nur vorstellen kann, genau wie Bob. Aber wenn ich mir das alles so durchlese – Glückwunsch! Gut gemacht! Du hast's geschafft! – kommt es mir fast vor, als sei eine Hochzeit eine … Lebensleistung. *Endlich frei von der Sorge, als einsame alte Jungfer zu enden – du heiratest bald! Ab heute bist du endlich eine richtige Frau, meine Liebe!* Ich freue mich sehr für Kate – ich finde es wunderbar, dass Bob und sie sich so sehr lieben, dass sie diese Verpflichtung füreinander eingehen wollen. Aber noch bin ich nicht davon überzeugt, dass eine Hochzeit für Frauen der größtmögliche Erfolg im Leben sein soll.

Just in dem Augenblick, als ich mir den Mantel anziehe und nach Hause gehen will, piepst mein Handy. Rasch schaue ich nach, aber es ist nur eine Nachricht von meiner Bank, die mich über neue Angebote für einen steuervergünstigten Sparplan informieren möchte. Im Bus nach Hause lade ich die Tinder-App herunter.

*

Im Geiste habe ich mich schon für ein aufwendiges Anmeldeverfahren gewappnet, aber nachdem ich die App heruntergeladen hatte, war ich gleich drin und konnte sofort loslegen. Ungefragt bedient sich die Tinder-App bei meinem Facebook-Account, sodass ich gleich ein Profilfoto habe und sehen und gesehen werden kann. Ganz langsam arbeite ich mich durch die ersten Gesichter, die auf der Anzeige erscheinen, nehme mir Zeit, mir in Ruhe die einzelnen Fotos anzusehen, um nicht vorschnell jemanden auszumustern … wobei einige tatsächlich auf den ersten Blick ausscheiden. Wie Freddie beispielsweise, der gut hundertzwanzig Kilo wiegen muss und längere Haare hat als ich. Adam, John, ein Typ, der sich Tex nennt … ich gebe jedem eine faire Chance, wische sie aber letztendlich doch nach links. Bei einigen steht die Entscheidung auf Messers Schneide, und ich bin überzeugt davon, dass ein paar von ihnen bestimmt klug, höflich und interessant sind. Aber JD war mit seinen vierunddreißig Jahren noch der Jüngste. Ich wische unverdrossen weiter in der Hoffnung, etwas Passendes in meinem Alter zu entdecken, aber dann übertreibt Tinder plötzlich maßlos und überschüttet mich mit Jungs im Teenie-Alter. Ich mache schneller, aber nur Ali und Lee sind annähernd so alt wie ich. Tinder ist kaputt. Vielleicht will es mich verarschen.

Wobei, hat die Beste nicht irgendwas davon erzählt, sie hätte ihre Auswahlkriterien angepasst? Ich dachte eigentlich, sie hätte gemeint, dass sie jetzt statt nach Männern nach Frauen sucht, dass sie ein bisschen herumexperimentieren will und dass ich ihr Zeit lassen und sie nicht drängen sollte, sie würde es mir schon erzählen, wenn sie so weit ist. Aber jetzt dämmert mir, dass sie wahrscheinlich die Altersangabe meinte. Es dauert eine Weile, bis ich die Einstellungen gefunden habe, aber tatsächlich, sowohl das Alter als auch der Suchort lassen sich eingrenzen. Meine Altersvorgaben zu verändern ist gar nicht so einfach: fünfundzwanzig bis fünfunddreißig ist ein schönes, rundes Jahrzehnt, aber fünfundzwanzig erscheint mir doch ein bisschen zu jung. Mein eigenes Alter, siebenundzwanzig, als Untergrenze zu nehmen, hat was, aber wie weit soll ich nach oben gehen? Fünfunddreißig? Und was, wenn die Liebe meines Lebens schon sechsunddreißig ist? Eine vollkommen willkürliche Entscheidung. Aber irgendwo muss man schließlich die Grenze ziehen und lieber auf Siebenundzwanzig- bis Fünfunddreißigjährige setzen als zu riskieren, von mittelalten Herren belästigt zu werden oder für alle Zeiten allein zu bleiben. Meinen Suchort einzugrenzen ist viel einfacher:

drei Kilometer um meinen derzeitigen Standort. Ich will ja nicht jedes Mal durch die ganze Stadt gurken müssen, wenn ich Sex will.

Als ich endlich alles eingestellt habe, rückt Tinder schließlich doch noch seine Schätzchen heraus: Die Jungs kommen in dichten Trauben, und obwohl ich wählerisch bin, wen ich like, habe ich bald mein erstes Match: mit Seb und seinen eines *Vogue*-Covers würdigen Wangenknochen. Sofort schickt er mir eine Nachricht und sagt Hallo: Das Ping meines Handys versetzt mir einen ähnlichen Schlag wie damals die Batterie, an der ich im fünften Schuljahr im Physikunterricht geleckt habe. Wir schreiben ein bisschen hin und her, nichts Weltbewegendes – wo wohnst du, was machst du so –, und nach sechs Nachrichten spricht er mich darauf an, dass ich lauter identische Fotos hochgeladen habe. Um dann schnell hinterherzuschicken: *»Nicht dass sie mir nicht gefallen würden!«* Aber leider ist es da schon zu spät für Seb: Er ist vergessen, und ich gehe hektisch auf mein Profil und klicke mich durch die Fotos. Er hat recht. Vier identische Fotos von mir mit Blumenkranz im Haar. Geschossen letztes Jahr auf einer Party. Ein dummer Tinder-Anfängerfehler. Denn jetzt erst geht mir auf, dass Tinder nur das Facebook-Profilbild hochlädt und man den Rest selbst erledigen muss. Fotos sind das A und O auf Tinder – also kommt es jetzt darauf an, die richtigen auszuwählen. Ich möchte rüberbringen, wie lustig und beliebt ich bin, also brauche ich ein Foto mit meinen Freunden, auf dem aber keine meiner attraktiveren Freundinnen direkt neben mir stehen darf. Und ich darf darauf nicht lächeln, denn dann kneife ich das rechte Auge zu, bis es nur noch halb so groß ist wie das linke, selbst wenn das etwa fünfzig Prozent meines Archivmaterials von vornherein als unbrauchbar ausschließt. Keine Fotos, auf denen meine Oberarme zu fett oder mein Gesicht zu rundlich aussehen, keine, auf denen ich aussehe, als sei ich betrunken, also fallen die meisten Fotos aus meiner Unizeit raus (wobei ich höchstens auf der Hälfte tatsächlich betrunken bin). Im letzten Jahr mit Charlie habe ich mir die Haare blond gefärbt, aber drei Tage nachdem er weg war, bin ich losmarschiert und habe mir eine Packung Oreos gekauft, eine Flasche Wodka und eine Packung Haarfarbe mit dem verführerischen Namen »Dark Passion Cacao«. Mein kläglicher Versuch eines »Fick dich«-Umstylings, nach dem die meisten Frauen schöner, schlanker und strahlender denn je aus der Herzschmerzhölle wiederauferstehen. Ich dagegen erhob mich als Gothic-Meth-Junkie-Version meiner selbst aus der Asche meiner Beziehung. Leider fallen wohl auch alle Fotos raus, auf denen meine Haare eine andere Farbe haben als mein natürliches Rotblond. Ich will ja nicht Gefahr laufen, mich der Vorspiegelung falscher Tatsachen schuldig zu machen. Bleiben insgesamt acht brauchbare Fotos. Ich poste einfach die ersten drei, warte die Reaktionen ab und tausche sie so lange, bis ich die unwiederstehlichste Kombination herausgefunden habe.

6.
Was wir wirklich wollen

Tinder macht süchtig: So süchtig wie *West Wing*, so süchtig wie in Schokolade getauchte Brezeln. Auf dem Weg zur Arbeit und wieder nach Hause – normalerweise eine neunundvierzigminütige Stop-and-go-Höllenfahrt, umzingelt von schreienden Kindern und rassistischen Rentnern – ist nun eine Reise der Ruhe, bei der ich hochzufrieden in meiner eigenen kleinen Welt versinke und hingebungsvoll wische und like. Seit vier Tagen bin ich bei Tinder, und in der kurzen Zeit habe ich schon dreiundzwanzig Matches und fünfzehn Nachrichten bekommen. Es gibt einige heiße Kandidaten, wobei mein derzeitiger Favorit Patrick ist, der mich schon bei der Begrüßung beeindruckt hatte.

Patrick:
Ich habe lange überlegt,
wie ich dich beeindrucken
könnte.

Patrick:
Und, wie war ich?

Seit vier Tagen chatten wir ununterbrochen. Er treibt viel Sport und reist gerne, und im Restaurant isst er lieber Fisch als Fleisch, genau wie ich. Wir stehen auf dieselben Filme, und er geht zu Konzerten von Bands, zu denen ich immer schon mal gehen wollte. Ein weiteres vielversprechendes Match ist das mit Graham, der mit Kindern arbeitet und genau wie ich auf Neunzigerjahre-Musik steht. Der Dritte im Bunde, Mark, lag erst ziemlich gut im Rennen, doch seit seine Nachrichten immer sporadischer kamen, ist mein Interesse an ihm merklich abgekühlt. Es gibt so viele andere Männer, mit denen man sich auf Tinder unterhalten kann, da hat es fatale Folgen, wenn eine Unterhaltung auch nur kurzzeitig ins Stocken gerät. Das ist eins von vielen Dingen, die ich in meiner kurzen Zeit in der Tindersphäre gelernt habe. Tinder kann man richtig nutzen oder falsch. Die meisten Menschen wischen so lange, bis sie jemanden sehen, den sie attraktiv finden, liken ihn und hoffen auf ein Match. Aber das ist grundverkehrt. Als eifrige Tinderette bin ich längst auf den Trichter gekommen, dass es gewisse Regeln gibt, an die man sich tunlichst halten sollte, um Höllendates mit Langweiler McMundgeruch aus Geht-ja-gar-nicht an der Lahme zu vermeiden.

Regel Nummer eins: Stets *alle* verfügbaren Fotos anschauen, bevor man jemanden nach rechts wischt. Das ist eine der Grundregeln, die man im Wischfieber nur allzu leicht vergisst. *»Aber der ist doch rattenscharf!«*, kreischt man noch und schiebt den Kerl leichtfertig auf die rechte Seite. Die Konsequenzen folgen meist auf dem Fuß.

Regel Nummer zwei: Nach links gewischt wird, wer ausschließlich schwarz-weiße Profilfotos hochgeladen hat. Das heißt nämlich, der betreffende Kandidat ist hässlich. Monochrome Fotos sind schmeichelhafter als farbige. Derjenige weiß es, er weiß, dass *du* es weißt, aber er hofft trotzdem, dass du vielleicht auf eine gute Schwarz-Weiß-Aufnahme hereinfällst. Männer mit Schwarz-weiß-Profilen sind unter allen Umständen zu meiden.

Regel Nummer drei: Trägt Mann Hut, hat er eine Glatze. Das muss nicht unbedingt ein Ausschlusskriterium sein – man denke nur an Jason Statham, Taye Diggs, Stanley Tucci (wobei Stanley möglicherweise nur meinem sehr individuellen Geschmack entspricht). Ich kenne viele Mädels, denen follikuläre Benachteiligung bei Männern nichts ausmacht – manche suchen sogar gezielt danach. Dennoch sollte man die Relevanz eines Hutes nicht unterschätzen, denn dieser kann auch auf rote Haare hindeuten (auch hier gilt wieder, das muss kein Nachteil sein: Man denke an Damian Lewis, und ... man denke an Damian Lewis. Außerdem bin ich selbst rothaarig.)

Regel Nummer vier: Jeder Mann, der sich selbst als »unanständig« bezeichnet, gehört weggewischt. Aus Prinzip.

Regel Nummer fünf: Die Beste ist darauf gekommen, und man kann darüber streiten, aber es ist die wichtigste aller Regeln. Steht ein Mann ganz allein auf dem Bild, ohne irgendwelche Referenzpunkte, ist er klein. Hier ist das Größenverhältnis entscheidend: Es hilft, wenn der Mann neben einem unbelebten Objekt steht. Ein Briefkasten beispielsweise kann sich als sehr hilfreich erweisen. Da weiß man gleich, woran man ist.

Einige weitere, nicht ganz so entscheidende Regeln tragen ebenfalls zu einer erfolgreichen Tinder-Suche bei: Hat der Mann ein Selfie von seinem Oberkörper hochgeladen, ist er ein Idiot. Ähnliches gilt für Männer, die Fotos von ihrem Penis posten, das sind perverse Idioten. Und es gibt Muster, die eine aufmerksame Tinder-Nutzerin zu ihrem Vorteil nutzen kann, um anhand von nur fünf Fotos herauszufinden, was für ein Typ ein Kerl eigentlich ist.

Männer wählen ihre Fotos nicht willkürlich aus. Ein alleinstehender Mann muss zeigen, dass er nett ist und kein Psychopath, und das gelingt am besten mit einem kleinen Hund im Arm oder besser noch einem Kleinkind. Frauen wollen unbedingt heiraten (ausnahmslos alle – nicht vergessen, das ist schließlich unser erklärtes Lebensziel), also müssen Männer auf der Suche nach einer Frau dieser irgendwie vermitteln, dass sie das ebenfalls möchten (später kann man ja immer noch zurückrudern), indem sie Fotos von sich bei der Hochzeit eines Freundes posten – was gleichzeitig beweist, dass der Mann Freunde hat. Um diese Tatsache weiter zu untermauern, lädt er verwirrende Gruppenfotos hoch, auf denen schwer auszumachen ist, welcher der Abgebildeten er nun eigentlich ist (Anmerkung: normalerweise der am wenigsten Ansprechende). Außerdem will er zeigen, dass er abenteuerlustig ist (Skifoto), gerne verreist (Strandfoto) und Humor hat (Kostümfoto) ... und dass er die Wochenenden nicht mit X-Box und einer Schachtel Cornflakes im Bett verbringt.

Ich halte mich neuerdings strikt an diese Regeln, und in Kombination mit der schnellen Wischtechnik, die ich inzwischen entwickelt habe, hätte ich Liam beinahe übersehen. Im letzten Augenblick entdecke ich ihn und kann gerade noch verhindern, ihn ins ewige Tinder-Fegefeuer zu verbannen. Mein Daumen schwebt über seinem Gesicht, das mir so aus dem Handy entgegenlächelt, dass ich ebenfalls lächeln muss. Es ist ein Foto, das ich vor ein paar Jahren auf einem Festival geknipst habe: Er trägt eine Sonnenbrille und hat noch einen Rest billiger fluoreszierender Leuchtfarbe auf der Wange; eigentlich war es gar nicht so ein abgespacetes Festival, aber wir hatten zu viel Cider getrunken, und da ist es uns überkommen. So was ist mir bisher noch nicht untergekommen – was macht man denn bitte schön, wenn man auf Tinder über jemanden stolpert, den man aus dem echten Leben kennt? Wäre es komisch, wenn wir uns beide liken? Aber wenn wir beide wissen, dass der jeweils andere bei Tinder ist, aber keiner von uns den anderen liked ... ohne die diesbezügliche Etikette zu kennen, ist es wohl besser, zu außertindlerischer Kommunikation zu wechseln, also schreibe ich ihm kurzerhand eine Nachricht.

Rosy:
Du bist bei Tinder!

Liam:
Du dann wohl auch!

Rosy:
Erwischt. Und, wie findest du es?

Liam:
Bisher habe ich mir noch keine abschließende Meinung gebildet.

Rosy:
Dann hattest du also noch keine vielversprechenden Matchs?

Liam:
Wie will man das nach ein paar Nachrichten sagen?

Rosy:
Darum sollte man sich ja auch im ECHTEN LEBEN treffen.

Liam:
Hm … hört sich viel zu anstrengend an …

Liam habe ich kennengelernt, als er sechs Monate nach mir als Kundenkontakter in der Agentur angefangen hat. Weitere acht Monate später ist er im hohen Bogen rausgeflogen. Mit seiner eher gelassenen Arbeitseinstellung hatte er sich beim Geschäftsführer, dessen Name mir allen Bemühungen zum Trotz immer wieder entfällt, nicht unbedingt beliebt gemacht. Liam gehört genau zur Tinder-Zielgruppe. Sein ideales Date verliefe so, dass er beiläufig ein paar nette Mädels anquatscht, während im Hintergrund ein Fußballspiel läuft. Aber bei Tinder muss man sich schon ein bisschen ins Zeug legen, vor allem als Mann – genau wie ich im wahren Leben unter normalen Umständen keinen Mann in einer Bar ansprechen würde, mache ich auch auf Tinder nur äußerst selten den ersten Schritt.

Liam erkundigt sich nach meiner Arbeit, und ich erzähle ihm den neuesten Büroklatsch (Highlight: dem kleinen Martin wurde neulich der Joghurt aus dem Kühlschrank geklaut – der Täter ist noch immer auf freiem Fuß), und er erzählt mir von dem neuesten Autowrack, an dessen Runderneuerung er gerade mit Blut, Schweiß und Tränen arbeitet. Er will sich unbedingt bald mal wieder mit mir treffen, um in Ruhe zu quatschen, und ich bin von der Idee genauso begeistert wie er. Trotzdem vereinbaren wir nichts Konkretes. »Ganz bald«, »demnächst«, »melde mich morgen« ... so unverbindlich lasse ich heutzutage meine Freunde am ausgestreckten Arm verhungern, als warteten direkt hinter dem Horizont massenweise bessere Angebote oder als würde ich JEDERZEIT mit einer lebensrettenden Organtransplantation rechnen und müsste daher auf Abruf bereitstehen. Was beides nicht den Tatsachen entspricht. Und doch fühle ich mich immer irgendwie bedroht, wenn ich mich im Vorhinein darauf festlegen soll, zu einer bestimmten Zeit an einem bestimmten Ort zu sein. Ich gehe wieder auf Tinder und schaue mir Liams Fotos an. Er hat zwei Fotos von sich mit seinen Freunden hochgeladen und eins, auf dem er (wie ich hoffe) ein Huhn auf dem Arm hält, aber Hundewelpen sehe ich keine und auch keine Adrenalinjunkie-Fotos auf irgendwelchen Bergen oder paradisische Strandszenen. Nur er, im T-Shirt, leicht gebräunt, und die dicken Haare fallen ihm ein bisschen zerstrubbelt ins Gesicht, was ihm gar nicht schlecht steht. Er lächelt schief – von seinem unwiderstehlichen Tausend-Watt-Strahlen ist nichts zu sehen. Das knipst er nur an, wenn er jemanden wirklich mag. Noch nie habe ich irgendwen kennengelernt, der so entspannt er selbst ist wie Liam. So zufrieden mit dem Leben, genau wie es ist. Er gehört zu der raren Sorte Menschen, die noch präsenter zu sein scheinen, wenn sie den Raum wieder verlassen haben. Wenn er mit einem redet, ist es, als vertraute er einem guten Freund ein Geheimnis an. Aber das ahnen die Frauen auf Tinder natürlich nicht. Die sehen womöglich nur das zerknitterte Hemd und die krumme Nase und wischen ihn achtlos nach links. Der Gedanke macht mich wütend und traurig zugleich. Trütend. Aber selbst was mit ihm anfangen könnte ich nicht. Nach drei Jahren platonischer Freundschaft weiß ich einfach zu viel über ihn.

Ich bin gerade kurz davor einzudösen, da piepst mein Handy.

Patrick:
Also, wie wär's, wollen wir
was trinken gehen?

7.
Glücksmomente

Ich habe mich verlaufen. Wobei das eigentlich ein Ding der Unmöglichkeit ist, denn hier war ich schon mal. Und außerdem zeigt mir der Stadtplan auf dem Handy die Bar, in der ich schon vor fünf Minuten hätte sein sollen, ebenso wie meinen gegenwärtigen Standort an. Aber das blöde Handy behauptet steif und fest, ich stünde quasi direkt vor der Tür, dabei kann das nicht sein. Sich verlaufen ist mein Ding, so wie andere Leute besonders witzig sind oder besonders gut tanzen. Wenn ich feststelle, dass ich mich mal wieder verlaufen habe, ist das ein Gefühl, als müsste ich für ein Verbrechen ins Gefängnis, das ich überhaupt nicht begangen habe: Die Zeit verrinnt unerbittlich, die Zeiger drehen sich immer weiter, während ich mir verzweifelt wünsche, sie würden stehen bleiben oder sich zurückdrehen, und langsam verschlingt mich die Dunkelheit, so schwarz und undurchdringlich, dass ich mich hinsetzen und den Kopf zwischen die Knie ziehen will. Als ich in die Knie gehe, um genau das zu tun, entdecke ich aus dieser neuen Perspektive plötzlich das kleine, unaufdringliche Bar-Schild auf der anderen Straßenseite. Patrick, der sicher wie jeder normale Mensch über einen ausgezeichneten Orientierungssinn verfügt, wartet bereits an einem der Tische und studiert eingehend das Etikett seiner Bierflasche, als ich hektisch hereingerauscht komme.

»Tut mir leid, dass ich so spät bin«, platze ich heraus, wie man sich vielleicht bei dem Geliebten entschuldigen würde oder bei jemandem, den man gerade mit dem Auto angefahren hat.

»Kein Problem, ich bin auch gerade erst gekommen«, sagt Patrick, obwohl ich auf den ersten Blick sehe, dass er sein Bier schon beinahe ausgetrunken hat. Er beugt sich vor, um mir zur Begrüßung ein Küsschen auf die Wange zu geben. Er hat grünbraune Augen, so groß, dass sie fast rund sind, und in der einen Sekunde, die ich hineinstarre, habe ich das Gefühl, mich schon wieder zu verlieren. Er strahlt so viel Wärme aus, dass mir ganz heiß wird.

»Möchtest du was trinken?«, fragt er.

»Oh, gerne, bitte ein ...«, setze ich an, und dann fällt mir nichts mehr ein. Mein Hirn ist vollkommen leer und zu keinem zusammenhängenden Gedanken mehr fähig.

»Ein Glas Wein? Ein Bier?« Patrick wirkt sehr entspannt, also bekommt er hoffentlich nicht mit, was für eine heillose Panik gerade in meinem Kopf herrscht. Ich kann immer nur *einen Tequila* denken. Nicht besonders hilfreich.

»Einen Longdrink vielleicht?«, versucht er, mir auf die Sprünge zu helfen. »Gin Tonic oder ...«

»Ja! Ein Gin Tonic wäre toll, danke.« Patrick muss sich an mir vorbeischlängeln, um zur Theke zu gehen, und im Vorbeigehen erhasche ich einen Hauch von seinem Aftershave. Und vergesse fast, dass ich Gin Tonic auf den Tod nicht ausstehen kann.

*

»Nach der Uni sind viele von uns nach London gegangen, und ich bin mit meinen Freundinnen Sophie und Kate in eine Bruchbude gezogen, die eigentlich nur aus einem langen Flur bestand, von dem ein paar winzig kleine Zimmer abgingen. Aber damals fanden wir das total cool …« Ich rede schnell, und ich rede viel. So geht das jetzt schon seit zwanzig Minuten, und ich weiß, ich sollte unbedingt damit aufhören, aber ich mache einfach immer weiter. Ich habe ihm bereits von meinem Job erzählt, meiner Familie und meiner tiefen, unsterblichen Liebe zu Amy Poehler. Ich habe eine eingehende Analyse zur aktuellen Lage in Nahost, zum Nachmittagsfernsehen und zur Tierrechtsdebatte abgegeben. Patrick hat noch eine Runde geholt, und ich habe unverdrossen weiter schwadroniert. Je mehr ich rede, desto aufmerksamer hört er mir zu – was sein Ruin ist und gleichzeitig sein charmantester Charakterzug. Er ist so ein guter Zuhörer, dass ich ihm mein ganzes Herz ausschütte, nur damit seine großen runden Augen mich nicht loslassen. Durch das Hemd kann ich die Umrisse seiner durchtrainierten, muskulösen Brust sehen, was mich zu einem erotischen Tagtraum veranlasst mit Patrick in der Hauptrolle, der verschwitzt und oberkörperfrei auf einem Weizenfeld ackert. Womöglich ist das der zweite Grund, warum ich nicht aufhören kann zu reden: Ich fürchte, Patrick ist einfach viel zu attraktiv für mich. Ich muss irgendwie versuchen, ihn mit meinem messerscharfen Verstand zu überzeugen.

Meine letzte homerische Anekdote nähert sich dem Ende, und ich atme tief durch. »Ich bin dran, was möchtest du trinken?«, frage ich.

»Nein, tut mir leid«, sagt Patrick und hebt abwehrend die Hände. »Beim ersten Date zahlt immer der Mann.«

»Dann wirst du jetzt überstimmt«, sage ich und ziehe das Portemonnaie aus der Tasche. »Was möchtest du? Wenn du nichts sagst, bringe ich dir auf gut Glück was mit, und wenn du Pech hast, liege ich total daneben.«

Patrick muss lachen. Er findet mich komisch. Oder hat er

nur aus Mitleid gelacht? »Also gut, ich will mich nicht mit dir streiten. Dann nehme ich noch ein Bier, okay?.«

»Mit dem größten Vergnügen«, säusele ich und schwebe zur Theke. Vielleicht weiß man es tatsächlich sofort: Ich wusste sofort, dass Elliot und Jonathan nicht die richtigen waren, und bei Patrick ist es genauso, nur umgekehrt.

Zurück am Tisch unterhalten wir uns über Musik, vor allem schlechte Musik, Musik, die man in einer Playlist mit dem Titel »Mums Geburtstagssongs« versteckt, für den Fall, dass jemand zufällig darüber stolpert. Ich habe schamhaft gestanden, dass Ace of Base's epochales Epos *Happy Nation* eins meiner meistgespielten Alben ist – das habe ich bisher noch nie laut ausgesprochen. Patrick lacht wieder. Und diesmal ganz sicher nicht aus Mitleid.

»Jetzt will ich aber auch wissen, welche peinliche Musik du hörst.«

»Du darfst mich aber nicht auslachen.«

»Du hast mich doch auch nicht ausgelacht.«

»Na ja, zumindest nicht laut ...« Patrick guckt betreten zur Seite und tut, als müsse er sich ein spöttisches Grinsen verkneifen. Dann beugt er sich verschwörerisch zu mir vor. »Okay ...« Er zögert einen Augenblick, verzieht keine Miene und sagt dann: »Enya.«

In meinen Mundwinkeln zuckt es. »Ernsthaft?«

»Ernsthaft.«

»Ich ... also ...«

»O Gott, ich weiß ...« Patrick lacht – ein Geräusch, in das ich mich langsam verliebe. Ich stimme in sein Lachen ein, und er erzählt mir, dass er durch seine Mum auf Enya gekommen ist, und ich überlege, dass das unser erster gemeinsamer Insiderwitz wird. »Enya« wird das Codewort für all die kleinen, geheimen, unaussprechlichen Schwächen, die wir miteinander teilen. Enyas *Greatest Hits* wird auf dem Stapel mit den Geschenken liegen, die er von mir zum Geburtstag bekommt. Bei unserer Hochzeit spielen wir einen ihrer Songs als unseren ersten Tanz. Ich beobachte, wie Patricks Adamsapfel hüpft, als er einen Schluck Bier trinkt, dann entschuldigt er sich kurz, um zur Toilette zu gehen, als täte es ihm wirklich leid (»Ich lasse dich ungern allein hier sitzen«). Zwei Stufen auf einmal nehmend sprintet er die Treppe hinauf. Kichernd stütze ich das Kinn in die Hand.

Mein erstes Tinder-Date schickt sich an, das beste Date meines Lebens zu werden. Nicht mal die erste Verabredung mit Charlie kann da mithalten: Er war mit mir zu einer Party von Freunden gegangen – eigentlich zählt das nicht mal als richtiges Date. Aber das hier mit Patrick, das ist echt. Wir sind erwachsene Menschen, die sich erwachsen unterhalten und gepflegt zusammen etwas trinken, und wir suchen eine erwachsene Beziehung. Wir werden nicht von Betrunkenen angerempelt oder müssen uns anschreien, weil die Musik so laut ist, und weder langweile ich mich (wie bei Elliot) noch bin ich latent angewidert (wie bei Jonathan), sodass ich unbedingt so bald wie möglich nach Hause möchte. Ganz im Gegenteil, jetzt nach Hause zu gehen ist das Allerletzte, was ich will.

*

Die Idee mit dem Schnaps kam von Patrick: Er kam zurück und hatte zusätzlich zu den anderen Getränken zwei Sambucca für jeden von uns dabei. Ich kann Anis eigentlich nicht ausstehen und verabscheue dessen fiesen Geschmack in jeder Darreichungsform, aber Patrick zählt bis drei, und ich kippe das Ding auf ex. Damit er merkt, dass ich für jeden Spaß zu haben bin. Und lustig. Als wir anfangen, uns über Autos zu unterhalten, bin ich definitiv betrunken. Wir kommen von Hölzchen auf Stöckchen, reden über alles und nichts, und die ganze Zeit schaut er mir in die Augen und wendet den Blick keine Sekunde ab. Irgendwann merke ich, dass wir uns beide mit den Ellbogen auf den Tisch stützen und die Hände übereinander gefaltet haben – einer das Spiegelbild des anderen. Als Gegenprobe hebe ich die Hand und streiche mir über die Nase; keine zehn Sekunden später tut Patrick es mir nach.

»Noch einen?«, frage ich, als Patrick sein Glas ausgetrunken hat.

Er stöhnt. »Eigentlich liebend gerne ... aber ... aber ich muss morgen ganz früh einen Flieger erwischen und muss in aller Herrgottsfrühe am Flughafen sein, also sollte ich jetzt wohl lieber nach Hause gehen.« Sein letzter Abend im Land, und er verbringt ihn mit mir! Aber der Gedanke, dass er bald weg ist ... Mir rutscht der Magen in die Kniekehlen. »Wo fährst du denn Schönes hin?«

»Wenn du ein Hotel mitten in der Einöde als schön bezeichnen willst ... Ich muss beruflich verreisen, also würde ich nicht unbedingt schön sagen. Aber zum Glück ist es nicht für lange.« Was ich deute als: *Ich möchte dich sehr bald wiedersehen.*

»Dann sollte ich dich wohl lieber nicht in Versuchung führen.«

Seine Augen werden noch größer und runder. »Jetzt bin ich aber sehr versucht«, murmelt er, und ich schmelze dahin. Ich möchte Patrick in Versuchung führen. Ich will alles Mögliche mit Patrick machen. Noch nie hat es bei einem Mann so gefunkt, noch nie habe ich mich zu einem Mann so hingezogen gefühlt. Es war ein unglaublicher Abend. Patrick ist unglaublich. Tinder ist unglaublich. Genau wie ich. Wie das Leben. Alles ist unglaublich.

Als er mich zum Abschied umarmt, sagt er, er meldet sich bald bei mir – und er hält sein Versprechen. Zuhause angekommen, suche ich gerade einen Topf zum Nudelnkochen und versuche krampfhaft, welche meiner Mitbewohnerinnen auch immer zuhause sein mag nicht zu wecken, als das Handy piepst:

Patrick:
Hi Rosy, bist du gut nach Hause gekommen? Danke noch mal für den tollen Abend, ich weiß nicht, ob ich Netz habe, da wo ich hinmuss, aber ich melde mich bei dir, sobald ich kann!

Am liebsten will ich ihm gleich antworten – aber dann bremse ich mich und lege das Telefon beiseite. Lieber warte ich bis morgen. Ich will ja nicht zu begeistert wirken. Wobei, wenn das Hotel irgendwo im Nirgendwo liegt und er dort kein Netz hat, bekommt er meine Antwort womöglich gar nicht – und dann denkt er, ich hätte kein Interesse und meldet sich nie wieder. Und schließlich hat *er* mir keine Stunde, nachdem wir uns verabschiedet haben, eine Nachricht geschrieben. Jetzt nicht zu antworten wäre ziemlich unhöflich ... Ich nehme das Handy und tippe. Ich bin gut angekommen, schreibe ich ihm, und ich bin es, die sich für den tollen Abend bedanken muss. Flieg vorsichtig, ich hoffe, es gibt keine Turbulenzen. Möglich, dass ich betrunkener bin als angenommen (immerhin habe ich eben versucht, mit beiden Füßen in dasselbe Hosenbein meines Pyjamas zu steigen), also lese ich meine Nachricht noch mal durch und prüfe sie auf Rechtschreibfehler und überflüssige %-Zeichen. Mein

Daumen verharrt kurz über dem X, und ich frage mich, ob ich ihm ein Küsschen schicken soll. Patrick hat mir keins geschickt, also sollte ich es wohl auch lieber lassen. Ich tippe ein X. Dann lösche ich es wieder. Ich drücke auf Senden und wende mich wieder meinen Nudeln zu.

Drei Minuten später piepst mein Handy abermals. Ich schnappe es mir, aber die Nachricht ist nicht von Patrick, sondern von einem Kerl namens Andrew, der wissen will, ob unsere Verabredung morgen noch steht. Ich lege das Handy beiseite und versuche, mich daran zu erinnern, wer Andrew ist – in letzter Zeit beginnen die Gesichter, sich in meinem Kopf miteinander zu vermischen. Bei Tinder sind Fotos das Allerwichtigste, aber für mich sehen die Männer irgendwie alle gleich aus, vor allem die, mit denen ich gematcht werde. Sie haben alle mehr oder minder dunkle, eher kurze Haare, sind mittelgroß und tragen die Standarduniform aus Hemd/T-Shirt und Jeans – mein Typ sind also Männer, die aussehen wie andere Männer. Und wenn es in den Nachrichten nicht auch mal um was anderes geht als um Job, Wohngegend, Ausgehmöglichkeiten, dann werden ihre Gesichter von der Tindersphäre verschluckt wie von einem Hamster, der seine Jungen frisst. Ohne einen Insiderwitz oder ein interessantes Detail (ungewöhnlicher Beruf, Schwimmhäute zwischen den Zehen etc.) ist das Gesicht eines Mannes für mich nichts weiter als ein ordentlich angeordneter Haufen Pixel. Andrews Gesicht befindet sich in meinem Kopf noch im Pixelstadium, aber er muss wohl irgendwie mein Interesse geweckt haben, sonst hätten wir uns nicht geschrieben und ich hätte ganz sicher nicht zugestimmt, mich morgen mit ihm zu treffen. Mist, verflixter. Ich schaufele mir einen Nudelberg in den Mund und gehe zu Tinder, um mir die Nachrichten von Andrew durchzulesen. Kurz gesagt, alles wie gehabt: Ich habe ihn gefragt, was er beruflich macht, er hat gefragt, wo ich wohne, und dann hat er eine Bemerkung über einen seiner Mitbewohner gemacht, die witzig war, ohne verletzend zu sein. Auf den Fotos wirkt er attraktiv, ist aber kein Hingucker.

Ich muss mich entscheiden. Ich könnte zurückschreiben und die Verabredung verschieben. Klingt besser, als einfach schnöde abzusagen. Ich könnte mich morgen melden und sagen, dass ich Überstunden machen muss oder dass es mir nicht so gut geht und ich mir wohl was eingefangen haben muss … Tuberkulose vielleicht. Darf man das? Würde ein Mann mich so unverschämt abservieren, ohne mir wenigstens ein Date zu gönnen, würde mich das schrecklich kränken. Und würde mein Vater das rausbekommen, er würde mich enterben. Vor Jahren hat er Bru mal gezwungen, im Garten unserer Tante Unkraut zu jäten, weil er »vergessen« hatte, sich für das Geschenk zu bedanken, das er von ihr zum Geburtstag bekommen hatte. Es ist nur ein einziges Date, und Patrick ist sowieso weg … Ich könnte auf einen Drink hingehen, zwei, wenn er nett ist, und dann nach Hause und früh ins Bett.

Rosy:
Hi Andrew, ja, freue mich auf morgen. Ich hätte ab 19:30 Uhr Zeit, also sag mir einfach, wann und wo wir uns treffen.

Ich schließe den Thread und lese noch mal die Nachricht von Patrick: *Danke für den tollen Abend …* Bestimmt ruft er in ein, zwei Tagen an. Sonst hätte er mir keine solche Nachricht geschickt. Ich muss lächeln, wobei mir versehentlich ein paar Nudeln aus dem Mund fallen.

8.
Experiment IV

Entweder wird London jedes Jahr immer seltsamer oder ich werde immer älter und uncooler (sagt man heutzutage überhaupt noch »cool«?). Als ich vor sechs Jahren hierher gezogen bin, verstanden wir unter einem schönen Abend Happy-Hour-Cocktails in der All Bar One, langes Schlangestehen in der Kälte vor einem Club mit klebrigen Wänden und irgendwas von McDonald's für die Busfahrt nach Hause. Das scheint sich heute grundlegend geändert zu haben: Man weiß gar nicht, ob man überhaupt noch eine Oyster Card besitzen darf, wenn man das Passwort für den neuesten Streetfood/Kunst/Sushi-Pop-up-Laden nicht kennt oder noch keinen Gunpowder-Cocktail aus der Gießkanne getrunken hat. Es muss mal ein Zeitfenster von etwa zehn Minuten gegeben haben, irgendwann um 2009, als ich mittendrin war, statt nur dabei, aber das war wohl eher eine glückliche Fügung als mein Verdienst. Wenn ich heutzutage auf die Piste gehe, bin ich entweder zu progressiv für den Retro-Twist oder zu altmodisch für alles Moderne – ich weiß es nicht so genau, aber ich kapiere es einfach nicht, was »es« auch immer sein mag. Und die Location, die Andrew für unsere Verabredung vorgeschlagen hat, erinnert mich auf gnadenlose Weise daran, dass ich mit mit meinen zarten siebenundzwanzig Jahren bereits total ungroovy bin.

Ich bin mitten im tiefsten Osten Londons, weit weg von kommerzialisierten (sprich relativ sicheren) Stadtteilen wie

Shoreditch. Ich bin mit der Bahn bis zu einer Haltestelle gefahren, von der ich vorher noch nie gehört hatte, und jetzt gehe ich eine belebte Straße mit türkischen Cafés und jamaikanischen Läden entlang und frage mich, wo sich hier eine superangesagte Hipsterbar verstecken könnte. Ich schaue auf die Wegbeschreibung auf dem Handy: Mein blauer Punkt ist beinahe genau auf der roten Markierung. Aber das kann doch gar nicht sein. Ein letztes Mal werfe ich einen Blick aufs Handy, um zu gucken, ob Patrick etwas geschrieben hat, dann sperre ich das Telefon und stecke es wieder in die Tasche. Wo immer er ist, der Empfang muss miserabel sein, und da ich nicht weiß, wo er ist, weiß ich auch nicht, wie groß der Zeitunterschied zwischen uns sein mag.

Unschlüssig laufe ich die Straße auf und ab und suche zwischen den Läden und Hauseingängen nach der Bar, bis ich beinahe mit Andrew zusammenstoße. »Gott sei Dank«, stöhne ich statt einer Begrüßung. »Ich hab die Bar nicht gefunden.«

»Ach ja, die liegt ein bisschen versteckt«, sagt er. »Schön dich zu sehen, Rosy.« Seine Bartstoppeln kratzen an meiner Wange, als er mir zur Begrüßung ein Küsschen gibt. Andrew ist das genaue Gegenteil von Patrick. Er hat dunkle Haare und einen hellen Teint, ganz anders als Patrick mit den hellen Haaren und den Sommersprossen. Patrick verströmt lässiges Selbstbewusstsein, Andrew legt Wert auf Präzision. Die Brille mit dem schwarzen Rahmen sitzt genau mittig im Gesicht, und das Hemd, bis oben zugeknöpft, ist frisch gebügelt. Er geht voran in die Richtung, aus der ich eben gekommen bin, und sagt, es sei nicht mehr weit. Er hat einen ganz leichten Akzent, was mich wundert, auch wenn ich nicht weiß, warum. Wenn ich mir bei Tinder die Fotos anschaue, stelle ich mir vielleicht vor, wie groß der Mann ist oder wie er sich wohl anzieht. Ich überlege nie, was für eine Stimme er haben könnte oder wie er spricht. »Bist du ... Skandinavier?« Ich kann es nicht genau festmachen, woher er kommt, aber ich tippe auf Schweden, und diese Frage erscheint mir die am wenigsten verfängliche, sollte ich mich doch irren. Ich irre mich.

»Ich komme aus den Niederlanden.«

»Oh, entschuldige.«

»Schon okay, passiert mir öfter.« Aber wie er das sagt, hört man gleich, dass es eben nicht okay ist.

Kein Wunder, dass ich die Bar nicht gefunden habe. Offiziell, so erklärt Andrew, gibt es sie nämlich gar nicht. Wir gehen die Straße entlang, als er plötzlich ohne Vorwarnung stehen bleibt und unvermittelt an eine der vielen Haustüren zwischen den Schaufensterfronten klopft. Ein Türsteher öffnet, und wo früher vielleicht mal eine Ikea-Lampe hing, glitzert nun ein Kronleuchter. Eine hübsche junge Blondine steht mit einem Klemmbrett in der Hand neben dem Türsteher. »Hallo zusammen«, flötet sie übertrieben fröhlich wie eine Moderatorin im Kinderfernsehen, »habt ihr reserviert?«

Andrew bestätigt, dass wir das haben. Er nennt ihr unsere Namen, und sie sucht sie auf der Liste. »Andrew ... yep, prima, dich habe ich hier ... und Rosy ...« Sie sagt nichts mehr. Die Zeit vergeht. Bitte, lieber Gott, mach, dass mein Name auf der Liste steht. Ich gebe dir meine Seele, Herr, meine Mulberry-Tasche (die echte), alles, was du willst, aber bitte, lass mich am Türsteher vorbei. Ich kann nicht gut mit peinlichen Situationen umgehen. Sollte ich je auf einer Rolltreppe hinfallen, bleibe ich lieber einfach liegen und lande unten als zerknülltes Häufchen Elend, als aufzustehen und über mich und mein Missgeschick zu lachen.

»Yep, Rosy, da bist du. Wunderbar. Ihr könnt reingehen, Leute, schönen Abend euch.« Ich atme aus und merke jetzt erst, dass ich wohl die ganze Zeit die Luft angehalten hatte. Ich folge Andrew eine schmale Treppe hinunter und schicke ein letztes inständiges Stoßgebet gen Himmel: *Danke, lieber Gott, dass du mich reingebracht hast. Wenn du jetzt bitte noch dafür sorgen könntest, dass hier unten im Keller kein SM-Maskenball stattfindet, wäre ich dir sehr verbunden.*

Unten angekommen wundere ich mich (und bin sehr erleichtert), dass wir unversehens mitten in einer kleinen, aber sehr gut besuchten Kellerbar stehen. Die Zwischenwände sind herausgerissen worden, sodass die Bar die gesamte Grundfläche des Hauses einnimmt. Beschirmte Stehlampen verströmen gedämpftes, gelbes Licht, das sich in den Ecken und Winkeln verliert und eine angenehme, gemütliche Atmosphäre zaubert – fast erwarte ich, dass mir jeden Augenblick der Duft von Großmutters Sonntagsbraten in die Nase steigt. So stelle ich mir ein viktorianisches Mansardenzimmer vor. Nichts passt zusammen, alles ist bunt zusammengewürfelt, von den Sesseln zu den Tischen zu der modernen Kunst an den Wänden ... alles bis auf die Gäste, die sich um die wackligen Tische scharen und allesamt uniformiert den angesagten Hipster-Look tragen. Wobei – soweit ich weiß, soll man sie nicht mehr so nennen. Jedenfalls sieht man jede Menge Karos und Gesichtsbehaarung, und das sind nur die Frauen.

Wir kommen an die Theke, und Andrew dreht sich zu mir um und sagt: »Such dir was Schönes aus«, und weist dabei auf die Spirituosen im Regal. Es sieht aus wie in der entzückend altmodischen Apotheke, in der ich mal mit Kate war, als wir ihre Eltern in Swansea besucht haben. In stressigen, verwirrenden Zeiten drohender Überforderung wenden sich die Menschen gern Vertrautem und Altbekanntem zu. Genauso geht es mir jetzt, ich tendiere zu einem Wodka mit Soda und vielleicht etwas Limette. Andrews gespannter Blick verrät mir allerdings, dass eine allzu konventionelle Wahl für alle Beteiligten eine unverzeihliche Peinlichkeit wäre. Mein Blick geht zum Barkeeper. Der sieht aus wie das fünfte Mitglied eines Barbershop-Quartetts. Ich frage ihn, was er mir empfiehlt.

»Zum ersten Mal hier?«, erkundigt er sich, worauf Andrew sich zu versichern beeilt: »Nein, nein.« Der Barkeeper streicht sich über die manikürten Koteletten. »Heute Abend gibt es einige Specials. Ich würde euch den Fred and Ginger empfehlen.« Und damit schiebt er uns eine dicke Karte rüber, auf der die einzelnen Drinks mitsamt der Zutatenliste und den Preisen stehen. Der Fred and Ginger steht gleich an zweiter Stelle: Er kostet 8,5 (was? Pfund? Knöpfe?) und besteht aus Gin, Zitrone, Ingwer.

»Sieht doch gut aus«, meint Andrew. Er schiebt die Getränkekarte zurück und steuert auf einen der Tische zu.

»Müssen wir nicht auf die Drinks warten?«, frage ich seine Schultern, während ich flink hinter ihm her wiesele.

»Die werden gebracht«, erklärt er mit einem milden Lächeln. Das könnte entweder heißen *Du bist echt süß* oder *Du bist echt ein bisschen schlicht.* Andrews Miene ist so ausdruckslos, da ist das schwer zu sagen.

Der Barmann bringt unsere Drinks in einem Whiskeybecher – auf ein Martini-Glas zu hoffen war wohl recht naiv von mir. Andrew erhebt sein Glas und prostet mir zu: »Cheers«, und ich stoße mit ihm an, wobei die blassgelbe Flüssigkeit beinahe überschwappt. Ich nippe vorsichtig und muss mich zusammenreißen, um den klitzekleinen Schluck nicht gleich wieder ins Glas zu spucken. Als Erstes schmeckt man den Gin heraus (wie ein schweres Vorhängeschloss in einer Socke, mit Schmackes direkt in die Fresse gehauen, wie bei einer Gefängnisschlägerei – das trifft es am besten), gefolgt von einer Überdosis Zitrone, dass einem die Augen tränen, und dann ätzt der Ingwer eine tiefe Furche in meine Speiseröhre. Am liebsten möchte ich mich übergeben, und seltsamerweise kommt es mir fast vor, als hätte ich das bereits getan.

»Schmeckt er dir?«, erkundigt Andrew sich.

»Mmm«, entgegne ich nickend. Dann muss ich fünfmal hintereinander niesen.

*

Vierzig Minuten später, und genauso lange versuche ich nun schon herauszufinden, woher dieses seltsam zirpende Geräusch kommt, dass ich, seit wir hier sitzen, alle paar Minuten höre. Und dann komme ich dahinter: Das Zirpen kommt von Andrew. Er macht so ein merkwürdiges Geräusch irgendwo zwischen Grunzen und Klicken, als müsse er sich ständig räuspern oder dringend operiert werden. Zuerst war es sehr dezent und verlor sich fast in dem Hintergrundgemurmel der Hipster, die über ihre Hipster-Angelegenheiten sprechen, und dem experimentellen Jazz, der leise aus den Lautsprechern dudelt, aber dann habe ich es immer deutlicher gehört und konnte mich auf nichts anderes mehr konzentrieren. Gerade als ich schon denke, es hat endlich aufgehört, fängt er wieder damit an. Und jetzt lauere ich förmlich darauf.

»Wie bist du denn in der PR-Branche gelandet?«, erkundigt sich Andrew.

»Reiner Zufall, ich bin da so reingerutscht. Im Sommer nach meinem zweiten Jahr an der Uni habe ich ein Praktikum gemacht, und kurz vor meinem Abschluss haben sie mir eine Stelle angeboten.«

»Und wie lange arbeitest du jetzt schon da?«

»Drei Jahre.« Der Satz hallt mir in den Ohren. *Drei Jahre*. Eine ziemlich lange Zeit, wie man es auch dreht und wendet. In der PR-Branche sind drei Jahre eine halbe Ewigkeit. Vor allem, wenn man PR eigentlich nicht ausstehen kann. »Und du?«

»Ich habe im Media-Recruitment angefangen, aber dann hat ein Freund von mir ein Start-up gegründet …« Das Start-up hat so einen bescheuerten Namen, wie ihn Medienmenschen lieben, und Andrew erklärt, dass ich auf jeden Fall schon mal was davon gehört haben muss, aber ich gucke wohl genauso verdattert aus der Wäsche, wie mir zumute ist.

»Sagt dir das nichts?«, fragt er stirnrunzelnd. »Das ist eine spezialisierte Produktionsagentur.«

»Und worauf sind die spezialisiert?«

»Auf Medienproduktion.« Ungläubig blinzelnd schaut Andrew mich an. »Arbeitest du nicht in einer PR-Agentur?«

»Irgendwas klingelt da«, sage ich und höre doch nur Schweigen in meinem leeren Kopf. Mein Glas ist leer. Jetzt wäre ein guter Moment, um Nachschub zu ordern. Mein Blick geht zu der kandierten Zitronenschale unten im Glas, und ich erwäge kurz, sie zu verspeisen.

»Wie dem auch sei«, fährt Andrew fort. »Da war ich ein paar Jahre und hatte viel mit Werbeleuten zu tun, und da habe ich dann gemerkt, dass ich gut in diese Welt passe, also habe ich mich auf meinen jetzigen Job beworben.«

Ich grinse. »Und, wie ist es gelaufen?«

Andrew verzieht das Gesicht hinter der Brille und schüttelt den Kopf, als wolle er ein lästiges Jucken loswerden. »Ich habe den Job bekommen.«

»Wow«, sage ich semibegeistert. »Ich wollte …« Und breche dann ab, weil es mir schlimmer erscheint, den Witz zu erklären, als Andrew in dem Glauben zu lassen, ich sei ein Volltrottel.

Andrew brummt nur »Hm« und klick-grunzt zweimal.

Ich stehe auf. »Ich bin dran«, erkläre ich, und anders als Patrick versucht er nicht, mich daran zu hindern, die nächste Runde zu bestellen. »Was möchtest du?«

»Noch einen von denen, danke.«

»Cool.«

An der Theke gerate ich angesichts der Getränkeauswahl in Panik und bestelle mir am Ende auch noch so einen fiesen Fred & Ginger in der Hoffnung, dass er beim zweiten Mal besser schmeckt. Aber als ich dann wieder am Tisch sitze und zweimal daran genippt habe, muss ich einsehen, dass das Gebräu einfach nicht besser wird. Ich fahre eine neue Strategie und lasse Andrew einfach reden, damit ich mich nicht wieder blamiere, indem ich es wage, dumme Fragen zu stellen und/oder blöde Witze zu machen. Es scheint ganz gut zu funktionieren, denn Andrew hört sich gerne reden. Ich bekomme einen recht guten Einblick in die schöne neue Welt der Werbung – er erzählt mir, dass er an der Kampagne für die Zahnpasta mitgearbeitet hat, die ich immer benutze.

Einer der größten Ärgernisse unserer heutigen Gesellschaft besteht in der Unsitte, es für okay zu halten, während eines Gesprächs einfach aufs Handy zu schauen. Bisher hat Andrew keinerlei Hemmungen gezeigt, genau das zu tun. Gleich zu Anfang hat er das Handy auf den Tisch gelegt, und seitdem schaut er in unregelmäßigen Abständen auf das Display. Keine Ahnung, seit wann das als gesellschaftlich akzeptiertes Verhalten gilt. Ich ziehe doch auch kein Buch aus der Tasche und fange an zu lesen, während mein Gegenüber mit mir redet. Wieso also darf man einfach mitten im Gespräch auf Twitter gehen? Ich warte, bis Andrew zur Toilette geht, ehe ich selbst aufs Handy schaue, aber das hätte ich mir auch sparen können. Kein verpasster Anruf von Patrick, keine Nachricht. Wobei er gesagt hat, er meldet sich *in ein paar Tagen* – was ein Zeitfenster von bis zu einer Woche bedeuten könnte, und heute ist erst der zweite Tag. Und obwohl ich als Letzte geschrieben habe und eigentlich Patrick jetzt wieder an der Reihe wäre, sich zu melden, hat *er* sich immerhin als Erster bei mir gemeldet, also bin ich jetzt quasi damit dran, den Kontakt wieder aufzunehmen.

Ich tippe: *»Hallo du!«* und lösche es sofort wieder.

»Wie war der Flug …?« Nein, zu prosaisch.

»Wenn du das liest, ist dein Flieger immerhin nicht abgestürzt!« … Vielleicht sollte ich wenigstens so lange warten, bis mir der perfekte Aufhänger einfällt. Ich schaue auf und sehe Andrew zurückkommen, also lege ich das Handy rasch beiseite.

*

Ich gebe mir alle Mühe, so zu tun, als würde ich die Band / das Restaurant / den Konzeptkünstler, von dem Andrew jeweils gerade schwärmt, kennen. Aber irgendwann kann ich nicht mehr. Was zu viel ist, ist zu viel. Andrew ist das »Coolness«-Äquivalent eines Neureichen: Man merkt, dass ihm das Coolsein nicht in die Wiege gelegt wurde, aber irgendwann mit Mitte zwanzig muss er durch Zufall darüber gestolpert sein. Leider fehlt ihm die Selbstsicherheit, um sie überzeugend rüberzubringen. In der Schule war ich nicht in der coolen Clique (nannte sie aber zumindest die »coole Clique«), und das nicht etwa, weil ich unbeliebt war – ich kam mit allen gut aus, ich war sozusagen jedermädchens Freundin –, sondern weil mir das nötige Selbstvertrauen fehlte. Und genau diesen Charakterzug erkenne ich auch bei Andrew. Irgendwo habe ich mal gelesen (vermutlich im *Stylist*, von dem ich felsenfest überzeugt bin, dass er ausschließlich für mich geschrieben wird, als mein persönliches Handbuch sozusagen), dass wir uns zu Menschen mit Unsicherheiten, die unseren ähneln, hingezogen fühlen. Ich vermute, weil uns das ein Gefühl von Vertrautheit und Geborgenheit vermittelt. Aber ich kann mir nicht vorstellen, dass sich zwischen Andrew und mir so etwas wie Vertrautheit einstellt.

Nicht lange, nachdem Liam in der Agentur rausgeflogen war und noch in den Chichi-Bars im Londoner Norden auflegte, haben wir eines Abends über seine Setlist gesprochen. Darauf auch ein Song der Pixies, den ich infrage zu stellen wagte. Ich weiß noch, wie Liam mit den Schultern zuckte, um mir dann lapidar mitzuteilen: »Bis dahin hat man gemerkt, wenn's den Leuten nicht gefällt, dann spiele ich einfach nur noch das, was mir gefällt.« An die Geschichte muss ich denken, als Andrew mir erzählt, ob ich mal darüber nachgedacht habe, was anderes als PR zu machen. Ich erzähle ihm, ich hätte mir überlegt, Baumpflegerin zu werden. Er verzieht keine Miene. Und plötzlich habe ich das verstörende Bild vor Augen, wie ich bei unserem zweiten Date mit Andrew am Tisch sitze und Interesse heuchele, während er mir erklärt, dass George Harrison der talentierteste Songwriter der Beatles war.

Das mit Andrew und mir hat keine Perspektive, und er scheint das genauso zu sehen wie ich. Um Viertel vor zehn schaut er auf seine teure Armbanduhr und sagt: »Es ist schon ziemlich spät.«

»Möchtest du noch was trinken?«, frage ich aus reiner Höflichkeit.

Andrews Blick geht nach unten, dann schaut er wieder auf, dann spielt er an seinem Glas. »Ich muss morgen früh raus, ich muss geschäftlich verreisen und zeitig am Flughafen sein. Und dann bin ich erst mal ein paar Wochen unterwegs. Im Ausland.«

Es trifft mich wie ein Schlag in den Solarplexus. Mir bleibt die Luft weg, und die Welt um mich herum verschwimmt. Es kommt mir vor, als durchliefe ich in halsbrecherischer Geschwindigkeit gleich drei der sieben Trauerphasen auf einmal: Schock und Leugnen, unerträglicher Schmerz, Wut auf Patrick, weil er mich angelogen hat ... wobei, nein, es kann nicht sein, dass Patrick mich angelogen hat. Das würde er niemals tun. Andrew ist der Lügner, und für einen Werbefritzen ist er ein verdammt schlechter Lügner. Patrick ist bestimmt *wirklich* auf Dienstreise – das kann nur ein unglücklicher Zufall sein. Mühsam hole ich Luft und versuche, meine unkontrolliert durchgehenden Gedanken im Zaum zu halten. Okay. Keine Panik. Logisch betrachtet gibt es überhaupt keinen Grund, dass Patrick sich nicht mehr bei mir melden sollte – das Date ist traumhaft gelaufen, und er hat gesagt, er möchte mich gerne wiedersehen. Und ganz ehrlich, selbst wenn er schon angekommen ist und dort sogar Empfang hat, würde er mir dann gleich schreiben, das würde doch ein bisschen ... verzweifelt wirken. So einer ist Patrick nicht. An alledem ist bloß dieser blöde, dämliche Andrew schuld: Nur weil der sich eine fadenscheinige Ausrede aus den Fingern saugt, heißt das noch lange nicht, dass Patrick es genauso gemacht hat. Zur Hölle mit Andrew.

Zur Hölle.

Wir stehen auf, und ich folge Andrew nach oben auf die Straße, und nach einem weiteren kratzigen, flüchtigen Küsschen verabschieden wir uns (auf Nimmerwiedersehen), und ich mache mich auf den Weg zur Bahnhaltestelle. Kaum ist Andrew außer Sichtweite, schaue ich auf mein Handy. Das Display ist leer. Und so sehr ich mich auch bemühe, ich kann nicht verhindern, dass die vierte Trauerphase langsam, aber unaufhaltsam in meine Knochen kriecht: vollkommene, alles verschlingende Einsamkeit.

9.
Running up that hill

Zwei Minuten. Weiter.

Noch etwas über eine Minute. Nicht aufhören.

Autsch. Verdammt …. Autsch.

Wie hypnotisiert starre ich auf den Timer, der langsam die Sekunden herunterzählt. Davor hat mein Trainer (der letzte Woche »zufällig« vorbeikam und »zufällig« noch einige private Trainerstunden frei hatte, zum Schnäppchenpreis von 50 Pfund pro Stunde) mich eindringlich gewarnt. Das solle ich niemals tun, weil die Zeit dann umso langsamer vergeht. Er hatte recht. Aber wenn ich jetzt noch neunzehn Sekunden durchhalte … achtzehn … siebzehn … dann brauche ich nie wieder einen Fuß in ein Fitnessstudio zu setzen. Ich kann Kekse zum Abendessen futtern. Ich kann in einem Haus aus Keksen wohnen.

Die letzten Sekunden drossele ich das Laufband zu flottem Gehen und warte darauf, dass mein Atem sich wieder beruhigt, von »hektisch/hysterisch/hyperventilierend« zu »fix und fertig«. Nach meinem ersten Training am Montag habe ich mich eigentlich ganz gut gefühlt, aber jetzt wehrt sich mein Körper mit aller Kraft dagegen, sich zum zweiten Mal innerhalb einer Woche malträtieren zu lassen. Zahlen bestimmen das gesamte Training. Fünfundvierzig, zum Beispiel: So viel Pfund Sterling blättere ich im Monat hin, ob ich da bin oder nicht, also kann ich genauso gut hingehen. Zwei: die Mindestanzahl an Besuchen in der Woche, damit meine Investition sich lohnt. Fünfzehn: die Gesamtzahl an Minuten, die ich bisher auf dem Laufband war, und genauso lange noch mal auf dem Crosstrainer, also insgesamt dreißig. Neun: die Anzahl an Minuten, die ich auf der Rudermaschine war, ehe ich in einem unordentlichen Haufen auf dem Boden zusammengebrochen bin. Ich schaffe zwölf Kniebeugen mit Drei-Kilogramm-Gewichten, zehn Liegestütze, wenn ich an kleine Hoppelhäschen denke und nicht an den Schmerz in meinen Bizeps, und ich kann fünfundzwanzig Minuten laufen bei einer Geschwindigkeit von 9,2 und einem Anstieg von 1,5. An einem guten Tag.

Wenn ich die Stunde überstanden habe, dusche ich für gewöhnlich, ziehe mich um und gönne mir einen extravaganten Apfel (Pink Lady – Gala und Braeburn sind da zu gewöhnlich), den ich dann auf dem Weg nach Hause esse, während die Menschen, die Überstunden machen mussten, aus der Tube strömen. Weil ich in Endorphinen schwimme, versuche ich, ein Gesicht zu machen, das besagen soll: *Ich bin eine von euch*, und nicht: *Ich komme gerade vom Training, und darum bin ich besser als ihr.*

Heute Abend, nach einer Stunde und zehn Minuten, verlasse ich mit meiner Wasserflasche, einem Sweatshirt, einem Handtuch und dem iPod in der Hand den Gerätebereich. Meine Fracht gerät gefährlich ins Rutschen, als ich am Pool vorbeikomme, aber ich schaffe es gerade noch bis zur Umkleide. Dann gibt es kein Halten mehr. Die Wasserflasche plumpst von der Bank und kullert unter die Schränke. Ich gehe auf Hände und Knie, um sie wieder herauszuangeln, wobei ich versuche, die kleinen Pfützen auf den Fliesen zu meiden, die die Seepferdchen-Schwimmschülerinnen hier hinterlassen haben. Im Dunkeln taste ich herum, bis ich sie mit den Fingerspitzen erfühle und sie mühsam herausfischen kann. Dann tappe ich zurück zur Bank und krame gerade in meiner Tasche herum, als eine Frau aus der Dusche kommt. Ein Handtuch hat sie um den Körper geschlungen, das andere kunstvoll auf dem Kopf drapiert. Sie öffnet einen der Spinde nur zwei Türen weiter, dann lässt sie besagtes Handtuch fallen, sodass sie splitternackt bis auf die Flipflops nur anderthalb Meter von mir entfernt steht.

O Gott. Okay. Wenn ich ganz ruhig stehen bleibe ... Unmittelbare Nähe zu vollkommen unbekleideten fremden Menschen, mit denen ich nicht im Begriff bin, ins Bett zu gehen, empfinde ich als hochnotpeinlich und schier unerträglich. Wie damals, als ich meinem Fahrlehrer während der Führerscheinprüfung versehentlich ans Knie gefasst habe, und es dann, um der Situation die Peinlichkeit zu nehmen, gleich noch drei weitere Male gemacht habe. Am liebsten möchte ich sie unverhohlen anstarren, aber ich habe Angst, nachher als Spannerin dazustehen. Also linse ich nur hin und wieder verstohlen in ihre Richtung und tue, als wollte ich auf die Uhr schauen. Die Frau kann nicht viel älter sein als ich, Anfang dreißig vielleicht, aber ihr Körper ist so unendlich perfekter als meiner, da wundert es mich nicht, dass sie so unverblümt das Handtuch fallen lässt. Als Erstes fallen mir ihre Arme ins Auge: Während meine, wenn ich sie gegen die Brust drücke, aussehen wie zwei Bauchfleischstücke, sind ihre fest und stark, und unter der Haut zeichnen sich ganz fein die Konturen von Muskeln und Sehnen ab. Ihr Bauch ist flach und straff – *flach* flach, nicht wie meiner mit einer kleinen Wölbung unten –, und die Haut ist so glatt, dass sie sich wellt wie eine kleine Ziehharmonika, als sie sich vornüberbeugt, um sich die Beine abzutrocknen. Sie dreht sich um, und ich sehe ihren Hintern. Ich dachte immer, solche Hinterteile gibt es im wahren Leben gar nicht, nur in Zeitschriften und Pornofilmen (normalerweise eigentlich nur in Pornofilmen). Er ist knackig und wohlgeformt, er wabbelt nicht beim Gehen, und sie hat nur den leisesten Hauch von Orangenhaut ganz unten, wo der Po in die Oberschenkel übergeht (die berühmt-berüchtigte und doch kaum bekannte »Arsch-Bein«-Zone). Mein Hintern sieht nicht so aus. Mein Po ist der Anti-Po zu ihrem.

Unvermittelt dreht sie sich zu mir um, und schnell wende ich den Blick ab. Aber nicht schnell genug. Ich sehe ihre Vagina. Ich weiß zwar nicht, wie meine im Vergleich zu ihrer abschneidet, da ich sie mir nie en detail angeschaut habe, aber allein was die Schambehaarung angeht trennen uns Welten. Die Beste und ich haben abendelang diskutiert, wie man es hinbekommt, die Einflugschneise perfekt zu trimmen. Was mich zu der Annahme verleitet, dass die Nackte einen Kursus besucht haben muss, um ein derart stromlinienförmiges Ergebnis zu erzielen. Wobei ihre dunklen Haare scharf mit der hellen Haut kontrastieren, was für klarere Konturen sorgt. Ich habe wie gesagt rote Haare, und wie ich meinen Klassenkameraden vom siebten bis zum neunten Schuljahr immer wieder versichern musste, sind *alle* meine Haare rot. Das Beste, was man mit roten Schamhaaren anstellen kann, ist, sie abzurasieren.

Die Nackte und ihr Döschen kommen also auf mich zu, und das mit zunehmender Geschwindigkeit. Ich starre stur in meinen Spind und versuche, den BH unter dem Sportoberteil auszuziehen, fummele aber vergeblich an den widerspenstigen Häkchen herum, während ich merke, wie sie hinter mir vorbeigeht. Sie schnappt sich eine Handvoll Papiertücher und flipflopt dann Gott sei Dank von dannen, um sich die Haare zu föhnen.

Es ist nicht leicht, die eigene Attraktivität realistisch einzuschätzen, aber es hilft, wenn man versucht, sich mit den Augen eines anderen zu sehen. Zum Beispiel: Ich bin in der Vergangenheit mit Männern zusammen gewesen, die meine Freundinnen attraktiv fanden, also muss ich auch einigermaßen attraktiv sein. Gelegentlich werde ich in Bars angesprochen, und es hat mir auf der Straße noch niemand hinterhergerufen, ich solle mir eine Tüte über den Kopf ziehen, wenn ich das nächste Mal aus dem Haus gehe. Ich tue, was ich tue, ich sehe aus, wie ich eben aussehe, und mache im Rahmen meiner ästhetischen Möglichkeiten das Beste aus mir. Für sich gesehen bin ich nicht hässlich ... die Probleme beginnen in dem Moment, in dem ich mich mit anderen Frauen vergleiche und mir klar wird, wo meine ästhetischen Begrenzungen liegen. Die Nackte hat sie mir unbarmherzig aufgezeigt. *Hättest du so einen Körper,* krakeelt mein ramponiertes Selbstbewusstsein, *dann hätte Patrick sich längst bei dir gemeldet und sich noch mal mit dir verabreden wollen.* Seit unserer Verabredung sind inzwischen zwei Wochen vergangen, und ich habe keinen Pieps mehr von ihm gehört. Doch dann schaltet sich unvermittelt die Objektivität wieder ein und kontert, dass er mich bei Tinder aufgrund meiner Fotos geliked hat, und die Nackte wohl nicht sein Typ ist.

Rattenscharf und nackt ist bitte wessen Typ nicht?, wendet mein Selbstbewusstsein ein.

Lass die blöden Witze – du weißt genau, was ich meine, gibt die Realität schnippisch zurück.

Was dann noch schlimmer wäre – ich bin *sein Typ, und er mochte mich* trotzdem *nicht.*

Tja ... (Die Realität kratzt sich ratlos am Kopf.) *Ich weiß auch nicht, was ich jetzt dazu sagen soll.*

Ich wickele mich in mein Handtuch und marschiere zu den Duschen. An der Wand hängt ein riesengroßer Spiegel, und nachdem ich mich sorgsam vergewissert habe, dass niemand in der Nähe ist, löse ich das Handtuch und betrachte mich kritisch. Mum bezeichnet meinen Teint immer als keltisch, eine nette Umschreibung für bleich/käseweiß/leuchtet im Dunkeln. Und ich glaube, ich bin fett.

Ich weiß, was du wiegst, wendet die Realität ein. *Du bist nicht fett.*

Weiß nicht, widerspricht mein Selbstbewusstsein. *Was Verabredungen angeht, sieht es eher mau aus, und das muss ja wohl einen Grund haben ...*

Stimmt. Das waren alles Vollpfosten!

Sogar Patrick?

Der vor allem, dieser Lügner! Und dann ... Selbstbewusstsein, was machst du da? Steckst du dir jetzt ernsthaft die Finger in die Ohren? Wow. Sehr erwachsen.

Ich schüttele den Kopf, um die Stimmen zum Schweigen zu bringen. Vielleicht ist die Nackte bei Tinder, vielleicht auch nicht. Und eigentlich ist das auch ganz egal, denn es gibt da draußen Hunderte Frauen wie sie. Ich gehe unter die Dusche und stelle mich unter den heißen Wasserschwall. Ich muss abnehmen, nicht viel, drei, vier Kilo vielleicht, aber das möglichst fix, denn jede Sekunde, die ich im Fitnessstudio vertrödele, werden Tinder-Matches gemacht. Was, wenn alle guten Männer längst vergeben sind, bis ich mir meinen Chichi-Apfel gekauft habe? Dann bleiben für mich nur noch Langweiler namens Howard mit unmöglichem Klamottengeschmack und noch unmöglicheren Manieren. Und damit die Kilos möglichst schnell purzeln, sollte ich unbedingt Diät halten.

Mit hängendem Kopf trotte ich zurück zu der Bank, zerre das Klamottenknäuel aus dem Spind (schon als ich alles achtlos hineingestopft habe, wusste ich, dass ich das später bereuen würde) und trockne mich ab. Diesmal möchte ich es richtig machen und dem gefürchteten Jo-Jo-Effekt vorbeugen. Und das mit diesem fiesen Cayennepfeffer-Zitronensaft-Gebräu mache ich bestimmt kein zweites Mal, nicht nach dem Ohnmachtsanfall bei Zara. Vielleicht sollte ich konsequent auf Kohlenhydrate verzichten: sehr effektiv, und man sieht innerhalb weniger Tage den Unterschied. Also, keine Pasta, keine Kartoffeln, kein Brot. Wobei, ein Sandwich mittags wäre vielleicht noch drin – zwei kleine Scheibchen Brot machen wahrscheinlich nichts und hin und wieder ein kleiner Keks bestimmt auch nicht, denn ohne falle ich unweigerlich in das gefürchtete Zwei-Uhr-Loch. Ach ja, und am Freitag feiert Pip ihren Geburtstag, da muss ich ein Stück Kuchen mitessen, sonst meckern alle und nennen mich hinter meinem Rücken eine Spielverderberin. Lena aus der Personalabteilung ist genau das passiert, als sie bei der Weihnachtsfeier partout keinen Brownie essen wollte.

Moment ... was rede ich denn da? Wem will ich was vormachen? Ich kann nicht auf Kohlenhydrate verzichten – dafür liebe ich sie zu sehr. Uns verbindet eine lange wechselvolle Geschichte, die Kohlenhydrate und mich: An den endlos langen einsamen Samstagabenden, wer hat mir da Gesellschaft geleistet? Richtig, eine schöne Pizza. Nach der Trennung von Charlie, als ich mir zum vierten Mal an einem Tag die Augen aus dem Kopf geheult habe, wer hat da meine Tränen getrocknet? Käsenudeln (an den wirklich rabenschwarzen Tagen zusätzlich mit gebratenen Speckwürfeln). Und als ich befördert wurde, und als ich die neue Frisur hatte, mit der ich, wie die Beste meinte, Emma Stone recht ähnlich sah, wie habe ich da gefeiert? Mit dem letzten Rest Kartoffelgratin, das meine Eltern mir dagelassen hatten, als sie mich am Sonntag zum Mittagessen besucht hatten. Tut mir leid,

Kohlenhydrate – wir tun immer denen weh, die wir am meisten lieben, aber ich verspreche euch, wir werden uns niemals trennen. Ich lasse mir etwas anderes einfallen, versprochen. Es muss auch anders gehen.

10.
Seltsame Phänomene

Ich habe Hunger. Grundgütiger, Allmächtiger, habe ich einen Hunger. Ich habe so einen mordsmäßigen Bärenhunger, dass ich nicht aufs Klo gehen kann aus Angst, ich könnte die immer verlockender wirkende Klopapierrolle auffressen. Ich trinke derzeit drei Liter Wasser am Tag, um meinem Magen vorzugaukeln, er sei voll, also muss ich ungefähr alle sieben Minuten aufs Klo. Und das ist alles bloß Sophies Schuld.

Als ich Sophie erzählt habe, dass ich unbedingt abnehmen will, musste ich mir von ihr erst mal das Kapitel der Beste-Freundinnen-Aufmunterungsansprache zum Thema Aussehen (Unterkapitel: Gewicht) anhören. Das geht ungefähr so: »Du bist schön, so wie du bist/Du brauchst nicht abzunehmen/Für deine Beine würde ich über Leichen gehen«. Ich habe brav zugehört und die richtigen Antworten gegeben (»Danke/Ich will fitter werden, nicht dünner/Für *deine* Beine würde ich über Leichen gehen«), aber Sophie hat wohl gemerkt, dass ich mit dem Herzen nicht bei der Sache war. Irgendwann meinte sie schließlich: »Mach die 5:2-Diät. Meine Cousine hat damit ratzfatz fünf Kilo abgenommen.«

»Aber hungert man da nicht die ganze Zeit?«

»Na ja, sie verkaufen es jedenfalls anders … man hat 500 Kalorien, verteilt auf jeweils ›2‹ Tage.«

»Ich habe gerade einen Müsliriegel gegessen, der hatte allein schon 196 Kalorien!«

»Die solltest du dann wohl lieber nicht mehr essen.«

All meinen Vorbehalten zum Trotz habe ich mir Sophies Rat zu Herzen genommen und mich selbst auf die 5:2-Diät gesetzt. Müsliriegel sind gestrichen ebenso wie Zucker, was heißt, gute Laune ist auch gestrichen. An den Fastentagen (die sich unendlich in die Länge ziehen) esse ich zum Frühstück eine Banane, Misosuppe mit Broccoli zu Mittag und abends gegrillte Hühnchenbrust mit Salat, angemacht mit einem Dressing aus selbstmitleidigen Tränen. Aber es wird sich lohnen. Alles steht und fällt mit diesen drei Kilos, sie werden der Grundpfeiler meines vollkommen neuen Selbstbewusstseins. Mit diesem neuen Selbstbewusstsein werden sich Männer von mir angezogen fühlen wie Motten vom Licht, dann habe ich bald einen Freund, und dann habe ich (irgendwie) wieder einen freien Kopf, um mir einen besseren Job zu suchen, und dann lebe ich unbeschreiblich glücklich bis ans Ende meiner Tage.

Bis jetzt habe ich zwei Kilo abgenommen, und als Belohnung treffe ich mich heute mit der Besten zum Sushi-Essen, und wenn ich der Versuchung noch ein paar Stündchen widerstehen kann, gibt's vielleicht sogar ein Gläschen Wein dazu. Allerdings stehen noch sieben Punkte auf meiner heutigen To-do-Liste, die ich bis dahin abgearbeitet haben sollte.

»Möchtest du einen Kaffee?«, fragt Pip gähnend und streckt sich ausgiebig. Nichts lieber als das, aber Kaffee kann ich nur mit zwei Stück Zucker trinken. Jetzt einen Kaffee oder nachher einen Wein. Ich muss mich entscheiden. Ich entscheide mich für den Wein.

»Vielleicht eine Tasse Kräutertee?« Ich sage das ganz leise, es ist kaum mehr als ein Flüstern, aber Helen hat es trotzdem gehört und dreht sich mit ihrem Stuhl zu mir herum.

»Hast du gerade einen Kräutertee bestellt?«, fragt sie grinsend. »Und das nach all deinen kleinen Sticheleien ...«

»Ich dachte, kann nicht schaden«, murmle ich ausweichend und tue, als hätte ich alle Hände voll damit zu tun, die Papiere auf meinem Schreibtisch zu sortieren.

Später piepst mein Handy.

Die Beste:
Ed ist ein Wichser. Freue mich auf einen Drink.

Als ich ankomme, ist die Beste schon da. Ich setze mich zu ihr an den Tisch, auf dem bereits eine Flasche Wein im Kühler wartet. Ich schaue sie an und sehe auf den ersten Blick, dass sie geweint haben muss. Sie hat zwar versucht, ihr Make-up zu retten, aber ich sehe es trotzdem. Halbherzig unterhalten wir uns über die Arbeit und die neue Handtasche der Besten, aber ich mache es kurz, damit wir zum Wesentlichen kommen können. Ich will wissen, was los ist.

»Ed, der Scheißkerl«, knurrt sie, quasi als Präludium. Es ist das erste Mal, dass ich sie nicht in den höchsten Tönen von Ed schwärmen höre. Nach ihrer ersten Verabredung haben sie sich wieder verabredet, dann hat die Beste ihn ins Kino eingeladen, dann hat er für sie gekocht. Alles schien wie am Schnürchen zu laufen, andererseits hat Pip, als ich letzte Woche von der aufblühenden Romanze erzählt habe, bloß vielsagend die Augen verdreht. »Am Anfang ist es doch immer so«, murmelte sie düster.

»Er hat immer so eine scheißschlechte Laune«, fährt die Beste fort. »Andauernd. Gestern Abend zum Beispiel war ich bei ihm, und er hat kaum ein Wort mit mir geredet.«

»Hat er Stress? Sagtest du nicht, er ist Banker? Das ist doch bestimmt ein stressiger Job.«

»Ja, schon, er hat immer viel um die Ohren ...« Die Beste starrt in ihr Glas und dreht es nachdenklich zwischen Daumen und Zeigefinger. »Aber das ist ja nichts Neues. Die schlechte Laune ist neu. Als ginge ich ihm schon mit meiner bloßen Anwesenheit auf die Nerven.«

Ein paar Minuten später sagt die Beste: »Ich mag ihn wirklich«, und dann sagt sie lange nichts mehr. Ich weiß nicht recht, was ich darauf erwidern soll, also sage ich lieber gar nichts. Und ich glaube, ich brauche auch gar nichts zu sagen.

»Mann, der Kerl ist so ein Wichser«, zischt sie, und die Wut in ihrer Stimme ist nicht zu überhören. »Männer reden nicht über ihre Gefühle, alles klar, ich hab's kapiert. Er braucht keine Kerzen anzuzünden und die Gitarre rauszukramen. Es wäre einfach nett, wenn er sagen würde: ›Pass auf, bei mir geht gerade das und das ab, es ist alles ein bisschen scheiße, tut mir leid, dass ich seit zwei Wochen rumlaufe wie ein gereiztes Stinktier ...«

»Seit zwei Wochen?«

Die Beste zuckt hilflos die Achseln. »Ungefähr.« Für mich klingt das nach einem Riesenarsch. Aber das sage ich auch nicht. »Schlaft ihr noch miteinander?«

Sie verzieht das Gesicht. »Ja, das ist das Einzige, was wir noch zusammen machen. Reden will er nicht, aber wenn's ums Vögeln geht ...« Sie zieht eine Grimasse, und ich verstehe. Dann setzt sie sich kerzengerade hin und verlangt, dass wir auf der Stelle das Thema wechseln. »Reden wir lieber über dich«, sagt sie und erkundigt sich nach meinem Liebesleben. Was mir eher unangenehm ist, dann das heißt, dass ich ihr von meiner Verabredung am Freitag erzählen muss, und unter den gegebenen Umständen könnte es womöglich klingen, als wollte ich damit angeben. Also mache ich nur eine vage Bemerkung über Wischen und Liken, Matchen und Nachrichten und das übliche Kommen und Gehen bei Tinder.

»Klingt gut«, murmelt sie und hört doch nur mit einem Ohr zu. Dann nimmt sie die Flasche aus dem Kühler und füllt unsere Gläser auf. Ein bisschen zwickt mich beim zweiten Glas das schlechte Gewissen, aber weil Freunde ihre Freunde, wenn sie traurig sind, nun mal nicht allein trinken lassen, schiebe ich alle Bedenken energisch beiseite. Dann wird morgen eben nur ein 4½-Tag.

*

Ich habe eine Verabredung mit einem Mann namens Doug. Seit zehn Tagen schreiben wir hin und her, und jetzt hat er mich zum Essen eingeladen. Ich musste ein bisschen mit meinen 5:2-Tagen jonglieren, damit ich heute einen 5er Tag habe, aber inzwischen bin ich schon beim bloßen Gedanken an Essen völlig aus dem Häuschen. Doug hat auf den Fotos schöne Zähne und macht in seinen Nachrichten einen gebildeten, schlagfertigen Eindruck. Ein kleines Problem gibt es allerdings.

Will man sich ein zutreffendes Bild vom heutigen London machen, sollte man *Game of Thrones* lesen. Oder sich *Gangs of New York* anschauen. Oder sich an die Szene erinnern, in der Mufasa Simba eindringlich davor warnt, die Stelle zu überschreiten, an der das Licht die Erde berührt. London mag zwar eine der progressivsten Städte der Welt sein, aber im Grunde seines Herzens ist es feudalistisch und durch Längen- und Breitengrade in streng voneinander getrennte Clans mit eigener Philosophie, eigenen Freizeitaktivitäten, eigenem Dresscode unterteilt. Dass sie sich vermischen, ist äußerst selten. Im Norden leben die Lifestyler: Sie machen was mit Medien, kaufen Holzofenbrot, und die frischgebackenen Mütter des Clans treffen sich *en masse* in angesagten Cafés mit WLAN-Zugang, wo sie gemeinsam stillen und dann darüber bloggen. Im Osten wohnen die Kreativen, man ist alternativ und underground, und die Klamotten kauft man secondhand und trägt sie bis oben zugeknöpft. Überall sieht man Tattoos, man fährt Rad oder Bahn, und wenn man seine Finger nicht in irgendeinem Pop-up/Start-up/Mash-up hat, hat man da schon mal gar nichts verloren. Im Westen ist das große Geld dank des steten Zustroms ausländischer Investoren, die ihre Zehn-Millionen-Pfund teuren Stadtvillen nur als Sommerresidenz nutzen. Man isst eher auswärts als zuhause, schickt die Kinder auf exorbitant teure Privatschulen, wo man für einen verloren gegangenen Hut, der zur Schuluniform gehört, nachsitzen muss und das gesellschaftliche Ansehen davon abhängt, wie gekonnt man einen Lacrosse-Schläger schwingt. Die jungen Westler sind gut gekleidet und haben tadellose Manieren, neigen aber zum Leichtsinn (in Bedales kommt man im Zweifelsfall sogar mit Mord davon), weil Geld der Spontaneität ungemein zuträglich ist. Ein bisschen wie in *Made in Chelsea,* würden die nicht alle in Fulham leben. Im Süden mischen sich die verschiedenen Kasten, und um es noch bunter zu machen, wurden hier und da ein paar Australier eingestreut. Der Südwesten ist ziemlich elitär, aber je weiter man nach Osten kommt, desto derber wird es. Die Tinder-User, auf die ich stehe, konzentrieren sich meist auf Clapham mit seinen frischen Uniabsolventen oder das etwas bodenständigere Brixton. Natürlich hat Londons archaisches Herrschaftsgefüge auch Auswirkungen auf die Datingszene. Die Versuchung, auf der anderen Seite des Flusses zu fischen, ist allgegenwärtig: Clapton sieht nun mal ungemein verlockend aus, wenn man in Baron's Court festsitzt und Tischtennis spielt, verdammt. Aber es ist ungewöhnlich – nein, nicht ratsam –, außerhalb des eigenen Clans auf Partnersuche zu gehen. Als Andrew mich in die Tundra des Ostens eingeladen hat, dachte ich schon, ich würde nie mehr nach Hause zurückfinden. Und da liegt auch das Problem mit Doug: Er wohnt in Chelsea. Ich muss wohl im Bus getindert haben, als wir gerade durch die Gegend gurkten, aber in letzter Zeit war ich nicht so streng und habe ihn vermutlich nach rechts gewischt, ohne mir was dabei zu denken. Ich war schon das eine oder andere Mal in der King's Road, meistens auf der Suche nach einem McDonald's oder einem Bus, der mich nach Hause bringt, aber ansonsten bin ich hier fremd, und alles erscheint mir mysteriös und eigenartig. Die Mädels tragen Fedoras, und die Männer schauen einfach durch mich durch. Ich habe Doug gesagt, dass ich aus dem Süden komme, und es scheint ihm nichts auszumachen, sonst hätte er sich wohl nicht mit mir verabredet, aber zu unserem Date treffen wir uns im Westen. Er hat mir den Namen des Restaurants geschickt – sehr französisch –, und als ich im Internet nachgeschaut habe, konnte ich sehen, dass die günstigste Vorspeise auf der Karte 8 Pfund 50 kostet. Ich bin ja sehr für Emanzipation und Gleichberechtigung, und ich zahle meine Rechnung gerne selbst, aber da Doug das Restaurant ausgesucht hat, wir uns also quasi in seinen Jagdgründen treffen und auch gleich essen gehen, statt uns fürs Erste nur auf einen Drink zu treffen – für die erste Verabredung eher ungewöhnlich –, gehe ich davon aus, dass Doug die Rechnung übernimmt.

*

Doug hat angeboten, mich mit dem Auto abzuholen. Also warte ich vor der Tube, und da ich keine Ahnung habe, was für einen Wagen er fährt, erwarte ich bei jedem BMW oder

Aston Martin, der vorbeifährt, dass er es ist. Kurz überlege ich, mir ein Päckchen Zigaretten zu kaufen – ich rauche gelegentlich aus Nervosität –, aber Doug muss jeden Augenblick kommen, und womöglich ist er einer dieser Igitt-Rauchen-ist-ja-so-widerlich-mein-Opa-ist-an-Lungenkrebs-gestorben-Typen.

Da ich eigentlich ein Gesicht in einem Fahrerfenster erwarte und keinen Fußgänger, erkenne ich Doug erst, als er so dicht vor mir steht, dass er unmöglich nicht mich meinen kann. Wir geben uns zur Begrüßung ein Küsschen auf die Wange, etwas, das ich schon Hunderte Male getan habe, aber ausgerechnet jetzt kann ich es mir nicht verkneifen, dazu ein albernes »muah, muah«-Geräusch zu machen. Ich bin hier völlig fehl am Platze. Doug ist groß und kräftig und hat eine Statur wie ein Rugbyspieler. Er hat dichte, wellige, mit Wachs gestylte Haare, die ihm trotzdem frech in die Augen fallen.

»Rosy, du siehst hinreißend aus«, sagt er. Er lügt wie gedruckt. Jede einzelne Frau, die an mir vorbeigegangen ist, während ich hier gewartet habe, war mindestens einen Meter siebzig oder größer, trug Kleidergröße 36 oder kleiner und hatte lange, glänzende blonde Haare. Ich bin klein, rothaarig (rotblond, wie meine Mutter immer sagt) und trage meine einzige ordentliche Jeans (»deine Sex-Jeans«, wie die Beste sie nennt) kombiniert mit einem T-Shirt, das ich bei Kates letzter Schrankentrümpelung abgestaubt habe. Immerhin habe ich meine Lederjacke an, die mich gleichzeitig unnahbar und wie das Mädchen von nebenan aussehen lässt. Ich bin eindeutig eigentlich nicht Dougs Typ, aber sollte er enttäuscht sein, ist er offensichtlich zu wohlerzogen, um sich etwas anmerken zu lassen.

»Ich stehe hier gleich um die Ecke«, sagt er.

Autos wie seins habe ich schon öfter gesehen – bei *Top*

Gear. Das Ding sieht aus wie ein Ferrari, aber ich habe keine Zeit nachzuschauen, und jetzt stehe ich vor der Beifahrertür und muss mit Entsetzen feststellen, dass ich keine Ahnung habe, wie man sie öffnet. Jedenfalls sehe ich nirgends einen Griff.

Doug sagt: »Soll ich …?«, und kommt dann um das Auto herum zu mir.

Er drückt oder entriegelt irgendwas oder vielleicht ahnt der Wagen auch, was er möchte, und reagiert auf ihn wie das Auto aus *Knight Rider*. Wie dem auch sei, die Tür springt auf und wirft mich beinahe um.

»Spring rein«, sagt Doug.

Wobei ich eher falle als springe. Das Auto liegt so tief auf der Straße, dass ein elegantes Einsteigen schlichtweg unmöglich ist. Hinein kommt man nur halb gebückt und halb vornüber kippend, und dieses Manöver raubt mir auch noch das letzte verbliebene bisschen Würde. Irgendwie schaffe ich es, mich in den Sitz zu manövrieren, aber als ich mich umdrehe und die Tür zuziehen will, geht mir auf, dass diese nun in unerreichbare Ferne gerückt ist. Verzweifelt angele ich danach und versuche, sie irgendwie zu erwischen, fasse aber nur ins Leere. Einen Fuß zur Stabilisierung auf dem Bürgersteig, versuche ich mit einer Greif-Reck-Bewegung den Griff zu erreichen, aber ich verfehle mein Ziel um mehrere Meter und falle dabei auch noch fast aus dem Wagen. Ich komme nur an den Griff, wenn ich wieder aussteige, aber es bis hierher zu schaffen war schon eine Tortur, und ich könnte mir vorstellen, dass es schwierig wird, die Tür von innen zu schließen, wenn ich vor dem Wagen stehe. Einen letzten Versuch wage ich noch, schwinge beide Beine auf die Bordsteinkante und drücke mich in eine halb hockende Position hoch. Mit den Fingerspitzen erwische ich den Griff, aber ich habe heillos unterschätzt, wie viel Kraft es braucht, das vermaledeite Ding vom Fleck zu bewegen, weshalb ich nach hinten umkippe und unsanft in den Sitz zurückplumpse.

Doug, der das seltsame Schauspiel vom Fahrersitz aus beobachtet hat, sieht mich erschrocken und befremdet an. »Soll ich rumkommen und die Tür zumachen?«, fragt er. Na toll. *Wieder* muss Doug um das Auto laufen und mir helfen, und einen Extra-Peinlichkeitspunkt gibt es, weil ich dasitze wie ein kleines Kind, während er die Tür zumacht und mir dann durch das Fenster den gereckten Daumen zeigt. Vor dem Restaurant sieht es Gott sei Dank niemand, als ich dem Wagen ebenso unelegant wieder entsteige, wie ich eingestiegen bin. Wir gehen hinein, wo Doug vom *maître d'* begrüßt wird wie ein alter Bekannter. Aber meine Eltern waren an ihrem dreißigsten Hochzeitstag auch in einem piekfeinen Restaurant und wurden da genauso zuvorkommend begrüßt. Er führt uns an einen großen, quadratischen Tisch mit schwerem weißem Leinentischtuch und passenden Servietten und sprintet dann hinter mich, um mir den plüschbezogenen Polsterstuhl herauszuziehen. Definitiv der richtige Schuppen für einen Kerl mit Autotüren, die sich von Normalsterblichen nicht bedienen lassen. Der Kellner kommt mit der Weinkarte und reicht sie Doug.

Doug studiert sie eine Weile und schaut dann auf. »Rot oder weiß?«

»Ich trinke nur Weißen.« Ich war siebzehn, als sich der »unaussprechliche Rotweinzwischenfall« ereignete, und seitdem kann ich das Zeugs nicht mehr sehen. Allein vom Geruch wird mir übel.

Doug entscheidet sich für etwas unaussprechliches Deutsches und gibt dem Kellner die ledergebundene Mappe zurück. Er schaut mich an. »Den wirst du mögen.« Ich bin versucht, ihm zu sagen, klar, weiß ich, ich saufe sündhaft teuren Wein wie Wasser. Aber ich lächele nur nett und nicke zustimmend.

Mein Blick geht zur Speisekarte. Da ich nicht davon ausgehen kann, dass Doug die Rechnung übernimmt (wobei, wenn er es sich leisten kann, in Chelsea zu parken, kann er sich auch das Essen leisten, aber man weiß ja nie), sollte ich nicht unbedingt das Teuerste bestellen. Leider ist die Auswahl preisgünstiger Gerichte recht beschränkt, und ich bezweifele, ob Oliven gefolgt von einem Süppchen bei Doug einen guten Eindruck hinterlassen würden. Der liest sich derweil scheinbar recht unbeteiligt durch die Speisekarte. »Die Jakobsmuscheln sind gut«, sagt er, nicht unbedingt zu mir im Speziellen.

»Ich glaube, ich nehme den Lachs und dann …« Mein Blick schweift über die Hauptgerichte. Seeteufel für 32 Pfund? Und als Beilage gibt es die Schlüssel zu einem Einzimmerapartment in Balham? »Der Heilbutt ist mit Kapern angemacht. Klingt gut.« Wenn man davon absieht, dass ich Kapern hasse.

*

Ich stehe kein bisschen auf Doug. Er sieht zwar gut aus, und ich mag seinen Stil, nicht, weil er teuer ist (und das ist er garantiert), sondern weil er smart aussieht und man merkt, dass es ihm nicht egal ist, wie er rumläuft. Es gefällt mir, wie höflich und aufmerksam er ist, und wie selbstbewusst, aber ich könnte nie was mit jemandem wie Doug anfangen: Er ist zu selbstsicher, zu überzeugt von sich, und meiner Erfahrung nach lauert bei solchen Männern direkt unter der scheinbar schönen Oberfläche oft ein ganzer Piranhaschwarm an Unsicherheiten.

»Läufst du Ski?«, fragt er, als die Vorspeise abgeräumt wird.

Ich schüttele den Kopf.

»In meiner Familie laufen wir alle Ski, wir lieben das.« Doug füllt mein Glas noch mal auf. Ich kann den Namen des Weins nicht mal aussprechen und müsste eine Niere verkaufen, um mir eine Flasche davon leisten zu können, aber ich habe kein Problem damit, ihn mir schmecken zu lassen. »Und wie sähe dein perfekter Urlaub aus?«

»Sonne, Strand, ein gutes Buch.« Ich muss lächeln, als ich an meinen letzten Urlaub denke mit Charlie auf Kreta, als wir noch glücklich waren – ich zumindest. »Skilaufen ist zu anstrengend, dabei erholt man sich doch nicht.«

»Skilaufen ist Erholung pur! Ich bin gerade erst mit ein paar Leuten aus Verbier zurückgekommen – es war großartig, ganz großartig. Solltest du unbedingt mal ausprobieren.«

»Hast du irgendwelche Royals gesehen?«

Doug runzelt die Stirn. »Da meinst du wohl eher Klosters.«

Ich meine gar nichts. Ich habe bloß mal Fotos von Prinz Charles im Skianzug gesehen. Keine Ahnung, wo der so herumwedelt.

*

Auf halbem Weg durch den Heilbutt (die Kapern habe ich unauffällig abgekratzt) sind wir schon bei der zweiten Flasche Wein. Doug seinerseits ist seit gut fünf Minuten mitten in einer detaillierten Erörterung seiner Verflossenen. Da Exen eigentlich nicht als Gesprächsstoff fürs erste Date taugen, gehe ich davon aus, dass Doug schon recht angetrunken sein muss. Und ich bin auf dem besten Weg dahin. Der Wein hat irgendwas an sich, das mich viel schneller betrunken macht als sonst. Aber sich bei einer Verabredung mit einem Mann wie Doug zu betrinken ist brandgefährlich, denn damit steigt das Risiko, seine affektierte Art fälschlicherweise für Charme zu halten und sich einzubilden, man hätte eine Schwäche für ihn, also trinke ich vorsorglich ein Glas Wasser für jedes Glas von diesem leckeren, leckeren Wein. »Sie war mal Model«, erklärt Doug, noch immer auf die Ex bezogen. »Das ist eine vollkommen andere Welt.« Langsam beschleicht mich das Gefühl, dass ich Dougs Exfreundin bald besser kenne als ihn. Inzwischen weiß ich, dass sie was mit Immobilien macht (sprich Maklerin ist), beim britischen Hockey-Nationalteam auf der Ersatzbank saß, mit zweitem Namen Heidi heißt und Dougs Freunde sie alle »zum Schießen« fanden.

»Und warum habt ihr euch getrennt?«, frage ich.

Doug fährt sich mit der Hand durch die Haare. Er scheint ein wenig in seinem Stuhl zu versinken. »Ich habe viel gearbeitet, und sie hatte auch eine schwierige Phase ... wir haben uns eigentlich so gut wie nie gesehen.« Etwas betreten senkt er den Blick, und ein Schatten huscht über sein Gesicht. So schnell, kaum merklich, aber darin liegt so viel Traurigkeit und Wehmut und Schmerz – all die fiesen Gefühle, die sich zu einem Klumpen im Bauch zusammenballen. Er hat sich nicht getrennt, sie hat ihn verlassen. Mit so einem Gesicht bin ich auch die ersten drei Monate nach der Trennung von Charlie rumgelaufen.

Aber der Moment ist rasch vergangen, und Doug ist wieder ganz der Alte. Der Doug, den ich in den letzten beiden Stunden kennen und lieben (oder vielmehr ertragen) gelernt habe. »War eigentlich halb so schlimm, ohne sie hatte ich wieder mehr Zeit für meine Freunde.« Mit der Gabel spießt er ein Stück Steak auf und stopft es sich in den Mund.

»Und was machen die so? Deine Freunde?«

»Rockwood ist Börsenmakler, Tank ist Anwalt, mein Kumpel Forcey macht in Hedgefonds, wenn auch nicht besonders erfolgreich!« Doug prustet. Kleiner Scherz. Doug macht auch irgendwas mit Geld. Was genau, hat er mir zwar erzählt, aber da ich mich mit dem Thema überhaupt nicht auskenne und schon viel zu viel Wein getrunken habe, ist mir diese Information gleich wieder entfallen. Was mit Versicherungen? Was es auch sein mag, er verdient offensichtlich nicht schlecht – wegen der Rechnung hätte ich mir keinen Kopf zu machen brauchen. Als der Kellner sie schließlich in einer kleinen lederbezogenen Mappe bringt, nimmt Doug sie ohne zu zögern und wirft bloß einen flüchtigen Blick darauf, ehe er die schwarze Kreditkarte in die Mappe steckt.

Hätte ich doch den Seeteufel genommen.

*

Die Frage des Kellners, ob wir noch einen Kaffee möchten, hat Doug für uns beide verneint. Dem kann ich nur aus tiefstem Herzen zustimmen, denn mein Magen beult das Top ohnehin schon gefährlich aus. Und auch wenn Doug sehr unterhaltsam und großzügig war, allmählich reicht es mir. Keine Ahnung, was Doug, der Snob, von mir hält, mit meinem gewöhnlichen Allerweltsgeschmack und der öffentlichen Schulbildung. Die klassenlose Gesellschaft ist eine dicke fette Lüge. Zumindest was dieses Date betrifft.

Beim Aufstehen werfe ich einen Blick auf meine Armbanduhr. Und muss zu meinem Missfallen feststellen, dass es beinahe ein Uhr nachts ist. Ich schnaufe (unwillentlich), worauf Doug aufschaut und mich fragt, ob irgendwas nicht stimmt.

»Ich habe gar nicht gemerkt, dass es schon so spät ist. Jetzt habe ich die letzte Bahn verpasst.«

»Du kannst gerne bei mir übernachten. Ich bin auch ganz brav.« Und dann faucht er wie eine Raubkatze, was mich schaudern lässt.

»Schon okay, ich nehme ein Taxi.«

»Rosy«, sagt er und lallt dabei ganz leicht, »ich wohne keine zwei Minuten von hier. Komm mit, dann rufen wir dir von da ein Taxi, und du wartest auf der Couch, bis es da ist.« Wir verlassen das Restaurant und treten nach draußen auf die ansonsten totenstille Straße. Wenn ich mich entscheiden muss, jetzt hier zu warten, mutterseelenallein, mitten in der Nacht, oder mit zu Doug zu gehen, weiß ich, welches von beiden das kleinere Übel wäre … aber es ist wirklich ganz schön kalt, also sollte ich wohl doch besser mit zu Doug gehen. Ich folge ihm, und er geht voran. Von dem vielen Wein schwankt er ein ganz klein wenig.

Abrupt bleibe ich stehen. »Moment, wo ist denn dein Wagen?«

Doug lacht. »Den hat der Kellner bei mir zuhause geparkt. Ich habe ihm den Schlüssel gegeben.« Er wirft einen Blick über die Schulter nach hinten. »Ich bin da Stammgast.«

*

Dougs Wohnung besteht aus zwei Teilen Ordnungsnazi und einem Teil Serienkiller. Patrick Bateman würde sich hier wie zuhause fühlen. Die ganze Wohnung ist offen gestaltet, und an den Wänden unterbrechen bunte moderne Gemälde die unendliche weiße Weite. Ein gigantisches L-Sofa in Taubengrau dominiert den Wohnbereich, während eine in Schwarz und Chrom gehaltene Küche, die aussieht wie geleckt und noch nie benutzt worden zu sein scheint, die gesamte Längsseite des Raums einnimmt. Ein 42-Zoll-Plasmafernseher steht auf einem schwarzen Lackschrank, der sich automatisch öffnen lässt, und zwar mit einem Ding, das ich zunächst für die Fernbedienung gehalten hatte, mit dem sich aber tatsächlich die Rollläden, das Licht, die Musik, das Internet und wer weiß, womöglich auch der Fernseher steuern lassen. Gerahmte Fotos von Doug und seinen Freunden sind überall im Raum verstreut: Doug mit Beanie-Mütze und Skibrille auf einer glitzernden Skipiste, Doug braun gebrannt, wie er an einem weißen Sandstrand herumlümmelt, Doug mit Sonnenbrille und bemaltem Gesicht, wie er auf irgendeinem Festival ein Bier trinkt. Die Bildergalerie ist ein zum Leben erwachtes Tinder-Profil. Ich schlendere zu der Front aus bodentiefen Fenstertüren und spähe durch die Scheibe nach draußen: Dahinter sieht man einen Balkon und die Silhouette der Stadt, die man von hier meilenweit überblicken kann.

Doug sucht gerade Musik aus, als ich mich umdrehe, und scrollt durch das Menü auf dem Fernsehbildschirm. Er wählt einen Titel aus, irgendeinen dudeligen Indie-Pop-Song, der aus unsichtbaren Lautsprechern wabert. Vorsichtig setze ich mich auf das Sofa und gebe mir große Mühe, es nicht mit meinen plebejischen Fingern zu beschmuddeln, derweil Doug in die Küche geht, um uns einen Drink zu mixen. Ich ziehe das Handy aus der Tasche und rufe mir ein Taxi. Normalerweise steht das Taxi schon vor der Tür, bevor man auch nur die Jacke angezogen hat, aber ausgerechnet heute sagen sie mir, es würde zwanzig Minuten dauern.

»Bitte schön«, sagt Doug und reicht mir ein Glas, dessen Inhalt verdächtig nach Gin Tonic aussieht. Misstrauisch schnuppere ich daran: Es ist Gin Tonic. Er setzt sich neben mich und sagt »Cheers«, also fühle ich mich verpflichtet, wenigstens an dem Gesöff zu nippen. Mein Magen gluckert empört. Dann ächzt und stöhnt er. Ich weiß nicht, ob es am

Wein liegt oder am Fisch oder an dem unglaublich reichhaltigen Schokoladendessert, das ich wirklich nicht mehr gebraucht hätte, aber in Kombination mit dem Gin fängt das Ganze jetzt anscheinend an zu gären. Sobald ich zuhause bin, muss ich ganz dringend aufs Klo ... Mein Magen quietscht und zuckt. Zum Teufel mit zuhause.

»Dürfte ich mal dein Bad benutzen?«, frage ich und bin aufgesprungen, ehe Doug antworten kann. Ich bin schon auf halbem Weg, als er mir hinterher ruft, ich soll das ans Schlafzimmer angeschlossene Badezimmer benutzen. Unter anderen Umständen hätte ich sicher gerne die Gelegenheit genutzt, einen Moment allein in Dougs Schlafzimmer zu sein und mit offenem Mund seine in zwei schnurgeraden Reihen ausgestellte Uhrensammlung zu bestaunen oder rasch die Titel der DVDs zu überfliegen, die fein säuberlich in einem Regal unter einem zweiten Flachbildschirm gestapelt sind, um nachzusehen, ob ich irgendwelche Hinweise darauf finde, dass Doug mit Vorliebe K.-o.-Tropfen in die Drinks seiner weiblichen Gäste mischt, um sie dann mit Handschellen an die Heizung zu ketten. Mein Blick fällt auf die Skier an der Wand gegenüber, daneben ein kleiner Satz Gewichte, ordentlich in der dafür vorgesehenen Halterung verwahrt. Davon abgesehen steht nur noch ein großes Bett in dem ansonsten leeren Zimmer, und das ist so akkurat gemacht wie ein Hotelbett.

Unter den gegebenen Umständen habe ich allerdings keine Zeit, weitere Nachforschungen anzustellen. Ich schaffe es mit Müh und Not, die Tür hinter mir zuzuknallen und die Unterhose runterzureißen, ehe die Natur ihren Lauf nimmt. Es läuft. Und läuft. Und läuft. Unaufhörlich. Mit aller Kraft versuche ich, die Entleerung möglichst geräuschlos vonstatten gehen zu lassen, aber mein Gedärm macht, was es will, und wie sehr ich auch die Muskeln anspanne, die Geräusche, die ich ausstoße, während ich Dougs blütenweiße Porzellanschüssel entweihe, sind nicht zu überhören. Ich kann nur hoffen, dass die Musik meine unappetitlichen Lautäußerungen überdeckt. Nach, wie es mir vorkommt, einer ganzen Eiszeit, gehen mir Gott sei Dank die Flüssigkeiten aus. Ich rappele mich auf, spüle (zweimal) und taumele dann zum Waschbecken, um mir Hände und Gesicht zu waschen und dann den Kopf gegen die kühle Marmorplatte zu lehnen. Wenigstens bin ich so schlau gewesen, mir noch schnell die Handtasche zu schnappen, ehe ich aus dem Wohnzimmer gestürzt bin, also reiße ich mich zusammen, richte mich auf und krame in den Untiefen der Tasche nach meinem Parfüm, mit dem ich das Bad dann, leider recht erfolglos, zu beduften versuche.

Ich schaue mir im Spiegel über dem Waschbecken ins Gesicht. Die Wimperntusche ist um die Augen verschmiert, und mit meinem blassen Teint sehe ich aus wie ein frisch exhumierter Pandabär. Ich feuchte ein Stückchen Klopapier an und wische mit ein bisschen Seife die schlimmsten Schmierereien weg, aber bei meiner Frisur ist Hopfen und Malz verloren. Vor Anstrengung muss ich geschwitzt haben, denn vorne kleben mir die Haare in Löckchen an der Stirn, und am Hinterkopf sind sie kraus und verfilzt. Mit angefeuchteten Händen versuche ich, sie etwas zu glätten, aber dann habe ich immer noch ganz dicke rosa Bäckchen von der ganzen Aufregung. Kurz und schlecht, ich sehe beschissen aus, und es ist gut möglich, dass ich auch so rieche. Vielleicht habe ich irgendwo noch ein Haargummi in der Tasche, ich dachte, ich hätte eins ges …

Unvermittelt fliegt die Tür auf. »Was zum Teufel treibst du denn hier drin?« Erschrocken schaue ich auf, als ich

Dougs Stimme höre, und sehe sein Gesicht, das mich im Spiegel finster anstarrt. Seine bedrohlich aufragende Silhouette zeichnet sich scharf gegen das dunkle Schlafzimmer dahinter ab.

»Du ziehst gerade eine Line, oder?«

Ich kann nicht mal Luft holen, um zu antworten, da ist er schon hereingestürmt wie ein wild gewordener Büffel. Eigentlich sollte ich was erwidern, aber das ist nicht so einfach, denn ich habe nicht die geringste Ahnung, was Doug da redet, und außerdem bin ich bestimmt völlig dehydriert. »Was?«, krächze ich verschreckt.

»Du bist seit einer Ewigkeit verschwunden. Ich weiß, dass du kokst. Meine Ex und ihre Scheißmodelfreundinnen haben das auch immer ge ...« Er bricht ab. Schaut sich um, als suchte er etwas. »Wo ist es? Da drin?« Und bevor ich ihn aufhalten kann, hat Doug sich meine Tasche von der Marmorplatte geschnappt und fängt an, aufgebracht darin herumzukramen. Ein Tampon hüpft heraus und kullert hinter ihm auf den Boden.

»Hör sofort auf!«, kreische ich entsetzt und will ihm die Tasche entreißen, aber Doug lässt sie fallen, ehe ich sie zu fassen bekomme.

»Was hast du mit dem Zeug gemacht?«, herrscht er mich an. Und dann, ehe ich weiß, wie mir geschieht, kommt er auf mich zu und fängt an, mich abzutasten.

»Soll das ein Witz sein, verdammt?« Empört schlage ich nach seiner Hand, die meine Taille betatscht, meine Oberschenkel, die Jeanstaschen ...

Keuchend tritt er einen Schritt zurück und verzieht das Gesicht. Ich kann nur annehmen, dass er stinkwütend ist, die *imaginären Drogen*, die ich dabeihabe, nicht gefunden zu haben.

»Ich will nicht, dass du in meinem Bad eine Line ziehst, verfluchte Scheiße«, raunzt er mich an. Ich bücke mich nach meiner Tasche und stopfe den verstreuten Inhalt wieder hinein, mit Tampon und allem. »Du bist seit mindestens zehn Minuten hier drin – was zum Teufel solltest du wohl sonst hier machen?« Ich stehe auf, und er starrt mich an und wartet auf eine Antwort.

Was mich in eine peinliche Lage bringt. Ich kann entweder a) zugeben, dass ich gerade Dünnpfiff der allerschlimmsten Sorte hatte oder b) Dougs mit Schleifchen auf dem Silbertablett servierte Erklärung annehmen und ihm seine Überzeugung lassen, ich sei ein Koks-Junkie.

Variante a) bedeutet, dass ich hinterher vor Scham Harakiri begehen muss. Variante b) würde allerdings heißen, Doug in dem Glauben zu lassen, er habe recht. Beides keine verlockenden Aussichten. Es muss noch einen anderen Ausweg geben. Hilfesuchend schaue ich mich um in der Hoffnung, irgendwo Inspiration für eine plausible Ausrede zu finden. Mein Blick geht zur Toilette. Aber natürlich. »Mir war schlecht.«

»Schlecht heißt ... du musstest dich übergeben?« Doug wirkt verwirrt.

»Ja. Ich habe wohl beim Essen zu viel Wein getrunken, und dann der Gin ...«

»Aber du hast doch bloß einmal an dem Glas genippt?«

Mist, zu viel ... Ich könnte behaupten, ich hätte was gegessen, das mir nicht bekommen ist, aber damit würde ich sein Lieblingsrestaurant beleidigen, und das könnte in seinen Augen ein schlimmeres Vergehen sein als Koks vom Waschbeckenrand zu schniefen. Also sage ich: »Ich mag keinen Gin«, und schaue dann zu Boden. Und vermutlich stimmt es sogar, dass der Gin mir den Rest gegeben hat, und hätte ich einfach gleich zugegeben, dass ich keinen Gin mag, hätte dieser ganz und gar nicht unangenehme Abend auch noch einen netten Abschluss gefunden. Aber so … wütend funkele ich Doug an. »Ich habe also kein Koks geschnupft, aber besten Dank für die falschen Verdächtigungen, wirklich.« Nichts lenkt so gut von einer kleinen Notlüge ab wie rechtschaffene Empörung.

Wutschnaubend drängele ich mich an Doug vorbei und marschiere den Gang hinunter ins Wohnzimmer.

»Möchtest du vielleicht noch was anderes trinken?«, fragt Doug, der kleinlaut hinter mir hergedackelt kommt. Ich schaue ihn an – oder diese Version von ihm. Ich habe heute Abend etwa fünf verschiedene Versionen zu sehen bekommen. Die Frage ist absurd, aber in Anbetracht der vergangenen zwanzig Minuten ist alles möglich. »Mein Taxi müsste jeden Augenblick hier sein.«

»Warum bleibst du nicht einfach hier?« Er tritt hinter mich und fängt an, mir die Schultern zu massieren. »Ich muss erst um neun bei der Arbeit sein.« Ich befreie mich aus seinen Klauen und drehe mich zu ihm um. Die Wut ist verraucht, und stattdessen guckt er mich seelenruhig an, ein etwas anzügliches Lächeln um die Lippen. Vielleicht hatte seine Mama ihn nicht richtig lieb, vielleicht ist er als Kind von einem Hund gebissen worden und hat das Trauma noch immer nicht verwunden. Was es auch sein mag, Doug ist eindeutig ein Psychopath, und ich will nur noch nach Hause.

Mein Handy piepst. Ich schaue nicht mal drauf, sondern sage nur: »Mein Taxi ist da.« Das Risiko gehe ich ein, noch ein paar Minuten unten auf der Straße warten zu müssen.

»Wie schade«, sagt Doug, der mich zur Tür bringt. Ich glaube, ich war noch nie im Leben so erleichtert, einen leicht zu bedienenden, unübersehbaren Öffnungsmechanismus zu sehen. »Wie wäre es, wenn ich dich morgen anrufe?« Statt einer Antwort summe ich nur leise und schiebe mich unauffällig hinaus in den Flur. Es wäre mein gutes Recht, ihm ins Gesicht zu sagen, dass er einen an der Klatsche hat und er es ja nie wieder wagen soll, Kontakt zu mir aufzunehmen, aber das wäre unhöflich, und so sind wir aus dem Süden nicht.

11.
Luftnummer

Das Pärchen an dem Tisch am anderen Ende der Bar hat offensichtlich eine Verabredung – die erste, wenn ich raten sollte, und wenn nicht, dann sind sie grandiose Schauspieler, die gerade ein erstes Date nachspielen. Er trägt einen Büroanzug, hat aber keine Tasche dabei. Er ist optimistisch, hat sich auf das Kennenlernen gefreut und dafür das Fitnessstudio sausen lassen. Ihr Rock sagt zwar »Büro«, aber das Top und die hohen Schuhe (vermutlich auf dem Klo reingeschlüpft, und wo sie schon mal da war, hat sie auch gleich das Make-up aufgefrischt) sind ausgehfein. Leider bin ich zu weit weg, um das Gespräch zu belauschen, aber es sieht nicht aus, als würde es besonders gut laufen: Sie beugt sich nach vorne, schüttelt die Haare auf, um sie sich mit einem schüchternen kleinen Lächeln hinters Ohr zu streichen, während er sich zurückgelehnt hat und gelegentlich die Arme streckt, als sei es ihm schon zu anstrengend, einfach nur da am Tisch zu sitzen. In der Zeit, in der ich die beiden beobachtet habe, hat meistens er geredet. Hin und wieder sehe ich, wie sie den Mund aufmacht und etwas einwerfen will, was ihn allerdings in seinem Redefluss nicht zu bremsen scheint, sodass dann beide gleichzeitig reden. Wenn sie ausnahmsweise mal zu Wort kommt, wird sein Gesicht ganz ernst, und er nickt, als hätte sie den Witz kaputt gemacht. Dann Einsatz für sie, an den Haaren zu spielen, und für ihn, einen großen Schluck Bier zu trinken, bevor beide für eine Weile in angespanntes Schweigen verfallen. Vielleicht ist sie einfach nicht witzig. Vielleicht ist er ein Idiot. Ich weiß nur, ein erstes Date zu beobachten ist wesentlich angenehmer, als selbst eins zu haben.

Ich vertreibe mir ein bisschen die Zeit, während ich auf die Beste und ihren Ed warte. Die Geschichte hat eine unerwartete Wendung genommen. Letzte Woche war sie abends bei ihm und hat hocherfreut festgestellt, dass seine eisige Feindseligkeit verflogen war. Er hatte für sie gekocht und den Tisch mit Kerzen gedeckt und der Besten gesagt, dass ihm ihre Haare gefallen. Später wollte er dann unbedingt, dass sie den Film aussucht, den sie sich im Bett aneinandergekuschelt anschauen. (»Und er hat nicht mal versucht, mich rumzukriegen«, erzählte mir die Beste, »was ich sehr rücksichtsvoll fand.«) Als sie mich am Montag anrief, habe ich sie gefragt, was diesen Wandel wohl bewirkt haben könnte. Worauf die Beste vage etwas von einem bevorstehenden beruflichen Projekt sagte, das nun bald abgeschlossen sein würde, um schließlich zu gestehen, dass sie selbst keine Ahnung hat – und sie wollte auch nicht nachfragen, sie war einfach heilfroh, dass es besser geworden war. Da hat sie dann auch vorgeschlagen, dass wir uns zu dritt treffen, damit ich ihn endlich kennenlerne. Der Besten zuliebe habe ich zugestimmt. Die Beste glaubt, dass sie Ed liebt, und darum ist es meine Pflicht, mir alle Mühe zu geben, mit ihm auszukommen. Ich hoffe inständig, dass ich ihn, wenn ich ihn erst mal persönlich kennengelernt habe, nicht mehr für einen unzuverlässigen Scheißkerl halte.

Hinter mir höre ich die Beste meinen Namen sagen, und als ich mich umdrehe, sehe ich sie mit Ed an der Hand auf mich zukommen.

»Hi!«, ruft sie fröhlich und wirft Tasche und Mantel auf einen Stuhl, »entschuldige, dass wir zu spät kommen, wir …«

»Alles meine Schuld«, mischt Ed sich ein. »Ich freue mich, dich endlich kennenzulernen, Ro, ich habe schon so viel von dir gehört.« Und damit reicht er mir die Hand und zieht mich an sich, um mir schwungvoll auf jede Wange einen Kuss zu drücken. »Was möchtet ihr trinken, Mädels?«

»Ein Glas Weiswein, bitte, Schatz«, sagt die Beste. Beide schauen mich an und warten darauf, dass ich etwas sage. Ich bin noch dabei, das »Schatz« zu verkraften.

»Ähm, ja, Wein – wenn das okay wäre?« Ich bin wie vor den Kopf geschlagen. Da steht Ed leibhaftig (und sehr gut aussehend) vor mir, und die Beste, meine Beste, zerschmilzt zu einem zuckertriefenden Häuflein Anhimmelei. Und dann bietet er auch noch ganz galant an, uns etwas zu trinken zu holen … das muss ich erst mal verdauen. Er drückt der Besten ein Küsschen auf die Stirn und geht zur Theke.

»Und?«, fragt die Beste, gespannt auf mein Urteil.

»Macht einen netten Eindruck.«

»Ich weiß«, kichert sie und schaut dann zur Theke, an der sich die Menschen drängeln. Er wird bereits bedient (wie hat er das bloß geschafft?). Als nett bezeichne ich vieles. Dass Pip mir vorhin eine Tasse Tee gebracht hat, fand ich auch »nett«.

»Dann läuft es also gut bei euch?«

»Ganz toll«, schwärmt die Beste. Sie will noch etwas sagen, aber da kommt Ed bereits wieder an den Tisch, in der Hand eine Flasche Wein für die Beste und mich und ein Bier für sich selbst. Er setzt sich neben die Beste und legt den Arm um ihre Taille, dann drückt er ihr noch einen Kuss auf die Wange. Sie scheint zu zerfließen, sobald er sie berührt. Wenn sie könnte, ich glaube, sie würde in ihn hineinkrabbeln.

»Und, wie war dein Tag, Ro?«, erkundigt Ed sich. Diese Abkürzung ist sonst eigentlich meinen engsten Freunden vorbehalten, aber die Beste hat mich wohl immer so genannt, und er scheint davon auszugehen, dass es okay ist, wenn er mich jetzt auch so anspricht.

»Danke, ganz okay, gibt nicht viel zu erzählen.«

»Du arbeitest in der Medien-PR, richtig?«

Ich nicke.

»Ein Freund von mir arbeitet bei Irving Metcalf, er heißt Rich Hutchinson – kennst du ihn vielleicht?« Das passiert immer, wenn ich Leuten erzähle, dass ich in der PR-Branche arbeite: Sie denken, ich müsste *jeden* kennen, der irgendwas mit PR zu tun hat. Meinem schottischen Freund Al geht es auch ständig so: Anscheinend denkt jeder, Schottland sei etwa so groß wie eine mittlere Kleinstadt, sagt er, und dass die Schotten sich alle untereinander kennen müssten.

»Nicht dass ich wüsste.«

»Ich sollte euch mal vorstellen, er ist toll, ihr würdet euch bestimmt gut verstehen.« Mein Blick geht unauffällig zu der Besten. Die zieht fragend eine Augenbraue hoch, als wollte sie sagen: *Double Date ...?* Und ich zwinge mich zu einem Lächeln. Was für ein Glück, dass Ed jetzt endlich da ist und Schwung in mein bemitleidenswertes Liebesleben bringt. Ich klinge verbittert. Bin ich verbittert? Ed knabbert am Hals der Besten, und ich sehe, wie sie strahlt ... sie sieht so glücklich aus. Es ist lange her, dass ein Mann irgendeinen Teil von mir zum Strahlen gebracht hat. Bestimmt bin ich nur neidisch: Dieses ungute Gefühl, das ich in Eds Nähe verspüre, ist sicher bloß mein unterbewusster Wunsch, selbst auch einen Ed zu haben.

»Bist du denn schon bereit, dich nach dem Schock mit Doug auf eine neue Verabredung einzulassen?«, fragt die Beste.

»Wer ist denn Doug?«, mischt Ed sich ein. Der Besten von Doug zu erzählen ist schön und gut, aber einem Wildfremden ... aber leider ist meine Meinung in diesem Punkt nicht gefragt, denn die Beste legt gleich los und erzählt Ed die ganze unheilvolle Geschichte mit allen unschönen Einzelheiten. Ich weiß, dass sie das nicht aus Bosheit macht oder um mich bloßzustellen (netterweise überspringt sie den Teil mit dem unaufhaltsamen Durchfall) – sie tut das nur, um Ed zu beeindrucken. Schließlich kommt sie zum Showdown im Badezimmer, und als ich wieder aufschaue und Ed ansehe, hat der Tränen in den Augen vor Lachen. Ich finde es nicht ganz so lustig, aber ich kenne die Geschichte ja auch schon.

Ed dreht sich zu mir um und tätschelt quer über den Tisch meinen Arm. »Ro, das ist echt der Brüller.«

Ich nicke. »Ja, ich bin eine richtige Lachnummer.«

»Hast du noch mehr Verabredungen?«, will die Beste wissen.

»Kann sein. Ich schreibe gerade mit einem Mann namens Archie.«

»Ich kann es kaum erwarten, die Geschichte zu hören«, meint Ed. Vielleicht denkt er, all meine Dates enden mit Drogenrazzien in Badezimmern in Chelsea.

Wie sich schnell herausstellt, hat Ed größtes Interesse an meiner bewegten Datinggeschichte. Er will alles ganz genau wissen, über Jonathan und warum es mit Patrick und Andrew nichts geworden ist. Während ich kurz und knapp über Elliot berichte, verzieht er abfällig das Gesicht und schnaubt schließlich: »Was für ein Waschlappen!«

»Nein«, sage ich entschieden und gucke ihn böse an. »Er war sehr nett. Er war nur nicht der Richtige für mich.«

Noch immer leise glucksend meint er: »Welcher Depp trägt denn einen Anorak«, und ich wünschte mir, ich hätte ihm nichts von Elliot erzählt. »Aber egal«, fährt Ed fort, »du bleibst bestimmt nicht lange Single, Ro.«

»Das sage ich ihr auch die ganze Zeit«, pflichtet die Beste ihm bei, auch wenn ich mich nicht erinnern kann, dergleichen jemals aus ihrem Mund gehört zu haben.

Mir wäre es lieb, wir könnten jetzt das Thema wechseln. Das klappt hervorragend, indem ich Ed einfach nach seinem Job frage. Wie sich herausstellt, redet Ed nämlich gerne über sich – sehr gerne sogar. Eine halbe Stunde später schwadroniert er immer noch unverdrossen über seine Arbeit, und trotzdem habe ich keinen Schimmer, was er genau macht, und seine mehreren Hundert Freunde bringe ich auch ständig durcheinander.

»Also gut!«, sagt die Beste und legt entschlossen die Hände auf den Tisch. »Noch ein Fläschchen, Ro? Und was möchtest du, Schatz? Ich hole die nächste Runde.«

»Liebelein«, entgegnet Ed lachend. »Das war ein Chablis für 40 Pfund die Flasche – bist du befördert worden oder was? Ich hole die nächste Runde.« Er klingt recht unwillig.

»Ed«, sage ich und werfe der Besten einen Blick zu, »Lass mich die nächste Runde holen.«

»Nein, Ro, sei nicht albern. Deine Freundin hat einfach einen teuren Geschmack.« Und damit tätschelt er »meiner Freundin« herablassend den Kopf – ja, *tätschelt* – und geht mit langen Schritten zur Bar. Ich schaue die Beste an. Sie lacht. Ich nicht.

»Das war aber ziemlich ...«

»Was?« Unschuldig schaut sie mich an. Sie hat es anscheinend gar nicht gemerkt, aber vielleicht ist es ihr auch egal, dass ihr Freund sie gerade öffentlich klein und sich über ihren Job lustig gemacht hat. Denn das hat er doch, oder? Ich fürchte fast, ich suche gezielt nach Gründen, Ed nicht zu mögen, als wäre Ed ein Gesicht auf Tinder, das ich leichtfertig nach links wische, statt mir die Zeit zu nehmen, ihn besser kennenzulernen. Aber es besteht auch immer noch die Möglichkeit, dass er einfach ein riesengroßes Arschgesicht ist. Bei der Beste-Freundinnen-Aufmunterungsrede gibt es leider kein Unterkapitel, der Freundin klarzumachen, dass man der Meinung ist, ihr neuer Freund ist ein Arschgesicht. Ich frage mich, wie ein unbeteiligter Beobachter wohl das erste Treffen zwischen Ed und mir beurteilen würde – wenig bis gar kein Spielen an den Haaren und nur verhaltenes Gelächter (jedenfalls auf meiner Seite). Die Beste kann man nicht fragen, die ist parteiisch – sie mag Ed. Alles in allem würde man wohl zu dem Schluss kommen, dass es nicht gerade rundläuft.

*

Musik, so sagt uns Shakespeare, ist die Nahrung der Liebe, und wer bin ich, dem Mann zu widersprechen, den die meisten für einen der größten Schriftsteller aller Zeiten halten? Aber er irrt sich. Wenn es um die Liebe geht, ist Musik zwar nicht übel – vorausgesetzt man versteht unter Romantik, sich zu Drake die Brüste begrapschen zu lassen. Aber Musik ist nicht die Nahrung der Liebe, sondern Essen. Essen ist die Nahrung der Liebe.

In letzter Zeit driften die meisten Tinder-Gespräche früher oder später in Richtung Essen, aber das hat man wohl davon, wenn man als Altersgrenze siebenundzwanzig bis fünfunddreißig eingibt. Könnte ich mich mit der Vorstellung anfreunden, mich auf jemanden einzulassen, der nach dem Golfkrieg geboren wurde (dem ersten), könnten wir uns über unsere Lieblingsbands unterhalten oder die besten Clubs der Stadt, wenn man die heutzutage überhaupt noch so nennt. Aber mit Mitte dreißig geht niemand mehr in »Clubs« – man geht in Cocktailbars oder Kneipen und trifft sich mit Freunden und redet über sein Lieblingsrestaurant/ seinen Lieblingsimbiss/sein liebstes Kater-Junkfood (auf all diese Fragen gibt es übrigens eine korrekte Antwort, und keine davon lautet Kentucky Fried Chicken). So war es auch mit Archie. Das bizarre Erlebnis mit Doug hätte mich eigentlich für Jahrzehnte von Tinder – nein, vom Dating ... nein, Männern überhaupt – abbringen müssen. Aber inzwischen sind ein paar Wochen vergangen, und in der Tindersphäre ist das eine halbe Ewigkeit. Ich habe die Erfahrung einfach als Datinganomalie abgehakt und mir gesagt, dass es jetzt eigentlich nicht mehr schlimmer kommen kann. Und bei Archie wähne ich mich auf der sicheren Seite. Archie habe ich geliked, weil er glatt rasiert ist, schön groß und seine Schuhe mir gefallen. Die Schuhe eines Mannes verraten einem alles, was man wissen muss. Archie trägt teure Schuhe. Es klingt oberflächlich, wenn man sagt, man sucht einen Mann mit Geld, und wenn man dieses Kriterium über alle anderen Charaktereigenschaften setzt, wie beispielsweise »ertränkt keine Hundewelpen«, ist es das auch. Aber wenn man von seinem Freund zum Essen eingeladen wird, ist es ganz nett, wenn man nicht unversehens beim All-you-can-eat-Sonntagbüfett beim Inder um die Ecke landet. Mal wieder.

Archie war wortgewandt und interessant – nicht wie Steve, 31, der gleich fragte, ob ich »heute Abend ein bisschen Spaß haben« will. Oder Callum, 29, der mir ein Selfie von sich beim Onanieren schickte. Wir haben über unsere Jobs geredet (er macht irgendwas mit einem Online-Startup), wo wir wohnen (er wohnt wie ich im Süden) und was wir in unserer Freizeit machen, aber irgendwann kam auch hier unweigerlich das Essen zur Sprache. Essen ist ein dankbares

Thema für eine neue Tinder-Bekanntschaft, denn dazu hat jeder etwas zu sagen, und doch ist es abgefahren genug, mit jemandem darüber zu diskutieren, der nur aus Worten auf dem Bildschirm und fünf Fotos besteht. Aus meiner 5:2-Diät ist unversehens eine 6:1-Diät geworden, während wir uns darüber austauschten, wo man in London am besten essen kann: Archie fand, das sei eindeutig im ziemlich teuren, exklusiven Nobu der Fall, während ich fürs Vajante plädierte, weil ich einmal (vor Jahren) dort war und Matthew Williamson draußen vor der Tür habe stehen sehen, der eine Zigarette rauchte.

Archie:
Und, was steht als nächstes auf deiner To-eat-Liste?

Rosy:
Ich wollte immer mal zu The Shard – die Aussicht soll grandios sein.

Archie:
Da war ich schon! Das Essen ist super.

Rosy:
Dann wissen wir ja, wo wir hingehen. ☺

Archie:
Ich bin dabei.

Eigentlich sollte das ein Witz sein (ich meine, wer schickt schon einen Smiley, wenn es kein Witz sein soll), aber Archie meinte es ernst: Gestern hat er mir eine Nachricht geschickt und meinte, wenn ich gerne ins Shard gehen möchte, dann würden wir auch ins Shard gehen.

Es ist so ein besonders dunkler, fieser, kalter Abend mit Fisselhaare machendem Nieselregen, an dem man sich nach dem britischen Sommer sehnt, allen elf kurzen Tagen, und ich stehe vor der London Bridge Station und warte auf Archie. Ich habe vorgeschlagen, dass wir uns hier treffen, und es erweist sich gerade als einer meiner dämlicheren Einfälle, denn es gibt mehrere verschiedene Ein- und Ausgänge, und ich bin mir ziemlich sicher, dass ich genau vor dem falschen zittere. Außerdem habe ich schon wieder die blöde Lederjacke an, aus rein ästhetischen Gründen, weil ich in meinem Parka aussehe wie eine siebenjährige Grundschülerin, die niemand beim In-Zweierreihen-Gehen an die Hand nehmen will (wenigstens den Rucksack habe ich zuhause gelassen). Mein erster Eindruck bisher von Archie: Er ist nicht da.

Auf Verabredungen zu warten macht mich fertig. Zunächst einmal schäme ich mich und fühle mich sozial geächtet, weil ich fürchte, ich könnte versetzt worden sein. Darauf folgt schon bald der unterschwellige Unmut darüber, dass der Arsch nicht pünktlich ist, während ich Haarspray inhaliert habe, um mein Make-up zu fixieren *und* hohe Absätze trage. Abgerundet wird das Ganze dann von einem Anfall akuter Selbstverachtung, weil ich es nötig habe, mir über eine Handy-App einen neuen Freund zu suchen. Bibbernd trete ich von einem Bein aufs andere, um mich warm zu halten, und da erst merke ich, dass Archie mitnichten zu spät kommt, sondern direkt hinter mir steht. Zuerst erkenne ich ihn nicht, denn er ist nicht nur viel attraktiver als auf den Fotos (was bei meinen bisherigen Dates immer genau umgekehrt war), er ist außerdem ein bisschen kleiner, was sicher für jede andere Frau, die nicht so ein Däumelinchen ist wie ich, eine herbe Enttäuschung wäre.

»Entschuldige, ich habe den falschen Ausgang genommen«, sagt er und nimmt mich dann zur Begrüßung in die Arme.

»Ich auch.«

»Tja dann«, sagt er, zieht schwungvoll einen Schirm hervor, den er schützend über mich hält, »haben wir wohl beide den richtigen genommen.« Ich muss lachen, und zwar von Herzen, nicht so ein gezwungenes kleines Glucksen mit verkniffenen Mundwinkeln. Ich rücke ein bisschen näher an ihn heran.

Unser Tisch ist erst in einer Stunde reserviert, also schlägt Archie vor, in eine Bar ganz in der Nähe zu gehen. Was ich für eine großartige Idee halte, bis wir dann da sind. Die mindestens fünfzehn Personen lange Schlange wird von einem unfreundlichen Türsteher in Schach gehalten, und die Mädels stehen da mit nackten Armen oder nackten Beinen (die Tapfersten mit beidem) und tanzen den Bibber-Hop, den ich das letzte Mal an einem Abend in Newcastle getanzt habe, wo Jacken ein absolutes No-Go sind. Ich verziehe das Gesicht und schaue Archie fragend an. Eine Warteschlange, noch dazu im Regen, ist Gift für die erste Verabredung, und Kälte mag ich genauso wenig wie das Dritte Reich und Grapefruits (also überhaupt nicht).

»Wir brauchen nicht anzustehen«, meint er.

»Wieso? Hast du Beziehungen zur Mafia?«

Er lächelt. »Man muss nur die richtigen Leute kennen.«

Ich freue mich darauf, Archie kennenzulernen.

Selbstbewusst geht er auf den Türsteher zu. Sie unterhalten sich leise. Der Türsteher lächelt – ein seltener Anblick, fast wie ein Leopard in der Savanne –, dann schüttelt er Archie die Hand, und der winkt mich zu sich und hält mir die schwere Holztür auf. Von drinnen schlagen mir die treibenden Bässe entgegen. Ich würde die Musik als »Dance«

bezeichnen, so ähnlich wie meine Oma alles mit mehr als 100 bpm »Disco« nennt. Im Laden drängen sich die Jungen, Reichen und Schönen. Mädels in Mikrokleidchen stöckeln vorbei und nippen am Strohhalm ihres Bellini, beobachtet von Männern in maßgeschneiderten Hemden und polierten Schuhen.

Mithilfe meiner U-Bahn-Ninja-Fähigkeiten schlängle ich mich auf der Suche nach einem Sitzplatz durch die Menschenmenge. Stühle gibt es keine. Stattdessen stehen um die Tische braune Lederwürfel, also hocke ich mich linkisch auf eine Kante, während Archie verschwindet, um an der Theke unsere Drinks zu bestellen. Zwanzig Minuten später ist er wieder da, und erst in dem Augenblick geht mir auf, dass er gar nicht gefragt hat, was ich trinken möchte. Zu meiner großen Erleichterung hat er zwei identische Cocktails in der Hand.

»Der Laden ist ein Irrenhaus«, sagt er und setzt sich auf den Würfel mir gegenüber. »Wer hätte gedacht, dass die Leute sich so verzweifelt betrinken wollen?« Die Cocktails sind sehr klein, woraus ich schließe, dass sie vermutlich sehr teuer sind und wahrscheinlich auch sehr gut. Ich nippe daran, und es stimmt. Ein wirklich ungewöhnlicher Ort für eine erste Verabredung, und wir sind gerade mal beim ersten Drink vor dem Essen. Was das Shard betrifft, so wusste ich eigentlich gar nicht so recht, was ich da vorgeschlagen habe, und ich staune immer noch, dass Archie so bereitwillig zugestimmt hat. Ich muss an die vielen Männer bei Guardian Soulmates denken, die »abenteuerlustig« als wünschenswerte Eigenschaft angegeben haben. Vielleicht ist Archie das auch. Vielleicht hat er mich deshalb geliked.

*

»*Inspector Gadget*«, sagt Archie.

»Der war toll. *Es war einmal ... das Leben?*«

»Lieblingsfigur?«

»Psi, natürlich.«

Archie nickt zustimmend. »Ich glaube, ich würde mich umbringen, wenn ich eine Abwehrzelle sein müsste.« Er grinst mich an. Schöne Zähne.

»Es gab da mal so eine Sendung«, sagt er und nippt an seinem Bier (ich bin bei den Cocktails geblieben, und wenn sie noch so teuer sind), »wo sie so bescheuerte Spiele gespielt haben und die Kandidaten irre Aufgaben bewältigen mussten. Weißt du noch, es war völlig verrückt.«

»Ja, ich erinnere mich! In einer Folge mussten sie in einer Buchstabensuppe schwimmen und die richtigen Buchstaben herausangeln, um ein Wort zu schreiben. Ich hab das geliebt.«

»Ich weiß gar nicht mehr, wie die hieß, und meine Freunde behaupten immer, sie hätten nie davon gehört.«

»Meine auch! Die sagen, das hätte ich mir alles nur zusammengesponnen, als ich high war.«

Mit hochgezogenen Augenbrauen schaut Archie mich an. »Ist das ... was, das du öfter machst?«

Mist – nicht noch mal dasselbe wie bei Doug. Ich habe schon so einiges an illegalen Substanzen ausprobiert, aber ich weiß nie, was man auf so eine Frage am besten antwortet. Wenn ich Nein sage, findet er mich vielleicht spießig. Aber andererseits – Doug. »Nein, eigentlich nicht«, entgegne ich zaghaft.

Ein Mann um die fünfzig lässt sich auf einen der Würfel in der Nähe fallen, gefolgt von einer Blondine Mitte zwanzig mit dunklem Haaransatz und pinkfarbenen Riemchenstilettos. Sie könnte seine Tochter sein, wenn es nicht verboten wäre, dass Väter ihre Töchter derart betatschen.

»Ich verschwinde mal kurz, wenn ich darf.« Archie steht auf und wirft einen Blick auf unsere neuen Nachbarn. »Ihr könnt euch ja schon mal miteinander bekannt machen.« Ich beobachte, wie die Blonde nun auf Papis Schoß sitzt und ihm hingerissen zuhört, wobei sie mit dem Finger Kreise auf seine Brust malt. Es ist süß, vertraulich und abstoßend, alles zugleich.

Eine späte Essensverabredung klang ach so romantisch, aber allmählich bereue ich es, nur einen Toast gegessen zu haben, bevor ich losgegangen bin – ich verhungere nämlich fast. In meiner enervierend kleinen Handtasche habe ich noch einen Müsliriegel, aber der ist eigentlich nur für den äußersten Notfall. Ich ziehe das Handy aus der Tasche, um nach der Uhrzeit zu sehen, und stelle erstaunt fest, dass Archie und ich schon seit über einer Stunde hier sitzen und trinken und quatschen. Dabei kommt es mir vor, als wären wir gerade mal zehn Minuten hier. Archie hat etwas sehr Anziehendes. Ich mag die dunklen Augen und das etwas rundliche Gesicht, das ihn im Kontrast zu seinem trainierten, muskulösen Körper ein bisschen weicher wirken lässt. In seinen Nachrichten kam er eigentlich nicht besonders geistreich und schlagfertig rüber, aber ich habe heute Abend schon viermal aus tiefstem Herzen lachen müssen. Er ist jetzt schon eine ganze Weile verschwunden, und ich habe mein Glas ausgetrunken. Mein Blick wandert zu dem Handy in meiner Hand, und mein Daumen schwebt unschlüssig über der Tinder-Flamme.

Während eines Tinder-Dates zu tindern ist moralisch zumindest fragwürdig. Wenn man so will, ist dieses schamlose Verhalten womöglich symbolisch für die Tinderei an sich, weil man damit davon ausgeht, dass es da draußen immer jemand anderen und potenziell Besseren gibt. Ich finde es ganz schön, hier zu sein … aber ich frage mich, wer noch so im Angebot ist. Ich wische Henri, Jimbo, Alexander und Christopher weg und stolpere schließlich über Amit. Amit hat eine Zeile unter sein Profil geschrieben. Warum schreibt jemand was, obwohl er es gar nicht müsste? Mein Profil zu erstellen war das mit Abstand Schlimmste am Internetdating, und zwar einschließlich meines Dates mit Jonathan. Und nur deshalb wische ich Amit nach links. Ich schaue auf und sehe Archie, wie er sich den Weg zu mir zurückbahnt, also lasse ich das Telefon schnell wieder verschwinden und lächle ihm zu, als er mich anschaut und sich wieder setzt und sich entschuldigt, dass es so lange gedauert hat. Ich sage ihm, das sei gar kein Problem, und stehe auf – die nächste Runde geht auf mich.

*

Archie schaut auf die Uhr. »Zeit zum Essen.« Ich hatte schon gar nicht mehr an meinen Müsliriegel gedacht. The Shard ist nicht weit von hier, ein kleines Stück in die Richtung, aus der wir gekommen sind, aber schon jetzt sehen wir es vor uns aufragen, hell erleuchtet gegen den dunklen Nachthimmel und beinahe unmöglich hoch. In den sechs Jahren, die ich nun in London lebe, hatte ich das Vergnügen zusehen zu können, wie der gläserne Turm aus dem Boden in den Himmel gewachsen ist, weshalb es jetzt schon ein Highlight an sich ist, das Foyer zu betreten. Denn wie lange habe ich mir gewünscht, einmal mit dem Lift ganz nach oben zu fahren wie ein Kind, das immer noch zu klein ist für den Space Mountain.

»Das ist unglaublich«, hauche ich hingerissen beim Einsteigen.

»Wir fahren doch noch gar nicht!«, entgegnet Archie, der

Beschützer, der Wärmespender. Er drückt den Knopf für den einunddreißigsten Stock, und dann geht es nach oben. Ich habe ein idiotisches Grinsen im Gesicht, das immer breiter wird, je weiter wir uns von der Erde entfernen. Archie erwidert mein Lächeln wie ein älterer Verwandter, der wohlwollend einem aufgeregten kleinen Kind zulächelt.

Im Restaurant werden wir von einem Oberkellner in Empfang genommen, der uns zu einem Tisch in der Mitte des Raums führt. Dezent und sehr höflich fragt Archie, ob es vielleicht möglich wäre, einen Tisch am Fenster zu bekommen, denn wenn man sich schon einunddreißig Stockwerke über London befindet, müsse man eigentlich unbedingt an einem (gut verschlossenen) Fenster sitzen. Höflich, aber bestimmt ist er also auch. Und es lohnt sich, denn selbst im Dunkeln ist die Aussicht einfach atemberaubend: London zieht sich in alle Richtungen bis zum Horizont, eine pulsierende, glitzernde Spielzeugstadt zu unseren Füßen.

Wir bestellen Wein und konsultieren die Speisekarte. Als der Kellner an den Tisch zurückkommt, bestellt Archie Lamm, während ich mich für Fisch entscheide. Ich spüre, wie Archie mich anschaut, während er einschenkt. Nach einem Schluck wird mir schon schwindelig. Ich schaue auf, und unsere Blicke treffen sich – ich kann den Blick gar nicht mehr abwenden. Der Kellner bringt Brot, an dem wir knabbern, während wir uns über den Marathon unterhalten, den Archie letztes Jahr gelaufen ist. Er überlegt, bald wieder einen zu laufen. Ich nicht. Sollte ich irgendwann mal vor wild gewordenen Killerbienen oder atomarem Fallout flüchten müssen, *könnte* ich möglicherweise zweiundvierzig Kilometer laufen, aber sicher bin ich mir da nicht, und ohne Todesgefahr als Ansporn würden mich keine zehn Pferde dazu bringen.

Alle Bedenken gegen ein üppiges Essen so spät am Abend verfliegen beim Anblick des Seeteufels mit Safran und Orangen, dessen Aroma mir schon beim Servieren in die Nase steigt. Es ist Liebe auf den ersten Bissen. »Das ist zum Niederknien«, sage ich zu Archie. Er schaut mich unverwandt an und sagt: »Ja, ist es.«

Es kommt mir vor, als hätte der Abstand zur Erde all meine Sinne geschärft. Es ist schon so spät (als ich das letzte Mal auf die Uhr gesehen habe, war es nach Mitternacht), und das Essen ist so köstlich, selbst der Wein schmeckt kühler und köstlicher als sonst. Es hat etwas Zauberhaftes, wie in einem Traum, hier oben zu sein, als schwebten wir hoch oben über der schlafenden Stadt. Archie und ich könnten auch die einzigen Menschen sein, die in London noch wach sind, womöglich in ganz England, auf der ganzen Welt. Ich schaue ihn an, er schaut mich an. In diesem Traum ist es, als hätten wir uns schon ineinander verliebt.

»Wie wäre es mit einem kleinen Schlummertrunk?«, fragt Archie, als der Kellner kommt, um die leeren Teller abzuräumen (ich musste mich zusammenreißen, um meinen nicht abzulecken). *Ein Schlummertrunk*: Das klingt so herrlich altmodisch und darum auch unheimlich romantisch. Wir schlendern an die Bar, wo Archie einen Whisky ordert und mich nicht auslacht, als ich einen Wodka Cola bestelle. Nach den Cocktails, dem Essen und der Flasche Wein kann ich sonst nichts mehr trinken. Auch wenn es nicht gerade der klassische Schlummertrunk und so gar nicht altmodisch-romantisch ist.

Wir reden, reden, trinken und reden: Über die Serien, die uns nächtelang vom Schlafen abhalten, über unsere Lieblingsbands und die Songs, die uns an die wichtigsten Momente unseres Lebens erinnern ... Wir erzählen uns gegenseitig unsere Geschichte, und als Archie mich fragt, ob ich Kinder möchte – und wie viele und wie sie heißen sollen –, ist es fast, als legten wir gerade das Fundament unserer gemeinsamen Zukunft. Ob das am vielen Alkohol liegt oder an der Höhe, ich weiß es nicht. Aber die sonst so engen Grenzen einer ersten Verabredung scheinen sich aufzulösen, und ich möchte Archie am liebsten mein ganzes Herz ausschütten und ihm alles sagen. Und das tue ich dann auch. Ich erzähle ihm von meiner turbulenten Jugend, inklusive der wilden promisken Zeiten, die ich eigentlich lieber verdrängen würde, und auch wenn ich an den eher heiklen Stellen lieber weggucke, wendet Archie kein einziges Mal den Blick von mir. Im Gegenzug erzählt er mir von seiner Arbeit. Er ist Konsortialmitglied einer Kanzlei und fühlt sich seinen Kollegen immer unterlegen und befürchtet ständig, dass seine Inkompetenz irgendwann auffliegt. Beim Reden liegt seine linke Hand auf der Theke. Ich schaue ihm unverwandt in die Augen, und meine rechte Hand gleitet vom Glas auf seine zu, und meine Finger strecken sich fast unmerklich. Er schaut hin, und ich erstarre, aber keine Sekunde später berühren sich unsere Finger, und er hält meine Hand in seiner, und so bleiben wir, bis meine Wärme seine ist, meine Haut seine, und ich nicht mehr weiß, wo er beginnt und ich ende. Ich will nie mehr loslassen. Mit dem Daumen streicht er über meinen Daumen, und jegliches Verlangen, ein bisschen bei Tinder herumzuwischen, verfliegt auf der Stelle. Nirgendwo möchte ich lieber sein als hier und jetzt. Es gibt nichts mehr außer uns beiden.

Erst als der Barkeeper uns dann höflich, aber bestimmt auffordert, doch bitte zu zahlen, merken wir, dass wir die letzten Aufrechten sind (sitzend zwar, aber immer noch trinkend), und es langsam Zeit wird, zur Erde zurückzukehren. Was nicht halb so viel Spaß macht wie die Fahrt in den Himmel. Es ist kühl, aber trocken, als wir unten ankommen, und ich kuschele mich an Archie, während wir über die London Bridge und dann die Straße hinunter flanieren. Ohne den Lärm und das dichte Gedrängel von eben ist die Bahnstation kaum wiederzuerkennen. Und wie in einer schnulzigen romantischen Komödie hebt Archie den Arm und winkt ein Taxi heran, das gerade, o Wunder, vorbeifährt und, abermals o Wunder, nicht besetzt ist. So was passiert nicht im realen Leben … Aber nichts von dem, was heute Abend geschehen ist, erscheint mir real. Das Taxi bremst, und Archie zieht mich in seine Arme und küsst mich, ganz langsam und ganz sanft. Es ist so schön und warm, dass ich mir wünsche, es würde nie aufhören, aber irgendwann löst er sich von mir und lächelt mich an, die Stirn gegen meine Stirn gelehnt, und ich weiß, das ist nur eine kurze Unterbrechung dessen, was gerade erst angefangen hat. Er hält mir die Tür auf und beugt sich dann zu mir in das Taxi und sagt mir Auf Wiedersehen, und dieses Wort hat nichts von einem Abschied. Auf der Heimfahrt lehne ich den Kopf gegen das Fenster und lasse den ganzen Abend noch einmal Revue passieren: der Regen, das Essen, Archies warmer Körper und seine Lippen auf meinen. Zu unserer Hochzeit sollten wir Seeteufel servieren.

*

Am nächsten Tag war ich gerade mit Kate und Bob zum Mittagessen bei Sophie und Ollie, und Ollie stellte just in dem Moment die Lasagne auf den Tisch, als mein Handy pingend den Eingang einer Nachricht von Archie verkündete. »Was Interessantes?«

»Ich hatte gestern Abend eine Verabredung.«

»Und, war es gut?«, wollte Sophie wissen.

»Es war *sehr* gut.« Meine Freunde lauschten gebannt, als ich ihnen den vergangenen Abend in allen Einzelheiten schilderte: die Cocktails, das Essen, die Aussicht – und auch aus meinen Gefühlen für meinen Begleiter machte ich keinen Hehl.

Kate presste die Lippen zusammen. »Klingt, als könnte er …«

»Ich weiß«, kicherte ich albern und löffelte mir Karotten auf den Teller. Gleich pingte mein Handy wieder. Archie wollte wissen, ob ich am Montag schon etwas vorhätte. Kate und Sophie quietschten verzückt.

Beim Dessert unterhielten wir uns über Kates und Bobs Hochzeit. Beim Thema Hochzeiten bin ich ehrlich gesagt etwas zwiegespalten: Ich freue mich für meine Freunde, die ganz aus dem Häuschen sind, aber muss zu meiner Schande gestehen, dass die Freude etwas gedämpft wird von der Aussicht, wieder mal alleine hingehen zu müssen. Diesmal diskutierten wir das Für und Wider von DJ versus Band, und ich verspürte einen kleinen Anflug süffisanter Selbstzufriedenheit, denn es gibt nur eins, was schöner ist als die behagliche Sicherheit einer langen, aufrichtigen Liebesbeziehung, und das ist die Zeit ganz am Anfang, wenn alles noch so frisch und aufregend und berauschend ist und man weiß, dass, wenn dieses Gefühl erst einmal verflogen ist, es nie wieder zurückkehrt. Als Sophie schließlich den Kaffee bringt, hatte sich meine hibbelige Kribbeligkeit etwas gelegt und dem Gefühl Platz gemacht, endlich wieder dazuzugehören. Ich ertappte mich dabei, dass ich an Kates Kommentar denken musste, den sie unter Sophies Facebook-Glückwünsche gepostet hatte: *Du bist die Nächste.*

Am Montagmorgen hatte ich eben Pip den ganzen traumhaften Abend in allen Einzelheiten geschildert und scrollte gerade durch meinen Posteingang, als mein Handy piepste. Strahlend öffnete ich Archies Nachricht.

Archie:
Morgen, du! Jetzt weiß ich endlich, wie wir unseren Hund nennen können: Hundesohn! Stell dir mal vor, wie komisch es wäre, das laut durch den ganzen Park zu brüllen?!

Ich musste erst mal überlegen. Dann las ich die Nachricht ein zweites Mal. Ich konnte mich beim besten Willen nicht daran erinnern, dass wir darüber geredet hätten, einen Hund anzuschaffen, aber immer, wenn ich ins Detail gehen wollte, sah ich nur Kerzenlicht und Rosen und Archie im Smoking. Sollte ich mir je einen Hund zulegen (höchst unwahrscheinlich – ich bin mehr der Katzentyp), stünde Hundesohn ganz weit unten auf der Liste meiner Lieblingsnamen. Aber am Samstag muss ich wohl von der Idee ziemlich begeistert gewesen sein.

Gerade wollte ich zurückschreiben, als Helen zur Tür hereinkam, in einer Lanvin-Jacke mit spitzem Revers. Sie verkündete, die Agentur habe sich kurzfristig entschlossen, an einem Pitch für einen Kunden teilzunehmen, der bisher als unhaltbar galt – und Deadline sei am Freitag. Alle Gedanken an Archie waren verflogen, als ich mich mit Helen zusammensetzte, um den Wochenplan noch einmal durchzugehen und zu überarbeiten. Als ich an meinen Schreibtisch zurückkam, erwartete mich eine weitere Nachricht von Archie.

Archie:
Wir könnten ihr einen Anhänger gravieren lassen mit der Inschrift »A&R's Hundesohn!« LOL

Ich hatte mich zwischenzeitlich kurz gefragt, ob die erste Nachricht überhaupt für mich bestimmt war, aber die zweite bestätigte, dass ich tatsächlich die Adressatin war. Und dieser »Witz« war auch nicht das Ergebnis spontanen Hirnblutens bei Archie, denn es ging noch weiter.

Vier Minuten später:

Archie:
Bist du da? ☺

Ich antwortete, sobald ich konnte, was allerdings erst in meiner Mittagspause der Fall war, und erklärte ihm das mit dem Pitch. Archie entschuldigte sich und schlug vor, mich zum Abendessen einzuladen. Wir schrieben ein bisschen hin und her, während ich mein Sandwich aß, und langsam erkannte ich den Archie von letztem Freitag wieder und fing an, mich darauf zu freuen, ihn abends wiederzusehen. Wenn man nicht bereit ist, im Zweifelsfall für den Angeklagten zu entscheiden, ist Tinder einfach nicht die richtige Dating-App.

Pip nahm mir den letzte Rest Arbeit ab, damit ich noch schnell zu Boots flitzen und mich mit in der Parfümabteilung mit den Testern einsprühen konnte, ehe ich mich auf den Weg zu dem Restaurant machte, das Archie vorgeschlagen hatte. Aber ich hätte mich nicht so zu beeilen brauchen, denn Archie hat sich verspätet. Jetzt sitze ich also allein an der Theke und will mir gerade etwas zu trinken bestellen (von der Cocktailkarte, die ich inzwischen auswendig kenne, weil ich sie seit gut zehn Minuten aufmerksam studiere), als die Tür schwungvoll aufgestoßen wird und er dasteht, in genau demselben Aufzug wie am Samstag. Ich lächele ihn an, als er auf mich zukommt, genauso umwerfend, wie ich ihn in Erinnerung hatte. Er setzt sich auf den Hocker neben mir. »Hallo, meine Schöne«, begrüßt er mich und küsst mich auf den Mund. »Wie geht's dir? Möchtest du was trinken?«

»Ich dachte gerade, ich bestelle mir einen House Martini.«

Archie überfliegt die Getränkekarte. »Mm, gute Wahl.« Er ruft den Barkeeper heran und bestellt für mich einen House Martini und für sich ein Glas Rotwein. Der Barkeeper legt den Kopf schief und guckt zerknirscht. Mit schwerem französischem Akzent erklärt er, die Limetten für den House Martini seien aus, und entschuldigt sich, dass er uns deshalb keinen mixen kann.

Archie schaut mich an. »Möchtest du was anderes?«

»Um ehrlich zu sein, habe ich ganz schön Hunger«, entgegne ich, »vielleicht könnten wir gleich was essen?«

Umstandslos klappt er die Getränkekarte zu. »Gut! Prima.« Und dann springt er auf und reicht mir die Hand, um mir vom Barhocker zu helfen.

Unser Tisch ist riesengroß. Archie legt die Hände um den Mund und tut, als müsse er schreien. »Du bist so weit weg!« Doch noch ehe ich etwas erwidern kann, hat er den Arm um meine Taille gehakt und mich auf der Sitzbank zu sich herangezogen, und dann knabbert er mir am Hals, während seine Hände auf meinem Körper Amok laufen und schließlich auf meinem Hintern landen. Lachend stoße ich ihn weg, aber das scheint ihn nur noch mehr anzustacheln, und er greift noch energischer zu.

»Oho, da hat jemand einen String an«, flüstert er mir ins Ohr und lässt den Gummibund meines Höschens schnippen, was ganz schön weh tut.

»Ich hatte sonst keine saubere Unterwäsche mehr.«

»Schmutziges kleines Luder, was?«, schnurrt er. Mir wird schlecht.

Ich bestelle Lammkoteletts. Eigentlich mag ich keine Lammkoteletts, aber die anderen Optionen sagen mir noch weniger zu. Mein Blick geht zu Archie, der wie ein hungriger Wolf über sein Steak herfällt, und ich frage mich, wer mir da eigentlich gegenübersitzt. Kann das wirklich der Mensch sein, in den ich mich gestern noch zu verlieben glaubte? Es ist, als sei der perfekte Archie verschwunden, und statt seiner sitze ich hier mit ... Arnie, Archies bösem, linkischem (wenn auch nicht weniger attraktivem) Zwillingsbruder. Ohne das flackernde Kerzenlicht der romantischsten Verabredung des Jahrhunderts erkenne ich den wahren Archie, und es ist ein Unterschied wie Tag und Nacht. Lustlos stochere ich an meinen Koteletts herum und höre nur mit einem Ohr auf Archies Geplapper, das tatsächlich ganz witzig ist (immer vorausgesetzt, seine Bemerkung über die Belgier sollte wirklich ein Scherz sein). Aber eigentlich denke ich nur noch darüber nach, möglichst bald nach Hause zu verschwinden. Immer, wenn er mich fragt, ob alles in Ordnung ist, schwindle ich und sage Ja, denn ich kann ihm wohl schlecht erklären, als was für eine herbe Enttäuschung er sich gerade entpuppt. Ich kann ihm nicht sagen, dass ich mich in seiner Gesellschaft einsamer fühle, als würde ich ganz allein hier sitzen, oder wie sehr ich mich dafür schäme, meinen liebsten Freunden quasi meine Liebe zu ihm gestanden und mir im Geiste schon unsere Hochzeit ausgemalt zu haben. Ich werde auch nicht gestehen, wie wunderbar es war, sich nach so langer Zeit wieder begehrt zu fühlen, und wie froh ich war, dass der Schmerz, den Charlie mir zugefügt hatte, nun endlich zu heilen begann. Statt ihm all das zu sagen, behaupte ich einfach, ich sei müde nach einem langen Arbeitstag und wollte kein Dessert mehr.

*

Als wir uns schließlich verabschieden, hat Archie sich natürlich längst zusammengereimt, dass irgendwas nicht stimmt. Natürlich hat er das. Heute Morgen beim Aufwachen erwartete mich schon wieder eine Nachricht von ihm, und danach trudelten in mehr oder minder regelmäßigen Abständen weitere ein. Mittags schicke ich ihm eine knappe Antwort und entschuldige mich, ich hätte gerade so viel um die Ohren, weil die Deadline für den Pitch unerbittlich immer näher rückt. Aber jetzt, wo ich zuhause bin, taugt die Ausrede nicht mehr. Die letzte Nachricht von ihm war Nummer vierzehn für heute. Ich atme tief durch und greife zum Handy.

Rosy:
Archie, das wird mir gerade alles etwas zu viel. Du scheinst ein toller Mensch zu sein, und ich fand es schön, dich kennenzulernen, aber gestern Abend hat bei mir irgendwas gefehlt ... Tut mir sehr leid X

Minuten später kommt Archies zustimmende Antwort:

Archie:
Ja, gestern Abend war
ein bisschen seltsam ...

Und dann etwas angefressen:

Archie:
Ich glaube, du bist
nicht ganz ehrlich zu
mir gewesen.

Dann verstummt mein Handy kurz, aber kurze Zeit später meldet er sich wieder. Er sagt, er wünschte, es wäre gestern Abend anders gelaufen, und dass es ihm leidtut – vielleicht sei es zu viel gewesen, sich so schnell wiederzusehen. Dann schweift er etwas ab und erzählt, es habe viel Stress im Job, und nach seiner Ex sei ich die erste Frau, die er wirklich toll fand (das Gefühl kenne ich), um dann einen letzten verzweifelten Versuch zu unternehmen zu retten, was noch zu retten ist. Indem er mich nämlich daran erinnert, wie ich am Samstag meinte, es sei alles *»so traumhaft schön«* (um ein Uhr nachts und ziemlich angetrunken), aber was auch immer ich da für Archie empfunden haben mag, es ist weg. Wenn man sich beim ersten Mal einunddreißig Stockwerke über der Erde trifft, kann es danach eigentlich nur noch abwärts gehen.

12.
Unsichtbarwerden leicht gemacht

Das Wort »Mittagspause« ist in dieser Stadt derart unpassend und irreführend, dass es eigentlich von Gesetz wegen abgeändert werden müsste zum Beispiel in »Schnellschlingerei« oder »Fressintermezzo«. Beim Bewerbungsgespräch erklärte mir meine damalige Chefin Lyndsey, ich hätte Anrecht auf eine Stunde Mittagspause. Eines Donnerstagmorgens erschien Lindsey nicht zur Arbeit: Sie war gefeuert worden, weil sie eine Niete war und ein passiv-aggressives Miststück noch dazu. Und eine Lügnerin war sie obendrein, denn in den drei Jahren seither habe ich exakt dreizehnmal eine ganze Stunde Mittagspause gehabt. Alles, was ich zum Überleben im Büro brauchte, lernte ich in den ersten drei Wochen: welches Klo am ehesten frei ist, wenn ich ein größeres Geschäft verrichten muss, welche Tassen zum allgemeinen Gebrauch bestimmt sind und welche Arlene, unserer zwangsgestörten Büroleiterin, gehören. Wer stinkig wird, wenn man die letzte Malteser-Knusperkugel aus der Celebrations-Mischung stibitzt ... nur ein paar Beispiele der überlebenswichtigsten Büroregeln, die ich blitzschnell draufhaben musste, um nicht von allen gehasst zu werden und/oder einen fiesen Spitznamen verpasst zu bekommen. Ich lernte auch die wahre Bedeutung des irreführenden Begriffs »Mittagspause« kennen, die da lautet: kurze, nicht näher definierte, äußerst variable Zeitspanne, in der man etwas zu essen kaufen und selbiges zu sich nehmen kann, während man nebenbei einen flüchtigen Blick in die *Mail Online* wirft.

Aber in den ersten aufregenden Arbeitstagen, lange bevor die 5:2/6:1-Diät mir die Freude am Essen vermieste, verbrachte ich einen großen Teil des Vormittags damit, mir auszumalen, was ich mir zum Mittagessen gönnen wollte: Sushi? Sandwich? Suppe? Salat? Wenn keine der so wunderbar alliterierenden Alternativen mir zusagte, machte ich einen Abstecher zu Sainsburys, um mir ein eklektisches kleines Picknick zusammenzustellen, das aus allem bestehen konnte, angefangen mit einer Packung Hobnobs-Kekse bis hin zu einer kleinen feinen Auswahl italienischen Aufschnitts, und oft genug beides zusammen. Einmal kam Pip dienstags an meinem Schreibtisch vorbei, als ich mein kleines Festessen gerade dekorativ vor mir aufbaute (Würstchen im Schlafrock, ein paar Scheiben Schinken, Haferriegel, Dose Lilt-Limo), drückte mir die Schulter und sagte: »Da hat wohl jemand einen schweren Tag.« Und recht hatte sie. Mein Bus hatte Verspätung, ich hatte drei Stunden für ein Projekt recherchiert, das Helen dann doch wieder gestrichen hatte, und am Vorabend hatte ich mich mit Charlie gestritten. Als meine Dusche leckte, der Tag, nachdem meine Handtasche geklaut worden war, wann immer ich meine Tage bekam … immer, wenn mich etwas bedrückt, etwas an mir nagt, sich alles gegen mich verschworen hat und ich nichts dagegen tun kann, esse ich. Schließlich musste ich mir selbst ein Mittagspauseneinkaufsverbot für den Supermarkt erteilen, das nur an hohen Fest- und Feiertagen außer Kraft gesetzt wird. Zehn Tage nach Archie spüre ich langsam wieder diesen unwiderstehlichen Drang in mir aufsteigen. Heute habe ich tapfer der Versuchung widerstanden und gehe stattdessen zu Fuß die sechs Minuten vom Büro zu der Straße, in der sich all die vielen Fressketten aneinanderreihen. Man könnte meinen, bei Pret à Manger würden die Chefsalate rationiert, so wie die Leute sich darum reißen, drängeln und schubsen und ungeduldig links und rechts schauen und sich auf die Zehenspitzen stellen, um den Heiligen Gral aller Sandwichs zu ergattern, nämlich das, was man möchte, nicht das, was man gerade noch zu greifen bekommt. Und die Frauen sind nicht weniger räuberisch als die Männer, nur besser organisiert. Schon auf dem Weg haben sie sich überlegt, was sie wollen, daher können sie schnurstracks zu ihrem Favoriten marschieren und knallen im Vorbeilaufen das Geld an der Kasse gleich passend auf den Tresen, um dann im Stechschritt zum Büro zurückzumarschieren, damit sie pünktlich um zwei Uhr zum gemeinsamen Brainstormonanieren wieder an ihrem Platz sind. Die Mädels in meinem Alter stehen schnatternd beieinander und kaufen kleine Salate und ein Fläschchen Wasser, nur um dann beim Schlangestehen noch hektisch einen Brownie aus der Auslage zu greifen. Irgendwie hatte ich nie das Gefühl, dazuzugehören. Ich weiß auch nicht, warum.

Gerade versuche ich, mich zwischen einem Schälchen Edamame-Bohnen und einem kleinen Beilagensalat zu entscheiden (es ist einer der verdammten »1er«-Tage), als ich sie höre. »Hallo«, haucht sie mir von hinten ins Ohr, und ich weiß sofort, dass sie es ist. Kate hat ihre Stimme einmal beschrieben als »das Geräusch, das dabei herauskommt, wenn man einem Affen einen Kontrabass gibt – und er sich als echtes Talent erweist«.

»Hallo Sal«, sage ich und wirbele auf dem Absatz herum. Dann nehme ich das zierliche Persönchen in die Arme und atme den teuren Duft ein. Sally und ich haben uns bei meinem ersten Job kennengelernt, in der Agentur, die mich frisch von der Uni weg engagiert hatte. Als ich dort anfing, war sie schon seit einem Jahr da, und an meinem ersten Tag hat sie mich am Ellbogen beiseitegenommen und mir ins Ohr geflüstert: »Noch kannst du abhauen. Ich habe einen Vertrag unterschrieben, mich haben sie gefesselt und geknebelt, aber du, du schaffst es vielleicht noch, hier rauszukommen. Für uns beide ...« Nach Feierabend hat sie mich mitgenommen, und wir haben uns schrecklich betrunken und sind am Ende in einem Stripclub gelandet. Neun Monate später ging Sally – und ich wurde auf ihre Stelle befördert –, aber wundersamerweise haben wir es geschafft, bis heute Freunde-die-mal-zusammengearbeitet-haben zu bleiben. Inzwischen arbeitet sie in einem Verlag und hat seit Kurzem eine neue Stelle – ihr neuer Arbeitgeber muss hier irgendwo in der Nähe sitzen.

»Was holst du dir sonst noch?«, fragt sie.

»Das war's schon. Ich mache gerade die 5:2-Diät«, entgegne ich. »Oder so was in der Art.«

»Scheiß drauf«, erwidert Sally. Und damit nimmt sie ganz beiläufig zwei Räucherlachsdinger und zwei Flaschen Wasser aus dem Regal und marschiert damit zielstrebig zur Kasse. *»Such uns einen Tisch«*, raunt sie mir tonlos aus der Schlange zu. Und mich beschleicht der leise Verdacht, dass heute das vierzehnte Mal werden könnte, dass ich die volle Stunde Mittagspause in Anspruch nehmen werde.

*

»Dann bist du also bei Tinder! Hab ich's mir doch gedacht«, ruft Sally grinsend, als ich die Geschichte mit Archie erwähne. »Manchmal suche ich auch nach Frauen, weil ich wissen will, welche meiner Freundinnen sich da herumtreiben. Dich hätte ich auf jeden Fall geliked«, meint sie augenzwinkernd.

»Du guckst dir die Frauen an?«

»Mit ein paar wurde ich sogar gematched!«, sagt Sal lachend. »Ist doch nur Spaß … wobei, es könnte sein, dass ich am Donnerstagabend ein Date habe …« Sie grinst breit. Ich bin ganz kribbelig und will schon die erste der tausend Fragen stellen, die sich in meinem Kopf stapeln, als sie sagt: »Aber erzähl von dir.«

»In letzter Zeit war ich kaum noch da«, erwidere ich. Was im Großen und Ganzen auch der Wahrheit entspricht. Seit Archie schaue ich zwar noch gelegentlich bei Tinder rein, aber ich habe das Vertrauen in meine Fähigkeit verloren, zwischen den guten Männern und den faulen Eiern zu unterscheiden. Matches liegen unbeachtet in meinem Posteingang, und Fragen hängen unbeantwortet in der vor abgestandenen Witzen ranzigen Luft. Vor Sal möchte ich nicht gestehen, dass ich sie nicht mehr anrühre, weder darauf reagiere noch sie lösche. Manche habe ich nicht einmal geöffnet. Ehrlich gesagt, schäme ich mich dafür. Meine Mutter sagt immer: »Sag Ja oder Nein, aber sag nicht nichts, das ist feige.« Hat sie Bru oder mich im Verdacht, etwas Falsches getan zu haben, ist ihre Enttäuschung beinahe greifbar: Sie presst die Lippen zusammen und sagt kein Wort mehr. Ich hätte es nie für möglich gehalten, dass man eine Spülmaschine passiv-aggressiv einräumen kann, bis Bru Mum eines Abends beim Essen gestanden hat, bei einer Prüfung gemogelt zu haben.

Also sage ich zu Sal: »Meine Verabredungen waren die reinste Katastrophe, bis auf die eine, aber der … ist einfach abgetaucht und spurlos verschwunden.« Inzwischen verbiete ich mir jeden Gedanken an Patrick. Einmal habe ich versucht, mir ein Happy End für uns auszudenken, aber selbst in meiner imaginären Beziehung hat er mich am Ende sitzen lassen.

»Ach, das ist halt Tinder.« Sally wedelt abwehrend mit der

Hand, als wollte sie meine Niedergeschlagenheit vertreiben wie eine lästige Fliege. Am Handgelenk hat sie eine zierliche kleine Tätowierung mit dem Schriftzug »Dubstep Unicorn« – das Ergebnis von ein bisschen zu viel Wein und einer verlorenen Wette irgendwann/irgendwo in Malaysia (oder so). Als ich sie das erste Mal sah, musste ich lachen und habe Sal gefragt, ob ihr das heute leidtut. Worauf sie mir ganz ernst in die Augen schaute und erklärte, Reue sei nur etwas für »Mörder und Menschen, die lügen und betrügen«. »Du solltest dir auch eins machen lassen«, hatte sie gesagt, als ich mit dem Finger über die holprige, verschlungene Schrift fuhr. Worauf ich noch lauter lachen musste: In der Grundschule bin ich als einziges Kind beim Impfen schon *vor* dem Pieks umgekippt. Freiwillig setze ich mich keinem Nadelstich aus.

»Leider«, fährt sie fort, »gibt es kein Auswahlverfahren für die Leute, die bei Tinder aufeinander losgelassen werden. Manche wollen bloß unverbindlichen Sex, andere gleich heiraten. Und man weiß nie, wer was will.«

»Und manche wissen es selbst nicht«, ergänze ich und denke dabei hauptsächlich an mich selbst.

Derlei Unentschiedenheit ist Sally fremd. »Tinder ist genial!«, quietscht sie, als ich sie nach ihrer persönlichen Meinung frage. Die Leute drehen sich zu uns um und starren sie an. »Ich bin sehr dafür, das Netz so weit wie möglich auszuwerfen, und like fast alle …« Sie steht auf, wirft unsere leeren Essensverpackungen in den Müll und trinkt im Hinsetzen einen großen Schluck Kaffee. »… weil alle immer glauben, sie hätten einen bestimmten ›Typ‹, aber das stimmt gar nicht. Je mehr Leute man liked, desto eher findet man jemanden.«

»Klingt ganz schön anstrengend. Außerdem habe ich tatsächlich einen bestimmten Typ: dunkle Haare, nicht allzu groß …«

»Pst, Rosy.« Entschlossen legt Sally beide Hände auf den Tisch. »Dein Typ ist, genau wie der aller Frauen, ein Mann, der dich liebt, der gut zu dir ist und dich nicht verarscht. Oder eine Frau.« Da ist das Grinsen wieder. Ich nehme mir vor, sie am Freitagmorgen anzurufen.

»Hast du jemand … Besonderen kennengelernt, Sal?« *Besonderen* … das klingt so süßlich, aber ich weiß nicht, wie ich es sonst ausdrücken sollte.

»Herrje, viel zu viele. Ich weiß schon gar nicht mehr, mit wem ich worüber gesprochen habe – einer hat mich geblockt, nachdem ich ihn dreimal gefragt habe, was er eigentlich beruflich macht. Die Gesichter sind leer und nichtssagend, bis man ein paar Details hinzufügt. Joseph: spielt Schlagzeug, Banker. Simon: trägt Hut.«

Ich weiß, dass ich eigentlich schon längst wieder im Büro sein sollte, aber ich kann hier nicht weg, bis Sally mir ihre letzten Tinder-Dates en detail geschildert hat, darunter auch das mit Toby, vierzig, den sie kennengelernt hat, nachdem sie »versuchsweise« ihre strikte Altersgrenze etwas gelockert hatte. Wortlos höre ich zu, bis sie zum Schluss kommt: »… und erst am nächsten Morgen, als ich mein Höschen gesucht habe und mein Blick auf das Hörgerät auf dem Nachttisch gefallen ist, ist mir aufgegangen, aaaaah, er ist *taub*. Das erklärt alles.« Und dann gluckst sie leise, und ich klappe den Mund zu. Die mittägliche Büromenschenmeute hat sich verlaufen, und nun wimmelt es hier plötzlich von Müttern mit kleinen Babys, Studenten und jungen Männern mit Laptops, die an ihren »Drehbüchern« arbeiten. Am liebsten möchte ich den ganzen Nachmittag hier sitzen, Kaffee trinken und Sally bestaunen, aber wie sie so schön sagt, würde ich mir dann wohl einen neuen Job suchen müssen. Ich denke kurz darüber nach.

Zum Abschied umarmen wir uns und machen einen Termin zum Abendessen aus, dann wiesele ich flink zurück zum Büro und wappne mich innerlich schon mal für Helens unvermeidlichen Wutausbruch, aber dort angekommen sagt Pip mir, dass Helen gerade in einem Meeting ist. Meinem guten Karma zu tiefster Dankbarkeit verpflichtet, arbeite ich gewissenhaft meine To-do-Liste ab und höre erst auf, als ich ganz unten angekommen bin. Als ich schließlich auf die Uhr schaue, ist es beinahe sechs.

*

Im Bus muss ich immer wieder daran denken, wie begeistert Sal mir von den Vorzügen von Tinder vorgeschwärmt hat, und mir kommt der Gedanke, dass Tinder womöglich gar nicht das eigentliche Problem ist – sondern ich. Aus den sechs Verabredungen, die ich bisher hatte, hat sich nur einmal eine zweite und nie eine dritte ergeben – wobei ein zweites Date mit Doug schon ziemlich dumm gewesen wäre. Aber ich kann doch nicht immer den Männern den schwarzen Peter zuschieben (okay, auch da wieder abgesehen von Doug ...). Wenn Sally mit Tinder Erfolg hat, dann wäre es doch gelacht, wenn ich das nicht auch hinbekäme. Ich muss nur ein paar Kleinigkeiten ändern.

Erster Schritt: neue Profilfotos. Die Fotos, die ich bisher von mir hochgeladen habe ... bei denen habe ich irgendwie das Gefühl, dass ich das nicht bin. Ein Foto insbesondere wäre eigentlich viel passender: Bisher hatte ich es nicht hochgeladen, weil es letztes Jahr auf Sophies Geburtstag aufgenommen wurde und ich darauf ein bisschen beschwipst aussehe, aber das könnte man auch als *Schaut her, ich bin ein geselliger aufgeschlossener Mensch mit witzigen Freunden, und man kann mit mir jede Menge Spaß haben* interpretieren, statt als *in der Wasserflasche auf meinem Schreibtisch ist in Wahrheit Wodka*. Die Beste steht neben mir und sieht fünfmal so scharf aus wie ich, aber die kann ich ja rausschneiden.

Zweiter Schritt: meine Nachrichten abarbeiten. Die letzte von Will, 32, lautet: *»Wo bist du hin?!!!!!«* Ich versuche, den Gedanken an Mums missbilligendes Gesicht aus meinem Kopf zu verbannen und scrolle zurück zum Beginn unserer Unterhaltung ... Jetzt erinnere ich mich, mir fehlte anfangs ein bisschen der Elan, aber dann erwähnte er, dass er sich für Fotografie interessiert, und hat mich mit seiner Begeisterung mitgerissen. Worte hat er so eingesetzt, wie ich es mir auch von seiner Kamera vorgestellt habe: Seine Nachrichten waren kurz, aber immer präzise, und dabei war er auch noch ganz witzig. Und er hatte alle meine versteckten Tests bestanden: Ja, er mochte PJ Harvey, nein, schokoüberzogene Brezeln hatte er noch nie probiert, würde er aber sehr gerne. Erst als ich weiter nach unten komme, sehe ich, warum das mit uns im Sande verlaufen ist: Ich war ohne Ladegerät ins Büro gegangen, und der Akku hatte den Geist aufgegeben. Zuhause angekommen hatte ich das Telefon eingestöpselt und gesehen, dass Will mir zehn Nachrichten hintereinander geschickt hatte. Ich hatte zurückgeschrieben und ihm erklärt, was passiert war, und er hatte noch Witze gerissen, am Ende würde ich womöglich noch die Polizei rufen, weil ich ihn für einen geistesgestörten Stalker halte. Was eigentlich überhaupt nicht komisch war. Mehr eine düstere Vorahnung. Seine letzte, flehentliche Bitte – *Rosy, verlass mich nicht!!!!!* – hatte sein Schicksal besiegelt (die Ausrufezeichen allein hätten schon genügt), und ich hatte mich für die feigste Lösung entschieden und mich einfach nicht mehr bei ihm gemeldet.

Die nächste Nachricht ist von Ian.

Ian:
Deine Titten sehen heiß aus auf dem zweiten Foto! Dreist, ich weiß, aber du kannst das ab. ☺

Nein, kann ich nicht. Um Ian ist es nicht schade. Löschen.

Beim Lesen fangen die Anekdoten langsam an, sich endlos zu wiederholen, dieselben Witze, dieselben Anzüglichkeiten ziehen sich wie ein Leitmotiv durch sämtliche Unterhaltungen – und die meisten davon sind peinlicherweise auf meinem eigenen Mist gewachsen. Jetzt, wo ich die verschiedenen Unterhaltungen hintereinander weg lese, fällt mir auf, bei mindestens sieben Männern ganz beiläufig fallen gelassen zu haben, dass ich mal Cheerleaderin war – in sechs dieser Unterhaltungen ist es überhaupt nicht lustig und in einer schlichtweg irrelevant. Es scheint fast, als sei das das Aufregendste, was es über mich zu sagen gibt. Und irgendwann muss ich zu der Ansicht gelangt sein, dass Tippen einfach viel zu anstrengend ist, weshalb ich dann angefangen habe, Kommentare mittels Copy & Paste zu recyceln:

Rosy:
Hey Jamie, wie läuft's heute im Büro?

Stuart:
Wer ist Jamie?

Und da frage ich mich noch, warum ich Single bin.

Als ich die Unterhaltung mit Max öffne, kann ich mich

kaum noch an ihn erinnern. Die ersten Nachrichten sind so belanglos, dass sie keinen Anhaltspunkt bieten, um ihn von den vielen anderen zu unterscheiden. Aber auf den Fotos sieht er wirklich sehr attraktiv aus. Männer sind entweder rau oder cool oder sexy oder süß (eine Beschreibung, die Männer angeblich *lieben*), aber man beschreibt sie kaum noch als gut aussehend. Max ist definitiv gut aussehend. Er hat eine gerade Nase, ein kantiges Kinn und dickes Haar mit Seitenscheitel und dazupassende dunkle Augenbrauen. Von seinen Freunden, allesamt ganz ansehnlich, scheint er der Größte zu sein. Bestimmt riecht er gut. Vor drei Wochen hatte ich als Letzte etwas geschrieben, worauf er nicht mehr geantwortet hat. Wobei ich damals gerade Archie am Haken hatte und mich nicht allzu sehr gegrämt habe, auf Max' Tinder-Deponie gelandet zu sein. Vielleicht war er auch kurz davor, sich nach einem weiteren unschönen, unentspannten Abend mit viel zu teuren Cocktails und Mädels, die ihm bloß an die Wäsche wollten, enttäuscht von Tinder abzuwenden. Ich schreibe ihm einfach, und wenn er mir nicht antwortet, soll es wohl nicht sein. Aber vielleicht besteht ja auch die Chance, dass wir einander den Glauben an die Tindersphäre zurückgeben.

Rosy:
Hi Max … ich weiß, es ist eine ganze Weile her … entweder du hältst mich jetzt für entzückend verpeilt oder emotional unberechenbar (Ersteres, Ehrenwort), aber ich dachte mir, ich sage einfach mal Hallo …

Zwei Tage vergehen, ohne dass er antwortet. Dann am dritten:

Max:
Schön von dir zu hören,
Rosy – ja, ist eine ganze Weile her!
Wie geht es dir?

Drei Tage geht es hin und her, dann schlägt er vor, dass wir uns auf einen Drink treffen. Sieht ganz danach aus, als würde ich herausfinden, ob Max so gut riecht, wie er aussieht.

*

Die Beste hat mir das Kleid geliehen, das sie zu ihrer ersten Verabredung mit Ed getragen hat: Es ist elegant und auf sehr dezente, raffinierte Art sexy, ohne aufdringlich flittchenhaft zu wirken, eine böse Falle, in die zu tappen ich in der unvermeidlichen Prä-Date-Panikattacke Gefahr gelaufen wäre. Wenn ich es trage, ist es, als schlüpfte ich in eine Rolle: Unversehens verwandele ich mich in eine selbstbewusste, sinnliche Frau, ganz anders als meine Alltagspersönlichkeit, das »Mädchen, das eine Stunde im Bad braucht und nachher immer noch aussieht wie etwas, das die Katze hochgewürgt hat«. Die Beste, die das gute Stück netterweise vorbeigebracht hat, stimmte mir überschwänglich zu, nachdem sie vierzig Minuten lang hatte zusehen müssen, wie ich mich hingerissen vor dem Spiegel bewunderte. Wenn sie es in dem Kleid geschafft hat, bleibenden Eindruck bei Ed zu hinterlassen, sagte ich zu ihr, dann sollte ich das bei Max auch schaffen. Wobei mir auffiel, wie der Mundwinkel der Besten etwas zuckte, als ich Ed erwähnte.

»Er ist gerade ein bisschen deprimiert«, sagte sie. »Ich

dachte, während du bei deinem Date bist, führe ich ihn aus und betüddele ihn ein bisschen.«

»Ist es wieder wie beim letzten Mal?« Ich setzte mich neben sie und suchte in ihrem Gesicht nach einem Anzeichen dafür, dass sie mir ausweicht. Sollte sie Zweifel an ihrer Beziehung zu Ed haben, gab sie sich große Mühe, sich nichts anmerken zu lassen.

»Nein, so schlimm nicht ... er redet bloß nicht viel.« Und dann sagte sie auch nichts mehr.

An der Tür umarmte ich sie lange zum Abschied. Ich wollte sie gar nicht mehr loslassen, aber ich hatte Angst, zu spät zu kommen, und die Beste wollte schnell nach Hause und sich umziehen. Unerklärlicherweise bin ich so hibbelig und nervös, dass ich den Eyeliner verschmiere. Und in dem Kleid fühle ich mich auch nicht mehr so wohl, es ist mir zu eng und zu extravagant. Noch nie wollte ich so gerne in Jeans und Turnschuhe schlüpfen und die feine Grenze zwischen bequem und ungepflegt bis zur Unkenntlichkeit verwischen.

Beim Reinkommen ist Max nirgends zu sehen, aber meiner Uhr zufolge bin ich ohnehin fünf Minuten zu früh für unsere Verabredung um acht. Ich weiß, dass er schon auf dem Weg ist, aber für die anderen Gäste muss ich aussehen wie ein aufgetakeltes Flittchen, das ganz allein in einer Bar sitzt und einen Drink bestellt. Ich habe das Gefühl, von tausend Augen angestarrt zu werden, fast als trüge ich einen Hut mit bunten Früchten auf dem Kopf. Ich zahle meinen Wodka Soda und zupfe am Rock herum, während ich auf das Wechselgeld warte. Gegenüber der Tür ist ein freier Tisch mit Barhockern, also hangele ich mich auf einen davon, damit ich Max gleich sehe, wenn er hereinkommt. Eine gute Idee, diese Bar vorzuschlagen. Ich wäre nie darauf gekommen, aber es ist der perfekte Ort für die erste Verabredung. Die Bar, der Boden sowie Tische und

Stühle sind alle aus demselben dunklen Holz, und beleuchtet wird das Ganze mit warmem, gedämpften Licht, gerade hell genug, um erkennen zu können, ob das Gegenüber gut aussieht oder nicht. Ein junges Mädel kommt mit einem Tablett Teelichter hinter der Theke hervor und stellt eins auf jeden Tisch. Sie zündet das erste an und lässt das Teelicht vorsichtig ins Glas zurückfallen. Ich schaue den sanft flackernden Flammen zu und stelle mir vor, wie Max und ich gemeinsam hierherkommen, als Paar. Der Laden könnte unser Stammlokal werden.

Die Tür geht auf, und mein Blick huscht hektisch hin. Aber es ist bloß ein Pärchen, das hereinkommt. Beide sind eher lässig gekleidet, und keiner hat eine Tasche dabei, weshalb ich vermute, dass sie ganz in der Nähe wohnen. Es ist Donnerstagabend, also beinahe schon Wochenende. Vielleicht wollen sie sich einen ruhigen Abend machen, ein bisschen ausspannen ... vielleicht wollten sie eigentlich zuhause eine Flasche Roten aufmachen, den Rest von ... letzter Woche, als seine Schwester zum Abendessen da war, trinken. Aber dann haben sie überlegt, lieber doch noch wegzugehen, weil sie am Wochenende noch nichts vorhaben, obwohl sie gerne zu Ikea möchte (was sie ihm erst am Samstagmorgen sagen wird – nach dem letzten Mal hatte er geschworen, nie wieder mitzukommen). Sie warten an der Bar. Sie hat es sich anders überlegt: Wo sie schon mal hier sind, möchte sie lieber eine Flasche Weißwein, er aber immer noch Rotwein – und weil sie sich nicht einigen können, bestellt jeder ein Glas ...

Sie bestellen jeder ein Bier und schlendern zu einem der freien Tische. Früher war ich besser im Menschenlesen.

Ich tippe auf das Display meines Handys. Es leuchtet auf und zeigt mir, dass es bereits elf nach acht ist. Und keine Nachricht von Max. Bestimmt ist er gerade in der Bahn – er sagte, er würde gleich von der Arbeit herkommen. Aber ich habe keine Ahnung, wo er arbeitet und wie lange er braucht – außerdem ist gerade Rushhour. Ich spüre einen kühlen Luftzug, als die Tür aufgeht, und schaue auf. Ich sehe gerade noch den Rücken eines Mannes in einer Jeansjacke, der mit einer unangezündeten Zigarette zwischen den Fingern nach draußen verschwindet. Max kommt bestimmt gleich. Nervös zupfe ich an meinem Kleid und bemerke plötzlich die Anspannung in den Schultern. Ich atme tief durch und zwinge mich beim Ausatmen, die Schultern nach unten sinken zu lassen. Dann gehe ich zu der Unterhaltung mit Max und scrolle hoch zu der Nachricht mit den Details unserer Verabredung. Und wenn es in der Atherton Street nicht noch einen zweiten Pub namens Fox and Hounds gibt, gleich gegenüber einer Reinigung, bin ich zur rechten Zeit am rechten Ort – *acht Uhr*, wie er geschrieben hat, *am Donnerstag*. Da steht definitiv Donnerstag. Oder könnte Max nächsten Donnerstag gemeint haben? Nein. Wir haben uns am Dienstag verabredet. Er ist spät dran und sitzt wahrscheinlich noch in der U-Bahn. Bestimmt kommt er jeden Augenblick. Eine Weile surfe ich ziellos durchs Netz, bis mir wieder einmal aufgeht, was für einen Mist man eigentlich im Internet findet. Und außerdem muss ich dringend aufs Klo. Also trinke ich mein Glas aus, nehme Mantel und Tasche und hopse vom Hocker. Jetzt muss ich wirklich dringend.

Auf der Damentoilette ist außer mir niemand. Ich gehe in eine der Kabinen und setze mich und spüre im selben Augenblick die Feuchtigkeit an den Oberschenkeln. Wie bitte schafft man es als erwachsene Frau, auf den Klositz zu pinkeln? Es ist mir ein fortwährendes, ekelerregendes Rätsel. Pinkeln die im Stehen? Oder schweben sie ein paar Zentimeter über dem Klo? Wenn sie die Vorstellung, sich auf die Brille zu setzen, so widerlich finden, wie rechtfertigen sie dann die eigenen Urinspritzer auf dem Ding? Ich werde es wohl nie erfahren. Aber im Moment ist es so eine Erleichterung, endlich meine Blase zu entleeren, dass es mir kaum etwas ausmacht, gleich fremdes Pipi vom Bein tupfen zu müssen. Anschließend wasche ich mir am Waschbecken die Hände dreimal und betrachte mich im Spiegel. Die Beleuchtung hier ist wie zu erwarten grottig: Ich stehe im Licht, als säße ich in Guantanamo ein, aber die unvorteilhafte Beleuchtung ist keine Entschuldigung für das Gesicht, das mir da entgegenschaut. Das angemalte, schmollmundige Ich, das ich für hübsch genug befunden hatte, um es aus dem Haus zu lassen, ist spurlos verschwunden, und stattdessen sehe ich mich mit meinem dreißig Jahre älteren Ich konfrontiert – die Version meiner selbst, die irgendwann angefangen hat, zu rauchen und regelmäßig auf die Sonnenbank zu gehen. Das Smokey-Eyes-Make-up, für das ich zuhause gut zwanzig Minuten gebraucht habe und das mir eine sinnliche Ausstrahlung verleihen sollte, ist verschmiert und verlaufen und sammelt sich in den Augenfalten. Und der Wind hat sein Übriges dazu getan, dass bei meinen Haaren auch nichts mehr zu retten ist. Ich könnte sie mir auch einfach abrasieren – mein Dad wäre begeistert. Ich sehe meinem Ich aus den Profilbildern so unähnlich, dass Max mich nur mit großer Mühe überhaupt erkennen würde, geschweige denn, mich anziehend finden würde. Ich wasche mir ein letztes Mal die Hände und trotte zur Bar zurück, während ich sie noch trocken schüttele. Mein Tisch ist immer noch frei: Anscheinend möchte niemand an diesem zugigen Platz auf dem Präsentierteller sitzen. Ich kraxele wieder auf den Hocker und schaue mich suchend um, falls Max in der Zwischenzeit gekommen ist und ich ihn beim Reinkommen übersehen habe. Ich gucke aufs Handy. Es ist 20:25 Uhr.

Allmählich mache ich mir ernsthaft Sorgen. Was, wenn ihm was passiert ist? Was, wenn Max sich so beeilt hat, um pünktlich hier zu sein, dass er in seiner Hast vor ein Auto gelaufen ist? Oder vor einen Sattelschlepper? Das wäre noch schlimmer. Das könnte ich mir nie verzeihen. Sollte er aber einfach bloß zu spät kommen, weiß ich auch nicht, ob ich *ihm* das verzeihen könnte. Zehn Minuten zu spät zu kommen ist unhöflich, aber ohne Bescheid zu sagen, fünfundzwanzig Minuten zu spät zu kommen ist gelinde gesagt eine Unverschämtheit. Max sollte lieber eine verdammt gute Ausrede parat haben, wenn er hier reinschneit: Seit beinahe einer halben Stunde sitze ich hier wie bestellt und nicht abgeholt, und so langsam fürchte ich, die anderen Gäste könnten mich für eine Nutte halten. Ob ich ihn anrufen soll? Ich könnte ihn anrufen. Aber vielleicht ist er längst auf dem Weg und in drei Minuten hier, und dann wirke ich wie eine Erbsenzählerin mit Torschlusspanik. Es muss doch eine Möglichkeit geben, nachzufragen und trotzdem ganz entspannt rüberzukommen.

Hey Max, wo steckst du?

Hey, Alter, bist du bald da?

Nur zur Sicherheit, unser Date war doch heute Abend, oder?

Bist du plötzlich von der Hüfte abwärts gelähmt?

Selbst unter normalen Umständen hasse ich es zu telefonieren. Bei der Arbeit tue ich alles, um Telefonate zu vermeiden (was sich in der PR-Branche bisweilen als problematisch erweisen kann: Telefonieren ist eigentlich ein Hauptbestandteil meiner Arbeit), weshalb die Wahrscheinlichkeit, dass ich einen Mann anrufe, den ich weder kenne noch, von einigen Tinder-Nachrichten abgesehen, jemals persönlich gesprochen habe, verschwindend gering ist. Ich rufe Max nicht an. Aber ich kann auch nicht einfach tatenlos hier rumsitzen.

Entschlossen ziehe ich den *Evening Standard* aus der Handtasche und lege ihn auf den Tisch. Was, wenn Max ... nein, er kommt bestimmt. Ich versuche, mich auf die gedruckten Worte zu konzentrieren, aber es gelingt mir nicht, und am Ende lese ich denselben Satz viermal. *Was, wenn Max mich versetzt hat?* Was, wenn er sich meine Fotos noch mal angeschaut und es sich anders überlegt hat? Vielleicht hat er meine Nachrichten noch mal gelesen und sich gedacht, ich bin ihm zu langweilig, und sich mit mir zu treffen wäre öde, unentspannt und sinnlos ... vielleicht hat er mich durchs Fenster gesehen und auf dem Absatz kehrtgemacht. Ich konzentriere mich auf die Zeitung und versuche, an etwas anderes zu denken, um die bösen Gedanken zu vertreiben, aber die Worte verschwimmen, weil mir Tränen in die Augen steigen. *Was, wenn Max mich versetzt hat?* Das wäre unglaublich erniedrigend und beschämend. Allein die Schmach der Zurückweisung wäre kaum zu ertragen.

Um 20:37 Uhr rufe ich Max an. Sofort schaltet sich die Mailbox ein.

Ich lege auf und schreibe der Besten eine Nachricht:

Rosy:
Max ist schon vierzig Minuten zu spät.

Die Beste:
So ein Wichser ... keine Erklärung?

Rosy:
Nein – erreiche ihn nicht.

Die Beste:
Vielleicht hat er was durcheinandergebracht? Sich in der Zeit geirrt? Oder bei eurem Treffpunkt?

Rosy:
Nein. Habe schon nachgeschaut.

Die Beste:
Oh.

Ich rutsche vom Hocker und lande unsanft auf dem Boden. Es kommt mir vor, als würden alle Augen im Pub sich auf mich richten, als ich meinen Mantel und die Tasche nehme und die Tür aufdrücke – wenigstens laufen die Tränen erst, als ich draußen auf dem Bürgersteig stehe. Unsicher stakse ich die Straße entlang bis zu einer Bank, wo ich meine Nutten-High Heels aus- und die bequemen Mauerblümchenpumps anziehe. Ich schlüpfe in den Mantel und ziehe ihn ganz fest um die Schultern, schlinge die Arme um den Körper und bleibe dann ich weiß nicht wie lange reglos dort sitzen. Max hat mich versetzt, und ich hasse ihn dafür; nicht halb so sehr, wie ich mich selbst hasse, aber trotzdem ... ich wette, er war da. Ich wette, er war da und hat dasselbe Ich gesehen, das ich im Spiegel gesehen habe: die ungepflegte, hässliche Version meiner selbst. Er hat mein wahres Ich gesehen, keine geschönten, sorgfältig ausgewählten, möglichst schmeichelhaften Profilbilder. Max trifft keine Schuld. Die Schuld liegt allein bei mir, weil ich so verzweifelt auf der Suche bin nach einem neuen Freund – als könnte ich überhaupt eine funktionierende Beziehung führen. Kein Wunder, dass Charlie sich aus dem Staub gemacht hat.

Irgendwann stehe ich auf und mache mich auf den Heimweg. Ich ziehe das Handy aus der Tasche und schreibe der Besten.

Rosy:
Er hat nichts verwechselt.
Gehe jetzt nach Hause. Hoffe,
du hattest einen schönen Abend
mit Ed. X

13.
Pi

Das Telefon klingelt, aber es ist mir zu mühsam ranzugehen. Buchstäblich zu mühsam, es vom Boden aufzuheben. Ich liege auf dem Sofa. Keine Ahnung, wie lange schon. Ich lag da schon, als Oona heute Morgen zu ihrer Dienstreise nach Prag aufgebrochen ist, und ich lag noch da, als Harriet von ihrem Freund James zurückgekommen ist; und ich lag immer noch da, als sie zum Mittagessen zu ihren Eltern gefahren ist – das muss schon ein paar Stunden her sein. Soweit ich weiß, habe ich mich – außer um aufs Klo zu gehen und dem Pizzaboten die Tür aufzumachen – überhaupt nicht vom Fleck gerührt. Das Fernsehen leistet mir Gesellschaft, dafür brauche ich keine echten Menschen. Echte Menschen tun einem nur weh. *Millionaire Matchmaker* würde mich nie versetzen.

Mein Telefon hat aufgehört zu läuten. Und fängt gleich wieder an. Langsam geht mir das Geklingel auf die Nerven. Mein Blick geht nach unten, und ich sehe, dass es die Beste ist. Also gehe ich ran. »Hi.«

»Alles okay?«, fragt sie mich, und an ihrer besorgten Stimme hört man, dass sie genau weiß, dass nichts okay ist.

»Ja.«

»Nach Donnerstag, meine ich.«

»Alles bestens.«

»Was machst du?«

»Ich schaue fern.« Ich spüre etwas Nasses an der Wange,

und da merke ich erst, dass ich weine. In den letzten zwei Tagen habe ich so viel geweint, dass ich gar nicht mehr weiß, wann ich heule und wann nicht.

»Der Kerl ist eine Flachpfeife. Das ist dir hoffentlich klar.« Sie unterbricht sich kurz. »Soll ich vorbeikommen?«

Ich zeige mit der Fernbedienung auf den Fernseher und rufe das Programm auf. Es laufen nur beschissene Filme und Serienwiederholungen, die ich alle schon mindestens hundertmal gesehen habe. Dann steigt mir ein widerlicher Geruch in die Nase, und mir geht auf, dass es mein eigener Atem sein muss. »Aber ich bin nicht angezogen und nichts ...«

Die Beste lacht. »Als hätte mich das je gestört! Was hältst du davon, wenn ich gleich in die Bahn springe? Dann bin ich in einer halben Stunde da.«

Ich setze mich auf und fege die Krümel von meinem Pyjama. »Wie wär's heute Abend? Ich könnte mich ein bisschen vorzeigbarer machen, und wir holen uns was zu essen und gucken einen Film?«

»Mist, tut mir leid – heute Abend bin ich schon mit Ed verabredet.«

»Ach, okay.«

»Tut mir wirklich leid ...«

»Halb so wild.«

»Hast du morgen Abend schon was vor?«

»Wirklich, ist nicht schlimm.«

»Tut mir leid.«

»Schon okay.«

Ich lege auf und lege mich wieder aufs Sofa und starre blicklos auf den Fernseher. Ich spüre ... nichts. Keine Wut, keine Einsamkeit, keine besondere Traurigkeit. Ich fühle mich bloß ... leer. Ich habe keine Kraft mehr, um Max zu hassen oder ihn zu bedauern oder auch nur eifersüchtig zu sein auf die anderen Tinder-Mädels, die er nicht sitzen lässt. Ich habe sogar schon versucht, die Gefühle zu reaktivieren, die Patricks Zurückweisung in mir ausgelöst hatte, die Enttäuschung mit Archie, sogar die haltlosen Anschuldigungen von Doug, nur um irgendwas zu fühlen ... aber da war nichts. Mit Tinder bin ich fertig. Da treiben sich bloß ätzende Fieslinge rum, die es nur darauf abgesehen haben, mir mit den großen dicken Männerhänden das Herz aus der Brust zu reißen und es so lange in der Luft zu halten, bis es zu einem kleinen Klumpen zusammengeschrumpft ist. Ich greife zum Handy, öffne die App und tippe auf »Löschen«. *Bist du sicher?*, fragt Tinder mich. Ich war immer eins von den Kindern, die drei Anläufe brauchten, um alle Kerzen auf der Geburtstagstorte auszupusten, aber die Tinder-Flamme zu löschen dauert nur Sekunden. Ich bin mir sicher.

*

Ich schaue mir die Klamotten in meinem Schrank an. Die sind alle scheußlich. Ich habe nichts anzuziehen.

Sally steht in der Küche und macht »Cocktails«. Ich höre, wie sie Harriet ruft und fragt, ob sie auch einen möchte, und dann verstehe ich nichts mehr, bis ich Sally sagen höre: »... Wodka mit Wodka-Alkopop ...« Und Harriet entgegnet: »Ist das nicht gesundheitsgefährdend?« Ich muss grinsen. Sally hat dieses gemeingefährliche Gebräu vor ein paar Jahren kreiert, weil sie auf den Trichter kam, dass es vollkommen ineffizient ist, Spirituosen mit nicht alkoholischen Getränken zu verdünnen, wenn man sich eigentlich betrinken will – die Beimischung bremst einen bloß aus. Und dann hat sie festgestellt, dass, wenn man Alkohol mit noch mehr Alkohol und einer alarmierenden Menge Zucker mischt, man sich innerhalb von zwanzig Minuten betrinken, ein flaues

Gefühl im Magen und eine schlumpfblaue Zunge bekommen kann. Ich wende mich wieder meinen Klamotten zu, und das Grinsen vergeht mir. Manchmal möchte ich einfach alles zu Oxfam bringen und noch mal ganz von vorn anfangen.

Harriet und Sally erscheinen zusammen in der Tür. Sally krabbelt auf mein Bett, bemüht, nichts von der strahlend atomblauen Flüssigkeit aus ihrem Glas auf meine Decke zu kleckern, während Harriet im Türrahmen stehen bleibt. »Ich habe nichts anzuziehen«, jammere ich.

»Das stimmt so nicht«, widerspricht Sally.

»Ich kann meine Klamotten nicht ausstehen«, zetere ich. »Und ich habe nichts zum Anziehen für heute Abend.«

Worauf Harriet meint: »Wieso ziehst du nicht das grüne Top an? Das hattest du doch zu Sophies Geburtstag an, und es sah sehr süß aus.«

Ich schnaube unwillig und bin nur noch einen verbotenen Keks von einem ausgewachsenen Trotzanfall entfernt. »Da rutschen mir immer die Träger von der Schulter. Das ist total lästig.«

»Und was ist mit dem Kleid, das du an meinem Geburtstag anhattest?«, fragt Harriet. »Du sahst entzückend aus.«

Und Sally meint: »Du sahst wirklich entzückend aus, Ro, ich habe den Fotobeweis gesehen.«

Verdattert schaue ich von einer zur anderen. »Haz, an deinem Geburtstag war Abendkleidung erwünscht! Wir gehen ins Frog!« Wobei ich mich in dem Kleid wirklich toll gefühlt habe. An dem Abend habe ich mehr Komplimente bekommen als in drei Jahren Beziehung mit Charlie zusammen, aber um mit Sal in meiner Stammkneipe was trinken zu gehen, wäre ich in dem Teil hoffnungslos overdressed. Nachdem ich Sally vom Max-Gate berichtet hatte, bestand sie darauf, mit mir auszugehen. Sie hat sich sogar den Samstagabend für mich freigehalten, und hier ist sie nun und sieht selbst einfach atemberaubend aus. Mein Blick geht zu Harriet, der die Argumente ausgegangen zu sein scheinen.

»Ich kann es ja mal anziehen«, meine ich zaghaft.

Das Kleid ist schwarz, knielang und figurbetont – sehr figurbetont. Vorne hat es einen tiefen V-Ausschnitt und breite Träger, die meine Brüste hochhieven und verhindern, dass das Oberteil herunterrutscht. »Das musst du unbedingt anziehen«, meint Sally verzückt.

»Das sieht doch völlig überkandidelt aus.«

»Dann zieh deine Converse dazu an und zerstrubbel dir die Haare, aber das Kleid lässt du an.«

Gehorsam ziehe ich die Sneaker an und die Jeansjacke über und schaue dann in den Spiegel: Das Kleid sieht immer noch gut aus, aber jetzt sehe ich darin nicht mehr aus wie eine aufgebrezelte Vollidiotin. Ich nippe an meinem Cocktail. Wenn das Glas erst mal leer ist, wird es mir wahrscheinlich ohnehin völlig schnuppe sein, was ich anhabe.

Als wir im Frog aufschlagen, ist schon ordentlich was los: Es ist voll, und die Stimmung ist gut, aber wir kommen problemlos an die Bar, ohne dass eine von uns beiden vorgeben muss, an einer tödlichen Krankheit zu leiden. Ich weiß nicht, ob ich überhaupt noch was trinken sollte nach dem letzten Drink, den Sally uns noch schnell zuhause zusammengemixt hat. Aber sie bestellt schon die erste Runde und stellt dann flugs die neue Regel auf, dass wir bei jeder weiteren Runde einen anderen Drink bestellen müssen. Als wir bei Cuba libre angekommen sind, hängen wir schon schief auf einem Sofa und reden über seltsame Muttermale.

»Ich bin in einem Tinder-Dilemma«, erklärt Sally schließlich (wobei es eher nach »Tinderlemma« klingt). »Entweder ich stehe nicht auf den Kerl und sehe ihn nie wieder oder er steht nicht auf *mich* und ich sehe ihn nie wieder *oder* …« Sally rutscht von dem Ellbogen, auf den sie sich gestützt hatte, und verschüttet dabei die Hälfte von ihrem Drink. »… wir treffen uns ein paarmal und stellen dann fest, dass wir nicht aufeinander stehen, und sehen uns nie wieder. Es läuft immer auf dasselbe hinaus.«

Ich sage: »Ich glaube, das liegt nicht an Tinder«, aber Sally versteht mich nicht und schreit mir: »Was?« ins Gesicht.

»Ich glaube nicht, dass das an Tinder liegt!«, schreie ich zurück und rutsche näher an sie heran, wobei ich in der kleinen Pfütze lande, die ihr verschütteter Drink hinterlassen hat. »Ich glaube, das ist immer so, wenn man jemanden kennenlernt. Das kann dir immer passieren, ganz egal, wen du wo kennenlernst.«

»Du meinst, ich soll mich ohne Tinder mit Männern verabreden?« Sally stützt sich gegen die Sofalehne und schaut mich schockiert an. »Unmöglich. Ich weiß überhaupt nicht mehr, wie man im wahren Leben mit Menschen ins Gespräch kommt.« Wie ich so darüber nachdenke geht mir auf: Mein letztes »natürliches« Date war damals das mit Charlie. Wir haben uns in der Arbeit kennengelernt – was heutzutage fast rettungslos altmodisch erscheint. Ich schaue Sally an und sehe, dass sie wie hypnotisiert zum anderen Ende der Bar starrt. Ich tippe sie an. »Was guckst du so?«

Worauf sie in die Richtung nickt und sagt: »Die da.« Ich folge ihrem Blick und sehe drei Männer, die sich lachend unterhalten. Sally sagt, sie sei dran, die nächste Runde zu holen, obwohl das gar nicht stimmt. Interessiert beobachte ich, wie sie sich neben den dreien an die Bar schiebt. Ich muss wohl geblinzelt haben oder kurzzeitig in Ohnmacht gefallen sein, denn im nächsten Augenblick ist sie schon in ein angeregtes Gespräch mit ihnen verwickelt. Und dann weist

Sally auf mich, und alle drehen sich zu mir um, und ich muss plötzlich ganz dringend etwas im Handy nachsehen.

*

Sally und ich versuchen, ein bescheuertes Trinkspiel zu spielen, was allerdings zu zweit nicht so richtig funktioniert, weshalb ich einfach das Glas leer trinke (denn darum ging es doch bei dem Spiel sowieso), dann stehe ich auf und gehe aufs Klo. Als ich wiederkomme, ist Sally verschwunden, also setze ich mich (sprich, lasse mich rückwärts auf die Couch sacken) und schaue auf mein Handy. Ich schaue immer noch darauf, als er sich zu mir setzt.

»Hallo.«

»Hallo.«

»Hast du einen schönen Abend?«

»Ja, danke. Ich bin mit meiner Freundin Sally hier, aber gerade … weiß ich nicht so genau, wo sie steckt.« Ich gucke mich um, und da endlich sehe ich sie an der Bar stehen, wo sie inzwischen einen Platz bei seinen Freunden eingenommen hat. »Und du? Was machst du hier?«

»Meine Kumpels haben heute die Fußballmeisterschaft gewonnen. Das muss gefeiert werden.«

»Wow, Respekt, mein Glückwunsch.« Ich lehne mich zurück und will auf nonchalante französische Coolness machen, aber die Rückenlehne ist weiter weg, als ich dachte, weshalb ich am Ende fast lang ausgestreckt auf der Couch liege. »Spielst du auch? Oder trägst du in der Halbzeit den Teller mit den Orangenspalten aufs Feld?«

Er grinst so breit wie ein etwas betrunkenes Honigkuchenpferd. »Beim letzten Spiel habe ich mich verletzt, darum muss ich ein paar Spiele aussetzen. Aber *sonst* bin ich der Kapitän.« Mehr braucht es nicht. Das Wort »Kapitän«

reicht, und ich labere lang und breit über meine beachtliche Cheerleaderkarriere, was schließlich wie gewöhnlich zu interessierten Nachfragen bezüglich der Berufsbekleidung führt. Dann kommen wir wieder zurück aufs Fußballspielen. Ich schinde etwas Eindruck, indem ich ihm mein detailliertes Wissen über die Abseitsregel darlege, sowie sämtliche Informationshäppchen, die ich im Laufe der Jahre von Bru aufgeschnappt habe, zum Besten gebe.

Ich weiß noch, dass er ein paar Kurze bestellt hat. Und ich erinnere mich daran, wie Sally plötzlich vor mir stand und mich seinen Freunden vorgestellt hat, und dann gab es eine kleine Tanzeinlage – möglich, dass ich eigens für ihn eine kleine spontane Cheerleaderchoreo aufs Parkett gelegt habe. Danach wird meine Erinnerung etwas vage.

*

Ich schlage die Augen auf. O Gott, ich bin über Nacht erblindet! Nein, Entwarnung, ich kriege bloß ein Auge auf, das andere ist verklebt. Mit den Fingern und sanfter Gewalt löse ich den Liddeckel und wische den Klumpen Wimperntusche und Schlafschmodder aus dem Augenwinkel. Meine Gliedmaßen befinden sich zwar alle noch da, wo sie hingehören, lassen sich aber nicht bewegen. Vielleicht bin ich von der Hüfte abwärts gelähmt. Vorsichtig wackele ich mit den Zehen. Nein, alles bestens. Aber warum fällt es mir dann so schwer, den Kopf vom Kissen zu heben? Ich versuche es noch mal, was ich auf der Stelle bereue: Mein Kopf fühlt sich an wie mit Steinen befüllt, und es kommt mir vor, als hämmerte jemand von innen so erbarmungslos dagegen wie ein Schlagzeuger auf eine Basstrommel. Auf dem moosgrünen Teppich neben dem Bett steht ein Glas Wasser. Keine Ahnung, wie es da hinkommt und seit wann es schon da steht, aber ich greife dankbar danach und trinke schlürfend einen großen Schluck. Schmeckt nach Haarspray. Ich lehne mich zurück und schaue mich um. Vor dem Fenster hängt ein gelber Vorhang, der weder breit noch lang genug ist, um das Tageslicht auszusperren, das von allen Seiten ins Zimmer sickert. An der Wand gegenüber lehnt ein Fahrrad, und daneben steht ein segeltuchbespannter Schrank, aus dem Klamotten quellen. Bisher habe ich nur zwei vertraute Gegenstände gesehen, und zwar meinen BH und das Kleid, das gerade außerhalb meiner Reichweite ausgebreitet auf dem Boden liegt. Ich für meinen Teil bin splitterfasernackt.

Hinter meiner linken Schulter höre ich ein gedämpftes Grunzen, die Bettdecke raschelt, und ich weiche zurück, als die Gestalt darunter sich umdreht. Vermutlich ein Mann. Verdammt, ich hoffe doch sehr, es ist ein Mann, und ich hoffe auch, dass das hier sein Schlafzimmer ist ... Ich recke den Hals und schaue mich um (was meinem Kopf gar nicht gefällt), aber so behutsam ich mich auch bewege, ich scheine ihn damit zu wecken. Fragend starre ich ihn an, als er die Augen aufschlägt, und wir blinzeln uns verdutzt an. Dann scheint er sich zu entspannen, reckt und streckt sich ausgiebig, wobei man die Muskeln unter der Haut spielen sieht. Er streckt den Arm nach mir aus und streicht mir mit dem Zeigefinger über den Unterarm. »Guten Morgen, Rosy.« Und mit einem Schlag bin ich hellwach.

»Hast du gut geschlafen?«, fragt er. Ich setze mich auf und ziehe mir die Bettdecke bis zum Kinn.

»Ja«, sage ich. »Danke«, füge ich einen Wimpernschlag zu spät hinzu.

»Schön, dass du geblieben bist.«

»Er« ist der verletzte Fußballkapitän von gestern Abend. Glaube ich. Ich liege in seinem Bett, nackt, genau wie er, aber er kommt mir nicht vertrauter vor als gestern Abend, als ich ihn zum allerersten Mal gesehen habe. Ein wildfremder Mensch. Er rutscht nach oben und lehnt sich gegen das Kissen, und mein Blick wandert über die breiten Schultern und über die Brust zu den gut definierten Muskeln an den Oberarmen. Er hat einen Körper wie ein Schwimmer. Die Haare, dunkelblond, sind vom Schlafen zerzaust. Ich habe mich in die Bettdecke gekuschelt, werde mir aber immer brennender der Tatsache bewusst, dass darunter zwischen seiner Haut und meiner nichts mehr ist, und mir wäre es gerade sehr viel lieber, ich läge nicht so nackt und bloß neben ihm. Mit einer Hand halte ich die Bettdecke hinter meinem Rücken zusammen, hänge mich über den Bettrand und versuche, mir mit einem gewagten Manöver das Kleid zu schnappen. Im letzten Moment kann ich noch verhindern, dass ich aus dem Bett falle. Ich brauche eine neue Strategie. Beim zweiten Versuch strecke ich das Bein aus, und es gelingt mir, den BH mit den Zehen zu fassen zu bekommen. Das Kleid ist allerdings zu schwer für die Zehenschere, also muss ich es mit dem Fuß in meine Richtung schleudern. Keine Ahnung, wo mein Höschen ist, aber ich würde es opfern – solange es nicht mit Sexschmodder verkleistert ist, sollte er es zufällig finden. Wobei – *hatten* wir überhaupt Sex? Ich spüre nichts davon in den ... unteren Körperregionen.

Das Bett wackelt, und ich drehe mich um und sehe ihn rausspringen, dann dreht er sich um und steht vor mir, vollkommen, schamlos, aber nicht unbeeindruckend nackt. »Möchtest du einen Tee?«

»Geht schon.« Meine Stimme scheint unerklärlicherweise eine Oktave höher gerutscht zu sein. Er kommt um das Bett herum, und sein Penis ist noch ungefähr einen Meter entfernt, aber er ist so groß, dass es schwerfällt, die Entfernung exakt zu schätzen. Er ist nur ... na ja, er ist so *da*. Und ich wüsste doch bestimmt, wenn ich Sex gehabt hätte mit ... diesem Ding. Er dreht sich um und greift nach einem Bademantel, was mir einen unverstellten Blick auf sein wirklich ansehnliches Hinterteil beschert. Fest und rund und makellos, bis auf einen tiefroten Abdruck auf der rechten Pobacke. Als spürte er meine Blicke, greift er dorthin und reibt über die rote Stelle, dann dreht er sich mit einem schiefen Grinsen zu mir um. »Ich kann immer noch nicht fassen, dass du das gemacht hast«, murmelt er. Ach du heilige Scheiße – habe ich ihm etwa in den Allerwertesten gebissen? Meint er jetzt, ich stehe auf so was? Ich sei so eine Art Sex-Kannibale? Es kommt mir vor, als würde der Raum immer kleiner, es ist unglaublich heiß und stickig, und die abgestandene Luft riecht nach Alkohol und Schweiß. Er wickelt sich in den Bademantel, der hinten an der Tür hing, und geht nach draußen, vermutlich zur Toilette. Das heißt, mir bleibt genau die Zeit, die er braucht, um seine Blase zu entleeren, um mich anzuziehen und mein Gesicht einigermaßen wiederherzustellen, damit ich nicht allzu abstoßend wirke. Rasch ziehe ich den BH an, aber in der Eile bekomme ich den Verschluss nicht zu, und als ich mir das Kleid über den Kopf ziehe, ist es auf links gedreht. Aber ansonsten wenigstens richtig herum, das muss reichen. Unter dem Bett sehe ich meine Jacke hervorlugen. Beide Turnschuhe zu finden dauert eine Weile, aber ich schnüre sie gerade zu, als er wieder zur Tür hereinkommt.

»Was hast du am Wochenende denn noch so vor?«, fragt er und setzt sich zu mir aufs Bett.

»Wie bitte?«

»Ich habe mich nur gefragt, was du dieses Wochenende noch vorhast?« Entweder er will höflich sein oder er will sich mit mir verabreden, ich weiß nur nicht genau, welches von beidem. Aber eins weiß ich ganz sicher: Meinen Kater auszukurieren und mir eine Pizza zu bestellen, werden als Ausrede nicht reichen, um abzulehnen, falls er vorschlägt, dass wir uns wiedertreffen, und macht als Wochenendplanung ohnehin keinen besonders vorteilhaften Eindruck. Aber leider kann ich ebenso wenig unter Druck nachdenken wie backen oder unerwartet im Portemonnaie gefundenes Geld einfach ausgeben, und im darauffolgenden Schweigen klappt mein Hirn langsam in sich zusammen wie ein Kartenhaus. Ich wünschte, er würde mich nicht so erwartungsvoll ansehen. Seine beiden mittleren unteren Schneidezähne sind ein bisschen schief, fast wie bei mir. »Eigentlich habe ich noch nichts Besonderes vor«, murmele ich. Und das ist nicht mal gelogen.

»Hättest du Lust, was zu machen, morgen vielleicht?«

Mist – er will mich wiedersehen. Ich hätte doch lügen sollen – Ehrlichkeit wird völlig überbewertet. Ich mache den Mund auf und höre mich sagen: »Könnte ich mir vorstellen …«, aber es klingt mehr wie ein heiseres Krächzen.

»Cool«, sagt er. »Deine Nummer habe ich ja, dann melde ich mich.« Wann bitte habe ich ihm denn meine Nummer gegeben?

Er geht zu seinem wackeligen Kleiderschrank und fängt an, wahllos Sachen herauszuziehen. Noch einmal gucke ich mich im ganzen Zimmer unauffällig nach meinem Höschen um, aber da ich es nirgendwo sehe, kann ich nur hoffen, dass es sich letzte Nacht spontan selbst entzündet hat. Einmal noch schaue ich auf meiner Seite unter das Bett, und da sehe ich es: ein Kondom, gebraucht, zerknüllt auf dem Boden. Entweder er vögelt jede Nacht eine andere (und ist ein widerlicher Schmutzfink) oder es hat wenigstens einer von uns daran gedacht zu verhüten. Und da ich mich nicht einmal mehr erinnern kann, wie ich eigentlich hierhergekommen bin, muss er das wohl gewesen sein. Ich bin nicht unbeeindruckt, diesen Penis in mir gehabt zu haben.

»Musst du los?«, fragt er, und ich nicke etwas zu heftig.

Das Erste, was mir auf dem Weg nach unten auffällt, ist die Tapete. Aber die ist auch kaum zu übersehen: braune Flockung mit Blumenmuster, an verschiedenen Stellen abblätternd. Durch die Tür sehe ich in der Küche einen Stapel schmutziges Geschirr, das neben der Spüle zu einem wackeligen Turm aufgeschichtet ist. Wir kommen zur Haustür, und im Durchgang zu einem der anderen Zimmer, das eindeutig ein Schlafzimmer ist, hängen drei Hemden. Irgendwie alles sehr merkwürdig.

Ich frage ihn: »Wie lange wohnst du schon hier?«

Worauf er nach oben schaut, als müsse er angestrengt nachdenken. »Müssten jetzt ... wir sind im September eingezogen, also, ungefähr neun Monate sein? Wir haben erst ganz kurz vor Semesterbeginn angefangen, eine Wohnung zu suchen, da waren die guten alle längst weg, und uns ist nur noch diese Bruchbude geblieben.«

Ich frage mich, ob ich mich verhört oder etwas missverstanden habe. »Du gehst zur Uni?«

»Ja, ist mein viertes Semester hier.«

Hektisch versuche ich, meine wild in alle Richtungen schießenden Gedanken zu sortieren. Wäre er Doktorand, hätte er das sicher erwähnt. Und keiner meiner Freunde, die ihren Doktor gemacht haben, hat in einer Butze gewohnt, die so frappierend nach Studentenbude aussah. Ich will es gar nicht wissen, zwinge mich aber trotzdem zu fragen. »Wie alt bist du eigentlich?«

»Ist das wichtig? Ist doch bloß eine Zahl«, meint er lachend. Bestimmt finden die Mädels in seinem Semester dieses Grinsen supidupisüß, aber ich würde es ihm am liebsten mit einer schallenden Ohrfeige aus dem Gesicht wischen. »Ich bin zwanzig«, gesteht er schließlich, und in meinem Kopf wird es totenstill. Er macht die Tür auf. Ich stehe einen Augenblick reglos da und spüre den kalten Luftzug am Körper, und als ich mich wieder zu ihm umdrehe, beugt sich mein postpubertärer Fehltritt zu mir herunter und küsst mich mitten auf den Mund, bis ich seine Zungenspitze warm und feucht auf den Lippen spüre. Ich rücke von ihm ab. Mein Mund schmeckt nach Knoblauch und Teppich.

Er fragt, ob ich auch bestimmt gut nach Hause komme. Vielleicht habe ich Ja gesagt, vielleicht Nein. Vielleicht habe ich »ich liebe dich« zu ihm gesagt oder dass ich die Reinkarnation des Herrn, unseres Heilands, sei, aber das werde ich wohl nie erfahren, denn in meinem Kopf waren nur diese beiden kleinen Worte, *zwanzig Jahre*, die sich in Endlosschleife immer weiter im Kreis drehten. Zahlen sind wichtig, und zwar alle und immer: Ich hatte sexuellen Kontakt mit jemandem, der 1994 geboren wurde. Der noch nicht auf der Welt war, als Clinton der 42. Präsident der Vereinigten Staaten wurde, als die Tschechoslowakei geteilt wurde oder *Jurassic Park* in die Kinos kam – der *erste* Teil. Ich höre, wie die Tür sich hinter mir schließt, und gehe los. Ich habe keine Ahnung, wo ich bin, also laufe ich einfach geradeaus und sehe irgendwann ein leuchtendes U-Bahn-Schild vor mir auftauchen, das mich ruft. Dankbar halte ich darauf zu und tue mein Bestes, um das Vogelnest auf meinem Kopf etwas zu bändigen, während ich blicklos an den Menschen vorbeihaste, die um den Eingang herumstehen. Ich will nur noch nach Hause, schlafen, duschen und die Kalorien für drei Tage in Form einer einzigen Schinken-Pilz-Pizza verdrücken, und das nicht zwingend in dieser Reihenfolge.

14.
Niemals aufgeben

»Okay – sag mir ganz ehrlich, was du denkst.«

»Soll ich weinen?«

»Ich glaube, das wird nicht nötig sein.«

Ich mache die Augen auf. Kate steht vor mir. In einem Brautkleid. Ich habe sie noch nie in einem Brautkleid gesehen, und es ist schon eine Weile her, seit ich überhaupt eins aus der Nähe gesehen habe, aber das hier muss das mit Abstand abscheulichste Brautkleid sein, das ich je gesehen habe. Es ist, als hätten sämtliche Hochzeiten dieser Welt sich darauf übergeben, ohne dass auch nur ein einziges Klischee nicht durchgekaut und halb verdaut wieder ausgespuckt worden wäre. Strass, Tüll, bauschiger Stoff (unglaublich viel Gebausche, obwohl die obere Hälfte der Monstrosität aus einer Korsage besteht), Satin, Spitze und Stickereien sind unfassbarerweise alle in diesem einen Kleid vereint.

»Du siehst umwerfend aus«, sage ich, um nicht laut loszuprusten oder gar nichts zu sagen.

Kate dreht sich um und betrachtet sich im Spiegel. »Es ist grauenhaft. Es sieht aus, als trüge ich einen Bettüberwurf.«

»Einen furchtbar geschmacklosen Bettüberwurf.«

»Und einen sehr teuren noch dazu«, meint Kate mit einem Blick auf das Preisschild. »Unglaublich, dass Leute so viel Geld bezahlen für … für *so* was.«

Die Boutiquebesitzerin kommt mit einem Schleier in der Hand auf flachen marineblauen Schuhen lautlos hereingeschwebt. Ich glaube, ich nenne sie Barbara. Sie steht hinter Kate, die Hand ganz leicht auf Kates Schultern gelegt, und haucht in einem Atemzug von einem Spiegelbild zum anderen: »Sie sehen *hinreißend* aus.«

»Es ist ein tolles Kleid«, antwortet Kate und dreht sich zu ihr um. Nicht zum ersten Mal kommt mir der Gedanke, dass beim Heiraten ständig gelogen wird. Kate sagt: »Aber ich glaube, ich hatte mir etwas Figurbetonteres vorgestellt.« Ein Schatten huscht über Barbaras Gesicht, und ich fürchte fast, sie fängt gleich an zu weinen oder zu tun, was auch immer die kultivierte Oberklasse so tut, um ihrer Verärgerung Ausdruck zu verleihen, doch dann verzieht sie hochkonzentriert das Gesicht und sagt: »Ich denke, ich weiß, was Sie meinen. Kleinen Augenblick«, und wieselt hinaus. Kate verschwindet, so schnell die Bettdecke es zulässt, wieder in der Umkleide.

Ich war noch nie in einem Brautmodenladen. Damals bei meiner Patentante Liz war ich eins der Blumenkinder genauso wie Bru, der aus Protest gegen seine Aufmachung als kleiner Gentleman im Minianzug von John Lewis wie ein wilder Stier zum Altar gestampft war. Aber damals hatten wir unsere Sachen drei Tage vor der Trauung frei Haus geliefert bekommen, und unsere zeremonielle Aufgabe begann und endete mit dem Gang durch die Kirche. Als Kate Sophie und mich fragte, ob wir ihre Brautjungfern werden wollten, warnte sie uns gleich zu Beginn eindringlich davor, dass wir an jedem Vorbereitungsschritt beteiligt würden, vom Kleiderkauf bis zur Planung des Junggesellinnenabschieds. Wobei ich etwas enttäuscht, aber durchaus verständnisvoll einsehen musste, dass es nicht zu meinen Pflichten gehören wird, Kate und Bob bei ihren zweiwöchigen Flitterwochen nach Sri Lanka zu begleiten. Und ich helfe ihr auch heute nicht bei der Kleidersuche – zumindest nicht offiziell. Eigentlich hatten wir uns nur zum Mittagessen verabredet und waren auf dem Weg zurück zur Bahn, als ich den Brautmodenladen entdeckt und vorgeschlagen habe, mal ganz unverbindlich reinzuschauen.

»Das geht nicht, wir müssen einen Termin machen und eine Anzahlung leisten«, meinte Kate.

»Man muss Geld hinblättern, um ein paar Kleider anzuprobieren?«

»Nur für den Fall, dass man den Termin nicht einhält.«

Neugierig spähte ich durch das Schaufenster. Von draußen sah es aus, als sei der Laden menschenleer, also erklärte ich, dass wir, wo wir schon mal da seien und außer uns niemand, es doch einfach mal probieren könnten, und marschierte, Kate im Schlepptau, hinein. Barbara begrüßte uns überschwänglich und erklärte gestenreich, dass sie als unabhängige Brautmodenverkäuferin keine Anzahlung von ihren Kundinnen verlange, um dann eilig zu versichern, es sei nur gerade niemand da, weil ein Termin abgesagt wurde. Ich schaute Kate an, um zu sagen *Problem gelöst*, und sie schaute mich an mit einem Blick, von dem ich dachte, er hieße *Danke*, aber rückblickend konnte er auch *Ich wünschte, ich hätte dich nicht gebeten, meine Brautjungfer zu sein* bedeutet haben könnte.

Seit Kate und Bob sich vor drei Monaten verlobt haben, habe ich mehr über das Heiraten gelernt als in allen siebenundzwanzig Jahren meines Lebens davor. Hauptsächlich, dass Heiraten heutzutage so teuer ist, dass man davon locker zwei bis drei Kleinwagen kaufen könnte. Außerdem habe ich gelernt, dass die Frau dem Mann heutzutage im Eheversprechen nicht mehr gelobt, ihm zu »dienen«, dass man kleine Blumensträuße »Handstrauß« nennt (und nicht etwa kleine Sträuße, wie jeder normal denkende Mensch annehmen würde), und dass Kanapees inzwischen als Vorspeise durchgehen. Diese fremde, exotische Welt zu erkunden war bisweilen recht unterhaltsam, aber auch nur weil ich es aus sicherer Entfernung und sozusagen aus zweiter Hand miterlebte. Beim Gedanken daran, selbst zu heiraten, wird mir erst heiß, dann kalt und dann wieder heiß. Und es war auch nur so lange einigermaßen lustig, bis es um die Sitzordnung ging und das alte Dilemma des unausgewogenen Männer- Frauen-Verhältnisses, und zum ersten Mal habe ich mich an Sophies großem Tag gesehen – er lief in meinem Kopf ab wie ein Film. Zuerst stehe ich neben Sophie und Kates Schwester Mia, eingezwängt in eine abscheuliche Monstrosität von einem Brautjungfernkleid, wie Kate mir angedroht hat auszusuchen. Dann drücke ich Sophie die Hand und versuche, nicht zu heulen, während ich ihr zum Altar folge. Dann geht es zur Feier, und ich stehe da mit meinen Freunden (wobei es manchmal noch einen Schnitt gibt und man mich sieht, wie ich auf der Toilette mit einem der Freunde des Bräutigams rummache), und alle tanzen. Aber meistens sehe ich mich bei Kates Hochzeit ganz allein herumstehen. Und wenn man allein ist, ist eine Hochzeit kein lustiger Kindergeburtstag mehr.

Barbara eilt mit einem langen weißen Kleid herbei, das in meinen Augen genauso aussieht wie all die anderen langen weißen Kleider an den Stangen links und rechts. Sie klopft ganz leise an die Tür der Umkleidekabine, und als Kate »herein« ruft, quetscht sie sich durch einen schmalen Spalt nach drinnen. In einer Brautmodenboutique gibt es nicht viel zu tun, wenn man gerade keine Kleider anprobiert/Entzückensschreie beim Anblick von jemandem ausstößt, der Brautkleider anprobiert. Wobei Kate irgendwann mal erwähnt hat, in den schickeren Läden würde zur Anprobe Champagner gereicht – in so einen Luxusladen sollten wir unbedingt als Nächstes gehen. Barbara hat mir eine Tasse Instant-Kaffee angeboten, was ich sehr nett fand. Ich stehe auf und strecke mich, dann schlendere ich zu der Vitrine mit den Accessoires. Ganz oben in der gläsernen Auslage glitzern im Sonnenlicht die Brautdiademe. Ich pflücke das ausgefallenste Exemplar heraus und setze es mir vor dem Spiegel auf den Kopf. Ich finde, ich sehe aus wie eine Prinzessin. Behutsam drehe ich den Kopf nach links und nach rechts, dass die Steine nur so funkeln. Aber je länger ich das Ding ohne ein passendes Cinderella-Kostüm, wie ich es damals zu meinem fünften Geburtstag geschenkt bekommen habe, auf dem Kopf trage, komme ich mir zunehmend lächerlich vor. Ich will das Diadem abnehmen, aber es hat sich in meinen Haaren verheddert. Ich gerate in Panik, weil ich auf gar keinen Fall will, dass Barbara mich damit erwischt. Endlich gelingt es mir, das Diadem loszureißen, wobei es allerdings ein dickes Haarbüschel mitnimmt. Ich muss Kate unbedingt davor warnen. Hastig zupfe ich die Haare aus den kleinen Zähnchen und lege das Ding zurück zwischen all die anderen Schmuckstücke. Als ich gerade mit einem Schleier herumexperimentiere, geht die Tür zur Umkleide auf, und Barbara kommt heraus, gefolgt von Kate, die sich zu mir umdreht und mich anschaut. Verdutzt halte ich inne und starre sie an, wobei ich den Schleier in meiner Hand völlig vergesse, der mir daraufhin aus den Fingern gleitet und auf den Boden fällt. Ich kann den Blick nicht von ihr abwenden. Barbara nickt zufrieden und faltet andächtig die Hände. »Und?«, fragt Kate mich. »Was meinst du?«

Falls das überhaupt möglich ist, ist dieses Kleid noch albtraumhafter als das erste. Viel schlimmer, und auf ganz andere Art und Weise grauenhaft. Statt voluminös und baiserartig ist dieses eng und glänzend, bis auf den Rockteil, der aussieht wie ein explodierter Schwan. Oben wird es von spinnwebendünnen Spaghettiträgern gehalten, wie man sie zuletzt um 1992 bei Top of the Pops gesehen hat. Sie sind das Einzige, was verhindert, dass die ganze abscheuliche Kreation vom Körper rutscht.

»Es ist anders«, sage ich vorsichtig, während Kate sich mit der Monstrosität vor den Spiegel manövriert. Mir ist gerade erst aufgegangen, dass es in der Umkleide keinen Spiegel gibt. Kate wirkt wie hypnotisiert. Lange, sehr lange starrt sie stumm in den Spiegel und dreht und wendet sich, um sich aus jedem erdenklichen Blickwinkel zu betrachten, und je mehr Zeit vergeht, desto größer wird meine Sorge, das Monstrum könnte ihr tatsächlich gefallen. Schließlich bricht Barbara das Schweigen.

»Mit Schmuck sieht es viel besser aus. Ich habe da eine Halskette, die wird Ihnen bestimmt ... Ich gehe mal schnell ...« Und damit ist sie wieder verschwunden, auf der Suche nach einer Kette, die vielleicht, aber wohl eher nicht, diese Absonderlichkeit in etwas Schönes verwandeln wird. Kate dreht sich zu mir um, ohne eine Miene zu verziehen, und ich will schon gerade sagen: »Kate, nein ...«, aber da sehe ich, wie ihre Mundwinkel anfangen zu zucken, und ihre Lippen sich zu einem Grinsen verziehen, und Sekunden später lachen wir beide hysterisch wie Zeichentrickfiguren. So ein Lachen, das mit einem blökenden »MÄÄHHH!« beginnt und schließlich zu einem hicksenden Glucksen wird, bis man irgendwann keine Luft mehr bekommt.

»Du musst mir hier raushelfen, bevor sie wiederkommt«, japst Kate, und ich helfe ihr wieder in die Umkleide. Kate schließt die Tür ab.

»Bei der Schnürung dauert es ewig, bis ich dich da raus

habe«, stöhne ich und ziehe wahllos an einem der Bänder in der Hoffnung, es möge das richtige Ende sein.

»Stell dir mal vor, wie lange es dauern würde, bis ich fertig angezogen wäre.« Kate streicht sich die Haare aus dem Nacken und schaut mich im Spiegel an. »Wir müssten die Trauung auf den Abend verlegen. Vielleicht nehme ich lieber was mit Reißverschluss.«

»Dann trägst du besser einen Anorak.« Reißverschlüsse gehören bei Brautkleidern nicht zur Standardausstattung: Diese Saison stehen Spitzeneinsätze und verspielte Schnürungen hoch im Kurs. Ich habe jede Menge Brautzeitschriften gelesen.

Nach fünf Minuten fangen meine Finger an, sich zu verkrampfen, und ich verlange stöhnend eine Atempause. Ich habe Kate gerade so weit ausgewickelt, dass sie sich bücken und auf den Boden setzen kann, also hocken wir uns hin, und ich breche den Müsliriegel, den ich in meiner Handtasche gefunden habe, schwesterlich in zwei Teile.

»Ich will doch einfach nur hübsch aussehen«, seufzt Kate und wischt die Krümel vom »Satin«. »Nur einen Tag lang möchte ich eine Prinzessin sein.«

»Kate, das wirst du auch. Wir finden das perfekte Kleid für dich, und du wirst umwerfend aussehen.«

Wir schauen uns an, wie wir uns schon tausendmal angeschaut haben – ein Blick, der alles sagt, wenn uns die Worte fehlen. Kate sagt: »Und du auch. Ich werde dich nicht zwingen, Pannesamt zu tragen. Versprochen.«

»Wie ich aussehe, ist doch ganz egal.«

»Ist es nicht, Ro. Ich will schließlich nicht, dass die hässliche Brautjungfer mir die Fotos versaut.« Grinsend schaut sie mich an. »Wie läuft's mit deinen Dates?«

Ich zerknülle das Müsliriegel-Papierchen und stopfe es in

die Hosentasche, dann stehe ich auf und helfe Kate auf die Beine, um sie dann zum Spiegel umzudrehen und weiter aufzuschnüren. »Nicht besonders.«

»Weil du mit diesem Kind in der Kiste gelandet bist?«

»Hey«, raunze ich und haue ihr auf die nackte Schulter, dann ziehe ich weiter an den endlos langen Bändern. *Dieses Kind* hat mir am nächsten Tag geschrieben, genau wie angekündigt, und mich gefragt, ob ich mit ihm was trinken gehen möchte. Ich wollte gerade eine Antwort verfassen, ein nettes Danke-aber-nein-Danke, als mir siedend heiß einfiel: Ich weiß nicht mal, wie er heißt. Schnell schrieb ich Sally eine SMS, ob sie sich noch erinnern könne. Worauf sie nur meinte, wenn sie sich nicht irrte, hieß einer von den Jungs Harold …

»Dieser ganze Datingzirkus ist einfach … erbarmungslos. Ich habe die Schnauze voll.« Niedergeschlagen schaue ich Kate im Spiegel an.

»Aber genau darum geht es doch«, sagt sie. »Ich habe massenweise Tiefflieger gedatet, bevor ich Bob kennengelernt habe. Erinnerst du dich noch an Jimmy Froschauge?«

Von allen Männern, die Kate auf der Uni abgeschleppt hat, werde ich Jim nie vergessen. Seine Augen standen alarmierend weit hervor, was ihm sofort diesen vielsagenden Spitznamen einbrachte. Ich bin froh, dass Kate inzwischen darüber lachen kann, denn damals hat sie sich schrecklich darüber geärgert, wenn Sophie und ich uns wieder mal über ihn kaputtgelacht haben. Wobei uns das Lachen verging, als wir herausfanden, dass er sie betrogen hatte – worauf Sophie und ich uns dann noch ein paar andere, weniger schmeichelhafte Namen für ihn ausdachten. Aber ich verstehe, was Kate damit sagen will: Verabredungen sind immer anstrengend, aber man muss sich durchbeißen und darf sich auch von den schlimmsten nicht entmutigen lassen, sonst merkt man nicht, wenn man ausnahmsweise mal einen von den Guten vor sich hat. Aber will ich so verzweifelt einen neuen Freund, dass ich bereit bin, mir das weiter anzutun?

Endlich bin ich am Ende der Schnürung und von Kates Rücken angelangt. Sie wurschtelt sich aus dem Kleid und tritt heraus, und es bleibt als harmlos wirkende Satinpfütze am Boden liegen, auch wenn ich vermute, dass es jederzeit in Flammen aufgehen könnte.

»Du musst weitermachen«, erklärt Kare. »Wie viele Dates hattest du bis jetzt?«

Die Gesichter der diversen Datingkatastrophen erscheinen vor meinem inneren Auge: Elliot, das Schmunzelmonster, Ekel Jonathan, der perfekte Patrick ... ich kneife die Augen zusammen und warte, bis die Gesichter wieder verschwimmen. Dann der obercoole Andrew, Doug, der Dandy, Archie, die Luftnummer, und dann der unsichtbare Max, der eigentlich gar nicht zählt – genauso wenig wie mein kleiner Fußball-Kapitän-Teenie-Ausrutscher. »Sechs«, entgegne ich.

»*Sechs*? Und du hast jetzt schon die Nase voll? Gib mir dein Handy, ich zeig dir mal was.« Gehorsam reiche ich ihr das Telefon. Minuten vergehen, während Kate sich in tiefes Schweigen hüllt.

»Was machst du denn da?«, frage ich.

»Ich suche was ...«

Ich pflücke einen verirrten Müsliriegelkrümel von meiner Jeans. Den sollte ich wohl besser nicht mehr essen ... eine weitere Minute tickt vorbei. »Kate, was bitte suchst du?« Ich warte weitere dreißig Sekunden, dann halte ich es nicht mehr aus. »Kate, was zum Teufel machst du da?«, verlange ich zu wissen. Sie schaut auf, und ihr Blick erinnert mich daran, wie unsere Katze immer geguckt hat, wenn sie im Wäschekorb beim Kacken erwischt wurde. »Werde jetzt bitte nicht sauer«, sagt sie entschuldigend und dreht mein Telefon herum, damit ich das Display sehen kann.

»Du hast meinen Tinder-Account reaktiviert.« Wieso habe ich das Gefühl, schnell und viel zu blinzeln?

»Tinder. Ist. Der. Hammer«, erklärt Kate und wedelt mit dem Telefon vor meiner Nase herum.

*

Es dauerte eine Weile, bis Kate und ich uns aus Barbaras Fängen befreien konnten (weitere Kleider warteten schon), aber nun sind wir in einem relativ sicheren Café mit WLAN-Zugang, und ich habe Kate an einen Tisch gesetzt, wo sie jetzt »mit Tinder spielt« (»O Mann, ich wünschte, das hätte es damals schon gegeben, als ich noch Single war«), während ich uns zwei postalbtraumatische Brautkleiderfahrungs-Chai Lattes und Muffins besorge. Damit bewaffnet kehre ich an den Tisch zurück, setze mich und spinkse ihr über die Schulter. Kate ist völlig fasziniert und wischt rhythmisch nach links. »Nein, nein, nein ...«

Plötzlich hält sie inne. »Wie wär's mit dem?«, fragt sie. »Der« ist Guy, 29.

»Der ist nicht schlecht.« Kate klickt auf die übrigen Fotos: Guy in einem Club mit seinen Freunden, mit offenem Mund und Leuchtfarbeklecksen im Gesicht, Guy, der bei einer Hochzeit eine Rede hält, Guy breit grinsend als Meerjungfrau hinter einem Holzaufsteller irgendwo am Meer, während ein bildhübsches Mädchen (das sicher nur eine Freundin/Cousine/lange verloren geglaubte Schwester ist) als knorriger Matrose posiert. »Sieht ganz gut aus«, murmele ich schließlich.

»Und was mache ich jetzt?«

Also erkläre ich Kate, wie man jemanden liked, indem man ihn nach rechts wischt, und zeige ihr, wie es geht. Ich lasse sie Guy nach rechts wischen.

15.
Tieferes Verständnis

Hier eine kleine Liste von Dingen, die ich nicht ausstehen kann:

1. Orangenmarmelade
2. Kopfsteinpflaster
3. Dass ich die *Daily Mail* online lese
4. Heuchelei
5. Schnee
6. *Top Gear*
7. Terrakotta
8. Erste Dates

Orangenmarmeladeliebenden heuchlerischen *Daily Mail*-Lesern aus Durham (Durham besteht quasi nur aus Kopfsteinpflaster) mögen meine Abneigungen willkürlich erscheinen, aber wir können uns sicher darauf einigen, dass kein Mensch gerne zu ersten Verabredungen geht. Im Grunde genommen sind sie doch nichts anderes als ein Vorstellungsgespräch, bei dem das Gegenüber zu beurteilen versucht, wie gut man darin ist, man selbst zu sein. Und trotz meiner stetig zunehmenden Erfahrung, mag ich erste Dates heute noch genauso wenig wie früher. Am liebsten würde ich das erste und auch die darauffolgenden sechs überspringen und gleich zum siebten Date übergehen, wenn Guy und ich uns schon ein bisschen besser kennen und uns ohne unangenehme Schweigepausen unterhalten können. Er müsste jeden Augenblick kommen, vielleicht sollte ich das einfach mal vorschlagen.

Heute Nachmittag habe ich mich im Büro freiwillig gemeldet, die neuesten Presseausschnitte zu kopieren und abzuheften. Ein Job, den jeden Monat irgendein armes Schwein erledigen muss und den alle im Büro hassen wie die Pest. Man merkt es immer an den Präventiv-E-Mails, wenn die Zeit dafür naht. Dann nämlich, wenn die Leute anfangen, mit dezenten Hinweisen auf akute Arbeitsüberlastung um sich zu werfen ... *Ich würde ja GERNE die Ausschnitte sammeln, Leute, wenn da dieser eine nervige Kunde nicht wäre ... Kunden können ganz schön nerven, was? Findet ihr doch auch, oder?! Ihr versteht schon. Aber nächsten Monat bin ich garantiert am Start ...* Normalerweise stellen wir unsere Praktikantin Ella dafür ab, aber heute habe ich mich freiwillig gemeldet, und zwar aus folgenden Gründen:

1. Ich wusste, dass mir das von meinen Kollegen ewige Dankbarkeit und Lobpreisungen einbringen würde und eventuell sogar ein paar Kekse.
2. Die Arbeit würde mich von meinem Schreibtisch fernhalten und damit auch von meinem Handy.

Denn das Handy in Griffweite zu haben hätte mich in beinahe unwiderstehliche Versuchung geführt, Guy zu schreiben und unsere Verabredung abzusagen. Ich hatte mir eine ganze Reihe guter Ausreden zurechtgelegt: Ich habe eine Lebensmittelvergiftung, ich habe mich im Datum geirrt, ich muss mir die Haare waschen und/oder sie stehen in Flammen ... von allen ersten Verabredungen, die ich je hatte, fürchte ich mich vor dieser am allermeisten. Es ist, als sei ich zum ersten Mal bei Tinder.

Guy und ich wurden gemachted, während Kate und ich noch beim Kaffee saßen. Sie bestand darauf, ihn sofort anzuschreiben, was mal wieder bewies, dass Menschen in einer festen Beziehung einfach keine Ahnung von den geheimnisvollen, subtilen Umgangsformen bei Tinder haben. Üblicherweise schreibt der Mann zuerst, erklärte ich ihr. Kate meinte, das sei Kinderkacke, und würde ich Guy nicht anschreiben, dann täte sie es. Also schrieb ich unter ihrem gestrengen Blick:

Rosy:
Hi Guy, wie geht's?

Worauf er zurückschrieb:

Guy:
Sehr gut, danke,
und selbst?

Erst zuhause angekommen habe ich mich wieder gemeldet. Keine Minute später schrieb er zurück (leises Alarmglockenläuten: etwas zu erpicht?), und wir mühten uns durch die üblichen Tinder-Klassiker: *Wie war dein Tag?, Wo wohnst du?, Hättest du lieber Zehen statt Finger oder Finger statt Zehen?*, und dann fragte er, was ich beruflich mache.

Guy:
Rein vom Äußeren her würde ich sagen Automechanikerin.

Rosy:
Komme ich so rüber? Denkt man da gleich an Schraubenschlüssel und Öl?

Guy:
Tja, eigentlich sollte das nur ein Witz sein, aber kommen wir noch mal zurück zum Öl …

Guy:
Gut, okay … also keine Automechanikerin. Jetzt weiß ich's: Imkerin.

Rosy:
Gibt es überhaupt hauptberufliche Imker?

Guy:
Und wie! Dir ist schon klar, dass du gerade alle Bienenzüchter der Welt beleidigt hast …

Rosy:
Ja … die hassen mich jetzt.

Guy:
Keine Automechanikerin, keine Imkerin – keine Ahnung, was du sonst so machen könntest? Bitte sag mir nicht, dass du Buchhalterin bist. Ich bin Buchhalter – wir würden uns gegenseitig zu Tode langweilen.

Guy ist ein gut aussehender Kerl, der mich zum Lachen bringt. Prima Date-Training.

Als kleine Anerkennung meiner heldenhaften Fotokopierorgie entlässt Helen mich zehn Minuten früher in den Feierabend, also kann ich mir bei Boots noch schnell ein Reisedeo kaufen und mein Make-up mit den bereitgestellten Testprodukten etwas auffrischen, ehe ich in die U-Bahn sprinte und mich auf den Weg zu meiner Verabredung mache. Am Ende komme ich fünf Minuten zu früh, sodass mir noch Zeit bleibt für einen letzten Gesichtscheck im Spiegel. Die anderen Mädels, die ich aus den Augenwinkeln beobachte, spitzen dabei die Lippen und betrachten sich mit gesenktem Kinn, um sich zu vergewissern, dass ihre makellose Schönheit in der Zwischenzeit keinen Schaden genommen hat. Ich gucke nur schnell, ob ich nichts zwischen den Zähnen habe. In dem Meer aus dunklen Anzügen, das mir aus der Bahn entgegenströmt, ist Guy in der hellen Chino mit dem blau karierten Hemd, das ich schon von seinen Fotos kenne, leicht auszumachen. Er trägt auf Hochglanz polierte braune Schnürschuhe (meine Mutter würde sie als »vielgeliebt« bezeichnen), die mit nicht zueinanderpassenden Schnürsenkeln gebunden sind. Das muss er sein, ganz bestimmt, und doch beschleicht mich das Gefühl, es mit seinem Zwillingsbruder zu tun zu haben, denn statt der *braunen* Haare von den Fotos hat er zerstrubbelte, rostrote Locken.

Guy ist ein Rotschopf. Wie im Namen all dessen, was mir heilig ist (Kate Bush, Melissa-Bank-Romane, Hummus) konnte das passieren? Ich rufe mir seine Profilbilder noch mal in Erinnerung: Der Schnappschuss in dem Club – da war Schummerlicht. Die Kasperei am Pier – da hat man seine Haare nicht gesehen. Das Hochzeitsfoto – o nein. Das war ein Schwarz-Weiß-Bild. Darauf sah er so gut aus, wirklich zum Anbeißen, und es wurde bei einer Hochzeit gemacht … meine Eierstöcke müssen mein Hirn überrumpelt und mich die Gefahren monochromer Fotos vergessen lassen haben. Ein unentschuldbarer Verstoß gegen die Tinder-Regeln, und ich kann nicht mal jemand anderem die Schuld dafür geben. Nein, halt, Moment: Das ist alles Kates Schuld. Menschen in festen Beziehungen sollte man nicht in die Nähe von Tinder lassen, denn sie wissen nicht, was sie tun.

Guy hat mich entdeckt und winkt und lächelt dabei ein bisschen schief, und ich will ihn mit nach Hause nehmen und ihm einen Teller Suppe vorsetzen und ihn dann vögeln. Doch dann bleibt mein Blick wieder an seinen Haaren hängen. Sie könnten beinahe, *beinahe* als rotbraun durchgehen. Die Augenbrauen sind recht hell, aber die Wimpern sind so lang und dunkel wie die von einem Kamel, und er hat einen warmen Teint, nicht so blass und farblos wie ich. Wenn man nicht so genau hinschaut, nachts, wenn man die Augen zusammenkneift, fällt es einem womöglich gar nicht auf, dass er rote Haare hat. Aber als ebensolch behaartes Exemplar sehe ich *nichts* anderes. Zwei Rotschöpfe zusammen sind bestenfalls eine Lachnummer, im schlimmsten Fall stellt ihre Fortpflanzungsfähigkeit eine Bedrohung für die gesamte Menschheit dar.

»Rosy!«, ruft Guy, noch ehe er bei mir ist, und dann küsst er mich auf die Wange. »Schön, dich kennenzulernen.« Seine Stimme ist tief und doch beschwingt, melodiös, ohne nach Singsang zu klingen.

»Hi Guy«, sage ich und ziehe wegen des Reimes unwillkürlich den Kopf ein, worauf er nur meint: »Das passiert dauernd, halb so wild.« Er lächelt, und ich entspanne mich, und für einen Augenblick denke ich gar nicht an seine Haare. Er klatscht in die Hände. »Okay, Rosy, wie ist der Plan?«

Der Plan. O Gott. Guy war so witzig und charmant in seinen Nachrichten, und ich war so aufgeregt bei der Aussicht auf ein gutes Tinder-Date nach all den Nullschiebern der Vergangenheit, dass ich ihm einfach gesagt habe, ich lasse mir was einfallen, und ihm versprochen habe, es würde etwas Lustiges. Etwa zehn Minuten später dämmerte mir, dass ich jetzt einen ungewöhnlichen, aufregenden Abend planen musste und dass einfach irgendwo die Cocktailkarte rauf und runter zu trinken, dieses Kriterium nicht erfüllen würde. Alkohol spielt immer eine entscheidende Rolle – Alkohol beim ersten Date ist, was Axe für pubertierende Jungs ist – aber das allein reicht nicht, also habe ich jeden, der mir über den Weg lief, nach seinen Empfehlungen gefragt.

»Geh mit ihm ins Theater«, schlug meine gut betuchte Chefin Helen vor.

»Zu einem Trapezkurs«, meinte Sophie.

»Wieso denn nicht einfach eine ganz normale Verabredung?«, wollte Liam wissen.

»Neben dem Dönerladen in Holborn gibt es ein Massagestudio, und wenn du nach ›Mr McMountain‹ fragst ...«, sagte Sally, ehe ich sie rüde unterbrach. Als ich Kate fragte, musste sie kurz nachdenken. »Ein aufregendes Date? Ich bin ja schon froh, wenn Bob rechtzeitig zum Abendessen zuhause ist und wir es noch schaffen, miteinander zu schlafen, bevor ich einschlafe.« Die Beste meinte, wir sollten »Partyhüte aufsetzen und zum Inder gehen«, und wenn wir beide dann ordentlich einen in der Krone haben, sollte ich Guy sagen, ich hätte keine Unterwäsche an. Drei Tage Feldforschung, und ich war noch keinen Schritt weiter.

Am fünften Tag rief ich zuhause an und wollte Dad wegen einer Staubsaugerreparatur um Rat fragen, und dann kamen wir (irgendwie) auf mein Datingdilemma.

»Einmal habe ich deine Mum spontan nach Paris entführt«, sagt er. Worauf ich ihm erklärte, dass ich nur ein begrenztes Budget zur Verfügung habe. Er meinte, ich solle nicht so schnippisch sein und versuchen, den Filter des Staubsaugers zu reinigen. Aber nachdem wir aufgelegt hatten, muss sein Vorschlag wohl trotzdem irgendwie hängen geblieben sein, denn als ich am nächsten Morgen aufwachte, hatte ich *die* Idee.

»Heute Abend, Guy, reisen wir einmal um die ganze Welt.« Guy schaut mich an mit einer Mischung aus Mitleid und Entsetzen. »Eine Einmal-um-die-ganze-Welt-Kneipentour«, beeile ich mich zu erklären.

»Wo?«

»Gleich hier um die Ecke.«

Mit großem Ernst und ebensolcher Ehrlichkeit entgegnet Guy: »Klingt super.« Tut es nicht, es klingt sogar ziemlich lahm, das weiß ich selbst, aber Guys Begeisterung klingt nicht gespielt, und als er mich anschaut, spüre ich eine angenehme Wärme an all den richtigen Stellen.

»Wo fangen wir an?«, fragt er.

»Japan«, antworte ich und weise in eine kleine Seitenstraße. »Wenn Sie mir bitte folgen möchten.« Ich war zwar noch nie in Japan, aber ich bin mir sicher, es hat nicht viel mit dem Matsumi gemeinsam, einem überteuerten Sushi-Restaurant, in dem allerdings ein hervorragender Martini gemixt wird.

Guy schlägt vor, dass ich schon mal einen Tisch aussuche, während er an der Bar unsere Drinks bestellt. Als er zurückkommt, reicht er mir einen Litschi-Martini und sagt: »Japan ist ganz anders, als ich es mir immer vorgestellt hatte.« Für sich hat er einen Aperol Spritz mitgebracht, und noch ehe ich einen Kommentar zu der Litschi abgeben kann, die an der Oberfläche dümpelt wie ein ausgestochener Augapfel, erklärt er: »Der Barkeeper meinte, dadurch würde der Drink erst so richtig japanisch.«

»Ich dachte, Litschis kommen ursprünglich aus China?«

»Und der Barkeeper kommt ursprünglich aus Dudley.« Guy hebt das Glas. »Aufs Reisen.«

»Und auf Dudleys hervorragende Bildung«, füge ich hinzu und stoße mit ihm an. Und ärgere mich im selben Moment, dass ich nicht daran gedacht habe: »Kanpai!« zu sagen, was auf Japanisch »Zum Wohl!« heißt – fünfzehn Minuten hat mich die Internetrecherche heute Nachmittag gekostet.

Eigentlich hatte ich einen straffen Zeitplan erstellt für den heutigen Abend, der nur einen Drink pro Bar vorsah, aber unser Date entwickelt sich gerade genauso wie die meisten meiner bisherigen Urlaube: Seit einer Stunde sitzen wir hier, und schon ist die gesamte Planung hinfällig. Zwei Drinks (und vier Litschis pro Person) später sind wir immer noch in Japan.

»Okay«, sagt Guy, und beugt sich zu mir rüber. »Angenommen, Geld spielte keine Rolle und der Erfolg wäre garantiert, was würdest du dann mit deinem Leben anstellen?«

»Du fragst mich nach meinem Traumjob?«

Guy nickt noch, und ich zögere bereits, und das nicht etwa, weil ich um eine Antwort verlegen wäre: Von meinen Freundinnen, Jungs und dem Frittentag am Freitag in der Schulmensa mal abgesehen, habe ich mich eigentlich immer nur fürs Schreiben interessiert. Das konnte ich richtig gut. Ich hatte einen Englischlehrer, Mr Austen, der war für mich einer *dieser* Lehrer. Er hat mich gefördert und gefordert, mich ermutigt, Journalistin zu werden, und eine ganze Weile war ich wild entschlossen, seinem Rat zu folgen. Aber als es dann darum ging, mich für ein Studium zu bewerben, blieben die

Formulare unausgefüllt auf meinem Schreibtisch liegen, während ich mich in ein panisches Häuflein Elend verwandelte. Ich hatte solche Angst davor, beim Schreiben zu versagen, dass ich nicht den Mut aufbrachte, mich ernsthaft damit zu beschäftigen, und mich stattdessen lieber für Politikwissenschaft einschrieb in dem Glauben, mit einem wissenschaftlich klingenden Uniabschluss später bessere Berufsaussichten zu haben. Auf mich selbst gestellt und ohne Mr Austens ansteckende Begeisterungsfähigkeit im Rücken verlor ich jegliches Selbstvertrauen, tatsächlich gut genug zu sein. Als ich von der ersten PR-Agentur ein Angebot bekam, war alles vorbei: Ich hatte die Chance, meinen Traum zu verwirklichen, und habe sie aus Angst sausen lassen. Und doch scheint mir unsere erste Verabredung nicht gerade die passende Gelegenheit, Guy das alles anzuvertrauen. Aber wenn ich ihn so anschaue, wie er dasitzt und geduldig auf eine Antwort wartet und mich mit diesem schiefen Lächeln anguckt, strahlt er etwas aus, ein Gefühl von Sicherheit, das ich in seiner Nähe empfinde, dass es mir plötzlich fast absurd erscheinen lässt, ihm nicht die Wahrheit zu sagen.

Guy verzieht weder höhnisch das Gesicht noch bricht er in schallendes Gelächter aus, als ich ihm die ganze Geschichte erzähle. »Wie stellst du dir das denn vor?«, fragt er. »Ich meine, was würdest du denn gerne schreiben? Bücher?«

»Im Idealfall. Ich schreibe am liebsten über meine eigenen Erlebnisse, quasi Ich-Erzähler-Erfahrungsberichte.«

»Meinst du so was wie eine Art Sexmemoiren?«, fragt Guy mit hochgezogener Augenbraue. Ich würde mich sofort siedend heiß duschen wollen, wenn Ekel Jonathan diese Bemerkung gemacht hätte, aber so wie Guy das sagt, will ich ihn dafür am liebsten umarmen. »Hast du denn schon mal was geschrieben?«

»Dies und das. Früher habe ich mal ein paar Wettbewerbe gewonnen, und ich habe jahrelang Tagebuch geführt. An der Uni habe ich Unmengen geschrieben – auf meinem Laptop wimmelt es nur so von Romananfängen.«

»Und was hindert dich daran zu schreiben?«

Ich lehne mich zurück und schwenke die verbliebene Litschi im Glas. Mangel an Gelegenheit. Mangelnde Motivation ... und es hilft nicht unbedingt, den ganzen Tag im Büro zu sitzen. Würde jemand mir sofortigen Erfolg und lebenslange finanzielle Sicherheit garantieren, ich wäre ab morgen Schriftstellerin.

Guy guckt mir direkt in die Augen. »Häng deinen Job an den Nagel. Such dir was Flexibleres, dann hast du Zeit zu schreiben.«

Im ersten Moment haut Guys unbeschwerte Begeisterung mich fast aus den Socken. Ich sehe mich schon im Arbeitszimmer meiner Träume sitzen: hell und luftig, Fotos an der Wand und eine Vase mit frischen Blumen auf dem Schreibtisch ... das scheint alles so vollkommen und absolut logisch – ungefähr genauso logisch, wie mit Guy »in Japan« zu sein.

Unser nächster Halt ist Mexiko, sprich ein etwas schäbiges Restaurant ein Stück die Straße hinunter, mit gelb gestrichenen Wänden und aufgemalten Backsteinen und Ranken, die vermutlich an laue Nächte mit Tequila und *botanas* erinnern sollen – keine Ahnung, ich war noch nie in Mexiko (ich sollte wirklich mehr verreisen), aber Guy schon. »Da sieht es ganz genauso aus«, versichert er mir, als unser lettischer Kellner uns an den Tisch führt. Der Laden ist halb voll, und rechts von uns vibriert die Luft vor Lärm und Gewusel, denn einige mutige Gäste haben sich auf die Terrasse hinausgewagt, wo sie unter Heizpilzen zischend heiße *enchi-*

ladas verspeisen. Es ist Ende Juli, aber die kühle Abendluft kann noch ganz schön frisch sein.

Guy fragt mich, was ich trinken möchte, in der irrigen Annahme, wir könnten etwas anderes als Frozen Margaritas bestellen (als Kompromiss bestelle ich einen Krug für uns beide und Strohhalme dazu), und Guy schenkt unsere Gläser randvoll ein. Ich schaue mich um und sehe, dass alle anderen Gäste essen, und da sitzen wir beide und ernähren uns von Luft und Alkohol. »Wollen wir was essen?«, frage ich.

Guy klappt die Speisekarte auf. »Mal sehen ... Rindfleisch *fajitas*? Armadillo Eggs? Die sind mit Chilis gefüllt.« Er liest laut vor: »›Superscharf – nur für die ganz Mutigen‹. Sind wir das?«

Worauf ich erwidere: »Superscharf schon«, was ich im selben Augenblick bereue. Denkt Guy, ich meine das ernst? Denkt er, ich meine ihn? *Meine* ich ihn? »Nachos?«, frage ich rasch.

»Nachürlich«, entgegnet er grinsend. »Und was ist mit den Eiern? Würdest du dich als mutig bezeichnen?« Sein Ton klingt anders – er meint die Frage ganz ernst. Mit einem Schlag bin ich wieder in der japanischen Bar oder bei den Abschlussprüfungen in der Schule, es nimmt sich nicht viel. Mir ist, als hätte Guy kapiert, was passiert ist, und will mich jetzt dazu bringen, es zuzugeben.

»Manchmal ... vielleicht. Und du?«

Guy denkt einen Augenblick über die Frage nach, ehe er antwortet. »Nicht so mutig, wie ich gerne wäre. Ich mag kalkulierte Risiken, würde ich sagen.«

Und dann schaut er mich auf eine Art und Weise an, dass ich mich frage ... ob ich wohl eins davon bin?

Schließlich bestellen wir nur einen zweiten Krug Margaritas und Nachos mit verschiedenen Dips, weshalb ich ein bisschen wacklig auf den Beinen bin, als wir schließlich zur spanischen Station unserer kleinen Weltreise ein paar Straßen weiterziehen. Spanien, das ist Sangria in einer kleinen, stickig heißen Tapasbar, in der alle Kellner Englisch sprechen: das ultimative Spanienerlebnis. Ich muss betrunkener sein, als mir klar ist, denn eigentlich hasse ich Sangria aus tiefstem Herzen (muss wohl am Rotwein liegen), aber heute Abend trinke ich sie weg wie Wasser. Irgendwann kommen wir auf unsere Familien zu sprechen. Guy stellt wohlüberlegte Fragen, und sein Interesse an meinen Antworten wirkt durch und durch aufrichtig. Was mein Bruder beruflich macht? Ob wir ein enges Verhältnis zueinander haben? Wie oft ich meine Eltern besuche? Ich antworte ehrlich und offen, aber kurz, weil ich endlich etwas über seine Familie erfahren will. Ich interessiere mich für die Familien anderer Menschen. Es ist, als würde man ein Uhrwerk auseinandernehmen: Man schaut sich all die winzig kleinen Teile an, um nachher, wenn man sie wieder zusammensetzt, zu verstehen, wie das Ganze funktioniert. »Und du?«, frage ich zurück. »Familie?«

»Will heißen, ob ich eine habe?«

»Davon gehe ich mal aus. Oder war *Oliver Twist* der Film zu deinem Leben?«

»Eher *Annie*«, entgegnet Guy und fährt sich durch die Haare. Etwa beim zweiten Krug Margarita habe ich aufgehört, auf seine Haare zu achten. Aber jetzt sind sie wieder da, und ich kann an nichts anderes mehr denken. Rot bedeutet Gefahr, Rot bedeutet Stopp … Rot bedeutet Lust und Leidenschaft. Ich finde Guy auf jeden Fall sexuell anziehend, auch wenn zwei kopulierende Rotschöpfe ein Vergehen wider die Natur sind. »Ich habe vier Geschwister«, sagt er. »Na ja, drei.« Er reibt sich die eine Seite des Gesichts. »Meine

Schwester ist vor ein paar Jahren gestorben. Ich vergesse immer noch, sie nicht mehr dazuzuzählen.«

»Das tut mir leid.«

»Sie hatte Krebs. Sie war sehr lange krank, aber dann, ganz plötzlich ...« Ich bin schockiert. Guy ist so ein positiver Mensch. Ich kann mir gar nicht vorstellen, dass er so etwas Trauriges erlebt hat. Und ich muss an Tante Paula denken, Mums Schwester, wie sie lachend versucht, den Wasserhahn in unserer Küche zu reparieren. Im nächsten Bild hat sie eine Glatze und kein Fünkchen Lebenskraft mehr im Leib, ist nur noch ein Schatten ihrer selbst und liegt schwach und matt im Bett. Zwei Wochen später war sie tot. Der Krebs kam so schnell, förmlich über Nacht. Ich versuche, den Satz für Guy zu beenden: »... wurde der Krebs zu aggressiv.«

»Nein, der Krebs war schon in Remission. Sie ist auf dem Weg ins Fitnessstudio von einem Lkw überfahren worden.«

Erst erstarrt meine Zunge, dann mein ganzes Gesicht, und ich kann nichts anderes tun, als Guy fasslungslos anzustarren und langsam vor Schuld und Scham im Boden zu versinken. Seine Augen sind groß und teilnahmslos. Gerade will ich schon den Mund aufmachen und mich bei ihm entschuldigen, da sehe ich es in seinen Mundwinkeln zucken, und dann breitet sich das schiefe Grinsen über sein ganzes Gesicht aus, und er bricht in schallendes Gelächter aus. »Der Witz ist von Phoebe, ich musste ihr hoch und heilig versprechen, dass ich das jedes Mal sage, wenn jemand fragt, wie sie gestorben ist.« Wieder fängt er an zu lachen, und ich lache mit, hauptsächlich aus Erleichterung, aber auch, weil es wirklich komisch ist. Seine Schwester muss ihm sehr ähnlich gewesen sein. »Klingt, als wäre sie ein außergewöhnlicher Mensch gewesen«, sage ich.

»War sie auch.« Das Lächeln bleibt, und dann schaut Guy

an meiner Schulter vorbei, halb hier, aber in Gedanken auch halb woanders.

Wir nippen beide an unseren Gläsern. Und Guy beugt sich auf dem Hocker nach vorne und sagt: »Du bist auch ziemlich außergewöhnlich.«

Meine Wangen glühen. »Die Sangria spricht aus dir.«

»Und meine tote Schwester.« Und damit beugt er sich noch etwas weiter vor und drückt die Lippen auf meinen Mund. Wir küssen uns. Sehr lange. Mit Zunge.

*

Beim Aufwachen bin ich vollständig bekleidet. Irgendwas klebt an meiner Wange. Schlaftrunken zupfe ich es ab – ein Ketchuptütchen. Entweder alles tut weh oder ich spüre gar nichts, und das Licht ist unerträglich grell. Ich schaue mich um. Das Letzte, woran ich mich erinnere, ist, wie Guy mich stützte, als wir unserem letzten Ziel entgegenwankten: Amerika (McDonald's). Auf dem Boden im Schlafzimmer liegt eine braune Papiertüte, aus der ein paar Fritten und ein angebissener halber Cheeseburger lugen. Ich schäme mich ein bisschen – wer bitte lässt denn einen angefressenen Burger auf dem Boden liegen? Ich erinnere mich, dass wir in Spanien waren und … und uns geküsst haben. Tastend suche ich nach meinem Handy und entdecke es in meinem Schuh. Ich habe eine Nachricht von Guy, abgeschickt um 2:03 Uhr:

Guy:
Freu mich drauf xx

Worauf? Ich entsperre das Handy und scrolle nach oben.

Rosy:
Dank3 für den tolln
Abend, das sollTen wir
mal wiedr machen xy

Ich habe ihn nicht nur geküsst – ich habe ihm auch gesagt, dass ich ihn wiedersehen möchte (und ich schreibe Danke neuerdings mit einer 3, wie es aussieht), und Guy freut sich darauf.

Aufstehen ist mühsam und erfordert eine enorme Kraftanstrengung, aber ich zwinge mich, zu duschen und etwas zu essen (Anmerkung am Rande: McDonald's-Reste sind am nächsten Tag ungenießbar), dann rufe ich die Beste an. Nach dreimal Klingeln geht sie ran. »Wie war's?«, fragt sie und überspringt einfach die Begrüßung.

»Ich habe ihm gesagt, dass ich ihn wiedersehen will.«

»Und, was hat er gesagt?«

»Er hat Ja gesagt.«

»Ist das nicht gut? Du klingst nicht gerade begeistert.«

»Ich habe einen Kater.«

»Aber du freust dich, Guy wiederzusehen?«

Ich erzähle der Besten von seinen Haaren. Es kommt mir oberflächlich vor, aber ich fühle mich besser, nachdem ich es laut ausgesprochen habe.

»Er hat rote Haare?«, fragt sie, und ich höre die Verwunderung in ihrer Stimme. »Ist dir das auf den Fotos nicht aufgefallen?«

»Ich weiß auch nicht, vielleicht habe ich nicht richtig hingeguckt. Auf den ersten Blick war es jedenfalls nicht zu erkennen.«

»Na ja, dann kann es ja so schlimm nicht sein. Nicht dass

rote Haare schlimm wären, ich meine … du weißt, was ich meine.«

»Weiß ich.«

»Also«, sagt die Beste entschlossen. »Du hast gesagt, er schreibt witzige Nachrichten. Hat er dich gestern Abend zum Lachen gebracht?«

»Ja«, sage ich und muss lächeln. *Nachürlich.*

»Und er ist auch kein Rassist oder Frauenhasser? Er hat weder die Hosen runtergelassen noch einer Fledermaus den Kopf abgebissen?«

»Nein.«

»Wo zum Teufel liegt dann das Problem?«

Später schickt Guy mir einen Link zu den »100 wichtigsten Katzen aller Zeiten«, und als ich schließlich wieder aufgehört habe zu lachen, leite ich den Link an die meisten meiner Freunde weiter. Dann antworte ich ihm und frage ihn, ob er am Mittwoch schon was vorhat.

16.
Was diese Frau so alles treibt

Mittwoch, 8:52 Uhr.

»Wie geht's Guy?«, fragt Pip, als ich mich an den Schreibtisch setze. Das ist neuerdings die Lieblingsfrage meiner Kollegen: Immer und überall erkundigen sie sich nach Guys Befinden. Warum um alles auf der Welt ist das eigene Wohlergehen, sobald man in einer Beziehung ist, plötzlich unwichtiger als das des Partners? »Übernachtest du heute bei ihm?« Ihr Blick geht zu meiner Reisetasche, die ich neben dem Schreibtisch auf den Boden fallen lasse.

»Jawohl«, entgegne ich. »Wir sind zum Abendessen verabredet.«

»Oh, wo geht ihr denn hin?« Mit angehaltenem Atem wartet Pip meine Antwort ab. Langsam gewöhne ich mich daran, dass die Menschen um mich herum extreme Reaktionen auf vollkommen banale Dinge wie ein gemeinsames Abendessen zeigen – Kate hätte beinahe geweint, als ich ihr erzählte, dass Guy mich seinen Freunden vorstellen will. So ist das halt am Anfang. Das hatte ich völlig vergessen.

Ich will die Tasche mit der Schuhspitze unter den Tisch schieben, aber sie kippt bloß um, also stütze ich mich mit einem Fuß ab und schubse sie mit dem anderen unter den Schreibtisch. Das hatte ich auch ganz vergessen: Mit jemandem zusammen zu sein ist schrecklich schwer. In dieser Tasche ist alles, was mich ausmacht: Make-up, Parfüm, Haarglättungsfluid, Haarpflege, Spangen, Klammern und Bänder (um meine Haare zu bändigen, sollten besagtes Fluid und die übrigen Pflegeprodukte versagen), Klamotten, Unterwäsche, Toilettenartikel und diverse Ladegeräte. All das brauche ich, um mein naturgegebenes Ich in mein erkennbares, gesellschaftlich akzeptiertes Ich zu verwandeln. Das, bei dessen Anblick Tiere nicht panisch die Flucht ergreifen und sich verstecken. Ich erkläre Pip, dass Guy mir nicht verraten wollte, was er heute Abend vorhat – er wollte mich unbedingt überraschen.

Helen ist nicht an ihrem Schreibtisch. Ich drehe mich mit dem Stuhl zum Rechner um und feuere rasch eine E-Mail raus, in der ich ihr

a) einen guten Morgen wünsche, und sie
b) gleichzeitig unauffällig darauf hinweise, dass ich pünktlich an meinem Platz bin.

Gerade gehe ich meine To-do-Liste durch, als Helens Out-of-office-Antwort in meinem Posteingang plingt.

Was mich etwas verwirrt. Ihre Handtasche – schätzungsweise teurer als alles, was ich je besessen habe, gegenwärtig besitze und je besitzen werde zusammen – liegt auf ihrem Stuhl. Ich schaue rüber zu Pip, die mit dem Kopf zum Konferenzraum am anderen Ende des Büros weist. Die Trennscheibe ist aus Milchglas, aber man sieht schemenhaft Gestalten, die sich dahinter bewegen. Noch während ich hinschaue, kommt die zwangsneurotische Arlene mit dem Hintern voran heraus, in der Hand ein Tablett mit drei der guten Tassen, in denen normalerweise nur wichtigen Kunden den Kaffee serviert bekommen (was ich auf die harte Tour lernen musste, als ich mal eine davon in die Mikrowelle gesteckt habe, um mir einen Tassenkuchen zu machen), und durch den Türspalt glaube ich einen Blick auf Helens Pferdeschwanz zu erhaschen, ehe die Tür wieder zugeht.

»Halbjahresgespräch«, meint Pip. »Wusstest du das nicht?« Worauf ich leider keine allgemeingültige Antwort geben kann. Dank des Flurfunks wusste ich davon, und es steht wahrscheinlich auch seit Monaten im Bürokalender, aber da schaue ich nur mit an Inkompetenz grenzender Unregelmäßigkeit hinein, und sämtliche Erinnerungen, die auf meinem Bildschirm aufpoppen, schließe ich instinktiv, ohne darüber nachzudenken. Mir war leider nicht klar, dass heute der große Tag ist. Ein Fehler, der Pip nicht entgeht, die mich umgehend daran erinnert, das Selbsteinschätzungsformular auszufüllen, und sich dann wieder zu ihrem Computer umdreht.

Rasch gehe ich in den »Gemeinsame Dokumente«-Ordner und suche den betreffenden Vordruck. Die Fragen sind immer dieselben: Auf verschiedenste Art und Weise werde ich angehalten, mich in dem freien Feld darunter selbst zu bewerten. Ich muss an das vermaledeite Datingprofil denken – was war das doch für eine elende Zeitverschwendung. Wenn ich jetzt so darüber nachdenke, habe ich wohl gehofft, das Resultat (Sex/Freund/lange, erfüllte Beziehung) würde es irgendwann rechtfertigen, eine Prozedur zu ertragen, die in etwa so vergnüglich war, wie mir die Augenbrauen abzuflämmen. Ich wollte nie im Internet auf Partnersuche gehen. Es kommt mir vor, als sei ich in einer Mischung aus Panik und Unwissenheit einfach so hineingeschliddert. Was entwaffnende Ähnlichkeit hat mit der Art und Weise, wie ich in der PR-Branche gelandet bin.

Frage 1: Wie sind Ihrer Einschätzung nach die vergangenen sechs Monate in der Agentur verlaufen?
Ich finde, die letzten sechs Monate waren gut.

Zu knapp? Ich weiß nicht, was ich sonst hinschreiben soll. Für eine Möchtegern-Schriftstellerin ringe ich ganz schön mit den Worten. Mr Austen hat früher oft wohlwollend mit Bleistift »nicht übertreiben« an den Rand geschrieben, wenn Byrons Geist mal wieder in mich gefahren war und ich mich in überbordender (und meist grässlicher) Prosa verlor. Eine solche Lektion wieder zu vergessen ist nicht leicht, aber ich nehme an, Helen reicht das nicht. Aber »gut« ist immerhin besser als »langweilig, eintönig und demoralisierend«. Ich schließe das Dokument und schaue rüber zu Pip in der Hoffnung, dass sie vielleicht in Quasselstimmung ist, aber ein Blick auf ihren Bildschirm zeigt mir, dass sie Helens Abwesenheit nutzt, um eine ellenlange E-Mail ihres aktuellen Fortsetzungsromans an ihren Mann Geoff mit dem Titel: »Neues Bett« zu verfassen. Seit zwei Wochen geht dieser Schriftwechsel nun schon zwischen den beiden hin und her. Soweit ich mitbekommen habe, diskutieren sie en detail sämtliche Vor- und Nachteile der Anschaffung eines neuen Betts. Und nach allem, was Pip mir erzählt hat (und was ich versehentlich mit voller Absicht über ihre Schulter hinweg mitgelesen habe), steht die Entscheidung, tatsächlich ein Bett zu *kaufen* noch aus. Derzeit sind sie noch in der Vorbereitungsphase. Größe, Stauraum und Farbe werden heiß diskutiert, wobei meinen Informationen zufolge Ende letzter Woche ein Durchbruch in der Debatte um die Breite erzielt wurde. Ich öffne eine E-Mail und schreibe eine neue Nachricht mit dem Betreff: »Prozesssimplifizierung«.

Liebe Pip, schreibe ich, *Schritt 1: in einen Bettenladen gehen. Schritt 2: ein Bett kaufen.*

Dann lösche ich die Mail schnell wieder, damit ich mich nicht auf die Tastatur stütze und versehentlich auf »Senden« klicke. Für Pip und Geoff (und offen gesagt, da ich Geoff kenne und mag, bin ich ein wenig enttäuscht, dass er sich in diese nicht enden wollende Geschichte hat hineinziehen lassen) scheint der Vorgang des Bettenkaufs akribischer Recherche und Planung zu bedürfen. Zugegeben, einmal hat Pip eine ganze Woche gebraucht, um die Vor- und Nachteile von Mandelmilch und Sojamilch gegeneinander abzuwägen, also ist es möglicherweise eine spezielle Eigenart ihrer Beziehung. Aber wenn das ein Vorgeschmack darauf ist, was aus Paaren wird, wenn sie erst mal verheiratet sind, bleibe ich lieber für den Rest meines Lebens allein oder sterbe mit Mitte dreißig in einem alkoholgeschwängerten, adrenalingetränkten Anfall von Größenwahn.

Ich widme mich wieder meinem Selbsteinschätzungsformular. Muss mich konzentrieren.

12:43 Uhr.

Offiziell beginnt die Mittagspause erst um 13 Uhr, aber in meinem Kopf hat sie schon vor einer Stunde angefangen, und seither stelle ich mir in ausschweifenden Fantasien vor, was ich mir gleich zum Essen holen könnte. Bis eins halte ich nicht mehr durch – meine Notfallbanane habe ich schon um kurz nach halb zehn verputzt. Meine Motivation zu arbeiten lässt spürbar nach. Ich habe längst erledigte Aufgaben auf meine To-do-Liste geschrieben, nur um sie gleich wieder durchzustreichen. Mein Selbsteinschätzungsbogen bleibt weiterhin unausgefüllt.

13:39 Uhr.

War bei Sainsbury's. Habe dort gekauft: Oliven, Würstchen im Teigmantel (3x), einen Joghurt, Nüsse, eine Dose Lilt-Limo und ein Päckchen Vollkornkekse mit dunkler Schokolade, die ich mir als kleinen Stimmungsaufheller mit den Kollegen teilen werde.

14:07 Uhr.

Bis auf die letzten sieben Kekse alle aufgegessen.

15:19 Uhr.

Sitze gerade am fünften Entwurf eines Artikels für einen unserer größten Kunden, der eine App herausgibt, die, glaubhaften Versicherungen zufolge, eine »frische, innovative Plattform« sein wird, »die unseren Zuschauern Premium-Interaktionsmöglichkeiten bietet«. Was Helen hassen wird, weil es überhaupt nichts aussagt. Aber auch zwanzig Minuten später habe ich noch nichts Sinnvolleres zustande gebracht. Ich gehe wieder zu meinem Selbsteinschätzungsformular und sehe zu, wie es sich mit einem Swoosh öffnet. *Frage 1 …*

Ich habe über meinen Job rein gar nichts zu sagen. Was irgendwie noch schlimmer ist, als zu sagen, dass ich ihn nicht mag.

16:45 Uhr.

Unvermittelt steht Helen vor meinem Schreibtisch. Ich schrecke hoch, als sie mich anspricht, und schließe instinktiv das Fenster, das ich gerade auf dem Bildschirm hatte, bis mir wieder einfällt, dass es eine E-Mail an einen unserer Kunden war, worauf ich es rasch wieder öffne.

»Wie läuft es heute?«, fragt sie.

»Prima. Fein. Bestens. Toll.« Ich muss mich bremsen, ehe es unglaubwürdig, unglaublich, übertrieben wird. »Ablage ist erledigt, die Zusammenfassung habe ich gleich als Erstes rumgeschickt, die Snapper-Veröffentlichung ist raus – Sabrina von *Media Week* holt sie ab …« Einiges davon stimmt tatsächlich. Außerdem habe ich mir bei Amazon neue Kopfhörer bestellt, was ich allerdings lieber nicht erwähne, genauso wenig wie die Tatsache, dass der Großteil meiner To-do-Liste noch unerledigt und mein Selbsteinschätzungsbogen noch immer nicht ausgefüllt ist.

»Kannst du dafür sorgen, dass die Post heute noch rausgeht?«

»Klar.«

»Und wenn du Coralie Lavelle noch wegen dieser Sache kontaktieren könntest, ehe du gehst, wäre das ganz toll.« Eine E-Mail piepst auf Helens Handy, und sofort ist sie in Gedanken wieder ganz woanders. Für heute scheinen die Mitarbeitergespräche beendet zu sein, was wohl heißt, dass ich erst morgen an die Reihe komme. Mir ist, als sollte ich dazu etwas sagen, ohne dass ich wüsste, was oder warum ich auch nur das Bedürfnis habe, sie darauf anzusprechen. Ich schaue Helen an, die gelegentlich die Worte, die sie liest, lautlos mit den Lippen formt. Sie schaut auf und sperrt ihr Telefon mit einem abfälligen Schnauben, das sie nur dann ausstößt, wenn ihr etwas zutiefst missfällt. »Na, dann ist ja alles bestens«, sagt sie und hat unser Gespräch offensichtlich schon wieder vergessen. Sie wendet sich zum Gehen, dann bleibt sie stehen, dreht sich um, und mir stockt der Atem, als sie sich zu mir herunterbeugt und fragt: »Rosy, wie läuft's eigentlich mit Guy?«

*

Um Schlag sechs bin ich zwar aus dem Büro, aber in Gedanken nehme ich die Arbeit mit, während ich die schwere Tasche die Straße entlang zur Bahn hieve. Ich denke an die Arbeit, als ich mit der Tasche in der elektronischen Schranke stecken bleibe und sie beim besten Willen nicht mehr frei bekomme, wie sehr ich auch daran ziehe und zerre und sogar die französischen Touristen schon anfangen, mich auszulachen. Ich denke daran, während ich sie auf dem Weg zum Bahnsteig lange Gänge und unerwartete Treppen hinter mir herschleife. Tragen kann ich sie nicht mehr aus Angst, mir dabei die Schulter auszukugeln. Und ich habe immer noch die Arbeit im Kopf, als eine ältere Dame mir freundlich ihre Hilfe anbietet, während alle anderen sich nur entnervt an mir vorbeidrängeln und abfällig mit der Zunge schnalzen, so laut, dass ich es höre. Ich steige mit dem Gedanken in die Bahn, wie abgrundtief ich andere Menschen hasse.

Ich denke auch noch an die Arbeit, als Guy mir die Tür aufmacht und mich mit »Hallo, du« begrüßt. Er gibt mir einen Kuss und wuchtet sich die Tasche auf die Schulter, als seien nur Sonnenschein und Jelly Beans darin, und keine zerstückelte Leiche, so wie sich das für mich die ganze Zeit angefühlt hat.

»Ich bin ganz verschwitzt«, sage ich beim Reinkommen. »Komm mir lieber nicht zu nahe.«

»Wie schön, dass ich dich eingeladen habe«, meint Guy lächelnd. Dann schnuppert er an mir und sagt, ich röche sehr gut, aber wenn ich wollte, könnte ich auch gerne duschen, und dann holt er mir ein frisches Handtuch.

Als ich kurz darauf aus dem Bad komme, höre ich Musik. Und wittere einen ganz köstlichen Duft, dem ich mit bebenden Nasenflügeln bis in die Küche folge. Auf dem Tisch, auf dem sich sonst allerlei liegen gebliebene Sachen von Guy und seinen Mitbewohnern stapeln, liegt eine weiße Tischdecke – eine richtige, nicht nur ein Bettlaken, wie bei mir, als ich zu Mums Sechzigstem eine Party gegeben habe – und dazu Stoffservietten unter dem Besteck, das für mindestens drei Gänge reicht. In der Mitte brennen Kerzen in farbigen Glashaltern. Guy steht mit einem Geschirrtuch über der Schulter am Herd und rührt emsig in einem Kochtopf.

»Wir essen hier?« Was irgendwie eher enttäuscht als erfreut klingt und ganz anders, als es gemeint war. Guy guckt ein wenig gekränkt. »Herrje, tut mir leid, so habe ich das nicht gemeint ... Ich war nur überrascht. Ich fasse es nicht, wie toll das aussieht.« Und das meine ich wirklich ernst. Und ich bin erleichtert, als ich Guy lächeln sehe, auch wenn er sagt: »Da habe ich wohl mit meiner großspurigen Ankündigung die Erwartungen etwas zu hoch gesteckt.«

Ich drücke mich von hinten gegen ihn und schlinge ihm die Arme um die Taille. »Ich glaube, du hättest die Erwartungen noch viel höher stecken können.« Er dreht sich zu mir um und küsst mich, den hölzernen Kochlöffel hoch über unseren Köpfen, und lässt mich gewähren, als ich auch dann nicht loslasse, als ich merke, dass er Sorge um den Inhalt seines Kochtopfs bekommt. Ich lasse ihn los, und er drückt mir noch schnell ein Küsschen auf den Mund, dann dreht er sich wieder um.

Ich setze mich an den Tisch. »Was gibt's denn?«

»Als Vorspeise gebratene Jakobsmuscheln, und ...« Guy geht vor dem Ofen in die Hocke und öffnet ihn einen Spalt, um den Inhalt in Augenschein zu nehmen. »Lamm als Hauptgericht. Klingt das gut?«

»Das klingt super.«

Guy schenkt uns ein Glas Wein ein. Dann erzählt er mir von seinem Tag, und obwohl ich wenig bis gar nichts von dem verstehe, was er zu berichten hat, ist es schön, dazusitzen und ihm zuzuhören. Als die Vorspeise schließlich auf dem Tisch steht, bin ich schon beim zweiten Glas Wein. Er hat die Jakobsmuscheln mit knusprigen Pancetta-Würfeln angebraten und serviert sie auf einem Sumpf grüner Matsche, die seiner Aussage nach Erbsenpüree sein soll.

»Ist es doch auch«, sage ich noch vor dem Probieren. Es schmeckt köstlich, und das sage ich ihm auch. Erst als Guy mich nach der Arbeit fragt, geht mir auf, dass ich zehn wunderbare Minuten lang überhaupt nicht daran gedacht habe.

»Es war okay. Du weißt schon – ganz gut.«

Guy schluckt. »Wie schön, dass wir darüber geredet haben.«

»Entschuldige.« Ich lege die Gabel auf den Teller, streiche mit den Fingern über seine Hand und tätschele sie leicht. »Ich weiß auch nicht … morgen habe ich mein halbjährliches Mitarbeitergespräch.«

»Machst du dir Sorgen, es könnte nicht so gut laufen?«

»Nein, das läuft bestimmt ganz großartig.« Es sei denn, Helen hat irgendwie spitzgekriegt, dass *ich* die Bindemaschine kaputt gemacht habe. »Ich habe zugeguckt, wie meine Kollegen rein- und rausgegangen sind, und sie sahen alle so …«

»Was?«

»Ich weiß nicht … so zufrieden aus.«

»Weil es ja auch was Schlechtes ist, für seine Arbeit gelobt zu werden?« Er lacht und beugt sich vor, um mich zu küssen. »Du bist manchmal ganz schön komisch, weißt du das?«

»Ich weiß.«

Als das Lamm fertig ist, muss ich den Tisch freiräumen, damit Guy genügend Platz hat. Er möchte den Braten am Tisch aufschneiden, genau wie mein Vater es immer macht.

Ich gebe uns beiden Kartoffeln und Gemüse auf den Teller, dann setzt Guy sich wieder, und wir prosten uns wohl schon zum dritten Mal für heute Abend zu. Er fragt, wie mir das Lamm schmeckt, noch ehe ich den ersten Bissen heruntergeschluckt habe. Man hört den Stolz, der in seiner Stimme mitschwingt, und einen Anflug von Unsicherheit darüber, wie meine Antwort ausfallen wird. Ich kaue so schnell ich kann, aber es ist eine altbekannte Tatsache, dass es doppelt so lange dauert zu schlucken, wenn man dabei eine Frage gestellt bekommt. *Wie ich es finde?* Guy schaut mich von der anderen Seite des Tischs erwartungsvoll an. Es dauert eine halbe Ewigkeit ... Aber Guy ist geduldig, und ich weiß, er kann warten, bis ich fertig bin. Und Guy ist nett. Er hat sich heute Abend richtig Mühe gegeben mit dem Tischdecken und dem Essen (als ich den Kühlschrank aufgemacht habe, wartete dort auch noch ein Käsekuchen), und ich glaube, darin zeigen sich seine Gefühle für mich. Guy ist herzlich und fürsorglich und witzig ... und er hat einen tollen Humor, der Heilige Gral aller Charakterzüge. Und ich habe die Zeit, die wir in den vergangenen beiden Wochen miteinander verbracht haben, sehr genossen. Aber zurück zum Lamm. Denn darum geht es ja jetzt.

Endlich gelingt es mir zu schlucken. »Wirklich gut.«

In der Schule war es uns strengstens verboten, das Wort »gut« zu benutzen. Mr Austen hat es komplett aus unserem Sprachschatz verbannt, weil es ein zu belangloses Adjektiv ist und eigentlich überhaupt nichts aussagt. Aber es ist praktisch. Es wird immer und überall gebraucht. »Gut« ist genau wie nett. Es ist okay. Nicht zu viel, gerade eben genug. Es ist vielseitig, variabel einsetzbar ... nett halt. Ich weiß noch, wie ich mich daran geklammert habe, als die Beste mich nach meinem Eindruck von Ed fragte (wobei ich in diesem Zusammenhang auf »nett« zurückgreifen musste, um ihn nicht als Stinkmorchel zu bezeichnen). Und nun sitzt Guy mir hier im sanften Kerzenschein gegenüber und macht sich mit einem zufriedenen Lächeln über das Essen her. Und ich finde, er ist womöglich der netteste Mann, den ich je kennengelernt habe.

17.
Träumereien

Als Kind von ungefähr zehn Jahren habe ich, wie ich damals fand, etwas ganz Grandioses entdeckt: Wenn man dasselbe Wort wieder und wieder und wieder aufsagt, verliert es irgendwann jegliche Bedeutung. Ich nahm einfach ein willkürlich ausgewähltes Wort – »Sofa«, »Katze«, »Elfen« – und wiederholte es unablässig, bis es jeglichen Sinn verlor und sich in ein Gewirr von Lauten und Silben auflöste. Als Heranwachsende auf dem Höhepunkt meiner Tori-Amos-Phase probierte ich dasselbe mit der Frage: »Wer bin ich?«, was prompt zu meiner ersten existenziellen Krise führte. Was ich damals allerdings für eine akute Unterzuckerung hielt (nach einem Glas Orangensaft ging es mir auch gleich viel besser). Es war eine so beeindruckende Erfahrung, dass ich sie bis heute nicht wiederholt habe, zumindest nicht bewusst. Aber vielleicht lauerte dieses Wissen die ganze Zeit in meinem Hinterkopf. Es ist eine schwierige Frage, auf die es womöglich keine Antwort gibt, weil niemand nur eins ist. Wir alle sind ein Gemisch aus Genen, Erfahrungen, Normen und Werten, Kultur und Ressourcen. Ich bin die Tochter meiner Eltern, ich bin Politikwissenschaftlerin, ich bin Londonerin und die Beinahe-Freundin von Guy Bartlett. Und ich bin PR-Frau … auch wenn ich wünschte, das nicht zu sein.

*

Ich stand da in diesem Raum, und meines Wissens hatte ich keinen Schlaganfall, aber als ich sagte: »Ich glaube, ich werde gehen«, klangen diese Worte, als kämen sie von anderswo, vielleicht von Helen, die mir gegenüber hinter dem Schreibtisch saß, oder von Joanne aus der Personalabteilung, deren munterer Geordie-Akzent mich nicht etwa aufmunterte, sondern mich vielmehr wünschen ließ, ihr möge etwas unsäglich Schlimmes zustoßen. Aber ihre schockierten Gesichter zeigten mir, dass sie die Empfänger dieser Nachricht waren und nicht etwa die Absender – das war definitiv ich selbst. Helen sagte nur: »Oh. Okay.« Und ich hätte vermutlich darauf etwas erwidern sollen, aber ich wusste nicht, was, also versuchte ich mich an einer betretenen schuldbewussten Miene, aber ich glaube, ich habe bloß schief geguckt. Helen schaute mir in die Augen und fragte mich, warum. Warum sollte ich einen sicheren, gut bezahlten Job in einem Unternehmen, das mich schätzte und unterstützte, einfach hinschmeißen?

Gehen. Das war das Wort. Helen hatte es gesagt, gleich zu Beginn des Gesprächs. Als ich mich setzte, fragte sie mich: »Wie geht's?« Bestimmt hat sie sich überhaupt nichts dabei gedacht, und warum auch – das ist eine vollkommen alltägliche, banale Frage, auf die ich hätte antworten können *gut, bestens, wie immer,* so wie sonst auch. Aber als ich dieses Wort hörte, flackerte es in meinem Hirn, und das Wort »gehen« wanderte durch meinen Gehörgang und explodierte in meinem Kopf, und Synonyme flogen herum wie Bombensplitter.

Gehen: Das bedeutet eine vorwärts gerichtete Bewegung, reisen und fortkommen. Es deutet in die Zukunft und weist auf eine Entwicklung hin. Es verweist auf eine Tätigkeit, ein Agieren, eine zielgerichtete Aktion – als Helen es sagte, wurde mir schlagartig klar, dass all dies in meinem Leben fehlt. Seit drei Jahren arbeite ich in diesem Job, seit sechs Jahren in der PR-Branche, und sechs Jahre sind enorm viel Zeit, wenn man etwas tut, was man eigentlich gar nicht machen möchte. Ganz besonders, wenn es einen davon abhält, das zu tun, was man wirklich will.

Irgendwann muss Joanne das Wort ergriffen haben. In meiner Erinnerung klingt das, was sie sagte, in etwa so: »Bla bla bla bla überstürzte Entscheidung bla bla bla darüber nachdenken bla bla Wodka und Eiscreme.« Rückblickend habe ich gegen Ende wohl nur noch gehört, was ich hören wollte. Wir drei einigten uns schließlich darauf, dass ich mir das alles noch mal durch den Kopf gehen lasse und dass Helen und ich uns dann nächste Woche in Ruhe zusammensetzen und darüber reden, wie es so ... weitergehen soll.

*

Die Stimmung im Pub ist am Siedepunkt. Der kurze Martin bestellt eine Runde, was die ganze Gruppe zu Jubelstürmen veranlasst (wäre er nicht so klein, wäre Martin der Geizkragen, nämlich auch ein ganz passender Spitzname). Wir drängen uns um zwei Tische, und meine Kollegen schnattern und lachen und vernichten zur Feier des erfolgreichen Abschlusses unserer Mitarbeitergespräche Unmengen von Wein und Mini-Cheddars. Amelie wird befördert, und es ist niemand gekündigt worden, also können wir die diesjährigen Gespräche als vollen Erfolg verbuchen. Noch habe ich niemandem erzählt, wie mein Gespräch verlaufen ist. Pip hat mich gefragt, aber ich habe nur gesagt, es sei alles okay. Prima. Wie immer. Und doch weiß ich jetzt, was ich beim Essen mit Guy nicht in Worte fassen konnte. Wie ich so zwischen meinen Kollegen sitze, die vom Alk und den Käsehäppchen ganz aufgedreht sind, fühle ich mich völlig fehl am Platz. Ihre Zufriedenheit macht mich kirre, ich fühle mich ausgeschlossen und nicht dazugehörig. Sie sind alle so froh, dass ihre Jobs gesichert sind, aber ich schaffe es irgendwie nicht, mich mitzufreuen. Ich hatte nicht vorgehabt, in mein Mitarbeitergespräch zu marschieren und Helen zu sagen, dass ich gehen möchte, aber ich bin trotzdem damit herausgeplatzt, als hätte mein Unterbewusstsein es mir auf die Zunge gelegt, damit es mir versehentlich herausrutscht.

Mein Handy klingelt – es ist Guy. Ich nehme an und gehe auf die andere Seite der Bar, wo es ruhiger ist und ich weit weg bin von meinen Kollegen. *Exkollegen*. Tonlos koste ich das Wort auf der Zunge.

»Hey.«

»Hi«, sagt Guy, »wie läuft's? Wie war dein Tag?« Ich sage ihm, dass es mir gut geht, mein Tag okay war, ich mein Sechsmonatsmitarbeitergespräch hatte und überlege zu kündigen.

»Kündigen? Warum das denn?« Er lässt mir keine Zeit zu antworten und bombardiert mich stattdessen mit Fragen. Was ich gesagt habe? Was Helen gesagt hat? Wie lange ich schon darüber nachdenke? In seiner Stimme klingt ein Anflug von Verärgerung mit, was mich etwas überrascht. Die Muskeln in meinen Schultern beginnen zu schmerzen. Ich knete sie mit der freien Hand, während ich ihm zuhöre.

Schließlich sagt Guy: »Und wie willst du dich in Zukunft finanzieren?«

Geld. Am Ende geht es doch immer nur um Geld. Nicht dass ich nicht darüber nachgedacht hätte. Ich habe ein paar Hundert Pfund auf meinem Sparkonto und in etwa noch mal so viel auf meinem normalen Konto. Wenn das nicht reicht, könnte ich eine Niere verkaufen, aber *danach*, ja, danach wäre ich wohl blank. Das Thema ist mir nicht egal, aber ich möchte im Moment nicht darüber nachdenken. Guy dagegen möchte über nichts anderes sprechen.

»Mit deinem Ersparten kommst du vielleicht ein, zwei Monate über die Runden. Meine Freundin Grace arbeitet in einer PR-Agentur, vielleicht weiß sie, wo du dich bewerben könntest. Soll ich sie mal fragen?«

»Aber ich glaube, ich will gar nicht mehr in der PR-Branche arbeiten.«

»Sondern?«

Ich sage nicht gleich »schreiben«. Kurz überlege ich zu schwindeln (Marketing, Werbung, irgendwas in einem verwandten Bereich – egal was, nur damit Guy endlich aufhört, mich zu löchern) oder einen Witz zu reißen (Strippen), aber Guy und ich haben uns versprochen, einander immer die Wahrheit zu sagen. Also erkläre ich, dass ich überlegt habe zu schreiben, aber dass das noch nicht mehr ist als eine vage Idee.

Eine ganze Weile sagt niemand etwas, und dann meint Guy: »Ach.« Sonst nichts, was seltsam ist, denn vorher hatte er jede Menge zu sagen. Vorher ... damals, bei unserer ersten Verabredung, als er meinte, ich solle alles hinschmeißen und Schriftstellerin werden. Was ist denn daraus geworden?

»Ich meine ja nur ...«, murmelt er zögerlich und ringt um die richtigen Worte, »das war doch bloß Gerede. Ich dachte, du weißt, dass das bloß Spinnerei ist.«

18.
Das Kind im Manne

Ich habe beschlossen, als aufregende Abwechslung im Caffè Nero bei Coops einen Cappuccino zu bestellen – in letzter Zeit bin ich so oft hier, dass Coops und ich uns inzwischen nicht mehr mit Vor- sondern schon mit Spitznamen ansprechen. Ich stelle den Kaffee auf den Tisch und achte auf einen ausreichenden Sicherheitsabstand zwischen Tasse und Laptop (zu oft musste ich mit ansehen, wie unerfahrene Kaffeetrinker ihr Getränk zu dicht neben den Computer gestellt haben, und weiß um die möglichen desaströsen Folgen) und öffne eine Webseite, die mich interessiert. Absichtlich sitze ich mit dem Rücken zur Wand, damit mir niemand über die Schulter gucken kann. Nicht dass Sie denken, ich wäre wieder bei Guardian Soulmates gelandet; so schlimm ist es nicht. Ich schaue mir bloß spaßeshalber verschiedene Stellenvermittlungsseiten an, so wie jeder normale Mensch das am Samstagnachmittag gelegentlich tut.

Gucken darf man, jeder darf *gucken*, das heißt ja nicht, dass ich irgendwas *mache*. Ginge ich öfter ins Fitnessstudio, könnte ich mich vielleicht als Stripperin bewerben, aber die Arbeitszeiten sind extrem unsozial, und einen Job hinzuschmeißen, den ich hasse, um dafür etwas mindestens genauso Schlimmes zu machen, entbehrt irgendwie einer gewissen Logik. Zunehmend wird mir allerdings klar, dass das Problem bei der Stellensuche ist, dass es einfach zu viele offene Stellen gibt. Klingt zunächst nicht unbedingt nach einem Problem, aber den Kommunismus hielten zuerst auch alle für eine ganz tolle Idee, und wir wissen ja, was dann passiert ist. Es gibt Hunderte Jobangebote, ach, was sage ich, Tausende auf jeder Seite, die ich mir anschaue … und ich will keinen einzigen davon. Ich will keine Sekretärin sein. Ich will nicht bei einer Bank arbeiten, als Beraterin, Managerin oder Direktorin (ein Glück, denn dafür wäre ich nicht mal ansatzweise qualifiziert). Ich möchte keinen Job im sozialen Bereich oder im Gesundheitswesen. Ich will nicht für eine gemeinnützige Organisation arbeiten oder im IT-Bereich. Und auch nicht im Gaststätten- und Hotelgewerbe oder als Gärtnerin. Und kochen zu können wäre wohl von Vorteil, wollte ich mich für einen Job bei einem Caterer bewerben. Ja, ich möchte dort arbeiten, wo ich lebe, und ja, ich möchte mehr als 10.000 Pfund im Jahr verdienen (was auch meinem Vermieter sehr recht wäre), aber ansonsten, nein danke. Nein – ganz allgemein. Nein, nein, nein, nein, nein. Ich bin mir sicher, ich möchte nicht zurück in die PR-Branche, aber das ist auch schon alles, was ich weiß. Darüber hinaus habe ich nicht den geringsten Schimmer, welcher Job mich glücklich machen würde. Schriftstellerin zu werden vielleicht, aber darum nennt man das ja auch einen *Traumberuf*. Wie Guy schon so richtig sagte, das ist bloß Spinnerei.

Ich scrolle mich durch Link um Link unpassender Offerten, bis mir etwas ins Auge springt: »Marketing und Social Media Manager«. Der Link ist noch aktiv, also klicke ich darauf und lese die Jobbeschreibung. Wie es aussieht, muss man für den Job weniger facebooken als erhofft, aber das Büro wird als »funky« beschrieben, was mich davon überzeugt, dass ich diese Stelle absolut und unbedingt haben muss. Mein Büro könnte man beim besten Willen nicht »funky« nennen, ohne zu lügen. »Unzureichend beheizt« würde es schon besser treffen oder »von fragwürdiger Bausubstanz«. Ich will nicht mehr mit Wärmflasche auf dem Schoß arbeiten – ich will eine funky Zukunft. In der Anzeige wimmelt es von Wörtern wie »Markenwert« und »Implementierung«, was nach etwas klingt, womit ich Erfahrung haben könnte. Ich habe allerdings noch nie irgendwen gemanagt, geschweige denn in sozialen Medien, obwohl ich Ella, der Praktikantin, manchmal gesagt habe, welche Fachzeitschriften sie kaufen soll. Der Job ist nicht so gut bezahlt wie mein letzter, und es ist auch eigentlich keine Teilzeitstelle – hier steht, die Arbeitszeiten seien »flexibel« – und okay, *streng genommen* sitzt die Agentur in Essex, aber es klingt alles so viel besser als das, was ich in den vergangenen sechs Jahren gemacht habe. Ich lese mir die Anzeige noch mal gründlich durch und klicke dann auf »Jetzt bewerben«. Ich mache das nur aus Spaß, nur um mal meinen Marktwert zu testen. Ich will mich nicht ernsthaft bewerben. Jedenfalls nicht so richtig.

Also gut, los geht's: Name – leicht. E-Mail – alles klar. Anschreiben … okay. Es darf nicht mehr als 3500 Zeichen enthalten. Das sind gerade mal 800 Wörter. In meinem zweiten Jahr an der Uni habe ich in drei Stunden ein Essay von 2000 Zeichen zusammengehauen (wenn auch ein lachhaft schlechtes), daher weiß ich, dass ich das kann. Wenn ich erst mal alles an Berufserfahrung aufgezählt habe und dass ich in meinem Leben ganze 128 Tweets abgesetzt habe – von denen Tim Dowling vom *Guardian* einen geliked hat –, sollte ich schon mindestens 400 Wörter zusammenbekommen. Den Rest fülle ich mit dem üblichen Gelaber, warum ich den Job unbedingt möchte und ihn auch bekommen sollte – und das *sollte* ich tatsächlich: Ich bin dynamisch, motiviert und gut organisiert. Ich kann initiativ und eigenständig arbeiten, funktioniere aber genauso gut im Team. Ich bin es gewohnt, mit und auf Deadlines hin zu arbeiten. Ich habe Erfahrung mit Projektleitung und Delegation, und meine Kollegen schätzen mich, weil ich eine gute Zuarbeiterin bin und immer für ein gutes Arbeitsklima sorge. Des Weiteren verstehe ich mich ausgezeichnet darauf, die Bedürfnisse meiner Vorgesetzten zu erahnen und gleichbleibend gute, effiziente Unterstützung auf hohem Niveau zu liefern, wobei ich natürlich auch suboptimale Arbeit leisten kann, sollte das aus irgendwelchen Gründen gewünscht sein … Ich bin umgänglich, aber reserviert, still und doch laut. Ich tue, was immer man von mir verlangt, weil ich einen neuen Job will und die Stellenausschreibung zweimal durchgelesen habe und zu dem Schluss gekommen bin, dass es dieser sein soll.

Ich stütze den Kopf in beide Hände. Vielleicht mache ich lieber später weiter. Zuerst kümmere ich mich um meinen Lebenslauf. Den habe ich seit Jahren nicht mehr auf den neuesten Stand gebracht, und er enthält beispielsweise auch noch einen Verweis auf meine Tätigkeit als Kellnerin im The George in der zehnten Klasse. In der blumigen Umschreibung für den Lebenslauf wurde aus Eindecken »eine proaktive Rolle bei der Gestaltung und Einrichtung des Arbeitsplatzes«, und Bestellungen aufzunehmen bezeichnete ich als »professionelles Kundengespräch zur Eruierung der spezifischen Klientenwünsche«. Ich brauche einen neuen Unterpunkt, der die vergangenen drei Jahre abdeckt. Eigentlich bräuchte das ganze Ding eine gründliche Generalüberholung, in der sich widerspiegelt, was für ein dynamisches, gut organisiertes, zielorientiertes, multitaskingfähiges Mitglied des Proletariats ich geworden bin. Ich schließe das Fenster und gehe zu Facebook.

*

Guy hat vorgeschlagen, heute Abend fernzusehen. Zuerst war ich von der Idee ganz angetan, aber ich glaube, ich habe zu viel Kaffee getrunken, denn ich bin hibbelig und nervös und kann mich einfach nicht entspannen. Die Nachrichten laufen, und er streicht mir mit dem Finger über das Bein, während wir uns die Berichte über das unerträgliche Elend anschauen, das sich überall auf der Welt abspielt. Gefolgt von einer Doku über einen Gnadenhof für Esel. Ich schaue ihn an. »Wollen wir was trinken gehen?«

»Nicht unbedingt.«

Allen Widrigkeiten zum Trotz hat die neue Eselstute auf dem Gnadenhof ein gesundes kleines Fohlen zur Welt gebracht; Anlass für ausgelassene dreitägige Feierlichkeiten. Das kleine Eselchen wird auf den Namen Happy getauft. Ein ziemlich großer Name, wenn man mich fragt. »Wir könnten ein bisschen spazieren gehen. Es ist so ein schöner Abend«, schlage ich vor.

Guy drückt mein Bein. »Ich hatte eine harte Woche, Schatz. (»Schatz« ist neu – wann hat er mit »Schatz« angefangen?) Wir können uns ja was zu essen bestellen, wenn du Hunger hast«, meint er. »Wie wäre es mit indisch?« Ich habe keinen Hunger, aber ich fürchte, ich fange gleich an zu schreien, wenn ich noch länger in dieser Wohnung bleiben muss, also sage ich ihm, dass indisch gut klingt. Worauf Guy meinen Laptop nimmt, um zu bestellen. »Soll ich die Sachen abholen?«, frage ich hoffnungsvoll.

Guy beugt sich zu mir rüber und kneift mich in die Taille. »Da hat aber jemand heute Abend Hummeln im Hintern.« Und dann gibt er mir einen flüchtigen Kuss und wendet sich wieder dem Bildschirm zu. Meinem schalen, angespannten und rastlosen Verstand erscheint es wie eine Beleidigung.

*

Wir liegen im Bett, und mir tut der Bauch weh. Ich habe gegessen, bis ich satt war, und dann habe ich so lange weitergegessen, bis alles weg war, und jetzt bin ich vollgefressen und aufgedunsen wie eine Seekuh und komme mir vor, als schwappte Korma-Soße durch meine Adern. Guy dreht sich zu mir um und küsst mir den Nacken, das international anerkannte Signal aller Männer für »Ich will Sex«. Ich versuche, mich zu entspannen, und will mich an ihn schmiegen, aber die Hand auf meinen Brüsten törnt mich total ab. »Kann das vielleicht bis morgen warten?«, frage ich und streiche ihm über den Oberschenkel.

Guy stöhnt lange, tief und filmreif, als wollte er sagen: *Und wieder abgeschmettert!* Doch ich höre den Frust in seiner Stimme und bekomme augenblicklich ein schlechtes Gewissen. Aber ich fühle mich wie eine menschliche Presswurst und durch und durch unsexy. Mit nachgemachtem osteuropäischem Akzent flötet Guy: »Ihr Briii-ten, ihr zeid nicht zo für der Sssex, nein?« Das ist unser kleiner Privatwitz: Wir sagen das immer, wenn einer von uns beiden keine Lust auf Sex hat. Ich weiß gar nicht mehr, wie wir darauf gekommen sind. Ich muss lächeln, was Guy im Dunkeln natürlich nicht sieht. Ich entspanne mich langsam und glaube schon, er schläft ein, aber dann dreht er sich wieder zu mir um. »Möchtest du eigentlich Kinder?« Nach dem kleinen Scherz von eben erwischt mich diese Frage eiskalt.

Ich stütze mich auf die Ellbogen. »Warum? Fragst du, weil ich nicht in der Stimmung bin? Das ist bloß, weil ich zu viel gegessen habe, ich bin total überfressen ...«

»Rosy.« Er streckt die Hand nach mir aus und piekst mir dabei in der Dunkelheit mit dem Finger ins Gesicht. »Entschuldige«, meint er lachend. Und dann sagt er mir, ich soll mich nicht so dumm stellen. Seine Kollegin ist aus dem

Mutterschutz zurückgekommen und hat ihr Baby mit ins Büro gebracht, eigentlich hatte er es mir erzählen wollen, und dann haben wir die Geschichte von Happy, dem kleinen Eselchen, gesehen. Er frage sich bloß, wie ich das sehe.

Ich lege mich wieder hin. »Ich glaube schon. Aber noch nicht.«

»Jungs oder Mädchen? Hannah hat einen kleinen Jungen, Noah. Er ist echt süß.«

»Mädchen, auf jeden Fall. Ich will keine Jungs mit roten Haaren.« Es dauert einen Moment, aber dann trifft mich das, was ich da gerade unbedacht herausposaunt habe, mit voller Wucht. Dreck. Dreck, Dreck, Dreck, Dreck, Dreck. Ich brauche Guy nicht zu sehen, ich kann seine Reaktion spüren. Sein ganzer Körper verspannt sich, und dann dreht er sich von mir weg, aber nicht ganz – gerade weit genug. Er wirkt nicht einmal wütend, es ist mehr, als hätte er eine Rüstung angelegt.

»Habe ich mir schon gedacht, dass du ein Problem mit meinen Haaren hast«, sagt er.

Ich denke mir, dass es besser ist, ihn jetzt nicht zu fragen, wie er darauf kommt. Stattdessen versichere ich: »Nein, überhaupt nicht«, aber es klingt selbst in meinen Ohren hastig und unaufrichtig.

»Daran lässt sich leider nichts ändern …«

»Ich weiß, ich wollte dich nicht …«

»Du hast mich doch bei unserer ersten Verabredung gesehen. Du hast mich bei Tinder geliked.«

Ich fasse nicht, dass ich das wirklich gesagt habe. Ich bin ein gottverdammter Idiot. Mist. Und ich halte es nicht aus, dass Guy sich so zurückzieht – es fühlt sich genauso grässlich an wie damals bei Charlie. Ich muss ihn zurückholen. Ich rücke an ihn heran und lege den Arm auf seine Brust, und er lässt mich gewähren. Das hätte ich nicht erwartet. »Ich will gar nichts an dir ändern«, erkläre ich. »Ich mag dich so, wie du bist.«

Guy legt eine Hand auf meine und sagt: »Das geht mir bei dir genauso.« Nur dass er dabei die Wahrheit sagt.

19.
Im Warmen

Schreib was. Irgendwas. Es muss nicht gut sein, es müssen bloß Wörter auf der Seite stehen. Das ist zwar nicht die beste Strategie für ein Bewerbungsschreiben, aber der Einsendeschluss für die Social-Media-Geschichte ist heute um Mitternacht, also bleiben mir noch genau zwanzig Minuten Zeit, und das reicht nicht für ein ausgefuchstes Anschreiben mit allen Schikanen. Ich habe ein paar Sätze rausgehauen, dass ich wie geschaffen bin für den Social-Media-Sektor, dass ich die Arbeit in einem professionellen, temporeichen Umfeld liebe, aber dann bin ich mir plötzlich nicht mehr sicher, ob ich das wirklich stehen lassen soll, denn am Ende des Formulars muss man versichern, alle Angaben wahrheitsgemäß gemacht zu haben. Ich trinke einen großen Schluck von meinem zweiten Kaffee, ohne daran zu denken, dass er frisch gebrüht ist, was mir erst wieder einfällt, als ich mir an dem siedend heißen Gebräu die Zunge verbrenne. Hastig spucke ich alles wieder in die Tasse, die ich dann zurück auf den Nachttisch stelle, und fahre mir nervös mit den Fingern durch die Haare.

Plötzlich höre ich, wie jemand den Schlüssel ins Schloss steckt und umdreht. Das muss Harriet sein. Oona ist nämlich in Paris. Aber als ich mich umdrehe, muss ich feststellen, dass Oona unmöglich in Paris sein kann. Sie steht nämlich in meinem Türrahmen. Sie braucht keinen Ton zu sagen, ich weiß sofort, was sie denkt. Und selbst wenn ich es nicht wüsste, ihr Blick spricht Bände. Aber weil Oona nun mal Oona ist, spricht sie es trotzdem laut aus: »Rosy, dein Zimmer ist der reinste Saustall.«

Was objektiv betrachtet eine ziemlich präzise Beobachtung ist. Überall türmen sich Wäscheberge, leere Essensverpackungen liegen wahllos im ganzen Zimmer verstreut, und auf meiner Kommode drängeln sich gebrauchte Tassen und Gläser. Ein windschiefer Turm aus achtlos aufgestapelten DVDs neben dem Bett droht jeden Augenblick einzustürzen. Der Stuhl ist unter Büchern und Zeitschriften kaum noch zu erkennen, und über dem Lampenschirm hängt ein Handtuch.

»Du solltest dringend mal aufräumen.« Damit schlängelt sie sich durch ein Minenfeld aus getragenen Klamotten, Papierkram und Ladekabeln, und dann entdeckt sie es. Meine Blicke hetzen ihrem hinterher, aber es ist zu spät. Eigentlich wollte ich das längst weggeworfen haben. Mist. »Hast du allen Ernstes was davon gegessen?«, fragt Oona streng.

Ich richte den Blick starr geradeaus auf den Laptop. Ich kann ihr nicht in die Augen schauen. »Ja.«

Sie rückt ein bisschen näher heran und lugt vorsichtig in den Karton. »Du weißt, dass es geschmolzen ist.«

»Ich weiß.«

»Es steht direkt neben der Heizung.«

»Ja.«

»Rosy, das ist Eiscreme. Die kannst du nicht essen, nachdem sie ewig hier herumgestanden hat. Davon wird man krank. Hast du heute überhaupt das Haus verlassen?«

»Ich war bei Sainsbury's.«

»Hast du da das Eis geholt?«

Beschämt vergrabe ich das Gesicht in den Händen. Mir steigen Tränen in die Augen, aber ich grabe die Fingernägel in die Handflächen, um sie zum Rückzug zu zwingen. Auf keinen Fall will ich vor Oona anfangen zu heulen. Das wäre für uns beide eine äußerst unangenehme Situation. Sie räumt das Gerümpel vom Stuhl und legt es auf den Boden, dann setzt sie sich. »Sieht aus, als würdest du eine Bewerbung schreiben.« Sie weist auf den Laptop, und ich nicke. »Willst du dir einen neuen Job suchen?«

Und da sprudelt es plötzlich aus mir heraus, und ich erzähle Oona alles: die Monotonie, Tag für Tag, und wie mich das Gefühl beschlichen hat, auf der Stelle zu treten, sobald ich nur ins Büro gekommen bin. Ich erkläre ihr, wie ich in die PR-Branche geraten bin. Die Geschichte kennt sie noch nicht. Dass ich den erstbesten Job angenommen habe, der mir angeboten wurde, ohne mich überhaupt nach anderen Möglichkeiten umzuschauen. Schließlich komme ich zu dem Mitarbeitergespräch und schildere, wie ich Helen meine Kündigung entgegengeblökt habe (sie spricht seitdem kaum noch ein Wort mit mir und gibt Pip alle interessanten Aufgaben). Oona sitzt da und hört mir geduldig zu und nickt aufmunternd, wenn ich ins Stocken gerate. Es verunsichert mich zutiefst, sie so nett zu erleben.

Als ich endlich fertig bin, meint sie: »Hört sich an, als wäre PR nicht gerade deins.« Worauf ich erwidere, dass sie da wohl recht haben könnte. Und staune darüber, was für eine Erleichterung es ist, es endlich laut auszusprechen.

»Rosy, ich weiß, ich bin kein besonders offener Mensch«, fährt sie fort, und ich muss mir auf die Zunge beißen, um nicht laut loszuprusten. Ich weiß nicht, ob das ein Witz sein soll oder nicht. »Ich mache kein großes Gewese um Sachen, aber wenn es eins gibt, was mir wirklich am Herzen liegt, dann ist das mein Job. Der kann bisweilen ganz schön hart sein, versteh mich nicht falsch. Aber ich liebe ihn, und ich glaube, es ist sehr wichtig, mit Spaß bei der Sache zu sein, denn die meisten Menschen verbringen mehr Zeit bei der Arbeit als sonst irgendwo. Und dir macht die Arbeit offensichtlich keinen Spaß, also wäre der nächste logisch Schritt, etwas zu finden, woran du Spaß hast.«

Das ist womöglich die längste zusammenhängende Wortäußerung, die ich je von Oona gehört habe. Mir ist nie in den Sinn gekommen, dass Oona trotz der vielen Überstunden, der ständigen Reisen und der Verantwortung, die schwer auf ihren Schultern lastet, das Leben liebt, das sie sich ausgesucht hat. Überhaupt habe ich nie viel über Oona nachgedacht. Ich fand sie immer kalt wie einen Fisch, aber ich kann auch die Gelegenheiten an einer Hand abzählen, bei denen ich wirklich aufrichtiges Interesse an ihr und ihrem Leben gezeigt habe. Mein Blick wandert durch das Zimmer, und es kommt mir vor, als sähe ich es zum ersten Mal mit den Augen eines anderen: Der Dreck und die Unordnung wirken wie die Verkörperung des chaotischen Durcheinanders in meinem Leben.

»Du könntest mal einen Tapetenwechsel vertragen«, meint sie und klingt dabei schon wieder kühl und sachlich. Ich fürchte, für heute ist meine Nette-Oona-Ration aufgebraucht. Womöglich für immer. »Warum fährst du nicht übers Wochenende nach Hause?« Es dauert gut zehn Sekunden, bis mir aufgeht, dass Oona damit nach Hause zu meinen Eltern meint. Für mich ist diese Wohnung mein Zuhause, aber für Oona ist es bloß eine schäbige Bruchbude, mit der sie sich arrangieren muss, bis sie genug Geld zusammengespart hat, um nach Parsons Green abzuhauen.

»Würde ich gerne«, entgegne ich. »Aber ich glaube, das geht nicht, ich muss Bewerbungen schreiben und ...«

»Rosy«, fällt sie mir streng ins Wort, »bei den Bewerbungsschreiben kann ich dir helfen. Aber wenn du nicht erst mal ein bisschen entspannst und wieder runterkommst, wirst du gar nichts Gescheites zustande bringen.«

»Das wäre wirklich sehr nett, Oona ... danke.«

Und dann steht sie auf und will zur Tür gehen, also stehe ich auch auf, um sie zu drücken. Sie dreht sich zu mir um, und ich will schon die Arme ausbreiten, als sie stehen bleibt und sagt: »Aber bitte räum erst mal diesen Saustall auf.« Ich erstarre und versichere ihr, dass ich mich darum kümmern werde. Oona möchte nicht von mir umarmt werden. Das hätte ich mir denken können.

Als sie weg ist, setze ich mich wieder aufs Bett und denke darüber nach, was Oona gesagt hat. In meinem Kopf besteht eine Verbindung zwischen sich weiterentwickeln, im Leben weiterkommen und Glück und Zufriedenheit. Ich denke an das Mitarbeitergespräch und daran, wie Helen »gehen« gesagt hat und wie aufgeladen dieses Wort inzwischen ist. Um eine vollständige Definition zu liefern:

gehen, *Verb:* sich wegbewegen, abtreten.

20.
Mama ist die Beste

Der Zug zu meinen Eltern ist immer proppevoll, ganz egal, wann ich fahre. Und er hat immer Verspätung, weshalb etliche meiner Mitreisenden, denen diese Tatsache offensichtlich nicht bekannt ist, unruhig mit den Füßen scharren und aggressiv schnaubend ihren Unmut bekunden. Der Mann rechts von mir zappelt völlig un-zenmäßig herum und macht mich damit auch schon ganz nervös. Als der Zug schließlich einfährt, achte ich darauf, in einen anderen Wagen zu steigen als er, und stopfe dann meine Reisetasche in das Gepäckfach über dem Sitz. Die Beste war bei mir und hat mir beim Packen geholfen, sprich ich musste mich aufs Bett setzen, während sie meine Sachen einpackte, denn meine Methode besteht üblicherweise darin, drei Stunden lang die leere Tasche anzustarren und dann zehn Minuten, bevor ich losmuss, wahllos alles hineinzustopfen, was mir in die Finger kommt und wovon ich glaube, es könnte sich irgendwie als nützlich erweisen. Vor drei Jahren habe ich auf Korfu meinen Koffer aufgeklappt und darin ein Nähset und einen Fusselroller gefunden, aber keine Unterwäsche.

Da es unmöglich ist, einigermaßen damenhaft in einem normalen Zugsitz Platz zu nehmen, mache ich einen unbeholfenen Seitschritt und lasse mich dann nach hinten fallen, wobei ich froh bin, dass der Sitz neben mir frei ist. Dann lehne ich die Stirn gegen die Fensterscheibe und sehe den Hochhäusern und Fabriken zu, die an uns vorbeiziehen. Nach und nach werden wir sie auf unserem Weg hinter uns lassen. Wir werden erst Reihenhäuser und dann Einfamilienhäuser passieren, bis irgendwann nur noch weites, offenes Grün die Strecke umgibt. Ollie, ein waschechtes Stadtkind, versetzt der Anblick grasender Kühe stets aufs Neue in kindliches Erstaunen. Wenn man mit ihm aufs Land fährt, erlebt man, wie ein erwachsener Mann fröhlich »Kühe!« ruft wie ein kleiner Junge, der die Tiere zum ersten Mal in freier Wildbahn sieht, statt wie bisher bloß auf den Seiten eines Bilderbuchs.

Bevor ich gestern Feierabend gemacht habe, habe ich die Ablage erledigt, alles markiert, was noch verschickt werden musste, und dann Helen meine Kündigung gemailt.

Wenn man jemandem die Schuld für meine Kündigung geben wollte, dann müsste man sie Oona geben. Was musste sie auch so nett zu mir sein und so vernünftig und das ausgerechnet in jenem kritischen Moment, als ich darüber nachdachte, alles hinzuschmeißen? Sie hat mir noch mal versichert, dass sie das für die richtige Entscheidung hält, hat aber auch ein bisschen Sorge, wie ich in Zukunft die Miete bezahlen will. Ist ja schließlich auch *ihre* Miete. Das hat sie mir auch ganz unverblümt gesagt. In aller Ausführlichkeit. Alle anderen, die ich gestern Abend per SMS von meinem Entschluss in Kenntnis gesetzt habe, haben positiv reagiert. Die Beste war hocherfreut und kein bisschen überrascht und die Pärchen genauso. Meine Eltern wirkten da schon etwas besorgter, aber ich staune, wie rückhaltlos sie meine Entscheidung dennoch unterstützen. Eigentlich wollte ich auch Guy noch anrufen, aber dann war es schon so spät. Ich rufe ihn von zuhause an – oder vielleicht auch erst nächste Woche. Das kann eigentlich warten, bis ich wieder in London bin.

Wie ich selbst zu dieser Entscheidung stehe, weiß ich noch nicht so genau. Ein bisschen staune ich über meinen

Mut, aber gleichzeitig macht mir auch meine Dummheit etwas Angst, und ich vermute, ich stehe immer noch unter Schock. Gestern habe ich eine geschlagene Stunde an meinem Schreibtisch gesessen und so getan, als würde ich einen Text gegenlesen, dabei habe ich die ganze Zeit innerlich mit mir gerungen, ob ich jetzt auf »Senden« klicken soll oder nicht. Persönlich zu kündigen, habe ich mich nicht getraut, und nachdem ich mir den Freitag kurzfristig freigenommen hatte, wurde mir ganz schwindelig vor Angst bei der Vorstellung, Helen mein Kündigungsschreiben persönlich in die Hand zu drücken. Also habe ich als der Feigling, der ich nun mal bin, eine E-Mail geschrieben, die ich um Punkt 19 Uhr abgeschickt habe, um mir sofort im nächsten Augenblick Jacke und Handtasche zu schnappen und wie ein geölter Kugelblitz aus dem Büro zu flitzen. Von Helen habe ich bisher noch nichts gehört. Ich habe das ungute Gefühl, ich stecke bis zum Hals im Schlamassel, dabei habe ich mir (von der Bindemaschine abgesehen) eigentlich nichts vorzuwerfen.

*

Als der Zug einfährt, wartet meine Mutter schon auf mich. Ich sehe sie vom Übergang aus, wie sie sich aus dem Autofenster lehnt und mir zuwinkt nur für den Fall, dass ich vergessen haben sollte, wie sie aussieht, und auch unsere genetische Ähnlichkeit nicht den entscheidenden Hinweis liefert. Sie schließt mich fest in die Arme, und ich genieße das urtümlich warme Gefühl von Geborgenheit in Mutters Armen. Ich atme ihren Duft ein, Guerlain und Holzpolitur, der Geruch meiner Kindheit.

Wir biegen in die Einfahrt vor dem Haus, wo Dad steht und uns schon erwartet und mir gleich die Tasche abnimmt. »Ich bringe sie auf dein Zimmer, Liebes«, brummt er und legt mir den freien Arm um die Schultern. Streng genommen ist »mein« Zimmer inzwischen das Gästezimmer. Aus Pietätsgründen hat Mum damals ein halbes Jahr gewartet, aber als sie sich halbwegs sicher war, dass Arbeit und Wohnung in London sich nicht über Nacht in Luft auflösen würden, hatte sie die Farbroller ausgepackt und meine Plüschtiermenagerie zu Oxfam gebracht. Das Zimmer ist nun exklusiv reserviert für noch ausstehende Hausgäste und mich. Hector, unser betagter Beagle, kommt mir im Flur entgegengetrottet, und ich bücke mich und kraule ihm die Ohren und schmiege das Gesicht in seine Flanke. Beagles sind geborene Jäger, und als junger Hund war Hector da keine Ausnahme: kein Frosch, Kaninchen oder (wie er uns an einem schrecklichen Sonntagnachmittag allzu plastisch vor Augen führte) Fuchs waren in seiner Gegenwart sicher (Dad wurde mit einer Schaufel abgestellt, den Fuchs zu begraben). Aber mit zwölf wurde er allmählich ein bisschen langsamer und trotteliger, und heute, mit vierzehn, ist er ein gemütlicher alter Herr. Wobei er sehr zufrieden wirkt, auch wenn das Ende allmählich nur noch eine Frage der Zeit ist. Er frisst sein Trockenfutter wie und wann er will, geht jeden Tag spazieren und schläft viel und ausgiebig. Hin und wieder zerkaut er einen Pantoffel. So ähnlich stelle ich mir meinen Lebensabend auch vor. Wir gehen in die Küche, und Hector trottet ins Schlafzimmer, um sich behaglich auf dem Bett zusammenzurollen, während ich schnurstracks auf den massiven Holzofen zusteuere, vor dem ich den größten Teil meines Aufenthalts zu verbringen gedenke.

»Tee?«, fragt Mum.

»Ja, gerne.«

»Möchtest du ein Sandwich? Ich habe Schinken mitgebracht vom Metzger.«

»Keinen Hunger.«

»Eine Suppe?«

»Nein, danke, Mum.«

»Einen Scone? Ich habe Scones gemacht.« Sie wirkt besorgt. Meine Mutter wird keine Ruhe geben, bis ich aussehe wie eine Stopfgans. Sollte das ein unterbewusster Versuch sein, irgendein imaginäres Versäumnis mütterlicher Liebe und Zuwendung zu kompensieren, ist sie damit völlig auf dem Holzweg. Aber für ihren Kaffeekuchen spiele ich das Spiel gerne mit.

Dad kommt herein, nachdem er mein Gepäck weggebracht hat. »Möchtest du einen Tee, Liebes?«

»Ich habe schon Wasser aufgesetzt, Arthur. Wir haben gerade überlegt, Scones zu essen.«

»Also, eigentlich, Mum, habe ich ...«

»Scones, ja – klingt gut, Susan«, erwidert Dad. »Wir könnten die Marmelade von Stella-von-nebenan probieren.«

»Die Marmelade ist von Stella-aus-dem-Chor. Stella-von-nebenan hat uns den Bandschleifer geliehen.«

»Stimmt. Der liegt hier schon eine ganze Weile. Wundert mich, dass Ron noch nicht danach gefragt hat.«

Wir setzen uns zum Essen (Scones mit der Marmelade von Stella-aus-dem-Chor, dazu Butter und Clotted Cream, und eine Runde ganz fix gemachter Schinken-Sandwichs plus dem Rest Butterkekse aus der Dose) an den Tisch, und ich lausche der Diskussion zwischen meinen Eltern, ob Rod den Bandschleifer eigentlich *benutzt*, denn (wie Mum *sotto voce* gesteht), Stella jammert ständig, ihr Haus sei eine einzige Bruchbude. Was wiederum zu einer Diskussion darüber führt, ob Dad in einen eigenen Bandschleifer investieren sollte, und das ungeachtet meines Einwurfs, dass sie mit Rods Schleifer zur freien Verfügung doch nach Lust und

Laune schleifen können. Ich trinke noch eine zweite Tasse Tee und esse zwei Scones, vier Sandwichecken und ein paar Butterkekse, die, wie mein Vater sagt, »wegmüssen«. Und wenn Dad einem erst mal die Keksdose unter die Nase hält, ist das keine freundliche Aufforderung mehr. Mum schlägt meine Hilfe beim Abräumen aus und informiert mich, dass es in zwei, drei Stunden Abendessen gibt, und dann sagt sie mir, ich solle ins Wohnzimmer gehen und mich ein bisschen ausruhen.

Oona hatte recht. Zuhause sein ist schön.

*

Wenn es dunkel wird auf dem Land, dann wird es wirklich dunkel. Was ich ganz vergessen hatte, bis ich ins Bett gehe und dort im Dunkeln liege. Es fühlt sich an wie unter Wasser zu sein (täte man noch einen menschenfressenden Hai und Ian Hislop als gestrengen Rettungsschwimmer dazu, ich käme mir vor wie in einem meiner immer wiederkehrenden Albträume). Und die Stille ist wirklich still. Kein Verkehrsrauschen, keine Betrunkenen, die vor meinem Fenster randalieren, und kein Türenschlagen aus der oberen Wohnung, wo die beiden Jungs wohnen, die, wie ich vermute, Drogendealer sein müssen. Kein Martinshorn, weil auf dem Land niemand krank wird. Hier gibt es eigentlich nur zwei Zustände: munter und fidel oder tot. Hat man ein Wehwehchen, beißt man die Zähne zusammen und sich durch, und nur wenn es ganz schlimm wird, muss man in das moderne Krankenhaus in der Stadt, denn vom Landarzt vor Ort, Dr. Reed, der in Personalunion auch der örtliche Briefträger ist, kann man nicht mehr als ein paar Aspirin und herzliche Genesungswünsche erwarten. Kriminalität gibt es nicht, abgesehen von den seltenen Gelegenheiten, wenn ein paar

Teenager auf das Dach des Gemeindehauses klettern und sich dort mit Cider betrinken. Dann muss Mr Taylor (Schulhausmeister/Polizist) mit dem Rad ausrücken, die richtige Mütze aufsetzen und streng befehlen, sie sollen sofort runterkommen. Was sie dann auch meist brav machen. Der tiefe Frieden hier ist ein so krasser Gegensatz zum ohrenbetäubenden Tumult der Großstadt, dass ich nicht einschlafen kann – wobei ich weiß, wenn es Zeit ist, nach Hause zu fahren, würde ich mich am liebsten an den Ofen ketten und London wird mir wieder unerträglich laut und hektisch erscheinen.

Eigentlich will ich am nächsten Morgen ausschlafen, wache aber um 8:05 Uhr auf. Was verschiedene Gründe haben kann: meine Mutter, die in der Küche herumklappert, meinen Dad, der gut zwanzig Minuten lang ausgiebig duscht, der Duft von Schinkenspeck in der Pfanne oder Hectors gelegentliches Bellen. Vor Jahren habe ich meine Mum mal gefragt, warum sie immer so früh aufsteht (unter der Woche um halb sieben, am Wochenende gönnt sie es sich, bis sieben zu schlafen), worauf sie entgegnete: »Weil ich immer so viel zu tun habe.« Was genau das sein sollte, konnte sie mir zwar nicht erklären, aber Dad meint, ohne Mum würde das ganze Haus zusammenbrechen. Vielleicht verbringt sie viel Zeit mit Ausbesserungsarbeiten.

Mum drückt gerade den Kaffee in der Cafetière herunter, als ich im Pyjama, den die Beste mir eingepackt hat, und dem Bademantel, den ich in Brus ehemaligem Zimmer, das jetzt zu Mums Bügelzimmer umfunktioniert wurde, gefunden habe, in die Küche tappe.

»Morgen!«, ruft meine Mutter gut gelaunt wie die Moderatorin einer Kindersendung im Fernsehen. Ich komme mir ein bisschen vor wie mein alter Fahrlehrer Nigel, der eigentlich alles gehasst hat (darunter auch, anderen Leuten das Autofahren beizubringen) außer Rauchen und Forellenangeln. »Möchtest du einen Kaffee? Tee? Heiße Schokolade?«

Ich setze mich an den Tisch und reibe mir das Gesicht. »Ich brauche eine Minute, Mum.« Müde wische ich mir den Schlaf aus den Augen. »Könnte ich einen Kakao mit den kleinen Marshmallows haben?«

»Ach herrje, der Kuchenbasar!«, ruft Mum und erstarrt plötzlich zur Salzsäule. Sie guckt ganz bedröppelt, und ich werde auch ganz traurig, als ich das sehe, aber hauptsächlich bin ich verwirrt. Ich habe keine Ahnung, wovon sie redet oder inwiefern ein Kuchenbasar Einfluss darauf haben könnte, ob ich Marshmallows in mein Heißgetränk bekomme. »Die sind in den Brownies gelandet, die ich für dieses Wohltätigkeitsdings der Canbrook gebacken habe«, erklärt sie. »Tut mir leid.«

Canbrook C of E: Den Namen meiner alten Grundschule habe ich seit Jahren nicht mehr gehört. Aber sofort nimmt er mich mit auf eine Zeitreise in die Vergangenheit. Das Gebäude hatte so einen unverwechselbaren Geruch, Chlorbleiche mit Frittenfett – ich habe ihn gleich wieder in der Nase, was um Viertel nach acht morgens nicht unbedingt das Angenehmste ist. Ich erinnere mich an meinen kleinen Kleiderhaken an der Wand mit dem laminierten Namen und der unvermeidlichen aufgemalten Rose. Ich erinnere mich an den Streit mit meiner Freundin Andrea, als ich ihr Federmäppchen versteckt hatte. Ich erinnere mich an den Ballettunterricht in der Aula (irgendwann wurde mir »empfohlen«, den Kurs wegen »Trampeligkeit« lieber zu verlassen). »Mum, du backst immer noch für den Kuchenbasar der Canbrook?« Rasch rechne ich im Kopf nach: Sechzehn Jahre ist es her, seit ich dort zur Schule gegangen bin.

»Ich sitze im Aufsichtsgremium.«

»Das wusste ich gar nicht.«

»Jetzt weißt du's. Sie brauchen Geld für ein neues Klavier.« Wieder bin ich verblüfft.

»Möchtest du stattdessen einen Tee?«, fragt sie und rührt die Baked Beans auf dem Herd um.

»Tee wäre toll.«

Mum füllt den Kessel. »Das Frühstück ist gleich fertig, aber wenn du möchtest, kannst du noch schnell duschen gehen.«

»Ich warte lieber.«

»Wie du willst.«

Zuhause kann ich immer machen, was ich will. Ich kann duschen oder auch nicht, und wenn ich wollte, könnte ich auch in eins der großen flauschigen Badetücher gewickelt, die Mum mir gestern Abend aufs Bett gelegt hat, am Frühstückstisch sitzen. Wenn ich wollte, könnte ich den Rest des Tages im Pyjama vor dem Fernseher rumgammeln und mich mit Pringles vollstopfen. Oder bis zu meiner Abreise nur noch im Pyjama herumlaufen. Mum würde das höchstens als Anlass nehmen, in die Stadt zu fahren und mir noch ein, zwei neue Pyjamas zu kaufen. Ich kann mich nicht daran erinnern, wann ich das letzte Mal in London aufgewacht bin und tun und lassen konnte, was ich wollte.

Dad erscheint in der Tür. »Machst du gerade Tee?« Er scheint den kochenden Wasserkessel zu hören wie Hector seine Hundepfeife. Er setzt sich mir gegenüber an den Tisch. »Du siehst aus, als hättest du in der Scheune übernachtet!«

»Ach, lass sie doch, Arthur.«

»Ein Glück, dass du viel hübscher bist, wenn du dich ein bisschen zurechtmachst«, sagt Dad zu mir und schaut mich über die aufgeschlagene Zeitung an. »Dann stehen die Jungs Schlange.«

»Vielleicht auch nur einer«, murmele ich und merke, wie ich rot werde.

»Hast du etwa einen neuen Freund?«

Ich kann mir das Grinsen nicht verkneifen, als ich das höre. Bei meinem Vater klingt es, als sei es das Normalste der Welt. Wenn man einen neuen Freund möchte, besorgt man sich einen, so wie man mal eben in den Laden geht und eine Flasche Milch holt. Die Antwort auf diese Frage ist eigentlich Nein, wobei Guy mich schon als seine Freundin bezeichnet hat. Als ich neulich bei ihm zuhause war, bekam er einen Anruf aus dem Büro, und ich habe aus dem Nebenzimmer gehört, wie er sagte: *»Meine Freundin ist gerade hier, aber ich kümmere mich darum, damit es gleich morgen früh da ist ...«*

»Es gibt da jemanden, aber es ist nichts Festes«, sage ich zu Dad.

»Das verstehe ich nicht«, wirft Mum ein und stellt vier verschiedene Marmeladensorten auf den Tisch (obwohl ich immer nur Himbeer esse). »›Nichts Festes‹. Was heißt das bitte? Entweder man ist zusammen oder eben nicht. Trifft er sich auch noch mit anderen Frauen?«

»Das will ich doch nicht hoffen«, brummt Dad. »Es sei denn, das gälte für beide Seiten.« Verschwörerisch blinzelt er mir zu. Ich versuche mir vorzustellen, dass Guy mich hintergeht: Wie er heimlich mit dem Handy im Bad verschwindet, Freunde bittet, ihm ein Alibi zu verschaffen, nicht ans Handy geht, wenn er bei »ihr« ist. Es erscheint mir höchst unwahrscheinlich. Unmöglich, eigentlich. Guy ist zuverlässig und berechenbar. Wie ein Gebrauchtwagen.

*

Es ist ein wahrlich deprimierender Moment im Leben einer jeden jungen Frau, wenn sie einsehen muss, dass ihre deutlich ältere Mutter fitter ist als sie selbst. Als Mum vorschlug, ich solle mit ihr und Hector spazieren gehen, stellte ich mir vor, wir würden gemütlich mit der Sonne im Gesicht einen kleinen Pfad entlangschlendern und ab und zu kurz stehen bleiben und Brombeeren pflücken oder die Butterblumen bewundern. Leider führen wir Hector nicht anno 1928 spazieren, und meine Mutter schlendert nicht.

Ich habe keine Sonne im Gesicht, nur Tränen vom Wind, der mir unerbittlich um die Ohren pfeift. Der Rest meines Körpers wird geschützt durch ein ansprechendes Ensemble aus Gummistiefeln, Mums Fleecejacke und Brus blauer Beanie-Mütze aus seiner Millwall-Fan/Rowdy-Phase, aber trotzdem ist es ziemlich ungemütlich. Mum marschiert stramm voran, als wir den ersten Hügel erklimmen, und lässt Hector und mich schnaufend und ächzend hinter sich. Ich weiß nicht, was schlimmer ist: Dass eine Einundsechzigjährige mir zeigt, was eine Harke ist, oder dass ich genauso lahm bin wie ein alter, arthritischer Beagle. Ich muss unbedingt wieder ins Fitnessstudio. Als der Weg endlich flacher wird, kann ich besser mithalten. Hector trottet herzallerliebst an Mums Seite, und ich habe Zeit, die Aussicht zu genießen: grüne Wiesen, so weit das Auge reicht, nur unterbrochen von ordentlich gepflügten Feldern und das alles unter einem unendlichen strahlend blauen Himmel, der sich bis zum Horizont und noch darüber hinaus erstreckt. Es ist traumhaft. In der offenen Weite, in der frischen Luft, kommt es mir vor, als könnte ich endlich wieder frei durchatmen, wobei mir das schon zu denken gibt, was ich in London wohl so alles einatme. Städte bieten Orientierungspunkte, aber hier findet das Auge nichts, an dem es sich festhalten könnte – ein Feld sieht wie das andere aus, eine Heckenreihe wie die andere, und ohne Mum würde ich mich binnen Minuten hoffnungslos verlaufen und müsste mir aus Ästen eine Laube bauen und darauf hoffen, von einem Eichhörnchen als eins von ihren Jungen in den Kobel gebracht zu werden.

»Also, noch mal zu deinem neuen Freund«, sagt Mum aus heiterem Himmel. »Wie heißt er denn?«

Ich will mich nicht mit ihr streiten, also lasse ich den pointiert vorgebrachten »Freund« einfach mal so stehen. Guy, sage ich ihr. Er heißt Guy.

»Und wie ist er so?«

»Er ist sehr nett«, sage ich. Er kocht für mich und sagt, dass er nichts an mir ändern würde – nett halt. »Er ist Wirtschaftsprüfer.« *Ach ja, und er hat rote Haare.*

»Sieht er gut aus?«, fragt Mum.

»Ja.« *Wobei, na ja, du weißt schon, die Haare …*

»Wie habt ihr euch denn kennengelernt?«

Der Wind weht wieder heftiger und wird so stark, dass Mum und ich uns nach vorne lehnen müssen, um aufrecht stehen zu bleiben. Die Böen wirbeln Hectors Ohren hoch, aber der ist so dicht am Boden, dass er relativ unbeeindruckt weitertrotten kann. »Wir haben uns über eine Dating-App kennengelernt«, brülle ich über den Orkan hinweg.

»Eine was?«, brüllt Mum zurück. Ich warte, bis der Wind sich wieder etwas gelegt hat, bevor ich antworte. »Das lädt man sich aufs Handy, das Ding heißt Tinder. Es zeigt dir alle Singles in der Gegend an, die auch dabei sind, und bringt dich mit ihnen zusammen, wenn der andere dein Foto auch ›geliked‹ hat. Wir haben uns ein bisschen unterhalten, und jetzt sind wir …« »Zusammen«, sage ich noch, aber eine heftige Windböe reißt mir das Wort fort.

»Ich glaube, ich habe mal einen Artikel darüber gelesen …«, sagt Mum und lässt den Satz im Nichts enden. Das heißt, sie überlegt sich gerade ganz genau, was sie als Nächstes sagen soll. »Wäre es nicht besser, sich auf … normalem Weg kennenzulernen?«

Wir kommen an einen Aussichtspunkt, von dem man ins Tal hinunterschaut. Verstreut stehen hier ein paar Picknicktische für die Menschen, die es für eine tolle Idee halten, in einer windigen, menschenleeren Einöde Sandwichs zu essen. Vielleicht liegt es an den ungewöhnlich platzierten Tischen, aber dies ist der einzige Ort auf unserem Spaziergang, den ich wiedererkenne. Ich schaue hinunter ins Tal und suche nach der kleinen Brücke über den Bach, dann wandert mein Blick langsam weiter nach rechts, bis ich den roten Briefkasten aufleuchten sehe und daneben ein kleines Dickicht aus Bäumen – gleich dahinter steht unser Haus. Vor Jahren habe ich von hier aus mal Bru gesehen, wie er neben Dads Schuppen stand und heimlich eine Zigarette rauchte, und musste vortäuschen, einen Falken am Himmel entdeckt zu haben, damit Mum ihn nicht auch erspähte.

Mum hat ordentlich Vorsprung, während Hector und ich eher gemächlich dem sich schlängelnden Pfad nach unten folgen. Vermutlich hat sie es so eilig, weil sie immer »so viel zu tun« hat. Wobei es nicht leicht ist zu erahnen, was Mum gerade denkt – und es wird nicht leichter, wenn sie dreißig Meter vor mir läuft und mir den Rücken zukehrt. Saubere Bettwäsche, flauschige Handtücher, Frühstück auf dem Tisch und Essen, wann und was man will: Ich komme mir vor wie im Urlaub. Die üppig grüne, weite Landschaft hat etwas sehr Befreiendes. Man hat das Gefühl, unendlich viel Platz zu haben, und muss sich keine Sorgen machen, jeden Moment mit einem Schnellimbiss oder einem Parkhaus oder einem anderen Menschen zu kollidieren. Erst als ich einen Zahn zulege, um Mum einzuholen, geht mir auf, dass diese

Landschaft, die ich in so utopische Höhen gelobt habe, für Mum die Kulisse ihres ganz normalen Alltagslebens ist. Der Hundespaziergang ist eine ihrer vielen täglichen Aufgaben, kein Freizeitvergnügen. Mein Ferienhaus ist ihr Büro, mein Frühstück ein weiterer Punkt auf ihrer To-do-Liste. Und ich wette, sie arbeitet ihre jeden Tag brav ab.

Als Hector davondackelt, um an ein paar Zweigen zu schnuppern, hole ich Mum wieder ein. »Wann wusstest du ganz sicher, dass du Dad heiraten willst?«

»Das ist aber mal eine Frage«, sagt sie. »Warum willst du das wissen?«

Ich sage: »Reine Neugier«, was doch ein guter Grund für jede Frage ist. Aber eigentlich stimmt das nicht. Vielleicht hat es mit Guy zu tun, vielleicht damit, dass ich das Gefühl habe, nicht genug über meine Eltern und ihr Leben zu wissen. Mum denkt schweigend nach. »Ich würde sagen, *ganz sicher* weiß man das nie.« Sie schaut sich nach Hector um, und als sie ihn nirgends sieht, ruft sie nach ihm, und er kommt aus einem Busch geschossen, so schnell, wie Hector noch von irgendwo her schießen kann. »Ich glaube, es ist nie schwarz oder weiß«, erklärt sie.

Aus Erfahrung weiß ich, dass es besser ist, einfach abzuwarten und meiner Mutter Zeit zu lassen, ihre Gedanken zu ordnen, statt ungeduldig nachzuhaken – in der Hinsicht bin ich mehr wie Dad: ruhelos, ungeduldig, impulsiv –, aber gleich sind wir wieder zuhause, und ich fürchte, diese günstige Gelegenheit könnte ungenutzt verstreichen. So lange, wie sie für die Antwort braucht, könnte man meinen, sie versucht, die Unendlichkeit zu berechnen. Schließlich sagt sie: »Ich war in deinen Vater verliebt, und ich wusste, wenn er mich fragen würde, ich würde Ja sagen. Aber es hat dann noch fünf Jahre gedauert, bis er mich tatsächlich gefragt hat.« Sie bückt sich und tätschelt Hector. »Man weiß, es wird Höhen und Tiefen geben, und man hofft, dass es für immer hält, aber man sagt Ja, obwohl man weiß, dass es auch anders ausgehen kann ...« Sie geht ein bisschen langsamer (was ich daran bemerke, dass ich nicht mehr ganz so heftig schnaufe). »Nein, das stimmt nicht ganz. Das klingt, als hätte ich mir eine Menge Gedanken darüber gemacht. Habe ich aber gar nicht – ich war glücklich und wollte deinen Dad heiraten. Es war die richtige Entscheidung. Vielleicht ist das die Antwort – weil ich gar nicht groß darüber nachdenken musste.«

Weil Mum meine Frage damit eigentlich nicht beantwortet hat, versuche ich es anders. »Und wann wusstest du, dass du in Dad verliebt bist?«

»Was ist denn das für eine Frage?«, sagt sie lachend. »Es gab nicht den einen Moment. Ich habe nicht dagestanden und die Wäsche gemacht und mir gedacht, ach, sieh an, ich habe mich in Arthur verliebt. Das ist eher nach und nach so gekommen.« Ihre Stimme klingt anders, als sie das sagt – weicher, ein bisschen höher – sie spricht wie ihr jüngeres Ich, als erinnerte sie sich daran, wie es sich angefühlt hat. Und weiß dabei, was ich auch weiß, nämlich, dass dieser erste Rausch, wenn er erst einmal vergangen ist, unwiederbringlich verloren ist. Sie klingt eigenartig – nicht traurig oder verbittert, nur eigenartig. Wir befinden uns in der Zeit vor meiner Geburt.

»Und was hat dich zu ihm hingezogen?«

»Na ja, er sah sehr gut aus«, setzt sie an, und ich bin mir sicher, sie wird dabei ein bisschen rot, aber das könnte auch am Wind liegen, »das war schon mal ein guter Anfang. Er hat Charisma und Humor. Und als wir uns kennenlernten, hatte er gerade angefangen, bei Tyler Shoot zu arbeiten, was deine Großeltern schwer beeindruckt hat.«

»Klingt, als sei er eine gute Partie gewesen.«

»Ich will nicht behaupten, er wäre perfekt gewesen«, sagt sie. »Niemand ist perfekt.«

Schon taucht die Hintertür vor uns auf. Hector bummelt hinterher, und ich bin froh, dass er sich gleich ausruhen kann. Bestimmt kippt er hundemüde ins Körbchen, sobald wir zuhause sind. Und es könnte gut sein, dass ich genau dasselbe mache. »Es gab einen Moment«, fährt Mum fort, »als ich mir dachte: ›Er geht mir nicht auf die Nerven.‹«

Verständnislos und etwas verdattert schaue ich sie an. »Wie meinst du das?«

»Ich meine, bei den anderen war immer irgendwas – der eine fuhr zu schnell oder, ich weiß nicht, bei dem anderen mochte ich seine Freunde nicht, aber bei deinem Dad weiß ich noch, wie ich dachte, eigentlich gibt es nichts, was mich richtig stört.« Wir gehen den Pfad zum Haus hinauf. »Ich glaube, das fand ich von Anfang an so anziehend an ihm. Seine guten Seiten.« Mum macht die Tür auf und lässt Hector als Ersten hineintrotten. »Je länger man mit einem Menschen zusammen ist, desto mehr erkennt man seine schlechten Seiten. Natürlich mag man die guten Seiten, in die hat man sich ja verliebt. Aber wenn man erst mal die schlechten kennt …« Meine Mutter zieht sich langsam die Stiefel aus und wirft sie auf die Fußmatte. Dann tappt sie nach drinnen und setzt Wasser auf, die Jeans noch in die dicken Wandersocken gestopft. Über die Schulter schaut sie mich an. »Wenn man jemanden auch mit seinen schlechten Seiten annimmt«, sagt sie, »dann hat man sich entschlossen, bei ihm zu bleiben.«

*

Später finde ich meinen Vater mit all seinen guten und schlechten Seiten auf der Couch, wo er Fußball schaut. Einerseits weil er gerne Fußball schaut, andererseits weil es Sonntagnachmittag ist und das in dieser Familie immer schon so war, und zwar so lange ich mich zurückerinnern kann. Früher hat Bru immer mit ihm zusammen Fußball geschaut und dabei Ingwerlimo getrunken, statt wie Dad ein Bier, und ihn in Diskussionen über die Qualitäten der einzelnen Spieler verwickelt und anderen … Fußballkram. Mum und ich ließen sie (nur zu gern) gewähren. Sie bereitete dann schon mal das Abendessen vor und setzte sich anschließend mit einer Tasse Kaffee und der Sonntagszeitung in den Garten oder telefonierte mit meiner Patentante Liz, weshalb ich dann nicht im Netz surfen konnte (das war im finstersten Mittelalter, als es nur analoge Telefonverbindungen gab und man noch »im Netz surfen« sagte). Wenn das passierte, verzog ich mich auf mein Zimmer und dachte mir neue Tanzschritte aus.

In der Tür zum Wohnzimmer bleibe ich stehen. »Hey, Dad.«

»Hallo, Liebes. Du siehst so … entspannt aus.« Mein Blick geht an meiner Nach-Spaziergang-und-Dusche-Aufmachung herunter: uralte Jogginghose, Pyjamaoberteil und Mums Kaschmirstrickjacke – bequemer ginge es nicht mal, wenn ich tot wäre. Ich schlurfe zum Ohrensessel. Dad schickt mich trotz meiner weiblichen Hormone nicht nach draußen, also lasse ich mich in den Sessel fallen und ringele mich gemütlich zusammen. »Wie steht's?« Der Spielstand wird zwar angezeigt, aber das ist mein Eröffnungssatz für ein kleines Gespräch.

»2:1 für United«, sagt er, ganz auf den Spielverlauf konzentriert. »Allerdings etwas unverdient, so gut spielen sie nicht.«

Dad war schon im Mutterleib ManU-Fan, genau wie sein Dad und *dessen* Dad vor ihm und wie Bru jetzt auch. Eher ungenauen Berichten aus dem Kreißsaal zufolge *könnte* Dad vielleicht ein Tränchen verdrückt haben, als ich geboren wurde. Gesichert ist jedenfalls, dass er, wenn ManU mal ein wichtiges Spiel verliert, hemmungslos Rotz und Wasser heult. Meines Wissen ist es ihm fast wichtiger, wie gut seine Mannschaft spielt, als ob sie gewinnt. Mir war es immer unbegreiflich, warum Dad enttäuscht war, wenn seine Mannschaft zwar schlecht gespielt, das Spiel aber letztendlich gewonnen hatte. Für mich mit meinem jugendlichen Unverstand war ein Sieg ein Sieg, und wenn man gewonnen hatte, sollte man sich freuen (weil ich ein Verlierer und die ganze Welt gegen mich war, und weil ich pummelig war und die Jungs mich nicht mochten und HALT DIE KLAPPE DU HAST MIR GAR NICHTS ZU SAGEN). Mit dem Erwachsenwerden kam auch die Erkenntnis, dass der Weg genauso wichtig sein kann wie das Ziel. Das Ziel ist vielleicht manchmal gar nicht so wichtig. Nachher erinnert man sich eher daran, *wie* man es erreicht hat. Ich liebe meinen Vater für die Größe, die er damit beweist – und doch bin ich immer noch der Meinung, dass, wenn eine Mannschaft gewinnt, sie gewinnt, weil sie die *bessere* Mannschaft ist.

Der Schiedsrichter pfeift zur Halbzeitpause. »Alles klar bei dir?«

»Alles bestens. Es ist schön, hier zu sein.« Unsere Blicke gehen wieder zum Fernseher, gerade als in die Werbepause geschaltet wird: Ein Mann rasiert sich vor computeranimiertem Hintergrund mit dem neuesten, schärfsten, weltallerbesten Rasierer. Für meinen Geschmack ist er so aalglatt, dass er beinahe asexuell wirkt, aber ich gehöre ja auch nicht zur Zielgruppe: Männer bewundern sicher staunend den haarlosen muskulösen Körper und das erschreckend quadratische Kinn.

»Weißt du schon, wann du wieder nach London zurückfährst?«, fragt Dad.

»Ich versuche gerade, nicht darüber nachzudenken.«

»So schlimm, ja?«

»Nein, alles prima ... aber es zieht mich gerade nichts zurück.«

»Na ja, du hast doch jemanden kennengelernt.«

»Mmh.«

Dad gluckst und konzentriert sich wieder auf den Fernseher. »Klingt nach einem anständigen Kerl.« Ausführlicher wird er sich zu diesem Thema wohl nicht mehr äußern. Ob ich Single bin oder nicht, scheint ihm relativ egal zu sein. Er mischt sich da nicht ein, bis jemand um meine Hand anhält, und dann wird er sicher versuchen, den armen Kerl mit allen Mitteln zu vergraulen. Ich weiß nicht, ob Guy ein anständiger Kerl ist oder nicht. Ich drehe und wende seinen Namen im Kopf: *Guy. Just a guy* – nur so ein Kerl, mit dem ich mich öfter treffe.

»Dad«, sage ich, als ein Trailer bevorstehende Spiele bewirbt, »wann warst du dir sicher, dass Mum die Richtige für dich ist?«

»*Die* Richtige gibt es nicht.«

»Dann anders: Wann wusstest du, dass du sie heiraten wolltest?«

Er gluckst leise in sich hinein. »Da bin ich mir bis heute nicht ganz sicher.«

*

Beim Abendessen fragt meine Mutter beiläufig, wie ich es anstellen will, einen neuen Job zu bekommen. Wobei, sie fragt eigentlich nicht direkt. Stattdessen erzählt sie mir, dass Izzy, die einundzwanzigjährige Tochter von Philippa-aus-der-Kirche, gerade nach London gezogen und auf der Suche nach ihrem ersten Job ist. Und dass Philippa sich Sorgen macht, aber Philippa sich ja immer Sorgen macht ... Mum bricht ab – das Zeichen für meinen Einsatz.

»Ich habe letzte Woche eine Bewerbung abgeschickt.« Ich unterbreche mich kurz und warte darauf, dass meine Mum mir zu meinem Fleiß und meiner bevorstehenden Karriere als Marketing und Social Media Managerin gratuliert, aber die Antwort ist tiefes Schweigen. Schließlich schluckt sie und sagt: »Das ist doch immerhin etwas.«

»Hast du dir schon mal überlegt, was du langfristig machen möchtest?«, fragt mein Vater.

Meine Eltern sind kein besonders dankbares Publikum. Ich sollte einen kleinen Witz reißen, um die Stimmung etwas aufzulockern. »Wie ich höre, sind die Aussichten in der PR-Branche recht gut.« Dad ringt sich ein mattes »Ha« ab. Mum löffelt sich Spinat auf den Teller. Ich lege noch einen drauf: »Vielleicht sollte ich Izzy mal fragen«, und lache. Aber je länger ich darüber nachdenke, desto weniger witzig ist es.

»Bei deiner Berufserfahrung dürfte es doch kein Problem sein, etwas zu finden«, springt mein Dad mir zur Seite. Wobei er nicht näher erläutert, was er mit »etwas« meint.

Meine Mutter durchtrennt mit einer geschmeidigen Bewegung ein Würstchen. »Du musst dir überlegen, was du machen möchtest. PR wolltest du doch eigentlich nie machen, oder?« Und dann meint Dad: »Wie wäre es denn mit Schreiben?«

Es dauert einen Moment, bis bei mir ankommt, was er da gerade gesagt hat – ich wusste nicht, dass Dad überhaupt wusste, dass ich schreiben möchte. Und was *ist* eigentlich mit Schreiben? Immer, wenn ich darüber nachdenke, endet es mit Guys Stimme, die sagt: *Ich dachte, du weißt, dass das bloß Spinnerei ist.* »Ich weiß nicht, ob ich damit meinen Lebensunterhalt verdienen könnte.«

»Wenn du das gerne machen möchtest«, sagt mein Vater, »musst du dir überlegen, wie du das hinbekommst. Und wenn es ums Geld geht …« Meine Mutter schürzt die Lippen. Ich brauche sie gar nicht anzuschauen, ich spüre es ganz deutlich.

»Das kann ich nicht von euch verlangen.«

»Na ja, wir sind keine Millionäre«, sagt mein Dad, als hätte ich das nach siebenundzwanzig ponylosen Geburtstagen nicht längst selbst geschnallt, »aber das kriegen wir schon irgendwie hin.«

*

Am nächsten Morgen schlage ich genau um 7:46 Uhr die Augen auf. Mum macht gerade Frühstück, und Dad steht unter der Dusche und singt eine sehr eigenwillige Version von »Makin' Whoopee«. Ich bleibe ruhig liegen und lausche. Das Piepsen meines Handys zerreißt die friedliche Stimmung.

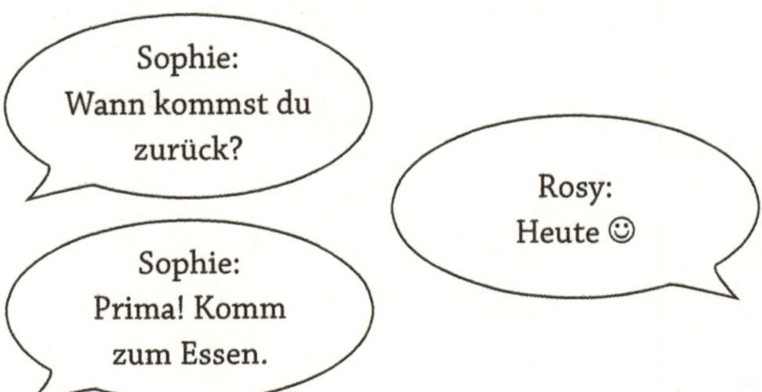

Ich könnte noch monatelang hierbleiben, vielleicht sogar jahrelang, vor dem bullernden Ofen sitzen, spazieren gehen, schlafen – im Grunde genommen das Leben eines betagten Beagles führen. Aber ich wüsste genau, dass ich weggelaufen bin, und ich würde mich immer fragen, wie es hätte sein können. Und ich wäre die Nemesis meiner Mutter: Sie würde sich beklagen, dass ich ihr zwischen den Füßen herumlaufe und ihren strikt getakteten Zeitplan aus Chorproben, Pilates und nicht näher definiertem Geschäftigsein durcheinanderbringe. Ich würde meine Freunde vermissen, die Stille würde irgendwann unerträglich, und auf dem Land hat kein Laden länger geöffnet als bis 17:30 Uhr. Das hier wird immer mein Zuhause sein, aber mein Leben ist in London, und es wird Zeit, dass ich zurückgehe, zu was auch immer mich dort erwartet.

21.
Raus aus meinem Haus

Ich wache auf, und der Wecker zeigt 8:18 Uhr. Mein erster Tag als Arbeitslose. In der Wohnung ist es totenstill, Harriet und Oona müssen schon auf dem Weg zur Arbeit sein. Ich drehe mich auf den Bauch und schlafe weiter.

Als ich das nächste Mal wach werde, ist es 9:42 Uhr, und weil ich weder einen Kater habe noch siebzehn bin, zwinge ich mich aufzustehen. Ich gehe ins Bad, pinkele und betrachte dann beim Händewaschen eingehend mein Spiegelbild. Wimperntuschereste von gestern sind zu klebrigen Fäden verlaufen und auf mein Unterlid gewandert, also nehme ich einen Wattebausch aus dem Kosmetikschränkchen und wische sie ab, wobei ich versuche, mir nicht den Augapfel auszustechen und mich so selbst zu blenden – ich habe im Moment schon genug andere Probleme. Auf der Wange habe ich einen Mitesser, so groß, dass er schon sein eigenes Gravitationsfeld entwickeln könnte. Eines Tages sucht Harriet die Fernbedienung, und am Ende stellt sich noch raus, dass mein Mitesser sie verschluckt hat. Ich quetsche ihn sanft aus, bis fieses Zeugs herausquillt, das an eine schlüpfende Larve erinnert. Auf der Nase sind noch einige, und am Kinn habe ich eine ganze Sternenkonstellation. Der Mist muss schon seit Monaten meine Poren verstopfen. Es reicht. Heute ist ein neuer Tag – der erste meines mistfreien Lebens.

Ich spaziere in die Küche. Da mache ich mir eine Schüssel Rice Krispies und flitze damit schnell ins Wohnzimmer, um sie vor dem Fernseher zu zerknuspern, ehe sie matschig werden. Ich hätte zuerst den Fernseher einschalten sollen, verdammt – daran muss ich morgen früh unbedingt denken. Durch das Programm zu zappen ist deprimierend: Ich habe die Wahl zwischen Menschen, die Häuser verkaufen, Menschen, die im Trödel Antiquitäten suchen oder Menschen, die sich von Besserwissern belehren lassen müssen. Ich schaue eine Weile den Leuten beim Häuserverkaufen zu und überlege dann, ob ich irgendwo etwas Glas zur Hand habe, auf dem ich zum Vergnügen herumkauen könnte.

Ich spüle meine Krispies-Schüssel ab. Ich öffne den Kühlschrank und werfe einen Blick hinein: ein Glas Taramosalata steht da, das längst abgelaufen ist, also nehme ich es raus, um es in den Müll zu werfen. Beim Deckelaufklappen sehe ich einen Milchkarton zwischen all den anderen Sachen liegen, der eigentlich in die Recyclingkiste neben meinem rechten Fuß gehört. Ich betrachte den Karton eine Weile. Werfe den Taramosalata in die Tonne und schließe den Deckel. Eigentlich müsste ich duschen, aber der Pyjama ist so bequem, und außerdem wäre es viel zu anstrengend. Ich mache den Vorratsschrank auf und inspiziere dessen Inhalt auf Essbares, das man nicht kochen muss. Finde aber nichts. Blödes Essen. Auf dem Weg in mein Zimmer mache ich einen Abstecher ins Bad und stehe einfach nur da. Nach einer Minute gehe ich wieder raus.

In meinem Zimmer sehe ich den Laptop da auf dem Boden, wo ich ihn gestern Abend abgestellt hatte. Ich schnappe ihn mir und lege mich damit aufs Bett. Ich liebe das Internet. Das Internet ist genial: Es wimmelt nur so von lustigen Sachen, die zu noch lustigeren Sachen führen, und manchmal sind *die* Sachen dann lustiger als das, was man sich eigentlich anschauen wollte. Mein Job hat die Zeit für meine Lustige-

Sachen-Suche arg beschnitten, also ist es genial, jetzt keinen Job mehr zu haben und damit mehr Zeit im Internet verbringen zu können. Das Internet wird mich beschäftigen, bis ich eine neue Arbeit gefunden habe oder bis ich anfange mich zu langweilen oder bis ich sterbe.

Auf der Startseite des *Guardian* sitzt Angelina Jolie mit ein paar Kindern in einem weißen Zelt – der Bilduntertitel erklärt, dass sie im Kongo ist. Sie trägt eine sackartige Kreuzung aus Tunika und Nachthemd, dazu eine grüne Khakihose und beige Wüstenstiefel und sieht trotzdem eine Trilliarde Mal besser aus, als ich es jemals tun werde. Da kann ich mir die Haare noch so zum Dutt hochstecken und auf die Not der Kinder in Afrika aufmerksam machen. Ich tippe »angelina jokie« in die Google-Suchleiste – *meinten Sie angelina* ***jolie****?«*

Ich klicke auf die Bildersuche und schaue mir dann Foto um Foto von Angelina Jolie an. Auf jedem einzelnen davon sieht sie makellos strahlend schön, engelsgleich und unverschämt sexy aus. Eins der Fotos stammt aus einer Liste mit dem schönen Titel »Die 50 schönsten Frauen der Welt«, also klicke ich mich weiter und scrolle dann langsam nach unten, kritisch die aufgeführten Frauen beäugend: Schauspielerinnen, Models und Musikerinnen gucken aus absolut perfekt zueinander stehenden, symmetrischen Augen zurück. Schaue ich zu lange hin, verstärkt ihre Schönheit das Ausmaß meiner eigenen Unvollkommenheit. *Deine Nase ist zu kurz*, sagen Emma Stones Ellbogen. *Du bist zu fett,* schreit Keira Knightleys Kinn.

Ganz unten, unter dem letzten Foto der strahlenden Scarlett Johansson, lockt eine Liste mit weiteren »Die 50 … der Welt«-Seiten: »Die 50 gefährlichsten Städte«, »Die 50 bizarrsten Namen«, »Die 50 verstörendsten Filme«. Nachdem ich einmal gezwungen wurde, mir *LOL* anzuschauen (mit dem unnachahmlichen Duo Miley Cyrus und Demi Moore), bin ich mir ziemlich sicher, den verstörendsten Film aller Zeiten längst gesehen zu haben, also entscheide ich mich für »Die 50 süßesten Tiere« und werde nicht enttäuscht. Ein Kaninchen im Tutu! Ein Meerschweinchen in der Badewanne! KÄTZCHEN IN EINER SCHÜSSEL! Diese Viecher haben ernsthaftes Niedlichkeitspotenzial. Für mich ist ein Ferkel in Gummistiefeln ein wesentlich entzückenderer Anblick als die superheiße Margot Robbie. Plötzlich höre ich ein seltsames Plöppen im Kopf und dann ein Geräusch wie von einem zusammenschrumpfenden Ballon: Das müssen meine Gehirnzellen sein, die eine nach der anderen absterben. Ich schließe das Fenster und klappe den Laptop zu. Ich stehe auf und kämme mir die Haare. Ich gehe aufs Klo. Ich ziehe mir das Pyjamaoberteil über die Rippen und stelle mich seitlich vor den Spiegel im Flur, um meinen Bauch zu begutachten.

Dann gehe ich in die Küche, gucke wieder in den Vorratsschrank und schiebe ein paar Konservendosen beiseite in der Hoffnung, dahinter könnte sich noch ein Freddo-Schokoriegel verstecken – wäre nicht das erste Mal, dass so was passiert. Aber heute ist da nichts. Ich sollte Guy eine Nachricht schicken, aber ich habe das Handy irgendwo verbummelt, und es jetzt zu suchen erscheint mir viel zu mühsam.

Vierzig Minuten später rufe ich mich selbst vom Festnetz an und entdecke es schließlich unter der Bettdecke. Ich suche Guy im Kontaktverzeichnis.

Rosy:
Wie geht's dir? X

Ganze fünfzig Minuten vergehen, ehe mein Handy piepst. Inzwischen habe ich angefangen, mir die Fingernägel zu lackieren und muss mit gespreiztem Finger auf das Display tippen, um mir die Nachricht anzeigen zu lassen.

Guy:
Alles gut, gerade mitten in
einer Kundengeschichte.
Ruf dich heute Abend an?
X

Sobald meine Nägel getrocknet sind, schreibe ich zurück und sage ihm, dass ich mich auf seinen Anruf freue, und füge noch ein paar Emojis dazu (Smiley, Telefon, Eieruhr), vergesse aber, ein Küsschen an den Schluss zu setzen. Also schicke ich eins hinterher. Wobei ich fürchte, das könnte arg bemüht wirken.

Rosy:
Das Küsschen vergessen,
sorry! X

Ich werfe das Handy aufs Bett. Das kann ja ein langer Tag werden.

*

Es ist ein Uhr mittags, also schon wieder Zeit, was zu essen. Meine Tante Paula hat uns mal erzählt, im Krankenhaus seien die Mahlzeiten das Highlight des Tages – nicht das Essen an sich, das war ungenießbar – aber der Moment des Servierens. In ihren letzten Monaten habe ich sie oft besucht. Ich weiß noch, wie ich eines Dienstagnachmittags bei ihr saß und sie mir erklärte, im Krankenhaus sei die

Zeit etwas sehr Spezielles, sie folge nicht dem linearen Verlauf der Zeit außerhalb, weshalb die Essenszeiten die einzige Orientierungsmöglichkeit böten. Die Tage selbst seien nämlich nichts als Leerraum, die mit dem Tag der Einlieferung begännen und erst dann endeten, »wenn man stirbt«, wie Tante Paula düster erklärte. Riecht man Toast und hört das Rattern des Servierwagens, sagte sie mir, heißt das, ein neuer Tag beginnt. Mittagessen bedeutet, der Tag ist halb rum. Und wenn es Abendessen gibt, hat man wieder einen Tag hinter sich gebracht. (»Schlafenszeit ist, wenn die Titelmelodie von *EastEnders* zu Ende ist«, konstatierte sie.) Bei meinem nächsten Besuch nahm ich Haferkekse und Gin mit, das Einzige, was Tante Paula da noch bei sich behalten konnte. Damals wusste ich es noch nicht, aber ihre Abspannmelodie lief bereits, und das Ende ihres Leerraums war nicht mehr weit.

Ich denke an Tante Paula, während ich mein Mittagessen zubereite, das auch für mich das Highlight des Tages ist. Zum Glück bin ich nicht auf Krankenhauskost angewiesen, und es muss auch nichts Schreibtischfreundliches sein, das man innerhalb eines vierzigminütigen Zeitfensters kaufen und vertilgen kann. Ich kann kochen, was ich will, und nur meine Fantasie setzt mir Grenzen. Als ich heute Morgen hineinschaute, hatte der Vorratsschrank wie eine öde Wüstenei ausgesehen, darin nur ein zusammengewürfeltes Sammelsurium unbrauchbarer, fader Alltagsgegenstände, die allesamt ungenießbar wirkten. Aber bei genauerem Hinsehen erwies der Vorratsschrank sich als Aladins Delikatessengrotte. Und ich bin die Alchemistin, die diese Grundnahrungsmittel in Gold verwandeln kann. Ich bin eine Essenszauberin.

Meine Requisiten:
5 Dosen Lamm-Kartoffel-Suppe
1 Päckchen Spaghetti (geöffnet, halb leer ... oder halb voll, wie immer man es betrachtet)
1 Packung Zucker
1 Glas Pie-Füllung mit Äpfeln, Rosinen, Gewürzen
3 Packungen Reis (in verschiedenen Stadien der Leerung)
1 Zwiebel
1 Packung Yorkshire-Tee
1 Fläschchen Sushi-Würze
2 Alu-Einmalbackschalen
1 großer Beutel süß-salziges Popcorn

Ich könnte die Zwiebel anschwitzen, die Spaghetti kochen und dann ...

Nein, ich könnte den Reis kochen, und dazu mache ich eine Soße aus ... der Suppe?

Tee, Popcorn und süße Kuchenfüllung ... eine Pie? Das ist ja lächerlich – kein Kuchen ohne Teig. Für meinen ersten Zaubertrick, meine Damen und Herren, liebe Mädchen und Jungen, brauche ich einen Freiwilligen aus dem Kühlschrank: Wir haben Milch, eine Zucchini (Herkunft: unbekannt, MHD: unbekannt), ein Glas Mayonnaise und vier Fläschchen Nagellack in diversen Farben.

Ich fürchte, die Grenzen meiner Fantasie sind schnell erreicht.

*

Das Mittagessen war eine Enttäuschung: Letztendlich habe ich mir Spaghetti mit Tomatenketchup-Majo-Soße gemacht. Und nach Kochen, Essen und Spülen waren gerade mal vierzig Minuten vergangen. Ich liege auf dem Bett und starre an die Decke und würde eigentlich am liebsten ein Nickerchen machen. Eben noch schien mir das eine prima Idee zu sein. An der Uni war das Mittagsschläfchen ein ebenso unverzichtbarer Teil meines Tagesablaufs wie die Teilnahme an den Vorlesungen. Bis ich da schließlich gar nicht mehr hinging und das Nickerchen noch zentralere Bedeutung gewann. Das heutige Mittagsschläfchen sollte eigentlich eine Hommage an all die grandiosen Nickerchen meiner glorreichen Studienzeit sein (hätte ich eine Ausgabe von *Heat*, ein Kinder Bueno und eine Vorlesung über chinesischen Nationalismus, zu der ich eigentlich gehen müsste, wäre die Illusion perfekt), aber seit zwanzig Minuten versuche ich nun schon erfolglos einzuschlafen. Ich glaube, mir ist die Mittagsschläfrigkeit abhandengekommen. Kein Wunder, ich bin ja auch erst vor fünf Stunden aufgestanden und habe die ganze Nacht durchgeschlafen. Mein Körper ist es einfach nicht gewohnt, um diese Uhrzeit eine Pause einzulegen. Nein, er ist es gewohnt, jetzt vor einem Computer zu hängen und verzweifelt zu versuchen, die Augen offen zu halten. Ich klappe den Laptop auf und gehe zu Facebook.

Die ersten Fotos in meinen Neuigkeiten zeigen Sophie und Olli, die vergangenes Wochenende seine Eltern besucht haben, wie sie vor deren Haus posieren und das tun, wovon Sophie schon per SMS berichtet hat: Ollie mit seiner neugeborenen Nichte Lily, Sophie in dem Pullover, den ich ihr zu Weihnachten geschenkt habe. Ich scrolle weiter nach unten. Amy Rathmell, eine alte Schulfreundin, hat gerade geheiratet, und hier finde ich den fotografischen Beweis – sämtliche 274 Bilder. Ich klicke mich durch auf der Suche nach einem Bild von ihrem Kleid, aber bei Foto 14 verliere ich die Lust und lasse es bleiben. In den Neuigkeiten hat jemand namens Alex Hodges gerade seinen Status aktualisiert. Der Name kommt mir irgendwie bekannt vor, und Bob ist ein gemeinsamer Freund, aber ich kann mich beim besten Willen nicht daran erinnern, woher ich ihn kenne. Viele seiner Bilder sind nur für einen eingeschränkten Kreis von Leuten zu sehen, aber auf denen, die ich mir anschauen kann, erkenne ich rasch einen roten Faden: Kickboxen. Es gibt etliche Fotos von ihm, wie er bei einem, wie es scheint, Kickboxturnier einen Gürtel verliehen bekommt. Daraus schließe ich messerscharf, dass Alex Hodges auf Kickboxen steht. Ich leider nicht. Und da ich mich nicht entsinnen kann, ihn je gesehen zu haben, entfreunde ich ihn. Das ist zwar eigentlich ziemlich unfreundlich, aber ich bezweifele, dass er mich vermissen wird.

Aus den verschiedenen Status-Aktualisierungen und den hochgeladenen Fotos formt sich langsam der Eindruck, dass alle anderen ein unbeschwertes, fröhliches Leben führen und allesamt hübscher/glücklicher/reicher/erfolgreicher sind als ich. Auf einigen kürzlich hochgeladenen Fotos ist Maisy Baker zu sehen, mit der ich früher mal zusammengearbeitet habe, wie sie mit Sonnenbrille auf der Nase Champagner schlürft. Drinnen. Ich gestatte mir einen kleinen Augenblick wirklicher Freude, als ich einen anderen Freund aus Unizeiten sehe, Richie – strahlend und braun gebrannt –, der im weißen Poloshirt mit dem Logo einer Tauchschule auf einem Boot steht. Er hatte während des Studiums innerhalb von drei Jahren beide Elternteile verloren (und trotzdem einen Einserabschluss geschafft), und nach dem Studium war er zu dem Schluss gekommen, jetzt genug Trauriges erlebt zu haben und wollte darum ab jetzt sein Lebensglück uneingeschränkt an erste Stelle stellen. Also verwendete er sein Erbe für einen Flug nach Bali, um sich zum Tauchlehrer ausbilden zu lassen. Er war immer unglaublich lustig und herzlich. Und er hat ein Portemanteau-Wort erfunden, das meiner Meinung nach bis heute unerreicht geblieben ist:

Prokrasturbation, *Nomen:*
ein Wort, das Richie erfunden hat, um den Akt der Masturbation zu beschreiben, wenn sie als Mittel der Prokrastination eingesetzt wird

An der Uni habe ich viel prokrasturbiert – irgendwann musste ich mich schließlich dazu zwingen, in der Bibliothek zu lernen statt zuhause in meinem Zimmer. Mein Politikstudium war so unglaublich öde, dass ich *alles* andere lieber tat, sei es nun Bad putzen, Wäsche waschen oder Pornos gucken. Und Pornos gucken schlug Badezimmer-/Wäschewaschpflichten um Längen. Ein Glück, dass ich mit dem Studium fertig war, als Pornos schließlich im Netz frei verfügbar waren – ich kann mich noch daran erinnern, dass das mal anders war. Wenn man nicht zufällig *Eurotrash* erwischte oder genau im richtigen Augenblick auf Channel 5 umschaltete, konnte man Pornos nur über einen verschlüsselten Sky-Sender sehen (und inständig hoffen, dass die Eltern sich nachher die Rechnung nicht allzu genau anschauten) oder entsprechende Heftchen kaufen. Und mit fünfzehn hätte ich mir lieber die Fingernägel einzeln ausreißen lassen, als in unserem örtlichen Tante-Emma-Laden nach einem Unter-dem-Ladentisch-Heft zu verlangen. Meine Eltern wollten nicht, dass Bru und ich Sky schauen (heute weiß ich warum), weshalb ich nur bei Clare Frenton zuhause Pornos gucken konnte. Sobald ihre Mutter schlief, tippte Clare den vierstelligen Jugendschutzcode ein, und dann schauten wir fasziniert zu, wie Herr Geschäftsmann nach einem langen Tag im Büro nach Hause kam, wo er zu seinem Erstaunen Frau Geschäftsmann dabei vorfand, wie sie sich an der Vagina von Candy verlustierte, der blonden Cheerleader-Nachbarin von nebenan. Dabei hatte Candy eigentlich nur ein Tässchen Zucker oder einen Schraubenschlüssel oder was weiß ich ausleihen wollen. Die anfängliche Empörung von Herrn Geschäftsmann schlug allerdings rasch in Begeisterung um, als er aufgefordert wurde, sich an den Aktivitäten zu beteiligen. Clare und ich lieferten dazu jede Menge sarkastischer Kommentare und lachten uns schief, weil das alles so »komisch« war, und waren dabei doch die ganze Zeit peinlich berührt und erregt zugleich.

Ich schließe Facebook, tippe die Adresse einer für gut befundenen Pornoseite ein und überfliege die Videos auf der Startseite. Jede Menge Männer, die Frauen ins Gesicht spritzen; viel mehr als früher, zumindest soweit ich mich erinnern kann. Stehen die Frauen heutzutage auf so was? Irgendwie habe ich es auch verpasst, seit wann alle Frauen aussehen wie Jennifer Lawrence. Ich will nicht noch einen neuen Trend verpassen. Sollte ich Guy vorschlagen, statt in meine praktische, auffangbereite Vagina zu ejakulieren, mir sein Sperma in und um die Nase zu spritzen? Vielleicht sollten wir darüber reden, wenn wir uns das nächste Mal sehen. Ich entscheide mich für ein Video, das ich schon kenne: Masseur überschreitet seine professionellen Grenzen, was der großbusigen blonden Kundin ganz und gar nicht unangenehm ist. Das Ende kenne ich zwar schon (die enden eh alle gleich), aber er ist trotzdem gut.

*

Gegen zehn vor fünf schlurfe ich in die Küche und öffne den Vorratsschrank.

»Dein Leben ist erbärmlich«, sagt die Zwiebel.

»Ich weiß«, antworte ich.

»Und du hättest dir wenigstens die Zähne putzen können«, nörgelt der Zucker. Ich sage ihnen, sie sollen die Klappe halten, und knalle ihnen die Tür vor der Nase zu.

*

Nach einem ganzen Tag allein in der Wohnung ist es ein richtiger Schreck, Harriet beim Kochen in der Küche stehen zu sehen. Sie wirkt beinahe exotisch in der eintönigen Wohnungslandschaft, und ich muss immer wieder hinschauen, um mich zu vergewissern, dass sie wirklich echt ist. Sie will wissen, was ich den ganzen Tag gemacht habe, aber ich will auf gar keinen Fall zugeben, dass ich heute nur gegessen, masturbiert und dann panisch geduscht habe, als ich ihre SMS bekam, sie sei auf dem Weg nach Hause. Ich versuche, das Thema zu wechseln und frage sie, wie ihr Tag war. Es ist so schön, ein Geräusch von einem echten menschlichen Lebewesen zu hören statt des Hintergrundrauschens vom Fernseher, der sich beharrlich weigert, mir zu antworten, ganz gleich, wie laut ich ihn auch anschreie. Es vermittelt mir das beruhigende Gefühl, nicht die einzige Überlebende eines nuklearen Holocaust zu sein, was ich seit etwa Viertel nach sechs ziemlich ernsthaft befürchtete.

Sie fragt mich, wie die Jobsuche läuft. Ich verziehe das Gesicht. »So schlimm, ja?«

Ich seufze. »Ich muss mir was einfallen lassen, sonst werde ich wahnsinnig, wenn ich den ganzen Tag zuhause rumsitze.«

Harriet dreht sich um und nimmt eine Schüssel aus dem Geschirrständer. Dann kippt sie aus dem Topf, in dem sie eifrig gerührt hat, eine grüne Matsche, was mich plötzlich dankbar an das abgelaufene Fertiggericht denken lässt, das ich im Gefrierschrank gefunden habe. »Vermutlich ist das nichts für dich, aber wir suchen momentan Aushilfslehrer ... mehr Lernassistenten«, fügt sie hinzu, als sie mein erschrockenes Gesicht sieht. »Sie unterstützen die Lehrer im Unterricht, Hilfe bei verschiedenen Aktivitäten, Unterrichtsmaterialien vorbereiten, kleine Lesegruppen leiten, so was halt.«

»Ich habe noch nie mit Kindern gearbeitet.«

»Ich weiß«, sagt Harriet und löffelt sich etwas von dem grünen Schleim in den Mund. Erstaunlicherweise ohne umgehend zu würgen. »Aber du bist clever und wach, und du bist so gut in Englisch – du glaubst nicht, wie schlecht es heutzutage um die Lese- und Schreibfähigkeit von Grundschulkindern bestellt ist. Da gibt es massive Defizite.«

Ich springe von der Arbeitsplatte, auf der ich gesessen habe, und dackele hinter Harriet her ins Wohnzimmer. »Meinst du wirklich, ich könnte das?«

Sie nickt, und ich warte, bis sie (die widerliche grüne Matschepampe im Mund) geschluckt hat. »Wenn du Interesse hast, könnte ich ja mal mit dem Schuldirektor sprechen. Der ist sehr nett, der würde dir bestimmt einen Job geben.« Ein Mitleidsjob ist besser als gar kein Job. Wobei, jedes Mal wenn ich auf Tinder jemanden aus Mitleid geliked habe, habe ich es umgehend bereut: Immer meldet der Typ sich, und dann muss man sich irgendwie wieder rauswinden (was gemein ist) oder plötzlich irre viel zu tun haben, ausgerechnet an den Tagen, die er für ein Treffen vorschlägt. Mit Kindern zu arbeiten ist mir noch nie in den Sinn gekommen. Früher habe ich bei einigen unserer Nachbarn die Kinder gehütet, und soweit ich weiß, hat keins von ihnen Chlorbleiche getrunken, während es in meiner Obhut war, aber es ist halt doch was ganz anderes als PR. Wobei ... das ist ja eigentlich der Sinn der Sache.

22.
Sei niemals mein

Ich sitze auf dem Bett und beobachte eine Taube, die auf dem kleinen Grasflecken vor der Wohnung gelandet ist, den ich manchmal spaßeshalber unseren »Garten« nenne. Die Taube pickt an den zahlreich sprießenden Unkräutern und zieht sie heraus, schüttelt den Kopf und lässt sie dann fallen. Dann fängt sie wieder von vorne an. Ich habe das Handy in der Hand und öffne die Nachricht, die ich eben von Guy bekommen habe, um sie noch mal zu lesen.

> Guy:
> Hast du meine Nachricht gestern bekommen? Es war schon ziemlich spät, und ich habe mir gedacht, du schläfst vielleicht schon. Wie geht's dir? Sag Bescheid, ob du heute Abend Zeit hast, dann komme ich vorbei. xx

Eigentlich wollte ich ihm gestern Abend noch antworten, muss aber darüber eingeschlafen sein, wie Guy ganz richtig vermutet hat. Also sollte ich mich jetzt unbedingt bei ihm melden. Ich habe heute Abend noch nichts vor, also könnte er herkommen. Das wäre vielleicht ganz ... nett. Die Taube draußen schüttelt sich und bauscht die Federn, dann hüpft sie ein bisschen herum und fliegt auf eine Mauer, wo sie sich mit großem Geflatter niederlässt. Ich wusste gar nicht, dass Tauben Pflanzen fressen.

Wo zum Teufel liegt das Problem? … hat die Beste mich nach meiner ersten Verabredung mit Guy gefragt. Ich konnte es ihr damals nicht sagen, und ich weiß es auch jetzt noch nicht – und frage mich das selbst. An den Haaren liegt es nicht. Es ist mehr. Irgendwas in mir ist weg oder war nie da, jedenfalls nicht so richtig. Es ist, als wäre mir alles egal.

*

Harriet hat Wort gehalten und einen Probetag für mich an der Joan Scott Primary School arrangiert. Ehe ich zum Probearbeiten antreten kann, musste ich mich allerdings, wie sie mir sagte, einmal komplett durchleuchten lassen, einschließlich polizeilichem Führungszeugnis, was ziemlich offiziell und etwas beängstigend klingt. Ich habe drei Punkte auf dem Führerschein, ich war mal auf einer Party, die von der Polizei aufgelöst wurde, ich habe mal eins von diesen Minispiegeleiern aus den losen Süßigkeiten im Kino gemopst … ob das Ausschlusskriterien sind? Harriet versicherte mir glaubhaft, das sei nicht der Fall, aber ich entspannte mich erst wieder, als ich die schriftliche Bestätigung bekam, keine Kriminelle zu sein.

Betty, die Schulsekretärin, wusste allerdings nichts davon. Ich kam und brauchte gut zehn Minuten, um sie davon zu überzeugen, dass ich mich nicht verlaufen hatte, vom Schulamt kam oder »lange Finger machen« wollte (ihre Worte), sondern meinen Probetag als Lernassistentin antreten sollte. Irgendwann ließ sie sich überzeugen, und jetzt führt sie mich den Gang hinunter zum Büro des Direktors, wo ich den ersten Termin des Tages mit dem Schulleiter Mr Hand habe, ehe es dann in die Klasse ging. Mein Magen krampft sich zusammen, während ich hier sitze, und plötzlich fühle ich mich wieder wie mit neun Jahren, als ich bibbernd vor Mrs Coaleys Büro wartete, weil Fiona Evans und Siobhan Chapman, aka die »coolen Kids« (Fiona hatte ein Pony und Siobhan hatte einen Jungen geküsst) mich überredet hatten, Musik zu schwänzen. Ich war so zerknirscht (sprich, heulte ununterbrochen), dass Mrs Coaley ein Auge zudrückte und mich nur einmal in der Mittagspause nachsitzen ließ, weil es mein erstes Vergehen war. Fiona und Siobhan wurden derweil beschuldigt, die Drahtzieherinnen hinter der ganzen Aktion zu sein, und zu einer ganzen Woche Einzelhaft verurteilt (sie mussten in *beiden* Pausen im Klassenzimmer bleiben und mittags bei einem Lehrer am Tisch essen). Ich hatte mich nur dazu überreden lassen zu schwänzen, weil ich wollte, dass die beiden mich mögen. Danach hassten sie mich wie die Pest. Die Tür geht auf, und heraus kommt Mr Hand. »Sie sind Rosy?«, fragt er, streckt die Hand aus und bittet mich hinein.

Mr Hand erinnert mich an einen netten Fernsehonkel. Er besteht darauf, dass ich ihn Thomas nenne, aber weil jedes Mal eine Fee stirbt, wenn man einen Lehrer beim Vornamen nennt, bleibe ich lieber bei Mr Hand. Als Erstes möchte er wissen, warum ich Lernassistentin werden will. Ich erkläre ihm, dass ich Kinder liebe und eine neue Herausforderung suche – dass ich kürzlich meinen Job gekündigt habe und gerne etwas anderes tun würde, als den ganzen Tag nur essen, masturbieren und Unterschichtenfernsehen schauen, während ich mir überlege, was ich als Nächstes machen soll ... irgendwas in der Art, nur anders formuliert. »Harriet meint, ich bekomme das hin.« Als Nächstes sprechen wir über meine Erfahrung mit Kindern, und weil exzessives *Supernanny*-Gucken vermutlich nicht als Referenz zählt, muss ich zugeben, dass die mir weitestgehend fehlt, weshalb ich davon ausgehe, dass ich raus bin, weil es doch sicher zu den Grundvoraussetzungen für eine Einstellung gehört, ein bisschen Erfahrung auf dem jeweiligen Gebiet mitzubringen. Doch er scheint sich nicht so leicht abschrecken zu lassen. Er erkundigt sich nach meinem Werdegang, fragt nach meinem Abschluss, wo ich studiert habe und nach meiner Arbeit in der PR-Agentur. Soweit ich mich erinnere, lautet die Grundregel für ein Vorstellungsgespräch – und für Dates – wie folgt: Nie die Wahrheit sagen. Ich meine, ein bisschen geht, aber nie die ganze schonungslose Wahrheit. Und das, was übrig bleibt, ein bisschen ausschmücken. Mein Herzblut liegt in meinem Uniabschluss! Kinder sind das Größte! Einiges an der PR-Arbeit hat mir großen Spaß gemacht, aber ich fand es insgesamt nicht erfüllend und bin zu dem Schluss gekommen, dass es einfach nicht das Richtige für mich ist! Das sind alles unentwirrbare Wahrheits-Lügen-Hybride, aber allem Anschein nach funktionieren sie. Nach einer halben Stunde sagt Mr Hand: »Rosy, Sie machen den Eindruck, als seien Sie, wenn überhaupt, überqualifiziert. Ich wollte mich bloß vergewissern, dass Sie nicht vorhaben, eins der Kinder zu entführen. Das wird hier nicht so gern gesehen.«

Auf unserem Weg zur Klasse 2K ist die wuselige Energie und Lebendigkeit hinter den verschlossenen Türen beinahe greifbar: Die Wände, behängt mit farbenfrohen Kunstwerken, scheinen fast zu vibrieren vor Leben, und die Klassenzimmer mit den vielen munter plappernden, durcheinanderflitzenden Kindern summen jetzt kurz vor dem nachmittäglichen Unterrichtsbeginn geschäftig wie Bienenstöcke. Ein Blick durch die Scheibe der Tür in den Klassenraum der 2K bietet einen ähnlichen Anblick, aber hoch zehn, als wären alle Kinder bis zum Anschlag vollgepumpt mit Nahrungsmittelzusätzen. Die Schüler, und davon gibt es jede Menge, machen alles Mögliche. Ich zähle vier in der Spielküche, wo sie für diverse Puppen und Plüschtiere Essen zubereiten. Andere sitzen um einen quadratischen Tisch herum und bauen mit Legosteinen ... irgendwas. Zwei werkeln gemeinsam an etwas, das aussieht wie – was? Ein Raumschiff? Eine Garage? Eine fliegende, ins All düsende Garage? Anderswo sitzen Kinder und malen, lesen, streiten sich beim Spielen, und ein Kind dreht sich, wie es scheint, hochkonzentriert um einen Punk auf dem Boden. Betty hat mir erzählt, dass Miss Khanom, die Klassenlehrerin, mich bereits erwartet, also öffne ich die Tür vorsichtig einen Spaltbreit und husche schnell hinein. Der Lärmpegel erinnert mich an die Letters Bar, in der ich mit Jonathan war, bloß dass der Krach hier viel fröhlicher klingt. Ich sehe Miss Khanom auf einem niedrigen, bequemen Lehrerstuhl sitzen und für das kleine Mädchen neben ihr ein Schleifenband entwirren. Sie schaut auf, als ich näher komme. Ich komme mir vor wie Gulliver unter Liliputanern.

»Sie müssen Rosy sein«, sagt sie, steht auf und wischt sich unerklärlichen Glitzer vom Rock, dann gibt sie mir die Hand. »Ich bin Seema. Schön, Sie kennenzulernen.« Sollte ich noch irgendeinen Zweifel gehabt haben, ob Seema imstande ist, eine Horde kleiner Wildfänge zu bändigen, ihr Handschlag sagt alles. »Es ist alles ein bisschen chaotisch, wir haben gerade unsere Spielzeit – Henry, leg das bitte wieder hin.« Ich folge ihrem Blick zu Henry, der mit weit aufgerissenen Augen wie angewurzelt stehen bleibt, in der Hand den verbotenen Besen. »Entschuldigen Sie, wo war ich ... mittwochs fangen wir mit der freien Spielstunde an, also dachte ich mir, vielleicht möchten Sie ein paar der Kinder zum Lesen mitnehmen? Haben Sie schon mal mit Kindern gearbeitet?«

»Heute ist das erste Mal.«

Seema lacht laut und sagt: »Das kriegen Sie schon hin!«, was ich etwas beunruhigend finde – mir war gar nicht der Gedanke gekommen, dass es womöglich nicht klappen könnte. »Also, schauen wir mal …« Sie nimmt eine Mappe vom Lehrerpult und blättert darin, was mir die Gelegenheit verschafft, mich ein bisschen umzusehen. Auf jeder nur erdenklichen Fläche sind die Arbeiten der Kinder ausgestellt. Die bildliche Darstellung von »Die Eule« und oder »Die Miezekatze« allein nehmen eine ganze Wand ein, und ein Projekt über gesundes Essen ist mit Papptellern gestaltet, dekoriert mit den **Gesunden Lieblingsessen der 2B** und mit von den Lehrern gestalteten, kinderfreundlichen Plakaten über Nährwerte ergänzt:

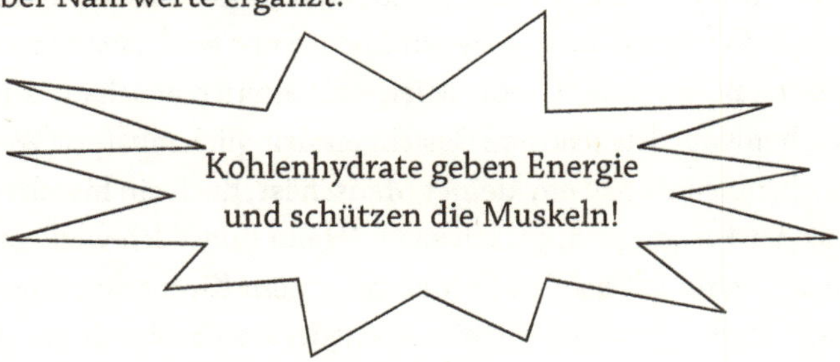

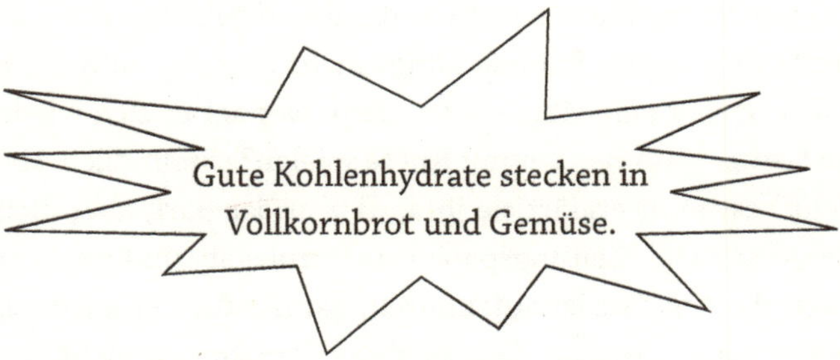

Als ich das sehe, habe ich schon kein ganz so schlechtes Gewissen mehr wegen der riesigen Gemüsepizza, die ich letzte Woche verdrückt habe. Am anderen Ende des Raums steht in großen glitzernden Buchstaben das Alphabet, daneben die Zahlen und einfache Grammatikregeln. Das Klassenzimmer würde auch ohne die Kinder schon unruhig wirken. Ich finde es toll: Es liegt so eine unbändige Kreativität in der Luft, dass mich schon allein vom Hinsehen die Inspiration überkommt.

»Da sind wir ja«, sagt Seema, »wie wäre es, wenn Sie mit Dax und Billy anfangen. Mal sehen ... Dax ist da drüben beim Wasserspender, und Billy, wo steckt der bloß ...« Ich sehe, wie ihr Blick durch den Raum geht. Die Kinder sind so unglaublich klein, Billy könnte überall stecken. Ich bin beeindruckt, dass Seema bloß ein paar Sekunden braucht, bis sie ihn entdeckt und zu sich gerufen hat. Brav trottet er zu uns, und ich sehe, dass er einer der kleinen Lego-Konstrukteure ist. »Billy, das ist Rosy – sie wird heute mit euch zusammen lesen.« Billy verzieht keine Miene, als er mich anschaut und mich mit ausdruckslosem Gesicht eindringlich mustert. Was mich, obwohl er so ein kleiner Mensch ist, doch ein bisschen aus der Fassung bringt. Ich sage: »Hallo Billy.« Ich weiß gar nicht, wann ich das letzte Mal mit einem Kind gesprochen habe, mal abgesehen von einem entnervten Stöhnen, wenn sie mir in der Bahn zwischen die Beine gelaufen sind. Ich hoffe nur, meine Stimme klingt nicht gruselig. Billy guckt mich noch einen Moment an, dann wendet er sich wieder an Seema. »Können wir mit Knete spielen?« Freundlich, aber sehr bestimmt erklärt sie ihm, dass er das darf, aber nicht vergessen soll, Zeitungspapier unterzulegen, und wenn sie sagt, dass es Zeit ist aufzuhören, dann müsse er auch *aufhören* – mir schwant, dass sie diese Ermahnung nicht zum ersten Mal ausspricht. Um Billys willen hoffe ich, dass er an die Zeitung denkt. Ich an seiner Stelle würde es bestimmt nicht vergessen.

»Tja, das war ja kurz und ein bisschen komisch«, meint Seema lachend. »Er ist ein ganz toller Junge, lassen Sie ihm einfach ein bisschen Zeit, Sie erst kennenzulernen. Dax dagegen ist wirklich ein Charmeur. Fangen wir einfach mit ihm an.« Ich soll den Kindern helfen, aber ihnen nicht vorsagen, erklärt Seema. Ich soll geduldig sein, aber konsequent, sie selbst darauf kommen lassen, aber eventuelle Fehler verbessern. Sie reicht mir einen kleinen Stoß Beurteilungsbögen, auf denen ich ihre Fortschritte dokumentieren soll, zeigt mir den Leseplatz vor dem Klassenraum und macht dabei die ganze Zeit kleine Bemerkungen über dieses oder jenes Kind. Ich hoffe, es sind keine wichtigen, lebensrettenden Und-hier-setzt-man-die-Spritze-an-Informationen, denn ich höre schon gar nicht mehr richtig hin – mir wird das alles gerade ein bisschen zu viel. Diese Kinder lernen hier *lesen,* eine Fähigkeit, die ganz oben steht in der Hierarchie der wichtigsten Lektionen, die es im Leben zu lernen gilt. Ich habe auch ungefähr in diesem Alter lesen gelernt und tue es seitdem eigentlich ununterbrochen. Was, wenn eins der Kinder mich fragt, was dieses oder jenes Wort bedeutet und ich etwas Falsches sage? Was, wenn ich ihm sage, »Banane« würde »U-Boot« bedeuten? Ob sie überhaupt wüssten, was ein U-Boot ist? Und was, wenn ich ihnen versehentlich einen Ellbogen ins Gesicht ramme?

»Klingt das okay?«, fragt Seema und schaut mich erwartungsvoll an.

»Ja, natürlich.«

»Prima. Dann schicke ich Dax gleich zu Ihnen – in der Schublade sind Stifte, falls Sie sich Notizen machen möchten.«

Sobald Dax durch die Tür kommt, wird mir klar, warum Seema wollte, dass ich mit ihm anfange: Dax ist der Anti-

Billy. Er ist klein, hat blonde Haare und ebensolche Wimpern, und er schaut mich kaum an, als er zu mir kommt und sich neben mich setzt. Und er sagt auch keinen Ton, weshalb ich zu einem ausufernden Monolog ansetze.

»Hallo Dax! Wir beide lesen heute zusammen! Ich heiße Rosy, aber es ist nicht schlimm, wenn du das wieder vergisst. Liest du gerne? Ich lese sehr gerne ... das ist aber ein tolles Buch, das du da hast. Wie heißt es denn?«

Schweigend schaut Dax auf das Buch.

»Mamas neue Schuhe!«, trompete ich. »Wow, klingt super! Hm, worum es in der Geschichte wohl geht ...?« Da schaut Dax mich endlich an, wenn auch etwas irritiert.

Worauf ich dann vorschlage, dass »wir« das Buch aufschlagen und mal nachschauen, wobei ich mit meinem messerscharfen Verstand bereits die Schlussfolgerung gezogen habe, dass es wohl um eine Mutter geht, die neues Schuhwerk erstehen möchte. Mit sanfter Stimme beginnt Dax zu lesen und folgt mit dem Finger den Worten auf der Seite. *»Mamas – Schuhe – passierten ...«*

»Passten«, korrigiere ich ihn freundlich.

»Passten – nicht – mehr. Sie – tuten ...«

»Taten.«

»Taten – ihr – an – den – Zehen – weh.«

»O nein!«, rufe ich. »Die arme Mama! Was meinst du, was sie jetzt macht?«

»Neue Schuhe kaufen«, entgegnet Dax.

»Da könntest du recht haben – schauen wir mal, ja?«

Dax liest langsam und stockend und macht so viele Fehler, dass es mir zu gemein erscheint, jeden einzelnen davon zu korrigieren. Ich für meinen Teil erlebe eine Achterbahnfahrt der Gefühle mit Mama, ihren drei Kindern und dem Hund (der aus unerfindlichen Gründen mit zum Schuhekaufen genommen wird), die geduldig Dutzende Schuhe anprobiert, um sich am Ende für praktische Schnürschuhe zu entscheiden, die sie dann im Bus vergisst ... Ich bin so fasziniert, dass ich völlig vergesse, mir Notizen zu machen. Als unsere fünfzehn Minuten zu Ende sind, überschütte ich ihn trotzdem mit Lob: »Du hast ganz toll gelesen, Dax! Du kanntest fast alle Wörter! Hat dir die Geschichte gefallen?« Er nickt. »War das nicht lustig, als Mama die Schuhe im Bus vergessen hat? Wobei ... irgendwie auch ein bisschen traurig ... fandest du es eher lustig oder traurig?« Dax nickt. »Lustig?« Dax nickt. »Es war wirklich sehr lustig, oder?« Dax ist zwar nicht der Gesprächigste, aber ich hatte mit Tinder schon schlimmere Dates.

Ich bringe Dax wieder ins Klassenzimmer zurück und bleibe an der Tür stehen, bis Seema mich sieht und Billy Bescheid sagt, dass es jetzt Zeit zum Lesen ist. Ich sehe zu, wie er das Buch aus seinem Fach nimmt, an mir vorbei zur Tür hinausstiefelt, die ich ihm aufhalte, und sich dann auf meinen Stuhl setzt.

»Hallo Billy, weißt du noch, wie ich heiße?«

»Ja. Rosy«, sagt er und starrt mich unverwandt an.

»Na, das ist ja prima! Wir lesen jetzt jeden Mittwochnachmittag zusammen!«

»Ja«, sagt Billy. »Warum hast du einen Pickel im Gesicht?«

*

Fünf Minuten sind vergangen, und ich muss die ganze Zeit daran denken, was Seema mir gesagt hat: Billy müsse mich erst kennenlernen. Ich hoffe wirklich, dass es dann besser wird, denn jetzt gerade schlägt mir von ihm nur unverhohlene Ablehnung entgegen. In Billys Buch mit dem Titel *Rennen!* dreht sich alles um zwei Eisbären, die beschließen, ein

Wettrennen abzuhalten (Eisbären sind ja allgemein für ihre außerordentliche Sportlichkeit bekannt), und schnell wird klar, dieses Buch ist sehr viel anspruchsvoller als das von Dax – mehrsilbige Wörter, hui! –, und Billy liest wesentlich besser. Er liest schnell und flüssig und lässt keine Zeit für meine Zwischenfragen (»Was glaubst du, welcher Bär gewinnt? Was meinst du, warum sie ein Rennen veranstalten? Ist das nicht ein verrückter Schal, den der erste Bär da trägt?«), sondern macht gleich auf der nächsten Seite weiter. Als er »oder« statt »aber« liest, zwinge ich ihn, sich kurz zu unterbrechen.

»Wie heißt dieses Wort?«, frage ich und zeige mit dem Finger darauf.

Er zögert. »Oder.«

»Wollen wir noch mal genau hinschauen? Am Anfang ist ein ›A‹. Kannst du ›A‹ sagen?«

Billy nimmt den Blick nicht von der Seite, und ich sehe, wie er die Zähne zusammenbeißt. »Aber«, sagt er steif. »Das wusste ich.«

Er macht da weiter, wo wir aufgehört haben, aber tut es immer wieder: Aus jedem »oder« wird ein »aber«, und bald wird aus »weiter« ein »wieder«, also bremse ich Billy jedes Mal, damit er sich korrigiert, genau wie Seema es mir gesagt hat. Mit jedem Mal wird Billy ein bisschen stinkiger, bis er schließlich tief aufseufzt und knurrt: »Ich *weiß*!«, worauf ich verstumme. Wir kommen zum Ende des Buches (das Wettrennen, von einem Pinguin überwacht, endet mit einem Unentschieden), und ich zwinge mich, Billy zu sagen, dass er sehr gut gelesen hat, was ja größtenteils auch stimmt.

»Ich mag das Buch nicht«, zischt er.

»Warum denn nicht? Es war doch mit Eisbären ...« Selbst in meinem Ohren klingt das hohl.

»Das ist für Babys.« Ich versichere Billy, dass das nicht stimmt, auch wenn ich keinerlei Beweise habe, um diese Behauptung zu stützen – mit Babys kenne ich mich nicht aus. Kann sein, dass die heutzutage schon sehr früh anfangen zu lesen. Er verschränkt die Arme und stöhnt missmutig, und ich muss lachen, denn bisher habe ich nur Cartoonfiguren so was machen sehen. Was die Situation allerdings nicht unbedingt entspannt: Billy stapft wutentbrannt zurück ins Klassenzimmer, was mich zwingt, aufzuspringen und ihm nachzulaufen, damit Seema nicht denkt, ich hätte meinen Schützling nicht unter Kontrolle, auch wenn das ganz offensichtlich der Fall ist. Zu meinem Erstaunen hopst er fröhlich über den Teppich, um sich dann auf seinen Platz zu setzen und Seema aufmerksam anzuschauen. Fast als wollte er mich verhöhnen.

Ich setze mich wieder an den Tisch. Ich bin nicht die Richtige für diesen Job. Ich weiß nicht, wie ich Dax helfen kann, besser lesen zu lernen, und ich habe auch nicht Zeit, Geduld und Nervenstärke, die es braucht, um Billy dazu zu bringen, mich zu mögen. Das war eine ganz bescheuerte Idee. Zugegeben, Billy hat nicht ganz unrecht, was das Buch angeht, das er abfällig auf dem Tisch liegen gelassen hat: *Die Farm der Tiere* ist es nicht gerade – kein Wunder, dass er keine Lust hat zu lesen. Er braucht eine fesselnde Geschichte, die ihn in ihren Bann zieht ... was mögen Jungs denn so? Spione? Fußball? Politische Intrigen? Billy ist (unter anderem) gewitzt: Spione könnten gehen oder Detektive vielleicht, kleine Jungs wie er, die ein Geheimnis lüften ...

Seema kommt an die Tür. »Alles in Ordnung?«

»Ja, bestens, danke.« Ich stehe auf und stolpere dabei über den Stuhl.

»Wie war's?«

»Ganz gut, glaube ich.« Angestrengt weiche ich Seemas Blick aus und versuche, sie nicht anzuschauen. Wenn sie erfährt, was passiert ist, bekomme ich den Job nie im Leben. »Billy ist ... ziemlich willensstark.« Was ich nur sage, weil ich glaube, dass es nicht nett ist, ein Kind als »kleines Arschloch« zu bezeichnen.

Seema grinst vielsagend. »Ja, das ist er. Aber er wird Ihnen noch ans Herz wachsen, das garantiere ich Ihnen. Und jetzt gibt es erst mal eine Tasse Tee.«

*

»Alles in Ordnung?« Guy fragt mich das jetzt schon zum vierten Mal. Wobei, streng genommen hat er mich beim dritten Mal gefragt: »Alles okay?«, aber das sind Wortklaubereien.

»Alles bestens.« Ich weiß nicht, ob ich damit noch ein fünftes Mal durchkomme.

»Du hast doch was«, meint Guy. Er ist nicht dumm, und ich behandele ihn, als sei er es. Seit ich ihm die Tür aufgemacht habe, spiele ich die Rolle der Frau-die-mit-dir-zusammen-sein-will, allerdings nicht besonders überzeugend. Am Anfang machte es mir die Wiedersehensfreude ein bisschen leichter, und wir fingen an zu reden, und ich fragte mich schon, ob meine Zweifel nicht vielleicht doch unbegründet sind – wir haben uns in den vergangenen Wochen so selten gesehen, vielleicht habe ich mich einfach daran gewöhnt, ohne ihn zu sein. Aber das sind sie nicht.

Ich sage: »Es ist nichts«, worauf Guy sofort kontert: »Rosy«, und es klingt wie ein Befehl: *Sag's mir.*

Ich drehe mich zu ihm um und reiße mich zusammen, um nicht loszuheulen, denn das wäre einfach unfair. »Ich glaube, es wäre besser, wenn wir uns nicht mehr treffen.« Schnell gucke ich weg, aber ich spüre, dass er mich noch immer unverwandt ansieht. Ich schaue auf, und sein Blick wirkt leer. Aber vielleicht tobt so ein Gefühlssturm in ihm, dass er gar nicht weiß, wo er anfangen soll. Er sagt: »Okay«, dann steht er auf und läuft einmal im Kreis.

An den Türrahmen zur Küche gelehnt fragt er schließlich: »Ist was passiert?«

»Nein.« Nichts ist passiert. Vielleicht liegt genau da das Problem.

»Okay.« Er steuert auf den grünen Stuhl zu, überlegt es sich anders, setzt sich dann doch und fängt an, mir Fragen zu stellen: Wie lange ich schon so empfinde? Ob er was falsch gemacht hat? Hätte er irgendetwas anders machen sollen – kann er jetzt noch was tun? Ich beantworte jede Frage so ausführlich und ehrlich wie möglich, aber ich weiß nicht, ob ich es damit nicht noch schlimmer mache. Ich habe noch nie mit irgendwem Schluss gemacht. Keine Ahnung, wie man das macht – sonst bin ich es immer, die sitzen gelassen wird. Ich kann nur eins mit Gewissheit sagen, und das weiß ich, seit ich von meinen Eltern zurückgekommen bin, und zwar: Wenn ich mich jetzt von Guy trenne, dann war's das. Wenn ich danach irgendwann morgens um drei einsam und/oder betrunken zuhause sitze und meinen Entschluss bereue, habe ich eben Pech gehabt. Die Trennung von Charlie hat sich über Wochen hingezogen, bis ich irgendwann ernsthaft glaubte, den Verstand zu verlieren. Er hat nicht mehr mit mir geredet, es sei denn, um mich anzuschreien, dass ich ihn runterziehe, oder mich anzulügen, wenn ich ihn gefragt habe, wo er gewesen ist. Diese Ausbrüche wechselten ab mit Phasen weinerlichen Selbstmitleids, in denen er herumjammerte, was für ein schlechter Mensch er doch sei, und damit nicht mehr aufhörte, bis ich ihm glaubhaft und mehrfach versicherte, dass dem nicht so sei. Damals habe ich mir geschworen, dass ich es, sollte ich mich je von jemandem trennen, ganz bestimmt nicht *so* machen würde.

Unvermittelt bricht sich bei Guy die Wut Bahn, zögerlich zunächst, dann immer heftiger. »Wenn du Zweifel hattest, hättest du es gleich sagen sollen. Du hast meine Zeit verschwendet und mich wie einen Idioten dastehen lassen«, schäumt er.

»Nein, Guy, ich habe nie …«

»Hast du jemand anders kennengelernt?«

»Nein.« Was ich deshalb so nachdrücklich sage, weil ich ihm versichern will, dass an diesem Verdacht nichts dran ist. Die Vermutung, eine finstere dritte Partei könnte der Grund sein, liegt wie ein Schatten über jeder Trennung. Und Guy soll wissen, dass es nur an mir liegt, dass ich ihn nicht für einen größeren Schwanz oder komischere Witze sitzen gelassen habe. Diesen kleinen Freundschaftsdienst will ich ihm unbedingt erweisen.

»Und … warum dann?«, fragt Guy. Die Frage musste früher oder später kommen, auch wenn ich egoistischerweise gehofft hatte, es würde mir (aus irgendwelchen unerfindlichen Gründen) erspart bleiben. Ich hatte gehofft, ich wüsste die Antwort, wenn es so weit wäre. Aber ich habe mich geirrt.

»Es ist einfach nicht mehr da«, sage ich.

»Was?«

»Dieses … Gefühl. Mit jemandem zusammen sein zu wollen – *so*, meine ich. Ich meine, nach dem anfänglichen … zu wissen, dass man jemanden mag, ihn *wirklich* mag … Ich glaube, es ist einfach nicht mehr da. Für mich jedenfalls nicht.«

Blinzelnd sieht Guy mich an, und ich fürchte schon, er bricht gleich in Tränen aus. Dann werden seine Gesichtszüge plötzlich hart und verziehen sich zu hasserfülltem, hochkonzentriertem Abscheu. »Na, dann ist ja alles klar, besten Dank auch.«

Ich fühle mich richtig mies, aber ich glaube, das tut gerade nichts zur Sache. Guy will nur wissen, warum meine Gefühle, die ich doch eigentlich für ihn haben sollte, sich urplötzlich in Luft aufgelöst haben. Und genau das kann ich ihm leider nicht erklären. Meine Fingernägel graben sich in die Handflächen. »Ich glaube, ich stehe einfach nicht mehr auf dich.«

Guy schnaubt und lacht bitter auf. Dann nickt er, und sein Blick geht auf den Boden, und er beugt sich vornüber und stützt die Arme auf die Knie, die Hände fest verschränkt. Er sagt: »Ich will nicht gehen.« Und mein Herz zerspringt in tausend Stücke.

*

Irgendwann ging er dann doch. Er musste. Er ist in mein Zimmer gegangen und hat seine Tasche geholt, und dann habe ich gehört, wie die Wohnungstür hinter ihm ins Schloss fiel. Jetzt sitze ich auf dem Sofa in der totenstillen Wohnung und frage mich, ob das die richtige Entscheidung war. Das passiert mir in letzter Zeit häufiger.

23.
Die Welt der Sinne

Mr Hand rief mich an und sagte mir, dass sie mir den Job geben wollten. Er war ganz begeistert und meinte: »Seema hat mir nur Gutes über Sie berichtet!«, und ich konnte mir vorstellen, wie sich dabei Lachfältchen um seine Netter-Onkel-Augen bildeten. Die Bezahlung ist nicht besonders gut – der Betrag, den Mr Hand mir nennt, ist, gemessen an meiner Bezahlung in der PR-Agentur, weniger ein Rückschritt als vielmehr ein Ritt auf einer Kanonenkugel vom Zehnmeterbrett ins Becken der Arbeitsarmut –, aber die Arbeitszeiten sind unschlagbar: Der Unterricht endet um 15:15 Uhr. Und dass ich wieder einen Job habe, wird zumindest meine Mutter beruhigen, und das ist ein mehr als guter Grund.

Da es erst am kommenden Montag losgeht, habe ich mir überlegt, bis dahin ein bisschen Schriftstellerin zu spielen. Also habe ich mir Laptop und Notizblock geschnappt und sitze Chai Latte schlürfend mitten am helllichten Tag in einem Café, ergo bin ich Schriftstellerin. Mein bisheriger Plan lautet wie folgt:

1. Fesselnden, genreübergreifenden Bestseller schreiben
2. Besagtes Buch einem Agenten andrehen. (Notiz: mich erkundigen, wie man an einen Agenten kommt.)

Außerdem habe ich mir einen Ausweichplan zurechtgelegt, sollte »der Plan« (der erste) nicht aufgehen: Dann veröffentliche ich meinen fesselnden, genreübergreifenden Roman einfach selbst, was Google zufolge heutzutage überhaupt kein Problem mehr ist. Dann wird es eine langsam anlaufende Mundpropaganda-Erfolgsgeschichte, und ich werde eine Underground-Folklore-Helden-Außenseitererfolgsautorin, aber trotzdem stinkreich. Irgendwann wird das Buch dann verfilmt, und ich werde stinkreich *bis an mein Lebensende* und kann mit Fug und Recht behaupten: »Ich bin Schriftstellerin«, statt erklären zu müssen, dass ich *eigentlich* Schriftstellerin bin, aber meine Brötchen derzeit als Lernassistentin verdiene und auf gelegentliche Geldspritzen meiner Eltern angewiesen bin ... Ich sträube mich immer noch dagegen, es laut auszusprechen, solange ich noch nichts veröffentlicht habe. Ich glaube nicht, dass die NASA Leuten, die nie im Weltraum waren, erlaubt, sich Astronauten zu nennen.

*

Wow – Schriftstellerin zu sein ist ganz schön schwer. Und langweilig. Mir will partout keine gute Idee für eine Geschichte einfallen, und das Dokument, das ich optimistisch »Buch« benannt habe, bleibt hartnäckig leer – blütenweiß, unbeschrieben, ein Schneesturm in der Arktis. Außerdem geht mir langsam auf, dass es viele gute Gründe gibt, *nicht* zu schreiben, darunter (aber nicht ausschließlich): soziale Medien, Online-Nachrichten, Katzenvideos auf YouTube, Musikhören und (ausgiebig) beobachten, was um mich herum geschieht, ganz egal was: Wenn es sich bewegt oder Geräusche von sich gibt, weckt es mein Interesse.

Gestützt auf diese neuesten Erkenntnisse habe ich beschlossen, einen Blog zu schreiben. Und ja, ich kann mir vorstellen, dass das auf den ersten Blick sehr nach einer Arbeitsvermeidungsstrategie aussieht und wie das genaue Gegenteil von einem Buch oder der Arbeit daran und dieser womöglich sogar hinderlich ist, aber lassen Sie mich kurz erklären, warum dies mitnichten der Fall ist. In dem Blog, den ich Ms Comic Sans nenne, geht es um die alltäglichen Herausforderungen einer jungen Mittzwanzigerin, die kürzlich ihren gut bezahlten Job in der PR-Branche gekündigt hat und sich nun als Lernassistentin und angehende Schriftstellerin durchschlägt. Er beschäftigt sich mit einem weitreichenden Themenspektrum, angefangen bei Dating und Arbeiten in London bis hin zu der Frage, warum Kate Bush bis heute als weiblicher Popstar unübertroffen ist. Zuerst sollte es ein Twitter-Feed werden, aber das wurde mir zu langweilig und zu kniffelig, denn 140 Zeichen sind zu wenig, um irgendwas Sinnvolles von sich zu geben – weshalb mir die Idee mit dem Blog kam. Sie verstehen? Den zu schreiben ist *kinderleicht*. Ich brauche mir keine Ideen aus den Fingern zu saugen, ich spucke einfach aus, was mir gerade durch den Kopf geht, genauso wie als Teenie Tagebuch zu schreiben, allerdings mit wesentlich weniger Selbstverachtung und selbstmitleidigem Gewinsel, das sich hauptsächlich darum drehte, es nicht erwarten zu können, so schnell wie möglich meine Jungfräulichkeit zu verlieren. Der Blog hilft mir, mich im Schreiben zu üben, auch wenn Genre, Thema und Stil ganz anders sind als bei meinem fesselnden, genreüberschreitenden Bestseller, den ich jeden Augenblick zu schreiben beginnen werde. Ich habe eine halbe Stunde gebraucht, um mir einen Namen für den Blog auszudenken.

*

Es ist später Samstagnachmittag. Die Beste und ich sitzen bei ihr zuhause auf der Couch und schauen nebenbei fern, während sie sich für ihre Verabredung mit Ed zurechtmacht. Ich tindere. Nach einigem Hin und Her bin ich doch wieder in die Tindersphäre zurückgekehrt. Weil es mir zunächst Guy gegenüber respektlos erschien, habe ich eine angemessene Vakanzzeit verstreichen lassen, aber aus Tagen wurden Wochen, und irgendwann bin ich zu dem Schluss gekommen, dass ich es nicht ewig aufschieben kann, weil ich sonst nie wieder im Leben Sex haben werde. Weil ich eine Meinung aus einer männlichen Sicht der Dinge hören wollte, rief ich meinen alten Kollegen Liam an. Wir hatten es zwar noch immer nicht geschafft, uns nach unserer Tinder-Begegnung im wahren Leben zu treffen, aber mit Liam ist es so: Er geht ans Telefon, und es kommt mir vor, als hätten wir uns erst vor ein paar Tagen das letzte Mal gesehen. Sein Rat ist eindeutig: »Du musst so schnell wie möglich zurück in den Sattel.«

»Und wenn Guy mich sieht und glaubt, das mit ihm hätte mir gar nichts bedeutet? Dass er nur ein Zeitvertreib war, während ich insgeheim auf den Richtigen gewartet habe?«

»Wenn er dich da sieht, dann ist er selbst auch wieder da, du Hirni.«

»Ich will ihn aber nicht verletzen.«

»So denken auch nur Frauen. Ro, du hast mit ihm Schluss gemacht. Der Drops ist gelutscht.«

»Wann ist Tinder eigentlich so schrottig geworden?«, frage ich die Beste. Sie dreht sich gerade Locken vor dem kleinen Spiegel, den sie sich in den Schoß gestellt hat.

»Ist mir gar nicht aufgefallen.«

»Mir schon. Tinder ist Müll.«

»Warum?«

»Hier.« Ich rutsche zu ihr rüber und halte ihr das Handy

unter die Nase. »Es. Gibt. Keine. Männer. Mehr«, sage ich im Takt zu jedem Gesicht, das ich beiseitewische.

»Du bist viel zu schnell«, wendet sie ein. »Lass mich mal gucken.« Die Beste schaltet den Lockenstab aus und legt ihn beiseite, dann lässt sie sich das Handy geben. Mit nur siebzehnmal Wischen hat sie drei recht ansehnliche Männer herausgepickt und nach rechts befördert: Sam, Ben und Matt.

»Boah! Wie machst du das bloß?« Verdattert lasse ich mir das Handy zurückgeben. »Früher waren so viele gut aussehende Männer auf Tinder, aber heute wimmelt es nur so vor Vollpfosten, die in Asien mit sedierten Tigern posieren, und Penisfotos. Meinen Männer wirklich, eine Frau guckt sich einen Schwanz an und denkt: ›Ja, den will ich heiraten?‹ Gibt es Frauen, die so denken?«

Die Beste lacht gequält auf. »Bestimmt.«

Eindringlich mustere ich ihr Spiegelbild. Die Lippen hat sie zu einem schmalen Strich zusammengepresst, und sie wirkt ausdruckslos und abwesend – man hört es an ihrer Stimme.

Ich frage sie, ob alles okay ist, und sie sagt: »Ach, es ist bloß Ed.«

»Was ist denn los?«

Seufzend dreht die Beste sich zu mir um. »Es ist blöd. Und ich komme mir idiotisch vor, es auch nur laut auszusprechen.«

»Sag's mir trotzdem.«

»Es sind ganz viele kleine Dinge«, setzt sie an. »Ganz blöde Sachen, wie dass er einfach mittendrin nicht mehr auf meine Nachrichten reagiert, und ich dann ein paar Tage lang nichts mehr von ihm höre, oder er sagt mir, er macht dies oder das, und nachher finde ich raus, er hat was ganz anderes gemacht – klar, manchmal macht man was anderes als geplant, aber darum geht es nicht ... es ist bloß ...«

»Bloß was?«

»Du hältst mich jetzt bestimmt für völlig paranoid.«

»Das glaube ich kaum.«

»Ich habe Adele im Büro ein Bild von ihm gezeigt, und sie meinte so: ›Ach, den kenne ich von Tinder.«

»Er ist noch auf Tinder?«, platze ich etwas zu unvermittelt und empört heraus, ehe ich mir auf die Zunge beißen kann.

»Das ist es ja: Sie *denkt*, sie hat ihn gesehen, aber sie ist sich nicht ganz sicher, und sie wusste auch nicht mehr genau wann, also kann es auch sein, dass das ewig her ist, ganz am Anfang, als wir uns gerade kennengelernt haben oder sogar noch früher.«

Ich versuche, ganz objektiv zuzuhören, was mir zugegebenermaßen schwerfällt, denn meine Synapsen knallen schon durch, wenn ich bloß seinen Namen höre. »Man müsste ganz schön blöd sein, um bei Tinder zu bleiben, wenn man eine Freundin hat«, sage ich. Worauf die Beste sich vornübergebeugt, die Hände vors Gesicht schlägt und ein wütendes, animalisches Knurren ausstößt.

»Und da wären wir auch schon beim zweiten Punkt!«, schimpft sie. »Ich bin nicht seine Freundin, offiziell sind wir kein Paar. Ich habe ihn darauf angesprochen, und ehrlich gesagt, konnte er das Thema gar nicht schnell genug wechseln. Und jetzt traue ich mich nicht, es noch mal anzusprechen. Und neulich abends hat sein bester Kumpel mich gefragt, was da eigentlich zwischen uns beiden läuft, also hat er seinen Freunden offensichtlich nicht gesagt, dass wir zusammen sind.«

»Wie lange kennt ihr euch jetzt schon?«

»Beinahe sieben Monate.« Sie starrt nach unten und scheint völlig entmutigt zu sein.

Ich könnte der Besten jetzt sagen, dass Ed ein riesengroßer Wichser ist, der sie nach Strich und Faden verarscht, und dass sie ihn so schnell wie möglich abschießen und so weit wegrennen soll, wie es dieser Planet zulässt, aber das wäre sinnlos. Sie ist noch nicht so weit, das hören zu wollen. Ich vermute, tief drinnen weiß sie es längst. Statt ihr also zu sagen, was sie nicht hören will, marschiere ich in die Küche und komme mit einem Glas Nutella, das ich vorhin, als ich den Tee gekocht habe, im Schrank entdeckt habe, und zwei Löffeln zurück ins Wohnzimmer. Ich schraube den Deckel ab, und sie lächelt, wenn auch etwas matt.

»Und jetzt sitze ich hier und treffe mich gleich mit ihm und brezele mich auf bis zum Anschlag wie immer, wenn wir uns sehen«, sagt sie mit schokonussverklebter Aussprache, »und ich weiß ganz genau, nachher bin ich bei ihm und denke, ja, ich sehe hübsch aus – vielleicht fällt es ihm diesmal auf, und er macht mir ein Kompliment. Macht er aber nie, weswegen ich mich immer hässlich und ungeliebt fühle.«

»Ich finde es furchtbar, dass er dir dieses Gefühl gibt.«

»Ich auch«, sagt sie und attackiert das Nutellaglas mit dem Löffel.

Ich bringe die Beste bis zur Bahn und sage ihr noch mal eindringlich, dass sie Ed auch einfach anrufen und die Verabredung absagen kann (was Ed schon mehrfach getan hat), aber ich weiß, das wird sie ohnehin nicht tun, und ich glaube, ich würde es an ihrer Stelle auch nicht machen. Dann sage ich ihr, dass sie *mich* auch jederzeit anrufen kann und umarme sie fest zum Abschied, und dann verschwindet sie in der Bahnstation.

Auf dem Nachhauseweg im Bus piepst mein Handy, und Tinder zeigt mir an, dass ich mit Matt gematched wurde, einem der drei Männer, die die Beste eben geliked hat. Sofort schreibt er mich an:

Matt:
'n Abend Rosy,
wie geht's dir?

Rosy:
Mir geht's gut,
danke Matt, auch wenn
ich lieber nicht mit
dem Bus im
Feierabendverkehr
stecken würde.

Matt:
Da sagst du was –
wäre ja wirklich zu
schade, wenn du zu
spät zu unserer
Verabredung heute
Abend kommst.

Ich lese die Nachricht einmal und dann ein zweites Mal. Kennen wir uns? Möglich ist es, auch wenn der Name mir nichts sagt. Es könnte sein, dass ich mich für heute Abend mit ihm verabredet und es dann völlig vergessen habe. Es könnte aber auch sein, dass »Matt« nicht alle im Sträußchen hat.

Rosy:
Ähm … wie bitte?
Sind wir verabredet?!

Matt:
Ja, ich dachte, ich lade
dich heute Abend auf
einen Drink ein. Du lässt
mich doch nicht
hängen, oder?

Ich schließe den Thread. Wenn das sein Eröffnungsbluff ist, muss ich schon sagen, das hat was. Ich weiß noch nicht, ob es mir gefällt oder nicht. Es sind noch sieben Haltestellen bis nach Hause, und eigentlich hatte ich mir alles schon genau überlegt: Ich wollte duschen und dann den Pyjama anziehen und mir der nassen Haare wegen ein Handtuch um die Schultern legen. Ich wollte mir was zu essen machen, irgendwas Schönes mit den Krabben, die ich als kleines Freitagsleckerchen gekauft habe, und das dann vor dem Fernseher futtern und irgendwelchen Blödsinn anschauen. Dann vielleicht noch ein bisschen bloggen, mir die Nägel lackieren, und wenn mir danach ist, fix in den Laden gegenüber springen und mir ein Crunchie besorgen ... ein durch und durch un-rock'n'rolliger, aber wunderbarer Samstagabend. Ich öffne Matts Nachricht und lese sie noch mal durch, ehe ich antworte:

Rosy:
Unglaublich, das hatte ich ganz
vergessen. Wann und wo?

*

Ich bin ziemlich angeglimmert. Was daran liegen könnte, dass ich seit dem Frühstück nur ein bisschen Schokonussaufstrich gegessen und innerhalb einer Stunde zwei Happy-Hour-Cocktails getrunken habe. Und davor schon drei andere Drinks, die Matt mir im Pub ausgegeben hat. Ich bin also angeglimmert – erwähnte ich das bereits? –, weshalb manches ein wenig verschwimmt. Meine Fähigkeit, geradeaus zu gehen, hat etwas gelitten und ich muss mich verzweifelt an die objektive Wahrheit klammern, um mich über Wasser zu halten: Matt ist Webdesigner. Matt ist witzig. Matt ist klug und einnehmend, und seit wir uns vor vier Stunden getroffen haben, reden wir eigentlich ununterbrochen, nur dass es mir vorkommt, als würden wir uns schon seit vier *Jahren* kennen. Manchmal fühlt es sich fast so an, als sei ich seine Freundin. Ich glaube, das werde ich auch. Matt ist blond, hat schmale Lippen und ist groß und kräftig – eigentlich gar nicht mein Typ, aber ich fühle mich aus ganz anderen Gründen zu ihm hingezogen. Außerdem bin ich ja mit meinem »Typ« bisher mit schöner Regelmäßigkeit gegen die Wand gefahren. Und die Liebe schaut ohnehin nicht nach Äußerlichkeiten.

Ich glaube, Matt ist auch angeglimmert. Erst wettert er gegen Radfahrer und kommt dann nahtlos auf Shakespeare, worauf er mir leicht nuschelnd empfiehlt: »Du musst unbedingt *Othello* lesen.«

»Haben wir in der Schule gelesen.«

»Es ist genial, ich fand es großartig. Er hat da so was mit Gegensätzen, das zieht sich wie ein roter Faden durch das ganze Stück, jede Menge Anspielungen auf Licht und Dunkelheit, genau wie Othello und Iago. Shakespeares Ansichten zum Rassismus waren seiner Zeit weit voraus.«

Ich nicke. Und habe wieder meinen Aufsatz aus der Schule vor Augen, gespickt mit Anmerkungen zu just diesem Thema, und habe noch Mr Austens Stimme im Ohr, wie er darüber referiert, Othellos im Grunde guter Charakter werde durch Iagos düstere, verdrehte Gedankenwelt korrumpiert. In dem Stück geht es natürlich auch um die Hautfarbe, aber für mich ging es nicht so sehr um Gegensätzlichkeiten, sondern vielmehr darum, wie Othello und Iago Licht und Schatten repräsentieren, die wir alle in uns tragen – beides zusammen macht erst einen Menschen aus. Jetzt, wo wir darüber reden, muss ich daran denken, wie Mum bei unserem Altherrenspaziergang mit Hector ihre Gefühle für Dad beschrieben hat. Sie sagte was von den guten und den schlechten Seiten und dass die Liebe darauf gegründet sei, die schlechten Seiten des anderen genauso zu akzeptieren wie die guten. Ich glaube zumindest, dass sie das gesagt hat. Ich kann mich gerade nicht so genau erinnern, ich bin zu betrunken.

»Ich habe neulich was über neurolinguistische Programmierung gelesen«, sagt Matt. »Wirklich sehr interessant. Da kommt man ins Grübeln, was da eigentlich genau im Hirn passiert. Solltest du auch mal lesen.«

»Mache ich«, sage ich. Mache ich eher nicht. Obwohl es ja heißt, man soll sich für die Interessen des Mannes interessieren ... so heißt es doch immer. »Und, was passiert so in deinem Hirn?«

»Ach, kurz und gut, ich habe nicht mehr alle Nüsse im Schälchen. So wie wir alle.«

»Ja, *aber* ...«, kontere ich und zeige auf Matt. »Ich liiiiebe Nüsse.«

»Nüsse sind ja auch toll!«, stimmt er mir begeistert zu. »Okay, Lieblingsnuss.«

»Ooh, das ist schwer, ich mag eigentlich alle ...«

»Wenn du dich für eine entscheiden müsstest ...«

»Okay, ähm – Cashew.«

»Sehr gute Wahl«, brummt Matt und nickt zustimmend.

»Die Pistazie lag auch ganz gut im Rennen, aber es gab Punktabzüge für das elende Gepiddel mit der Schale.«

»Hart, aber fair. Nüsse müssen leicht zu knacken sein. Mir gefällt, wie du denkst, Rosy.« Was ich höre als: *Du* gefällst mir, Rosy. Ich würde Matt gerne küssen, ich glaube, das wäre schön. Ich bin heute Nachmittag beinahe ohne Erwartungen und noch weniger Make-up hierhergekommen, aber diese Verabredung entwickelt sich langsam zu einer der besten, die ich je hatte.

Er sagt: »Woran denkst du gerade?« Normalerweise hasse

ich diese Frage, aber diesmal ist die Antwort ganz einfach: Vom Küssen mal abgesehen, muss ich dringend aufs Klo. Matt dankt mir für die ehrliche Antwort und bietet an, die nächste Runde zu holen, während ich aufs Damenklo gehe. Und dann, als ich gerade aufstehen will, zieht er mich zu sich, bis unsere Lippen sich berühren. Er nimmt mein Kinn in die Hand und beißt mir zart in die Lippe, seine Hand gleitet in meinen Nacken, und er leckt sanft an meiner Zunge, bis ich glaube, meine Klitoris explodiert.

*

Wir stehen auf der Tanzfläche eines Clubs, und ich packe meine besten Moves aus, allen voran Arschwackeln und (mich selbst) Betatschen. Es zeigt den gewünschten Effekt: Ich bin sexy wie Beyoncé, wenn auch nicht ganz so standsicher. Gelegentlich gerate ich ins Stolpern, was ich mit einem Ausfallschritt zu überspielen versuche. Für einen Mann bewegt Matt sich eigentlich ganz gut, wobei wir immer wieder kurz aussetzen mit dem Gezappel, um inmitten der Menschenmenge auf der Tanzfläche hemmungslos zu knutschen.

Er löst sich kurz von mir, beugt sich zu mir herunter und flüstert mir ins Ohr: »Willst du ein bisschen Charlie?«

In dem Durcheinander aus Alkohol, lauter Musik und heißem Unterhöschen denke ich im ersten Augenblick, Matt meint meinen Exfreund Charlie. Dass er hier ist. Weshalb ich mich verdattert umgucke und nach ihm Ausschau halte. Aber Matt meint nicht meinen Ex, sondern etwas, das genauso toxisch ist wie er. Er greift nach meiner Hand und legt etwas Kleines, Leichtes, Glattes hinein, und ich stehe stocksteif da, mit dem Tütchen in meiner Hand. Ich habe zwar schon gekokst, aber doch nicht so, mitten in einem Club, mit einem Mann, den ich gerade mal seit sechs Stunden kenne.

Trotzdem habe ich nur einen Gedanken: Auf keinen Fall soll er mich für eine spießige Spielverderberin halten. Ich bahne mir den Weg durch die pulsierende Menschenmenge zu den Toiletten. Dort verziehe ich mich in ein Abteil, klappe den Klodeckel herunter und verriegele hinter mir die Tür.

Drogen! Illegale Drogen! Ich bin eine Kriminelle! Einerseits ist es aufregend, mit so einem durchgeknallten Typen wie Matt abzuhängen. Aber besonders originell ist es eigentlich nicht. Koks ist doch so was von out, das Zeug ist heutzutage so billig und so schlecht, und inzwischen koksen ja sogar schon Boybands. Aber aufregend war es schon, als er mir mitten im Gedränge das Tütchen in die Hand gedrückt hat – vielleicht umso mehr nach der Sache mit Guy, dessen Drogenkarriere, wie er mir einmal erzählte, damit begann und endete, einmal an einem Joint gezogen zu haben. Das Tütchen ist winzig klein wie eine Hamsterhandtasche. Ich halte es hoch und schüttele es ganz leicht und erwarte eigentlich, dass die Flöckchen herumwirbeln, aber das Pulver ist so komprimiert, dass es beinahe fest erscheint. Ich brauche was zum Schnupfen, habe aber keine Geldscheine im Portemonnaie – wieso wundert mich das eigentlich –, also krame ich in der Handtasche nach einem Kassenbon und brauche dann mehrere Minuten, bis ich ihn zu einem festen Röhrchen zusammengedreht habe. Dann beuge ich mich über den Toilettendeckel. Wie viel soll ich nehmen? Ich hatte in den vergangenen sechs Stunden mit Matt mehr Spaß als in den vergangenen sechs Monaten zusammen, und das will ich nicht mit einem völligen Blackout ruinieren oder einem lauwarmen High.

Wobei ... will ich das wirklich?

Matt ist der Hammer: interessant, schlagfertig, gebildet ... aber noch mal zum Mitschreiben: Ich kenne ihn seit *sechs* Stunden. Und plötzlich sehe ich die Szene wie durch eine Lupe: Wie ich hier allein auf dem Klo sitze mit einem Beutelchen Koks, das genauso gut mit zermahlenem Glas oder Rattendreck gestreckt sein könnte. Und das immer vorausgesetzt, dass da wirklich Kokain drin ist und nicht Crack oder Mehl oder Mehl mit Rohypnol versetzt. Unschlüssig drehe ich den Kassenzettel in den Fingern. Ich will, dass Matt mich mag, weil man mit mir Spaß haben kann, weil ich cool bin und abenteuerlustig und spontan und aufregend – als würde Matt mich lieber mögen, wenn ich so bin wie er. Aber ich will nicht sterben, und chemische Substanzen unbekannter Provenienz einzuatmen erhöht das diesbezügliche Risiko ungemein, und außerdem muss ich morgen zum Friseur. Wenn ich mit den Zähnen knirsche, die Augen ganz weit aufreiße und ununterbrochen wie ein Wasserfall irgendwelchen zusammenhanglosen Müll plappere, denkt er vielleicht, ich hätte was genommen. Ich werfe den Kassenzettel in den Mülleimer und verstecke das ungeöffnete Beutelchen im Slip – ich habe ganz schwitzige Hände und befürchte, das Koks könnte in meinen Händen ... ja was? Schmelzen? Geht das überhaupt? Matt kann sich das Tütchen selbst rausholen und mich dabei noch ein bisschen befummeln, eine Win-Win-Situation. Vor dem Waschbecken werfe ich einen Blick in den Spiegel und übe den Ich-bin-total-high-Blick, dann gehe ich wieder raus in den Lärm und die Hitze, zurück zu Matt.

*

In Unterwäsche liege ich auf Matts Bett, während er uns beiden ein Glas Wasser holt. Sein Schlafzimmer ist so spärlich eingerichtet wie alle Männerschlafzimmer: Flachbildfernseher, Schrank mit geschätzten zweiunddreißig Bekleidungsstücken (einschließlich Schuhen), XBox, Haargel neben dem Wecker und alles in Grau und Blau. An einer Wand hängt ein gerahmtes Poster von irgendeinem unbekannten französischen Film, aber das war's auch schon mit der Deko. Er kommt mit dem Wasser herein, stellt die Gläser auf den Nachttisch, steigt ins Bett und legt sich auf mich. Er ist schwer, aber es fühlt sich gut an. Wir küssen uns, zuerst ganz sachte, dann immer fordernder. Wir reiben uns aneinander, Hände überall, seine und meine, auf seinen Klamotten und darunter, bis sie irgendwann zu sehr stören. Matt kniet sich hin und will sich das T-Shirt über den Kopf ziehen, aber er bleibt stecken, und ich sehe nur noch sein Gesicht, das sich durch das T-Shirt abzeichnet wie der in Karbonit eingefrorene Han Solo. Ein letzter beherzter Ruck, und er hat sich befreit (Matt, nicht Han), dann wirft er das T-Shirt auf den Boden. Matt küsst mich auf den Mund, die Wangen, die Ohrläppchen. Dann wandern seine Lippen zu meinem Hals, den er leckt und beißt, was ich ein bisschen eklig finde, aber auch irrsinnig erotisch. Seine Hand geht zum Verschluss meines BHs, den er geschickt aufhakt, und jetzt, wo er meine Brüste aus ihrem Gefängnis befreit hat, sind sie sofort der neue Mittelpunkt des Geschehens. Er hält und streichelt sie, bis ich nach Luft schnappe vor Entzücken, gefolgt von einer Episode weniger angenehmen Nippeldrehens, von dem er wohl glaubt, alle Frauen stünden darauf. Vermutlich weil seine Ex darauf stand. Während sich das alles oberhalb der Gürtellinie abspielt, lasse ich eine Hand hocherotisch über seine Brust und den Bauch nach unten gleiten, bis ich am Bund seiner Jeans ankomme ... Mist, Gürtelschnalle. Die Erzfeindin jeder notgeilen Frau. Meine wesentlich geschicktere rechte Hand ist allerdings in der Sexfalle unter meinem Kopf gefangen, und den Kopf kann ich gerade nicht bewegen wegen Küssen und Stöhnen und so, also muss ich das irgendwie mit links machen und allein nach Gefühl vorgehen. Meine Finger befummeln ungeschickt die Schnalle, dann fahre ich auf der Suche nach dem Anfang mit der Hand am Lederband entlang. Den finde ich just in dem Augenblick, als Matt das Gewicht verlagert. Jetzt ist meine Linke unter seiner rechten Hüfte eingeklemmt. Ich würde ja versuchen, sie wieder rauszuziehen, aber Matts Zunge ist weitergewandert in ... ganz neue Gefilde.

Irgendwann sind wir dann beide nackt, und das Licht ist aus, und Matts Hand streicht an meinen Schenkeln entlang. Es wird ein bisschen gestochert, dann etwas gerieben, zuerst langsam, dann immer schneller und fester ... ein ganz vielversprechender Anfang, aber irgendwann fühlt es sich an, als läge ich unter einem Bandschleifer. Ich halte eisern durch und beiße die Zähne zusammen, und als ich schließlich nicht mehr kann, lege ich die Lippen an sein Ohr und flüstere mich rauer, hauchiger Pornostimme: »Fick mich«, wie ich es in den einschlägigen Filmchen gelernt habe. Es gibt ein kurzes Gummi-Intermezzo, bei dem ich mich verführerisch winde und ein bisschen keuche, dann legt Matt sich auf mich. Es gibt Sex. Er beginnt schnell und bleibt schnell, nicht unbedingt so, wie ich es mag, aber ich bemühe mich, dabeizubleiben und Spaß zu haben. Matt ist sehr bei der Sache und äußerst engagiert: Er packt mich und manövriert mich in alle möglichen Positionen, und plötzlich muss ich an meine Eltern in ihrem neu eingerichteten Wohnzimmer denken: Wie Dad den Ohrensessel unter den Anweisungen meiner Mutter erst hierhin und dann dahin und dann dorthin schiebt. Ach, du lieber Himmel, warum muss ich ausgerechnet jetzt an Mum und Dad denken? Nicht an die Eltern denken: Das ist eine der wichtigsten Grundregeln beim Sex. Entschlossen kneife ich die Augen zusammen und kralle mich mit den Fingernägeln an Matts Rücken, und seine geballte Präsenz bringt mich zurück ins Hier und Jetzt.

Matt dreht mich auf den Bauch wie einen Sandsack und hievt mich dann hoch, bis ich mich ihm darbiete. Dann rammelt er los und drückt dabei mit einer Hand meine rechte Brust. Mit den Fingern streicht er an meiner Wirbelsäule entlang, auf und ab, dann streichelt er mir den Nacken und seitlich das Gesicht und fährt mir mit den Fingern durch die Haare, die er dann in der geballten Faust hält. Unvermittelt zieht er daran. Feste. Ich war schon fast ein bisschen dösig, aber jetzt reiße ich unvermittelt die vor Schmerz tränenden Augen auf, und mein gespieltes Lustkeuchen verebbt zu einem jämmerlichen Wimmern. Er hat die Finger immer noch in meinen Haaren verkrallt, und solange die Gefahr besteht, dass er das noch mal macht, kann ich mich nicht entspannen. Matt scheint das jedoch, wenn überhaupt, eher anzufeuern: Er stößt immer fester und schneller zu, und gerade, als ich drohe, die Lust-Schmerz-Grenze auf die ganz und gar nicht gute Art und Weise zu überschreiten, spannt sich sein ganzer Körper, und seine Muskeln zittern, und er kommt mit einem heroischen Jodler und einigen mickrigen letzten Stößen, um dann auf das Bett zu plumpsen und sich erschöpft auf den Rücken zu drehen. Eine Minute vergeht, dann schlägt er die Augen auf und streckt die Hand nach mir aus. Mit den Fingerspitzen streicht er mir über den Arm. »Und, wie war das?«

»Toll.« Meine Standardantwort. Es war größtenteils ganz okay, aber fürs Beinahe-Skalpieren gibt es empfindliche Punktabzüge. Matt zieht mich zu sich, bis ich neben ihm liege, und drückt sich gegen mich, sodass unsere Körper sich aneinanderschmiegen. Vermutlich sollte ich ihn lieber nicht auf die Geschichte mit den Haaren ansprechen, zumindest jetzt nicht. Vielleicht zeigt sich darin Matts ungezügelte, impulsive Seite. Nach den letzten Monaten könnte es mir womöglich ganz guttun, mit jemandem wie Matt zusammen zu sein. Und wie es scheint, hat er auch noch eine sanftere, liebevolle Seite. Er murmelt mir »Gute Nacht, meine Hübsche« ins Ohr, dann umarmt er mich und hält mich fest, bis wir beide eingeschlafen sind.

24.
Liebe und Wut

Liam und ich sehen uns sehr selten. Die bilateralen Verhandlungen zur gemeinsamen Terminfindung liefen ganze drei Wochen lang, und als wir schließlich einen Abend gefunden hatten, an dem wir beide Zeit hatten, warfen wir im letzten Augenblick alles über den Haufen. Statt uns zum Essen in der Stadt zu treffen, wollte Liam bei sich zuhause für uns kochen. Wieso gibt es eigentlich kein kluges Sprichwort, das uns davor warnt, dass es mit zunehmendem Alter neben anderen Dingen auch immer mehr Terminfindungsschwierigkeiten gibt? Früher telefonierte man mittwochs mit einer Freundin, um sich für Samstagabend zu verabreden. Mit siebenundzwanzig wird es immer seltener möglich, irgendwas mit weniger als einem Monat Vorlaufzeit zu organisieren. Wenn man eine Beziehung hat, hat man mit einem Schlag doppelt so viele Verpflichtungen und nur noch halb so viel Zeit für seine Freunde. Matt und ich sind oft mit seinen Freunden unterwegs. Meine wird er in absehbarer Zeit auch kennenlernen, aber er sagt immer, dass er am liebsten mit mir allein ist. Was ich sehr süß finde. Und außerdem haben wir alle Zeit der Welt. Er hat heute Abend einen beruflichen Termin, und da trifft es sich gut, dass Liam auch zufällig Zeit hatte.

Liam ist ein begnadeter Koch, und wir sitzen gerade beim besten roten Thai-Curry, das ich je gegessen habe und das er vollkommen ohne irgendwelchen Fertigkram gezaubert hat.

»Das ist unfassbar lecker! Das ist echt unglaublich lecker!«

»Zum fünften Mal«, sagt Liam. »Vielen Dank. Freut mich, dass es dir schmeckt. Ich kann dir zeigen, wie man das macht, Ro, so schwer ist das nicht. Ein Rezept nachzukochen schaffst sogar du«, meint er augenzwinkernd mit besonderer Betonung auf *sogar du*. Ich habe in der Vergangenheit bereits eindrucksvoll das Gegenteil bewiesen, was ich Liam auch sagen würde, hätte ich nicht gerade den Mund voller Curry.

»Wie läuft es in der wunderbaren Welt der PR?«, erkundigt sich Liam.

»Keine Ahnung. Ich habe gekündigt.«

»Warum?«

Ich zucke nur die Achseln. »War nicht das, was ich machen wollte.«

»Und schreibst du jetzt?« Liam gehört zu den wenigen Menschen, denen ich meine literarischen Ambitionen gestanden habe. Mit meinen Eltern, der Besten und den Pärchen – und Guy, aber der zählt nicht mehr – macht das insgesamt neun Leute, die davon wissen. Er sagt: »Wenn du es ernsthaft versuchen willst, musst du die Dinge in die Hand nehmen.«

»Du klingst schon wie mein Vater.« Die leichte Verärgerung in meiner Stimme ist nicht zu überhören. Liam meint, dass jeder seinen Traum leben sollte. Wobei er leider die Tatsache verdrängt, dass er nur deshalb den ganzen Tag an alten Autos herumschrauben kann, weil er einen stinkreichen Daddy hat. Man kann sich kaum zwei Menschen vorstellen, die einander weniger ähneln als Liam und sein Vater: Dr. Henry Vaughn Richards ist ein ehemaliger Marine-Schiffsmakler. Unter einem freien Tag versteht er, von zuhause aus zu arbeiten. Die zwei, drei Male, die wir uns gesehen haben, war er stets höflich und korrekt und extrem gut gekleidet (und nicht unattraktiv für einen Herrn in seinem Alter, wobei ich das Liam gegenüber lieber unerwähnt lasse). Ich habe mich immer gefragt, wie es für ihn sein muss, einen so klugen Sohn zu haben, der leider stinkend faul ist und dessen Kleidungsstil frappierend an den von Huckleberry Finn erinnert. Liam sagt, er mache gelegentlich die Buchhaltung für die Firma seines Vaters. »Dann habe ich mehr Zeit für schöne Dinge.«

»Man kann kein Geld damit verdienen, alte Autos aufzubereiten.«

»Ein bisschen schon, vor allem wenn man so viel Zeit investiert wie ich.« Mit der Gabel im Anschlag schaut er mich an. »Und außerdem mache ich das nicht deswegen.« Schweigend sitzen wir da, bis er den Bissen gekaut und heruntergeschluckt hat. Liam hat es nie eilig und redet nur, wenn er auch wirklich was zu sagen hat. Darin ist er das genaue Gegenteil von mir. Schließlich erklärt er: »Das, was einen glücklich macht, ist nicht unbedingt das, womit man reich wird.«

Ich will nicht mehr übers Schreiben reden. Liam würde mir bloß Fragen stellen und darüber reden, als könnte ich diesen Traum tatsächlich verwirklichen. Und dann fange ich an, mir Hoffnungen zu machen, aber im Augenblick ist es besser, angemessen kleine Brötchen zu backen. Um ihn auf andere Gedanken zu bringen, erzähle ich ihm von meinem neuen Job an der Joan Scott Primary School.

»Du und Kinder«, murmelt er, und ich warte darauf, dass er einen Witz auf meine Kosten reißt. Aber er sagt nur: »Kann ich mir gut vorstellen«, und bedenkt mich mit einem strahlenden Lächeln.

Nachdem wir den Tisch abgeräumt haben (und Liam mir zum Beweis, dass wirklich kein Fitzelchen Curry mehr da ist, die leere Pfanne gezeigt hat), holt er zwei Bier aus dem

Kühlschrank und schlägt vor, zum Rauchen auf den Balkon zu gehen. Er nimmt für jeden eine Decke mit, und wir setzen uns in die Gartenstühle und kuscheln uns zum Schutz vor der kühlen Nachtluft in die Decken.

»Wie läuft's bei Tinder?«, fragt Liam und trinkt einen Schluck Bier.

»Ganz gut.« Ich werde rot. »Ich habe jemanden kennengelernt. Er heißt Matt.« Ein verträumtes Lächeln schleicht sich in mein Gesicht – ich kann es mir nicht verkneifen. Ich sage seinen Namen und sehe ihn vor mir und rieche sein Aftershave. Ich spüre seinen Arm, der schwer und warm auf meinen Schultern liegt.

»Was heißt ›kennengelernt‹?«, erkundigt sich Liam. »Heißt das, ihr seid zusammen?«

»Ich glaube, wir sind auf dem besten Weg dahin.«

»Sieht er gut aus?«

Vor meinem inneren Auge betrachte ich kritisch Matts Gesicht. »Eigentlich nicht mein Typ, aber er ist ... ein Sahneschnittchen.«

»*Ein Sahneschnittchen* – die Beschreibung, von der alle Männer träumen«, brummt Liam sarkastisch.

»Das Aussehen zählt nicht, wenn man ... na, du weißt schon.«

»Wenn was? Wenn man sich verliebt?« Liam legt den Kopf schief und schaut mich eindringlich an. »Wie lange kennt ihr euch?«

»Gut zwei Wochen.«

»Und nach zwei Wochen bist du schon dabei, dich in ihn zu verlieben? Kein Wunder, dass man dich nie erreicht.«

»Was redest du denn da?«

»Wie oft habe ich versucht, dich anzurufen? Dreimal? Und du hast ewig nicht auf meine Nachrichten reagiert.«

»Ich habe gerade viel um die Ohren.« Da ist er wieder, dieser ärgerliche kleine Stachel, aus dem langsam Wut wird. Ich knibbele am Etikett meiner Bierflasche.

»Ich verliebe mich nicht in ihn«, erkläre ich.

»Sondern?«

»Ich weiß auch nicht. Mann.« Ich nippe an dem Bier und zwinge mich, ganz ruhig zu bleiben. »Vielleicht ist es einfach ganz schön, ausnahmsweise mal wirklich begehrt und gewollt zu werden.« Liam hat ja keine Ahnung, was ich mit den Patricks und Archies dieser Welt alles durchgemacht habe – wobei er die Geschichte mit Charlie en detail kennt, weshalb es mich ein bisschen wundert, dass er so unsensibel reagiert. Er ahnt ja nicht, wie gut es mir tut, mit Matt zusammen zu sein, vor allem nachdem sich die Sache mit Guy als Sackgasse erwiesen hat.

»Und bei dir so?«, frage ich. Angriff ist immer noch die beste Verteidigung. »Liegen die Frauen dir immer noch dutzendweise zu Füßen?«

»Nein«, entgegnet Liam mit ruhiger, beherrschter Stimme. »Ich bin nicht mehr bei Tinder.«

»Warum nicht?«

»Ich kapier's einfach nicht.« Er rutscht ein bisschen auf dem Stuhl herum und zieht die Decke fest um sich. »Sich endlos durch leere Gesichter zu scrollen, das kommt mir so ... so seelenlos vor. Und nachdem ich mich angemeldet hatte, habe ich mir mein Profil angeschaut und dachte: *Du siehst aus wie ein Idiot.* Ich habe mich selbst kaum wiedererkannt. Man kann sich nicht in fünf Fotos zusammenfassen, und doch wird man auf dieser Grundlage beurteilt.«

Noch nie habe ich das Gefühl gehabt, bei Liam aufpassen zu müssen, was ich sage, aber er klingt so überzeugt, dass ich es kaum wage, mich dazu zu äußern. »Ich muss ungefähr neun gewesen sein, da habe ich meine Eltern auf Knien angefleht, dass wir unbedingt Kabelfernsehen brauchen«, sagt er aus heiterem Himmel. »Irgendwann haben sie schließlich klein beigegeben, und in den ersten wunderbaren Wochen war ich der felsenfesten Überzeugung, Kabelfernsehen sei die genialste Erfindung aller Zeiten. *Aller Zeiten.* Aber es dauerte nicht lange, da habe ich den Fernseher eingeschaltet und hatte die freie Auswahl zwischen Hunderten von Sendern und habe mich durch alle durchgezappt ...« Ich habe keine Ahnung, was Liam da redet und warum, aber er redet sich gerade in Rage, also halte ich einfach die Klappe und lasse ihn reden. »Und irgendwann ging mir auf: Das ist alles ganz großer Schrott. Ich habe fünf Minuten zugeschaut, dann wurde mir langweilig, und ich habe umgeschaltet, weil ich hoffte, woanders läuft was Besseres, aber da war nichts. Und genauso geht es mir mit Tinder.«

Ich glaube, ich verstehe, was er damit sagen will: Liam meint, dass Tinder Gefahr läuft, unter der Masse seiner Nutzer zu implodieren. Dass die unendliche freie Auswahl auch bedeutet, dass niemand mehr eine faire Chance bekommt und man in Gedanken immer schon beim Nächsten ist, statt bei dem aktuellen Gesicht auf dem Display. Er könnte aber auch meinen, dass er das glorreiche Samstagabendshowtriumvirat aus *Baywatch, Gladiators* und *Blind Date* vermisst. Damals, in der guten alten Zeit, als Fernsehen noch so richtig Spaß machte. Mir geht es jedenfalls so.

»Trotzdem ist es eine gute Möglichkeit, neue Leute kennenzulernen«, schmolle ich trotzig.

»Man kann auch ohne Tinder neue Leute kennenlernen«, hält er dagegen. »In Bars, Vereinen ... es gibt grob geschätzt sieben Milliarden Menschen auf dieser Welt. Willst du mal raten, wie viele von denen sich bei Tinder rumtreiben?« Und dann trinkt er den letzten Schluck Bier, steht auf und schaut auf die Uhr. »Jetzt hast du die letzte Bahn verpasst. Willst du auf der Couch pennen?«

Ich schmolle noch ein bisschen, dann brumme ich: »Ja, danke«, gerade so laut, dass er es hört.

»Gut. Bring die Flasche und die Decke mit rein.«

Sobald Liam nach drinnen verschwunden ist, nehme ich das Telefon aus der Hosentasche und suche Matt in den Kontakten.

Rosy:
Hey du ☺ Mädelsabend artet
in Besäufnis aus – zu viel Bier
getrunken, übernachte bei Kate.
Melde mich morgen,
träum schön. xxx

Ich weiß auch nicht, warum ich ihn angelogen habe. Es erschien mir einfach unkomplizierter, als ihm die Wahrheit zu sagen, auch wenn zwischen mir und Liam nie was laufen würde … nicht mehr. Vor Jahren sind wir mal miteinander im Bett gelandet: Ein kleiner Drink freitagabends im Büro wurde zu ein paar kleinen Drinks im Pub, dann zu noch mehr Drinks in einer schmuddeligen Karaokebar, und irgendwann sind wir zu mir nach Hause gewankt. Bis heute können wir uns beide nicht so genau erklären, wie das passieren konnte. Wir wollten eigentlich gar nicht miteinander schlafen, wir waren bloß zu betrunken, um es sein zu lassen. Am nächsten Morgen wachte ich davon auf, dass er mir gegen das Bein pupste, und wir haben gelacht und die Sache als einmaligen Ausrutscher abgetan. Aber wenn ich Matt die Wahrheit sage, würde er mir bestimmt Fragen über Fragen stellen: Welcher Liam? Woher kennt ihr euch? Warum hast du bei Liam übernachtet, statt dir ein Taxi zu rufen? Für Matt würde die Wahrheit sich nach einer Lüge anhören. Das mit Matt und mir ist noch ganz frisch, und es ist mir zu kostbar – ich will nicht, dass er denkt, ich hintergehe ihn. Außerdem ist eine Lüge genauso gut wie die Wahrheit. Manchmal sogar besser.

*

Make-up, Reinigungstücher, Zahnbürste und Kleidung zum Wechseln. Wieder einmal bin ich die pendelnde Freundin. Noch nicht ganz Freundin. Beinahe-Freundin.

Als ich Matt vorgeschlagen habe, er könne doch auch mal zu mir kommen, meinte er nur wieder, es sei doch viel praktischer, wenn ich zu ihm komme, und eigentlich hat er ja auch recht. Er kommt von zuhause viel leichter zur Arbeit, und außerdem ist es bei ihm wesentlich netter als bei mir: Er hat einen Wandschrank für den Staubsauger, der nicht wie bei uns mitten im Flur herumsteht, und seine Mitbewohnerin Lizzie ist nur selten zuhause, weil sie selbst auch einen Freund mit einer schöneren Wohnung hat. Bisher war Matt noch kein einziges Mal bei mir zuhause – das sollte ich vielleicht mal als Argument bringen. Aber ich muss mich erst vergewissern, dass Oona nicht da ist. Dann koche ich was Feines für uns. Matt hat vorgeschlagen, heute Abend zu kochen und dann in die neue Cocktailbar zu gehen, die neulich am anderen Ende seiner Straße aufgemacht hat. Ich sollte hohe Schuhe einpacken.

Mein Telefon fängt an zu klingeln, als ich gerade die Haustür zuziehe. Ich will drangehen – es könnte ja Matt sein –, aber es muss sich irgendwo ganz unten in meiner Tasche versteckt haben, in der ich nun hektisch herumkrame, bis ich es in den Untiefen leuchten sehe und das Handy herausangele. Der Name der Besten blinkt auf dem Display. »Hey, wie geht's?«

Das Geräusch aus dem Hörer ist teils Mensch, teils waidwundes Tier, und das Telefon verstärkt noch den gequälten Aufschrei der Besten, aber trotzdem verstehe ich: »Nicht gut.«

»Was ist passiert?« Die Beste weint nur äußerst selten – in den neun Jahren, seit wir uns nun kennen, kann ich mich an ganze drei Gelegenheiten erinnern. Sie sagt irgendwas, das klingt wie *hat sich betrunken und verbogen*, aber nach kurzem Überlegen geht mir auf, dass sie wohl meint *er hat mich belogen und betrogen*. Ed, der Scheißkerl. Dieser beschissene Scheißkerl. Wut steigt in mir auf wie ein alles verschlingender Tsunami, so heftig, dass mir schwindelig wird – ich muss mich zwingen, mich wieder auf die Beste zu konzentrieren, die verzweifelt in den Hörer schluchzt. Wir kommen hier nicht weiter, wenn sie sich nicht ein bisschen beruhigt, also sage ich ihr, sie soll ganz langsam mit mir ein- und ausatmen, bis sie sich schließlich so weit beruhigt hat, dass sie weitererzählen kann. Ich mache mich auf den Weg zur Bushaltestelle. »Erzähl, was ist passiert?«

»Er betrügt mich.« Sie hat aufgehört zu weinen, und ihre Stimme klingt emotionslos und unbeteiligt – als würde sie nur eine nüchterne Tatsache wiedergeben.

»Ganz sicher? Woher weißt du das?«

Sie lacht kurz auf. Was ziemlich unpassend geklungen hätte, hätte es nicht so düster und verbittert geklungen. »Sein Handy. Irgendeine Frau hat ihm eine Nachricht geschickt, und ich habe die Vorschau auf dem Sperrbildschirm gesehen.«

Ich runzele kritisch die Stirn – gut, dass die Beste das

nicht sieht. »Also nur eine halbe Nachricht, ja? Das könnte alles möglich bedeuten. Vielleicht ist er …«

»LOL, nach letzter Nacht kannst du mich vögeln, wann und wo du willst.« Sie kann die Worte auswendig.

»Das hast du alles in der Vorschau gesehen?«

»Die beiden letzten Buchstaben von ›willst‹ waren abgeschnitten, aber ich konnte mir denken, worum es geht.«

»Könnte es eventuell sein«, sage ich und versuche, ganz neutral und nicht vorverurteilend zu klingen, »dass das alles ein Irrtum ist? Könnte es vielleicht bloß ein Scherz sein, von einem Kumpel oder so?«

»Er hat ihren Name als ›Rebecca – Boujis‹ gespeichert.«

»Wie der Club?«

»Da geht er immer mit seinen Kollegen hin.«

Ich überlege. Jetzt geht es eigentlich nur noch um Schadensbegrenzung. »Was willst du jetzt machen?«

»Mir bleibt doch keine Wahl.« Die Beste fängt wieder an zu weinen. Es ist nicht der rohe, primitive Schmerz von eben, mehr dieses resignierte Wimmern, traurig und sehnsüchtig, das übrig bleibt, wenn der erste Schock sich gelegt hat. »Wo bist du?«, schnieft sie.

Mir sträuben sich die Nackenhaare. Ich weiß, was sie jetzt sagen wird, und egoistisch, wie ich bin, wünschte ich, sie würde nicht fragen. »Warum?«

»Ich dachte, vielleicht könnten wir uns treffen. Ich könnte einen Drink vertragen.«

»Ach, Schatzi, ein andermal gerne, aber ich … ich habe Kate versprochen, ihr zu helfen, Brautjungfrauenkram, das muss bis morgen erledigt werden, sonst verliert sie die ganze Anzahlung. Also, ich weiß nicht …« Ich höre meine Stimme, sirupsanft und zuckersüß, als ich ihr diese dicke fette Lüge auftische, ohne rot zu werden.

»Ja, nein, schon okay, dann musst du da hin.«

»… tut mir so leid. Was ist mit morgen? Soll ich vorbeikommen?«

»Nein, schon gut.«

Als wir uns verabschieden, erreiche ich die Bushaltestelle.

Der Anzeige nach müsste der Bus eigentlich jeden Augenblick kommen, dabei ist er schon seit drei Minuten überfällig. Ungeduldig klopfe ich mit dem Fuß auf den Boden, beinahe unwillkürlich – eine Übersprungshandlung, um meinen Frust zu kompensieren. Als der Bus endlich da ist, stiefele ich nach oben und suche mir einen Platz ganz hinten, wo ich mich dann fallen lasse und dumpf vor mich hin brüte. Die Beste kann doch nicht erwarten, dass ich alles stehen und liegen lasse und ihr zu Hilfe eile: Wenn sie mit diesem hinterhältigen Mistkerl zusammenbleibt, muss sie auch mit den Konsequenzen leben. Ich musste sie anlügen. Ich konnte ihr nicht sagen, dass ich auf dem Weg zu Matt bin, sonst hätte sie sich noch schlechter gefühlt. Und jetzt habe ich ein dermaßen schlechtes Gewissen, dass ich den Abend bestimmt gar nicht genießen kann – und zu allem Überfluss komme ich auch noch zu spät. Ganz toll. Ich ziehe das Handy aus der Tasche. Sie hat sich nicht mehr gemeldet.

Durch das Seitenfenster des Busses schaue ich zu, wie das spätabendliche London an mir vorbeizieht, eine Landschaft aus künstlichem Licht und Schatten. Es ist ohnehin besser, wenn die Beste ein bisschen Zeit für sich hat, um wieder einen klaren Kopf zu bekommen. Denn wenn wir uns das nächste Mal sehen, werde ich mit meiner Meinung über Ed nicht hinter dem Berg halten. Ich schaue aufs Handy. Nichts. Ich stecke es wieder in die Handtasche, hole es dann fast sofort wieder heraus und gehe auf ihren Namen.

Rosy:
Hoffe, es ist alles okay. X

Als ich bei Matt ankomme, hat die Beste immer noch nicht geantwortet. In Kapuzenpulli und Jogginghose macht Matt mir die Tür auf. »Hallo, meine Hübsche«, sagt er, zieht mich an sich und küsst mich. Ich folge ihm ins Wohnzimmer, wo wir beide uns wie auf Kommando auf die Couch plumpsen lassen.

»Und«, sage ich und tätschele ihm leutselig das Knie. »Wie ist der Plan?«

Matt unterdrückt ein Gähnen. »Ich bin hundemüde, Süße – wollen wir einfach zuhause bleiben?« Er schaltet den Fernseher ein und legt mir den Arm um die Schultern, sodass er mich mitzieht, als er sich gemütlich zurücklehnt. Meine Frage hat er wohl rein rhetorisch aufgefasst. Auf dem Bildschirm ist zu sehen, wie ein Stahlträger an einen anderen geschweißt wird, dann der Schnitt zu einem Mann mit Bauhelm, der über Blaupausen besagter Stahlträgerkonstruktion brütet, während die Voiceover-Stimme erklärt, dass diese Bestandteil einer Brücke werden sollen. Wir schauen eine Doku über Brückenbau. Mein Blick geht zu Matt, der völlig fasziniert zuschaut. »Willst du noch was essen?«, frage ich.

»Ich habe keinen Hunger – aber wenn du was essen willst, tu dir keinen Zwang an.«

»Ach. Okay.« Matts Arm liegt irgendwie ungünstig, und so langsam wird es unbequem, ihn im Rücken zu haben. Ich versuche, etwas abzurücken, und sein Klammergriff wird instinktiv noch fester. »Nicht so doll, bitte.«

»Was?« Er drückt meinen Arm. Und dann: »Was ist denn?«, fragt er fast schmollend, als wollte er mich nachäffen.

»Nichts.« Ich lächele ihn an und versuche krampfhaft, etwas zu entspannen. »Ich weiß nicht, meine beste Freundin hat angerufen, und wie es aussieht, hat ihr sogenannter ›Freund‹ sie betrogen ... Und jetzt habe ich ein schlechtes Gewissen, weil ich nicht für sie da bin. Weiter nichts.«

»Ach«, sagt Matt, und er klingt erstaunt. Er lässt mich los und setzt sich anders hin. Nicht von mir weg, aber er schaut mir auch nicht liebevoll in die Augen. »Na ja, ich dachte bloß, wir verbringen den Abend zusammen, ich habe ihn mir extra freigehalten, aber wenn du lieber ...«

»Nein! So habe ich das doch gar nicht gemeint.« Ich rücke wieder an ihn heran. »Sie war nur völlig durch den Wind, und ich dachte, du hast was von Kochen gesagt, aber vielleicht ...«

»Ach so, und weil ich kein Drei-Gänge-Menü für dich gezaubert habe, verpisst du dich gleich wieder, ja?« Er lächelt, aber sein Gesicht ist todernst. »Hör mal, Süße«, sagt er tonlos, »ich bin echt fertig, ich will einfach nur hier sitzen und ein bisschen fernsehen.«

»Ja, klar – nein, schon okay.«

Er hakt einen Arm um meine Taille und zerrt mich zu sich. »Zick nicht rum«, nuschelt er mir ins Ohr.

»Tue ich nicht!« Meine Stimme wird laut und schrill, so ärgert mich diese Ungerechtigkeit, und ich klinge tatsächlich wie eine Zicke, aber das bin ich nicht, verdammt noch mal. Oder war es bis eben nicht. Ich ziehe meine Tasche zu mir und nehme das Handy raus (im Fernsehen geht es inzwischen um die logistischen Herausforderungen beim Freivorbau – ich verpasse also nichts), aber noch immer nichts von der Besten. Ich hoffe, es ist alles okay. Ich wünschte, ich wüsste, was Ed gesagt hat, als sie ihm den Laufpass gegeben hat – besser noch, ich wünschte, ich wäre dabei gewesen, als sie ihm den Laufpass gegeben hat, um sein erbärmliches, dämliches Gesicht zu sehen. Ich wünschte, ich wäre bei der Besten.

25.
Tanzbärenmärchen

Ich hatte Kates und Bobs Verlobungsfeier nicht vergessen: Der Termin stand dick und fett in meinem Kalender, aber durch die Arbeit in der Schule und die Sache mit Matt war mir vorübergehend entfallen, dass sie schon *heute Abend* ist. Matt kommt auch mit. Kate hat ihn letzte Woche eingeladen, und als ich ihn fragte, sagte er, es wäre ihm ein Vergnügen, mich zu begleiten. Besser hätte seine Antwort nicht ausfallen können. Zum ersten Mal seit Jahren, zum ersten Mal seit Charlie, unternehme ich etwas mit meinen Pärchenfreunden und bin nicht als Einzige solo unterwegs. Ich habe zwei Stunden Vorbereitungszeit eingeplant, um mich zurechtzumachen, und bin gerade beim Schminken – oder war es zumindest, bis ich beim Wimperntuscheauftragen niesen musste, weshalb ich jetzt kostbare Minuten darauf verschwenden muss, die schwarzen Schmierflecken unter den Augen wegzuwischen. Harriet guckt hinter mir in den Spiegel; sie ist zwischen zwei Kleidern hin- und hergerissen und kann sich einfach nicht entscheiden. Ihr Freund James sitzt nebenan und schaut fern. Er war in nicht mal zehn Minuten fix und fertig angezogen.

»Das ist zu nuttig«, befindet Harriet und streicht das rote Kleid an sich glatt, »aber das andere ist zu fad.«

»Ich finde das graue toll. Das ist doch nicht fad.«

»Mm.« Harriet wirft das rote Kleid aufs Bett. »Wie schick wird das eigentlich heute Abend? Was trägt Kate denn?«

Ich beschreibe der Besten Kates Kleid, von dem sie mir ein Foto geschickt hat: weiß, mit Rüschen und an den Schultern mit Perlen bestickt. Harriet guckt mich zweifelnd an. »Es ist weniger *Denver Clan*, als es jetzt klingt.«

»Klingt aber ziemlich elegant.« Sie ist verunsichert, man hört es an ihrer Stimme. Wieder greift sie zu dem grauen Kleid und betrachtet sich im Spiegel. »Was ziehst du denn an?«

Ich lächele. »Ich bin gleich so weit.«

Aber es dauert noch gut zwanzig Minuten, bis ich angezogen und endlich fertig bin. Da sitzen Harriet und James schon nebenan bei einem Glas Wein.

»Wow«, raunt Harriet.

»Nicht schlecht«, brummt James.

»Was meint ihr?«, frage ich und werfe mich in Pose.

»Du siehst …«, setzt Harriet an.

Wunderschön aus.

»… so anders aus.« Anders ist nicht »wunderschön«.

»Ich meine, Himmel – du siehst toll aus. Ist das Kleid neu?«

»Ja.« Eigentlich hatte ich es gar nicht kaufen wollen. Ich hatte vorgehabt, mein altbewährtes kleines Schwarzes mit anderen Schuhe zu kombinieren, aber als ich gestern nach der Arbeit noch rasch eine neue Strumpfhose kaufen wollte, habe ich es im Schaufenster eines Ladens entdeckt, in den ich sonst nie gehe. Das Kleid ist marineblau und trägerlos, mit transparenten Einsätzen an der Seite, und es macht eine Hammerfigur bis runter zu den Knien. Ich habe es anprobiert, bezahlt und stand keine zehn Minuten später mit dem Schätzchen auf der Straße, ganz außer Atem vor Aufregung – ich habe noch nie ein Kleid aus dem Schaufenster gekauft. Die Haare habe ich hochgesteckt und als i-Tüpfelchen die Fuck-me-Pumps angezogen. Ich kann es gar nicht erwarten, dass Matt mich so sieht.

Kate und Bob feiern in einem schicken Restaurant in einem schicken Teil der Stadt. Dort angekommen werden wir gleich am Eingang von einem Oberkellner in tadellos geschnittenem Anzug in Empfang genommen, der sofort weiß, wo wir hingehören und uns die Treppe hinauf in den, wie mein Vater sagen würde, Gesellschaftsraum führt, auch wenn dort weit und breit keine Schnittchen oder sonstige Spießigkeiten zu sehen sind. Der Raum prunkt mit altehrwürdiger Pracht, wie der reich verzierten Stuckleiste, die sich rings um die Decke zieht, und den schweren blassblauen Vorhängen vor den bodentiefen Fenstern. Der Raum an sich ist schon ein Schmuckstück, aber Kate hat ihn noch hundertmal schöner gemacht mit den Einmachgläsern voller Pfingstrosen und den geschliffenen Kristallherzen an den Fenstern, die im Licht der Kerzen in den eleganten Kerzenhaltern funkeln. Auf dem Tisch stehen in schnurgerader Reihe gut vierzig Flaschen Prosecco. Die gehören zwar eigentlich nicht zur Deko, machen aber trotzdem ordentlich was her. Wir sind sehr pünktlich, trotzdem sind schon etliche andere Gäste da. Die meisten kenne ich nicht, und als Harriet mich fragt, mutmaße ich, dass es Bobs supererfolgreiche Kollegen sein müssen. Als Kate uns entdeckt, kommt sie sofort zu uns. »Da seid ihr ja!«, quiekt sie fröhlich. Am Timbre ihrer Stimme und der überschwänglichen Umarmung merkt man, dass sie wohl schon zwei, drei Gläser Prosecco getrunken haben muss. Sie will unbedingt, dass wir auch gleich was trinken, und führt uns drei an einen Tisch. Auf dem Weg dorthin nimmt sie mich beiseite. »Du siehst umwerfend aus. Wow.« Das von Kate zu hören, die selbst zum Niederknien aussieht und der strahlende Mittelpunkt des

Abends ist, macht mich etwas verlegen. »Ist Matt nicht mitgekommen?«, fragt sie.

»Er musste erst noch woandershin, er kommt dann gleich nach.« Matt war etwas vage in seinen Angaben, hat aber hoch und heilig versprochen, spätestens um halb neun hier zu sein.

»Wie läuft es denn mit ihm?«

»Prima«, entgegne ich. »Ganz, ganz prima.«

»Ich freue mich so für dich!«, ruft Kate freudestrahlend und fällt mir um den Hals.

»Und ich freue mich für *dich*«, murmele ich in ihre Schulter. Das tue ich auch. Ich spüre, wie meine und Kates Freude uns beide wohlig warm durchströmt, und umarme sie noch ein bisschen fester.

Dann kommen Sophie und Ollie, und Ollie sagt: »Du siehst toll aus«, was so viel heißt wie: *Deine Titten sehen toll aus in dem Kleid.*

»Und wie«, stimmt Sophie ihm zu und gibt mir ein Begrüßungsküsschen. »Du hast dich ja ganz schön in Schale geworfen.«

»Ich dachte, ich mache mich mal ein bisschen schick. Und Matt kommt ja auch noch, also ...« Harriet und James kommen dazu, und dann stehen wir zusammen und trinken und plaudern, während immer mehr Gäste hereinströmen und es langsam immer heißer und immer lauter wird. Musik dudelt aus den Lautsprechern – Fahrstuhl-Jazz, wie ihn die großen Kaffeeketten so gerne spielen, damit man vergisst, dass 3,20 Pfund für ein Heißgetränk eigentlich eine Unverschämtheit sind. Ich sehe zu, wie Bob langsam durch die Menschenmenge spaziert und jeden halben Meter stehen bleiben muss, um neue Gäste zu begrüßen und Gläser aufzufüllen. Kate, die etwas näher an uns ist, sieht aus, als würde sie von einem Grüppchen zum nächsten weitergereicht, und ich sehe, wie sie immer wieder die Hand ausstrecken muss, damit die Leute ihren Ring bewundern können. Wie in Dauerschleife höre ich die immergleichen Fragen: Wo heiratet ihr? Wie viele Gäste? Band oder DJ? Wird Bobs Großvater auch zur Feier kommen können? Kate schaut zu mir rüber, und obwohl sie immer noch unverdrossen weiterplaudert, sehe ich die Fältchen um ihre Augen, die unmissverständlich »Hilfe« schreien. So was weiß man, wenn man sich so lange kennt wie wir. Ich schlängele mich zu ihr durch, und gerade als ich ihr zu Hilfe eilen will, wird sie von einer Frau abgefangen, die ich nicht kenne.

Kate packt mich am Ellbogen und zieht mich zu sich. »Rosy, das ist meine Kollegin Lisa.«

»Hallo, Kollegin Lisa«, sage ich. Mir entgeht nicht, wie Lisas Blick kurz zu meinen Schuhen zuckt und wieder zurück, ehe sie mich in einem Tonfall begrüßt, den man mit viel gutem Willen als lauwarm bezeichnen könnte.

»Ist dein reizender Mann Terry auch da?«, erkundigt sich Kate.

»Der ist irgendwo da drüben«, sagt Lisa und deutet vage in Richtung der Getränketische. »Ich glaube, er und Oliver unterhalten sich über Rugby.« *Welcher Oliver?*, will ich gerade fragen, als der Penny fällt. Sie meint nicht Sophies Ollie, sondern Bob – das ist ein Pärchending. Lisa und Terry, Kate und *Oliver*. Zu so was werde ich natürlich nicht eingeladen. Ich hoffe wirklich, dass Matt bald kommt. Wie aufs Stichwort fragt Kate, ob er nicht schon längst da sein müsste.

»Matt? Ist das dein Freund?«, fragt Lisa, als langweile es sie schon, diese Frage zu stellen.

»Ja«, erklärt Kate kichernd, und ich unterlasse es, das richtigzustellen.

Ich entschuldige mich, um zur Toilette zu gehen. Auf halbem Weg bleibe ich kurz stehen und schreibe eine Nachricht, die ich gleich zweimal versende: einmal an die Beste und einmal an Matt. Dann drücke ich mich ein bisschen auf dem Gang herum und warte auf eine Antwort. Nach einigen Minuten vergeblichen Wartens stopfe ich das Handy in die Handtasche und folge ein paar Mädels zu den Toiletten. Vor dem großen Spiegel betrachte ich mich kritisch. Mist. Eine ganze Stunde habe ich für mein Make-up im Badezimmer gestanden, und nun bin ich noch keine vierzig Minuten hier, und schon löst es sich auf. Ich krame nach der Wimperntusche und trage eine weitere Schicht auf, nur um missfällig zuzusehen, wie sie klumpt und bröckelt. Das Ganze wieder wegzuwischen war keine gute Idee und macht es nur noch schlimmer. Mist, Mist, Mist.

Die Tür geht auf, und herein kommt die Beste, bleibt wie angewurzelt stehen und starrt mich mit weit aufgerissenen Augen an. Ich weiß gar nicht, warum: Das mit dem Abend, an dem ich sie für Matt im Stich gelassen habe, haben wir längst geklärt (Ich habe sie am nächsten Morgen angerufen und gesagt: »Tut mir leid, dass ich so eine blöde Kuh war.« Worauf die Beste mir glaubhaft versicherte, sie sei eine blöde Kuh, weil sie so einen Aufstand gemacht hat, und dann haben wir uns eine ganze Weile darum gestritten, wer nun die blödere Kuh von uns beiden war.), also kann sie mir nicht mehr böse sein, wobei sie ehrlich gesagt auch gar nicht wütend wirkt – mehr erstaunt und nervös, als sehe sie mich zum ersten Mal, nachdem man ihr gesagt hat, ich sei tot.

»Hallo«, sage ich. Und dann: »Alles okay?«

»Ja, bestens!« Sie macht eine schwindelerregende Hundertachtziggradkehrtwende in Richtung Normalität und klingt plötzlich so gut gelaunt, dass mir sofort klar ist, sie verheimlicht mir was. Aber als ich sie frage, versichert sie, alles sei in bester Ordnung, und schaut mich an, als wollte sie sagen: *Lass es gut sein.* Und fügt dann hinzu: »Du siehst gut aus.«

»Wirklich?«

»Das weißt du doch selbst. Hast du dich so aufgebrezelt, weil du mit Matt hier bist?«

»Bin ich gar nicht. Er ist nicht da. Noch nicht.«

Gemeinsam kehren wir zurück in den überhitzten, überfüllten Festsaal. Meine Freunde drängen sich um die Bar, wo junge, gestresste Mädel in weißen Blusen und schwarzen Fliegen verzweifelt versuchen, die horrende Nachfrage nach Bier und Schnaps zu befriedigen, jetzt wo die Prosecco-Vorräte allmählich zur Neige gehen. Etwas weiter weg sehe ich Harriet stehen und hinter ihr James. Ich muss sie irgendwie auf mich aufmerksam machen, aber sie scheint nur Augen für etwas zu haben, das verdächtig nach Sambuca aussieht. Mit verkniffenem Gesicht legt Harriet den Kopf in den Nacken und trinkt das Glas in einem Zug aus. Ich suche in der Menge nach Matt, und als ich mich wieder nach ihnen umdrehe, sind beide verschwunden. Die Beste unterhält sich gerade mit Sophie und Ollie, und ich sehe, wie Ollies Blicke sich an ihrem Dekolleté festsaugen, als sie sich nach vorne beugt, um besser hören zu können, was Sophie allem Anschein nach nicht entgangen ist. Sie kneift ihm spielerisch in die Taille, und sofort kehrt sein Blick zu ihr zurück, und auf ihrem Gesicht erscheint ein wissendes Lächeln. Ollie beugt sich zu ihr herunter und flüstert ihr etwas ins Ohr, dann küsst er sie, und sie strahlt noch mehr. Die Liebe ist manchmal einfach unglaublich. Noch einmal lasse ich auf der Suche nach Matt den Blick über die Köpfe der Menschenmenge schweifen.

Irgendwann drehe ich mich wieder um, und da steht er:

Matt, mein Matt, und kommt auf mich zu, in einem wie angegossen sitzenden schwarzen Jackett und Jeans, und sieht so gut aus wie noch nie, und er sucht mich. Sein Mund verzieht sich zu einem breiten, überschwänglichen Lächeln, als er mich entdeckt, und dann hebt er mich hoch und dreht sich mit mir um die eigene Achse und küsst mich fest auf den Mund.

»Da bist du ja«, sage ich.

»Klar.«

Ich sage zu ihm: »Du siehst toll aus«, und er entgegnet: »Ich wollte einen guten Eindruck bei deinen Freunden machen.« Und dann sagt er: *»Du siehst umwerfend aus, Rosy, ich bin so stolz und glücklich, dass du zu mir gehörst«*, aber nur in meinem Kopf.

In der kommenden halben Stunde ist Matt Mr Charming in Person. Er unterhält sich angeregt mit meinen Freunden und verströmt so viel Witz und Esprit und Selbstbewusstsein, als hätte er eigens ein Seminar besucht. Er stellt Fragen und lauscht interessiert den Antworten und zieht Bob und Ollie auf, dass sie froh sein können, mit Kate und Sophie so tolle Frauen abbekommen zu haben. Er flirtet dezent mit der Besten, wohl wissend, dass sie allein hier ist, dann besorgt er für uns alle eine Runde Jägermeister, um sich schließlich mit Bob und Ollie in eine angeregte Diskussion über rohes Fleisch zu stürzen oder worüber Männer sonst so reden. Ich beuge mich zu Sophie, Kate und der Besten vor. »Wie findet ihr ihn?«, wispere ich.

»Lässig«, sagt Kate.

»Witzig«, meint Sophie. Die Fahrstuhlmusik verebbt, und ein bisschen flottere Beats wummern aus den Boxen, Pop- und Dance-Hits, bei denen alle plötzlich glauben, sie könnten tanzen.

»Ganz nett«, antwortet die Beste. Sie klingt ziemlich desinteressiert, und ich sehe, wie ihr Blick ständig unruhig durch den Saal schweift. Woraufhin ich mich entschuldige, um mal eben aufs Klo zu gehen, und die Beste so lange durchdringend anstarre, bis sie endlich kapiert hat, dass sie gefälligst mitkommen soll. Der Hitze und Enge entkommen nehme ich sie beiseite.

»Was ist los?«

»Nichts!«, erklärt sie stur. Ich ziehe die Augenbrauen hoch und schaue sie an, bis ihr verschlossenes Gesicht etwas weicher wird und sie widerstrebend gesteht: »Ich schreibe wieder mit Ed.«

»Du machst Witze.«

»O Gott …« Sie schlägt die Hände vors Gesicht und zieht sie dann nach unten, wobei sie die Haut zu einer grotesken Maske der Verzweiflung verzieht. »Ich bin ein Idiot. Ich hab's nicht ausgehalten und habe ihm am Montag eine Nachricht geschickt, und ganz ehrlich, ich hätte nicht gedacht, dass er darauf reagiert, aber er hat mir zurückgeschrieben, und seitdem reden wir wieder miteinander. Und jetzt …«

»Bitte sag mir nicht, dass ihr euch wieder trefft.« Die Beste kneift die Augen fest zusammen und zieht eine Grimasse. Und in dem Moment macht es schließlich klick. »Er kommt heute Abend, stimmt's?«

Die Beste nickt und weicht geflissentlich meinem Blick aus. »Es ist eine Verlobungsfeier, ich wusste, hier werden nur Pärchen sein, und ich wollte nicht der einzige bemitleidenswerte Single sein und am Ende mit …«

»Oona ist nicht da«, unterbreche ich sie. »Sie ist zu einer Konferenz nach Leeds gefahren.«

Ohne eine Miene zu verziehen, sagt die Beste: »Siehst du, nicht mal Oona will mit mir gesehen werden.«

Schweigend schauen wir uns an: Ich suche verzweifelt nach etwas Netterem, was ich zu ihr sagen könnte, als: »Du bist ein bescheuerter Vollpfosten«, aber ehe ich etwas sagen kann, murmelt sie, als könne sie meine Gedanken lesen: »Ich weiß auch nicht, warum ich mich nicht einfach umdrehe und gehe.«

»Weil du ihn aus unerfindlichen Gründen magst.«

Ich schleife sie zu den Toiletten, und wir pinkeln, dann stehen wir gemeinsam vor dem Spiegel und begutachten gegenseitig unser Make-up und gehen schließlich wieder nach draußen. Matt kommt uns entgegen, er war wohl auch gerade auf dem Klo. Zwinkernd macht die Beste sich aus dem Staub und verschwindet im Festsaal.

Er sagt: »Na, du«, und küsst mich wieder, wobei er mich nach hinten fallen lässt und mir die Zunge tief in den Mund steckt. Dann zieht er mich so schnell wieder hoch, dass mir ganz schwindelig wird.

»Du bist der Hammer«, sage ich zu ihm, als ich das Gleichgewicht wiedergefunden habe.

»Und du bist Bombe.« Es klingt ein bisschen undeutlich, und ich frage mich, wie viel er wohl schon getrunken hat. Grinsend schaut er mich an, und ich grinse zurück, und dann stehen wir grinsend da, und für ein, zwei Augenblicke schwebe ich, glückselig und wunschlos, im siebten Himmel. Und dann sehe ich es plötzlich, und kaum habe ich es gesehen, wundere ich mich, dass es mir nicht schon viel früher aufgefallen ist. Es ist kaum mehr als ein Stäubchen, aber man sieht das Koks, das er geschnupft hat, strahlend weiß in einem Nasenloch. Ich mache den Mund auf und will etwas sagen – aber da bin ich nicht die Einzige. Von drinnen ist plötzlich Bobs Stimme zu hören, verstärkt über das Mikrofon, die die Gäste um Ruhe bittet.

Matt zieht mich hinter sich her wieder nach drinnen, und wir drängen uns mitten in die Menge. Dann wirbelt er mich herum und hält mich in seinem Arm, den Rücken gegen seine Brust gedrückt. Es fühlt sich gut an, und ich entspanne mich in seiner Umarmung. Reden können wir auch später noch.

»Guten Abend zusammen«, sagt Bob. Jemand ruft, man könne ihn gar nicht sehen, also steigt Bob unter Johlen und Applaus auf einen Stuhl. »Guten Abend«, setzt er noch mal an, »ich bin kein guter Redner, also fasse ich mich kurz. Also, alles begann damals ...« Er grinst linkisch und muss warten, bis das kollektive Stöhnen verebbt ist, ehe er weiterreden kann. »In meinem und Kates Namen möchte ich euch allen danken, dass ihr heute hierher gekommen seid, um unsere Verlobung mit uns zu feiern. Es gibt noch ein paar Flaschen Prosecco, also bitte bedient euch ...« Er hält kurz inne und schaut sich suchend in der Menge um, bis er gefunden hat, was er sucht. Kate.

Zuerst erzählt Bob, wie glücklich und dankbar er ist, Kate gefunden zu haben, und nennt als Beispiel ihrer bedingungslosen Liebe den Zwischenfall mit der Suppe, als er beinahe ihre gemeinsame Wohnung abgefackelt hätte (da kann er wirklich dankbar sein – Kate war außer sich vor Wut), und verspricht, sich Mühe zu geben, ihr ein immer besserer Mann zu sein, der Mann ihrer Träume (eigentlich unmöglich – das wäre Ryan Philippe in der Zeit von *Eiskalte Engel*). Er erzählt, wie viel sie schon zusammen erlebt haben, und dass er sich auf das freut, was noch vor ihnen liegt. Aber vieles von dem, was er sagt, geht im Johlen und Jubel der Menge unter. Er sagt etwas über seine Liebe zu Kate und seine Freude über die Verlobung und endet mit der inständigen Bitte, dass wir uns alle anständig besaufen sollen. Die Menge grölt und applaudiert, und Bob springt vom Stuhl und geht zu Kate. Und wie er sie dann ansieht ... da ist es ganz egal, dass ich die Hälfte seiner kleinen Ansprache nicht verstanden habe. Denn als ich die beiden in diesem Moment sehe, habe ich nicht den leisesten Hauch eines Zweifels an seiner Liebe zu ihr. Es ist, als sehe er sie ganz: mit allen Fehlern, allen Geheimnissen, jedem schlechten Witz, den sie je erzählt, und jeder falschen Entscheidung, die sie je getroffen hat, und liebte sie trotzdem. Oder gerade dafür. Jetzt endlich verstehe ich, was meine Mutter meinte, als sie davon sprach, das Gute wie das Schlechte anzunehmen. Ich sehe, wie Bob zu ihr sagt: »Ich liebe dich«, gerade in dem Moment, als Matt mich herumwirbelt und hinter sich her zur Bar schleift.

Das Ende von Bobs Rede war zugleich das Ende des distinguierten, gesitteten Teil des Abends: Die Musik wird aufgedreht, das Licht gedämpft, und der Saal verwandelt sich in eine große Tanzfläche dank der mutigsten (und betrunkensten) Gäste, die ›lustig‹ herumhopsen und so alle anderen zum Tanzen animieren. Mir ist ein bisschen schwindelig und flau vom Alkohol und der Hitze, und als ich mich zu meinen Freunden umdrehe, bin ich ganz überwältigt vor Zuneigung. Und just in diesem Augenblick sind meine Gefühle für Matt ganz ähnlich. Dann hat er eben ein paar Lines gezogen – na und? Er hat Spaß und ich auch, und es fühlt sich gut an mit ihm. Er zieht mich fest an sich und schleudert mich dann im Takt der Musik von sich weg, dreht mich um die eigene Achse und fängt mich in seinen Armen auf und küsst mich. Ein schrottiger Song, an den ich mich noch aus Unizeiten erinnere, läuft im Hintergrund, und wir hopsen herum wie Idioten. Als das Lied zu Ende ist, komme ich mir vor, als würde ich im eigenen Saft geschmort.

»Ich hole mir eben ein Glas Wasser!«, versuche ich die Musik zu übertönen, aber Matt versteht mich nicht, also mache ich eine Handbewegung, als würde ich etwas trinken, und bahne mir dann einen Weg durch die Menge. Eine Hand packt mich am Arm – ich schaue auf, und es ist Terry, Lisas Mann, dessen Krawatte ihm lose um den verschwitzten Hals baumelt. Er ist eindeutig sturzbetrunken. Lisa ist nirgendwo zu sehen. Terry schleudert mich hierhin und dorthin bei seinem Versuch, in diesem Zustand mit mir Jive zu tanzen, und ungefähr sieben Sekunden lang macht es auch Spaß, bis ich anfange, ungewollt mit anderen Gästen zu kollidieren, und das ungute Gefühl bekomme, mich übergeben zu müssen. Terry zieht mich an sich und hält mich dann fest umklammert. Sein Schweiß tränkt mein Kleid, was meiner Übelkeit nicht unbedingt zuträglich, aber immer noch geringfügig besser ist, denn als menschliche Lumpenpuppe herumgeschleudert zu werden.

Gerade will ich mich seinem Klammergriff entwinden, da packt mich eine Hand von hinten an der Schulter, und es gibt einen Ruck, als eine andere Hand Terry rüde wegschubst. Ich drehe mich um und sehe Matt. Sein Gesicht ist zu einer Grimasse verzogen, und er hat einen eiskalten, stahlharten Ausdruck in den Augen, wie ich ihn noch nie gesehen habe. Er brüllt irgendwas, aber ich kann ihn nicht verstehen, bis auf ein immer wiederkehrendes »Dreckscheiße«. Was auch immer er da so wütend ausspuckt, es ist an Terry gerichtet, der mit verdattertem Gesicht wie angewurzelt dasteht – sein passiver Widerstand scheint Matt nur noch mehr anzustacheln, denn er macht einen Schritt auf ihn zu und nimmt den Arm nach hinten, die Hand fest zur Faust geballt. Wenn Matt Terry eine reinhauen will, sollte ich wohl besser dazwischengehen, aber ich bin ganz starr vor Schreck und zu keinem logischen Gedanken mehr fähig. Vielleicht will ich auch einfach nicht zwischen die Fronten geraten, was man mir eigentlich nicht verübeln kann – ich will mir nicht selbst eine fangen. Und außerdem habe ich noch nie eine Prügelei aus nächster Nähe beobachtet und bin irgendwie fast ein bisschen neugierig. Doch noch ehe Matt zuschlagen kann, legt ein Grüppchen links von ihm mit einem etwas übereifrigen Gehopse los, und er wird nach vorne geschubst, in Terry hinein.

Es ist die klassische Klimax: Auf einen Schlag wird es totenstill, und die Welt hält den Atem an, als Terry wie in Zeitlupe das Gleichgewicht verliert, ins Stolpern gerät und in die Mädelsgruppe hinter ihm taumelt. Fassungslos sehe ich zu, wie Weingläser in die Luft fliegen und warmer Sancerre auf die ahnungslosen Menschen darunter regnet. Irgendwo schreit irgendwer ... und dann läuft der Film weiter, mit Licht und Farbe und Ton und dem Klirren auf dem Boden zerschellender Weingläser. Atemlose Stille folgt, und alle gucken stumm mit großen Augen zu – selbst Matt scheint schockiert, aber gleichzeitig auch sehr, sehr wütend. Hauptsächlich wütend. James, der die ziemlich beschwipste Harriet mit einem Glas Wasser am Fenster stehen gelassen hat, ist der Erste, der eingreift: Er stellt sich vor Matt und nimmt ihn in den Schwitzkasten, und dann reagieren auch die anderen Umstehenden und drängen sich um die beiden (vermutlich um zu beweisen, dass sie echte Kerle sind). Lisa kommt ihrem Mann zu Hilfe und schafft es noch, mich mit einem vernichtenden Blick zu bedenken, ehe sie Terry auf die Füße hilft. Die Leute haben aufgehört zu tanzen und spähen über Schultern und unter Ellbogen hindurch, um zu sehen, was da gerade passiert, während im Hintergrund die Musik weiterläuft und ich zusehe, wie James und Ollie Matt nach draußen verfrachten. Ein Kerl, den ich gar nicht kenne, dreht sich zu mir um und zischt: »Dein Freund ist ein Wichser.«

»Das ist nicht mein Freund«, sage ich und stakse steifbeinig davon.

Die Jungs sind nicht draußen auf dem Gang, also gehe ich nach unten vor die Tür in den Raucherbereich, einerseits weil die Jungs Matt hierhergebracht haben könnten, um sein Mütchen zu kühlen, aber hauptsächlich weil ich dringend eine Zigarette brauche. Ein Typ, der mit seinem Freund hier sitzt, gibt mir eine ab, was ich wohl hauptsächlich dem Kleid zu verdanken habe. Er gibt mir Feuer mit einem Streichholz, und ich bedanke mich artig und suche mir dann einen etwas abgelegenen freien Tisch, so weit weg von den anderen Gästen wie möglich. Es ist Ende November und eisig kalt, aber nach der Hitze und dem Lärm und dem Tumult oben ist die kalte Luft sehr wohltuend. Ich nehme einen tiefen Zug von der Zigarette und schaue in die Dunkelheit, während ein Aschehäufchen auf mein Kleid fällt, das ich gedankenlos wegwische – das Kleid habe ich angezogen, um Matt zu beeindrucken, nun muss ich es nicht noch mehr beschmutzen. Matt. Er sollte die große Offenbarung sein, mein witziger, aufregender Bald-fester-Freund, den meine Freunde mögen und der meine Freunde mag, meine spontane, für jeden Spaß zu habende Dauerbegleitung. Kein Katzentisch mehr beim Abendessen mit den Pärchen, mit Matt an meiner Seite würde ich endlich auch mein Stück vom Braten abbekommen. Er ist der, von dem ich geglaubt hatte, er sei der Richtige. Ich hatte gehofft, Sophie würde bald mit diamantenschwerem Finger auf meiner Seite schreiben *Du bist die Nächste*. Ich dachte, ich würde mich in ihn verlieben. Falsch gedacht.

Ich frage mich, ob Sophie oder die Beste mich vielleicht suchen, oder Kate ... Mist, Kate: Ich muss mich unbedingt bei ihr entschuldigen und das irgendwie wiedergutmachen. Ich werde die beste Brautjungfer aller Zeiten sein. Ich trage jede rosarote Monstrosität, die sie für mich aussucht, und das mit einem Lächeln. Ich besorge ihr einen Stripper für den Junggesellinnenabschied, einen rattenscharfen ... Nein, ich besorge ihr *zehn* Stripper, einer heißer als der andere.

Ich will gerade reingehen, als mir ein Mann entgegenkommt, und wie in einer Slapstickkomödie stoßen wir in der Tür zusammen und murmeln beide gleichzeitig: »Tschuldigung!« Ich schaue auf. Es ist Ed. Ich kann mir so schnell nicht auf die Zunge beißen, wie ich schon abfällig gezischt habe: »Ach, *du* bist es.« Ich reiße mich zusammen und sollte mich eigentlich bremsen, um nicht hinzuzufügen: »Was willst du denn hier?«, aber das tue ich nicht.

»Was ich hier will?«, wiederholt er, als sei die Antwort selbsterklärend, also sage ich »ja«, was heißen soll: *Ich möchte eine Antwort.*

»Sie hat mich verdammt noch mal eingeladen, darum.« Und ich schwöre bei Hectors Rute, dass er mich am Ende des Satzes zähnefletschend anknurrt.

»Lass sie in Ruhe. Sonst kommt sie nie über dich hinweg. Und das sollte sie so schnell wie möglich.«

»Sie braucht keine Nanny, die für sie die Entscheidungen trifft.« Und damit will er sich an mir vorbeidrängeln, aber ich hebe die Hände, und der dumpfe Aufprall, als wir zusammenstoßen, bringt ihn zum Stehen.

»Doch, denn im Moment kann sie nicht klar denken wegen dir. Und du wirst sie – *noch mal* – verarschen, weil du ein Arschloch bist. Sie sieht es nicht, aber alle anderen sehen es. Und keiner will dich hier haben.«

Ed beugt sich zu mir herunter und kommt mit seinem Gesicht so dicht an meins, dass ich den Zorn, den er aus allen Poren verströmt, förmlich spüren kann. Am liebsten will ich weinend weglaufen, aber ich zwinge mich, ganz ruhig stehen zu bleiben, auch wenn mir die Hände zittern. »Meinst du denn, irgendjemand will deinen Kokserfreund hier haben? Ich verbringe wenigstens nicht den halben Abend auf dem Klo und versuche dann, eine Schlägerei anzuzetteln. Der Kerl ist doch ein Witz und du auch, wenn du glaubst, der würde sich ernsthaft für dich interessieren. Träum weiter, Schlampe.« Ich fürchte schon, dass er mich gleich anspuckt, aber er stürmt wutentbrannt an mir vorbei und rempelt mich dabei rücksichtslos mit der Schulter beiseite. Vor Schmerz jaule ich leise auf, aber der körperliche Schmerz ist nur halb so schlimm wie die schmerzhafte Wahrheit, die er ausgesprochen hat.

26.
Diesmal nicht

Gleich nach dem Aufstehen, nachdem ich aufs Klo gegangen bin und schnell einen Blick in Facebook geworfen habe, rufe ich Kate an und werfe mich ihrem mehr als gerechtfertigten Zorn zum Fraß vor. Ich bin gerade dabei, mich zum vierten Mal ausführlich bei ihr zu entschuldigen, als sie mir energisch ins Wort fällt.

»Ro, mach dir keinen Kopf. Wir waren alle betrunken, ich und Bob genauso wie der Rest – und gleich danach haben alle wieder getanzt, als sei nichts gewesen. Es war ein toller Abend!« Und dann reicht sie mich an Bob weiter, der mir noch mal dasselbe versichert.

Ich bin erleichtert, dass sie mir nicht böse ist, aber trotzdem stinksauer auf Matt. Nicht nur dass er uns beide bis auf die Knochen blamiert hat, ich habe ganz deutlich den eiskalten Unterton in Kates Stimme gehört, als sie seinen Namen sagte, und ich weiß, unsere Freunde werden sich das Maul über ihn zerreißen, und er wird dabei nicht gut wegkommen. Ich hasse den Gedanken, dass meine Freunde ihn jetzt hassen – mir wäre es lieber, sie würden mich hassen.

Matt habe ich zum letzten Mal gesehen, als er unsanft von der Tanzfläche abgeführt wurde. Nach meinem Zusammenstoß mit Ed bin ich schnurstracks zu den Toiletten gerannt und habe mir die verschmierte Wimperntusche abgetupft, die ganz zerlaufen war von den Tränen, die ich einfach nicht mehr zurückhalten konnte. Ich wollte einen Moment mit meinem Spiegelbild allein sein. Als ich rauskam, kam Ollie schnurstracks zu mir und sagte, er habe Matt in ein Taxi nach Hause gesetzt. Er muss also ziemlich hinüber gewesen sein. Nicht viel später bin ich dann auch gegangen. Die Party neigte sich ohnehin langsam dem Ende zu, und dann hat Lisa mich auch noch so giftig angeschnauzt, also habe ich mir ein Taxi nach Hause gegönnt. Ich nippe an meiner zweiten Tasse Kaffee und atme ein paarmal tief durch, schlechte Energie raus, gute Energie rein, dann wähle ich Matts Nummer.

»Hey«, sage ich, als er rangeht.

»Hey«, stöhnt er matt.

»Wie geht's dir?«

»Nicht so gut.«

»Wundert mich jetzt nicht ...« Ich frage mich, wie viel Koks er wohl durch den Rüssel gezogen hat. Und dann noch der Alkohol. Keine gute Mischung. »Also ... das ist ja gestern Abend nicht so toll gelaufen, oder?«

»Ich weiß gar nichts mehr.« Ich höre seine Bettdecke rascheln, als er sich umdreht – es ist fast Mittag, und er liegt noch im Bett.

»Erinnerst du dich noch, was zuletzt passiert ist?«

»Zuletzt?«

»Als du dich mit diesem Typen anlegen wolltest?« Ich frage mich langsam, ob wir über zwei verschiedene Abende reden.

»Ach Rosy, Herrgott noch mal ...« Matt seufzt so schwer, dass ich seinen Atem fast durch den Hörer spüre. »Ja, das hätte ich mir wohl sparen können, aber du hättest halt auch nicht mit ihm flirten dürfen.«

Eigentlich möchte ich Matt erklären, dass man mein Verhalten nicht mal beim besten Willen als flirten bezeichnen könnte. Und ich möchte ihm versichern, dass seine Reaktion selbst dann vollkommen unangemessen gewesen wäre, wenn ich tatsächlich geflirtet hätte. Und ich möchte ihm sagen, dass er, wenn er so zugekokst und besoffen war, dass er einen Filmriss hat, er eindeutig ein ernst zu nehmendes Problem hat und sich schleunigst professionelle Hilfe holen sollte. Aber ich bin so vor den Kopf gestoßen, mich überhaupt verteidigen zu müssen, dass ich nur ein kleinlautes, dünnes: »Aber ich habe doch gar nicht geflirtet«, herausbekomme. Ich habe so viel zu sagen, ich weiß gar nicht, wo ich anfangen soll.

Worauf Matt dann bemerkt: »Du verträgst wohl keinen Alkohol.« Weshalb ich mich frage, ob er überhaupt hört, was ich sage.

Danach sagt Matt erst mal gar nichts mehr. Das hat Charlie auch immer gemacht, und dieselbe selbstgerechte, kleinmachende Masche erkenne ich jetzt auch bei Matt. Das Schweigen dehnt sich ins Unendliche und wird immer unerträglicher. Er bringt ein Totschlagargument und bleibt dann stumm wie ein Fisch, und das nur, um mir zu beweisen, dass er recht hat und sich auf gar keinen Fall irren kann, selbst wenn er völlig danebenliegt. Ich werde mich von Matt nicht genauso abfällig behandeln lassen wie von Charlie. Nur über meine Leiche. »Hör mal, es tut mir leid, wenn …«

»Schon okay«, schneidet Matt mir prompt das Wort ab. Soll heißen: *Es ist zwar alles deine Schuld, aber ich will mal nicht so sein.*

Die Wahrheit sagt: *Du weißt schon, dass er nur deine Entschuldigung gehört hat, oder?*

Dann seufzt Matt wieder, aber irgendwie klingt er anders. Das ist kein Ärger – so klingt Resignation. Irgendwas stimmt hier nicht. »Hör zu, Rosy, nach gestern Abend … Ich habe da eine ganz andere Seite von dir gesehen …«

Plötzliche Panik steigt in mir auf wie bittere Galle – mit solchen Worten macht man Schluss.

»Hey, Matt, hör zu«, sage ich, ein bisschen zu schrill, ein bisschen zu schnell, »wir haben es am Samstag beide ein bisschen übertrieben, und es hat alles etwas unschön geendet – der Typ hat mich einfach festgehalten, ich wusste nicht, was ich machen soll, aber ich kann mir vorstellen, wie es für dich ausgesehen haben muss, also wundert es mich nicht, dass du sauer bist. Aber da war nichts, überhaupt nichts. Ich will dich, sonst niemanden.«

Die Wahrheit sagt: *Ach, echt?*

Vorsicht, wirft mein Selbstbewusstsein mahnend ein, *du willst doch nicht wieder allein dastehen.*

Matt sagt: »Mm ... ich weiß nicht, sieht aus, als würde es bei dir immer ziemlich dramatisch zugehen.«

»Nein, ganz bestimmt nicht, ehrlich. Ich bin vielleicht ein bisschen gestresst von der Arbeit und so, aber das wird alles wieder besser ... Es tut mir leid.« In der Leitung ist es still. Meine Wut ist zwar noch da, aber die Angst hat sie zurückgedrängt. Ich fasse es nicht, wie schnell jetzt alles auf einmal den Bach runtergeht.

»Ich weiß nicht, wie das mit uns beiden weitergehen soll.« Wieder wird es still, aber diesmal vor allem in meinem Kopf. Nein, nein, nein, nein, nein – wenn ich dieses Wort immer wieder im Kopf wiederhole, überlegt Matt es sich vielleicht noch mal anders. Eigentlich sollte er sich entschuldigen und sich ein Bein ausreißen, um diesen Fauxpas wieder auszubügeln. Und jetzt läuft alles schief. So war das nicht geplant.

»Willst du alles, was zwischen uns war, einfach wegwerfen wegen dieses einen Abends? Matt, komm schon, ich bitte dich ...«

»Rosy, ich glaube, es ist besser für uns beide, wenn du aufhörst zu betteln.«

Und dann wird es wieder totenstill.

*

Haben Sie schon mal in der Bahn oder im Bus gesessen und waren so versunken in irgendwas – die Lektüre eines Buchs oder Ihr Handy –, dass Sie irgendwann verdutzt hochgeguckt und gemerkt haben, dass Sie schon an Ihrer Haltestelle sind? Bewusst oder nicht, aus unerfindlichen Gründen schaut man auf: Man sieht sich um, denkt, Mist, schon da, und weiß, man hat nur ein paar Sekunden Zeit, um aufzuspringen und zur Tür zu sprinten, die sich sonst vor der Nase schließt, und dann sitzt man in der Falle. So ein dramatischer, überstürzter Abgang ist zwar peinlich, aber nachher, wenn der Zug abfährt, ist man auch unendlich erleichtert darüber, dass man nicht mehr drinsitzt.

In dem Moment, als Matt das Wort »betteln« sagte, habe ich hochgeguckt.

27.
Der wilde Mann

Ich weiß sofort, wenn die 2B vom Spielen zurückkommt: Ein trubeliger, wuseliger Schwarm kleiner Miniungeheuer stürmt zur Tür, worauf Seema ganz ruhig dazwischengeht und sie wie Schäfchen zusammentreibt, bis sie sich still und brav in Zweierreihen aufstellen. Dann setzen sie sich zehn Minuten im Schneidersitz auf den Teppich (Ich weiß wirklich nicht, wie dreißig Kinder auf so kleinem Raum Platz finden, aber ich unterschätze wohl immer noch, wie winzig Sechsjährige eigentlich sind), während Seema mit ihnen den Stundenplan für den Nachmittag durchgeht (»Das ist meine Methode, damit sie ein bisschen runterfahren«, hat sie mir letzte Woche anvertraut, »sonst sind sie viel zu aufgedreht.«), und wenn sie fertig ist, ist das mein Einsatz, mit Dax nach nebenan zu gehen. Wir haben uns in den vergangen sechs Wochen ganz gut zusammengerauft, Dax und ich. Schaute er mich anfangs nicht mal an, kommt er jetzt von allein zu mir, wenn es Zeit ist zum Lesen, und trottet neben mir her in unsere Leseecke. Unauffällig ist er jede Woche noch ein bisschen näher herangerückt – oft muss ich aufpassen, nicht über ihn zu stolpern.

Und inzwischen führen wir auch tiefgründige Gespräche. Letzte Woche zum Beispiel:

Ich: Hallo Dax, wie geht's dir?

Dax: Gut.

Ich: Das freut mich – Miss Khanom hat mir gesagt, dass

du heute Morgen einen Bauernhof gemalt hast. Hat das Spaß gemacht?

Dax: Ja.

Ich: Was für Tiere hast du denn gemalt?

Dax: Hm ... (*muss ernsthaft nachdenken*) eine Kuh.

Ich: Ach, toll – Kühe sind meine Lieblingstiere. Und, wollen wir loslegen?

Dax: Japp.

Ich finde, das ist ein sehr ermutigender Anfang.

Dax zeigt mir sein neues Buch. Wieder mal eine Geschichte von unseren furchtlosen Kindern und ihrem vermaledeiten Köter – das Mistvieh bringt sie ständig in irgendwelche Schwierigkeiten. Immer wenn Dax mit einem neuen Buch in seinen kleinen Händen ankommt, flehe ich stumm, die Kinder mögen die blöde Töle zuhause lassen, aber sie lernen einfach nichts aus ihren Fehlern.

»Das sieht aber spannend aus, was meinst du, Dax?«, flöte ich.

»Ja.« Keine erschöpfende Buchkritik, aber immer noch besser als gar nichts. Dax schlägt die erste Seite auf. Das ist auch so ein Ding: Er liest inzwischen viel besser. Er ist merklich schneller geworden und liest flüssiger und fehlerfreier. Auf den ersten fünf Seiten macht er nur einen einzigen Fehler.

»O – nein – sagte – Griff – Peppy – komm – zurück«, liest er. Am Ende des Absatzes bremse ich ihn und weise auf die Seite. »Dax, siehst du dieses kleine Satzzeichen da? Den Strich mit dem Punkt drunter?« Dax folgt meinem Finger zu dem Ausrufezeichen im Text. »Das heißt, die Person ruft etwas – etwa so: *»O nein!«, sagte Griff. »Peppy, komm zurück!«* Dax liest die Zeile. Seine Betonung verändert sich kein bisschen.

»Einen Schritt nach dem anderen, was?«, sage ich. Am

liebsten möchte ich ihn knuddeln. Würde ich auch, wäre das nicht ausdrücklich untersagt.

Als unsere zwanzig Minuten vorüber sind, geht Dax ins Klassenzimmer zurück, während ich seinen Bewertungsbogen ausfülle (langsam gehen mir die Superlative aus) und darauf warte, dass Billy durch die Tür kommt.

Letzte Woche habe ich im Bett gelegen und an Billy gedacht und daran, wie öde wir beide das Buch finden, das er gerade liest, und da kam mir die Idee, dass es doch einen Markt geben muss für aufregende, spannende Kinderbücher ... und dann habe ich beschlossen, selbst eins zu schreiben. Die Geschichte dreht sich um zwei Jungs (angelehnt an Dax und Billy, wobei sie natürlich nicht so heißen können, also muss ich mir andere Namen einfallen lassen, Rex und Sticky, so was in der Art, bloß besser), die in der Schule auf geheimnisvolle Rätsel stoßen, die sie dann mit der Unterstützung ihrer Freunde und ihrer netten Lehrerin Miss Dana lösen. Rex ist der Vernünftige, der den tollkühnen Sticky zu bremsen versucht. Inzwischen schleppe ich überall ein Notizbuch mit mir herum, um jede meiner Ideen aufzuschreiben. Ich schreibe im Bus, habe das Büchlein abends beim Fernsehen neben mir auf der Couch liegen und lege es beim Schlafengehen unters Kopfkissen, falls ich mitten in der Nacht mit einer genialen Idee für eine überraschende neue Wendung aufwache. Ich arbeite gerade an einer Szene an einem Fluss, den die beiden Jungs überqueren müssen, um ... um an einen Zauberschlüssel oder so was zu kommen, und ich hatte mir überlegt, dass der kleine Dax-Verschnitt am Ufer stehen bleibt und etwas über die reißende Strömung sagt und zur Vorsicht mahnt, während »Sticky« wagemutig voranprescht ... Ich ziehe das Notizbuch aus der Tasche. Vielleicht könnten sie ein paar Trittsteine entdecken ...

Als ich kurz darauf auf die Uhr schaue, merke ich, dass ich gut zehn Minuten geschrieben habe und der echte Billy längst da sein müsste. Ich stehe auf und spähe durch die Tür und sehe die Kinder ruhig auf dem Teppich sitzen, während Seema ihnen etwas über Marienkäfer erzählt – vielleicht hat sie Billy gesagt, er soll dableiben. Ich habe ihn vorhin gar nicht gesehen, als die Klasse vom Spielen hereingekommen ist. Ob er heute überhaupt in der Schule ist? Vielleicht hat er es vergessen oder Seema hat es vergessen, wobei der Gedanke, Seema könnte irgendwas vergessen, was auch immer, überaus unwahrscheinlich ist.

In kleinen Grüppchen stehen die Kinder auf und schwärmen zu ihren Tischen. Beim Aufstehen sehe ich auch Billy. Ich warte, bis er sich an seinen Platz gesetzt hat, dann gehe ich zu ihm und hocke mich neben ihn. »Hey, Billy, bereit für unsere Lesezeit?«

»Nein.« Er schaut nicht von seinem Bild auf.

»Okay ... und warum nicht?«

»Keine Lust.«

»Aha. Gut. Aber ich ... ich ...« Ich muss erst noch lernen, wie man mit einem Sechsjährigen diskutiert. Billys kleiner Körper verspannt sich sichtlich, und er legt die Arme über das Blatt. Mit meiner besten Seema-Stimme sage ich: »Komm mit, Billy, Zeit zu lesen.«

»Nein.« Er klingt entschlossen, und in seiner Stimme schwingt Wut mit. Aus den Augenwinkeln sehe ich Seema auf uns zukommen. Mist.

»Alles okay?« Die Frage ist rhetorisch – sie weiß ganz genau, dass etwas nicht stimmt.

»Billy meinte gerade, er hat heute keine Lust zu lesen!«, erkläre ich mit jovialem Lachen, als wäre das eine ganz tolle Neuigkeit.

Seema verschränkt die Arme. »Und warum nicht, Billy?« Ich bin mir nicht sicher, ob Billy schon weiß, was eine rhetorische Frage ist, aber er schüttelt entschieden den Kopf und bleibt stumm, meines Erachtens keine gute Entscheidung. »Steh bitte auf, Billy«, sagt Seema, und ihre Stimme lässt keinen Zweifel daran, dass sie es ernst meint. Billy rappelt sich auf, als trüge er schwer an der Last seines eigenen Körpers. »Miss Edwards, gehen Sie doch schon mal nach nebenan zum Lesetisch und bereiten alles vor, Billy kommt dann gleich nach.« Es dauert einen Moment, bis ich kapiert habe, wen Seema meint. Ich werde selten so formell angesprochen. Aber ihre Anweisung duldet keinen Widerspruch, und ich verkrümele mich durch die Tür nach nebenan – ich habe Angst, Billy könnte womöglich nicht der Einzige sein, der in Schwierigkeiten steckt. Vorsichtig spähe ich durch die Scheibe in der Tür ins Klassenzimmer und beobachte Billy, der aufgebracht hinter Seema herstapft. Sie setzt sich auf ihren Stuhl, und er muss vor ihrem Pult stehen, und obwohl ich nicht hören kann, was sie sagt, ist nicht zu übersehen, dass sie ihm gründlich den Kopf wäscht. Man sieht es daran, wie kleinlaut er sich vor ihr windet. Schließlich weist Seema zur Tür, und ich ducke mich schnell, setze mich an den Tisch und krame in meinen Unterlagen.

Billy kommt angestiefelt und knallt die Tür hinter sich zu. Dann wirft er das Buch auf den Tisch, sich auf den Stuhl und verschränkt trotzig die Arme.

»Hallo Billy«, sage ich sanft. Bockig dreht er Kopf und Schultern so weit von mir weg wie möglich. Wie eine kleine empörte Eule.

»Es tut mir leid, dass wir heute so einen missglückten Start hatten. Ich merke, dass du wütend bist …«

»Bin ich nicht!«, brüllt Billy und schleudert das Buch vom

Tisch. Es fällt auf den Boden und bleibt aufgeschlagen auf der Seite liegen, wo wir beim letzten Mal aufgehört hatten. Ziemlich cool, eigentlich.

»Schön. Dann nicht. Herrje …« Das »Herrje« rutscht mir versehentlich heraus – das ist mir bei Charlie auch des Öfteren passiert. Männer können einen halt immer auf die Palme bringen, ganz gleich wie alt sie sind.

Endlich, *endlich*, nach fünf Minuten zähem Ringen, lässt Billy sich doch dazu herab, mir etwas vorzulesen. So präzise und deutlich hat er noch nie gelesen. Zweimal gerät er ins Stocken, ansonsten erkennt er auch die schwierigsten Stolperfallenwörter problemlos. Entweder er hat heimlich zuhause geübt oder sein Hass auf mich stachelt ihn zu ungeahnten Höchstleistungen an. Aber immer wenn ich ihn dafür loben will, ignoriert er mich einfach oder schottet sich ab, indem er den Kopf auf den linken Arm stützt, sodass ich nicht mehr in das Buch schauen kann. Als ich herausstelle, wie toll er die Sätze betont, hält er sich das Buch direkt vor die Nase. Nichts von dem, was ich sage, macht es besser, im Gegenteil, ich scheine es nur noch schlimmer zu machen. Ein rascher Seitenblick auf die Uhr verrät, dass erst sieben unserer zwanzig Minuten vergangen sind. Ich frage mich, ob Billy schon die Uhr lesen kann.

»Das war großartig«, sage ich Billy, als wir zum Ende der Geschichte kommen. »So gut hast du noch nie gelesen.« Billy wirft das Buch auf den Boden.

»Hey … Freundchen! Heb das sofort wieder auf.« Himmel, ich muss echt lernen, wie man mit Kindern redet. Billy rührt sich natürlich nicht vom Fleck. »Wenn du das Buch nicht sofort aufhebst, dann werde ich … dann muss ich …« Ich schaue Billy an, der mich ansieht, und habe das unangenehme Gefühl, dass ihm das einen Heidenspaß bereitet. Kann ein Sechsjähriger verschlagen gucken? »Also gut, dann lassen wir das Buch einfach auf dem Boden liegen und schauen mal, was Miss Khanom dazu sagt, wenn dein Buch … ganz dreckig ist. Und wenn ich morgen wiederkomme …«

»Du kommst aber nicht wieder!«, brüllt Billy, macht auf dem Absatz kehrt und stürmt zurück ins Klassenzimmer. Mit Billy habe ich schon so einige Höhen und Tiefen erlebt, und manchmal hätte ich am liebsten geweint, aber ich habe mich immer zusammengerissen, um nicht die Beherrschung zu verlieren. Diesmal gelingt es mir nicht.

*

Später sitze ich auf dem Teppich und ordne die Lesebücher, während Seema an einem der Kinderpulte sitzt und etwas auf einen großen Bogen Bastelpapier malt. Ich kann mich nicht konzentrieren: Ständig sortiere ich die Bücher aus Stufe drei in den Stapel für Stufe sechs ein und verwechsele die Bücher mit orangenfarbener Banderole mit denen mit der roten. Von der anderen Seite des Klassenraums höre ich Seema stöhnen, und als ich zu ihr rüberschaue, radiert sie gerade etwas aus.

»Hey, Seema?«, rufe ich.

Mit frustriertem Gesicht schaut sie auf. »Ja?«

»Ach, nicht so wichtig.«

»Okay.«

Ich greife nach dem nächsten Buch, es ist *Rennen!*. Vom Titel grinsen mir die beiden Eisbären höhnisch entgegen und scheinen mich auszulachen. Vor allem der mit dem neckischen Schal.

»Seema? Warum hasst Billy mich so?«

»Das hat er doch nicht zu dir gesagt, oder?«

»Nicht mit diesen Worten.« Ich berichte ihr, was während

unserer gemeinsamen Lesezeit passiert ist und vor allem, wie wütend er war – ich muss schlucken, als ich erzähle, was er mir zuletzt an den Kopf geworfen hat. Als ich schließlich fertig bin, muss Seema lachen. Nicht unbedingt die mitfühlend tröstliche Reaktion, die ich mir eigentlich erhofft hatte.

»Er hasst dich überhaupt nicht, ganz im Gegenteil«, sagt sie. »Er hat noch nie so begeistert gelesen. Jeden Morgen erzählt er mir, dass er extra für dich geübt hat.« (*Wusste* ich es doch.) Ich lasse die gefährlich schwankenden Bücherstapel stehen und ziehe mir einen Stuhl heran, um mich neben Seema zu setzen. Sie sagt: »Billy hat zuhause ... ein paar Probleme.« Sie wählt die Worte mit Bedacht, wohl wissend, dass sie vertrauliche Informationen preisgibt. »Er kennt es, von den Menschen zurückgewiesen zu werden, die er liebt. Er mag dich, aber er hat Angst, dass du ihn auch verlassen könntest.«

Ich weiß nur zu gut, wie sich Verlustangst anfühlt ... aber er ist ein Kind, gerade mal sechs Jahre alt, und kämpft schon mit der Einsamkeit und Verzweiflung eines kaputten Elternhauses, während ich ein glücklicher, gesunder, selbstbestimmter erwachsener Mensch bin – der Vergleich hinkt also auf allen vier Füßen. Was ich damit etwas unbeholfen ausdrücken wollte, ich glaube, Verlustangst geht nicht einfach weg. Ob man nun sechs ist oder sechzig. Darum macht Liebe uns solche Angst. Wenn man sie einmal gefunden hat – was an sich ja schon nicht leicht ist – läuft man immer Gefahr, sie wieder zu verlieren. Ich möchte für Billy eine verlässliche Bezugsperson sein, und ich bin fest entschlossen, ihn nicht zu enttäuschen. Aber es wäre entschieden einfacher, wenn er nicht so ein kleiner Mistkäfer wäre.

28.
Fette gestreifte Lüge

Miss Comic Sans

Das mit M ist nichts geworden – wie sich herausstellte, ist er ein bisschen irre. Diese Erfahrung hat mich in meiner Überzeugung bestätigt, dass ich auch ohne Freund glücklich bin, aber beinahe alle unter dreißig, die ich kenne, sind entweder in einer glücklichen Langzeitbeziehung oder auf dem besten Weg dorthin, und wenn ich nicht bald aus den Puschen komme, könnte ich womöglich auf alle Ewigkeit dazu verdammt sein, die Samstagabende allein auf der Couch zu verbringen oder mir aus einem Wischmopp und einem Kürbis einen Mann zu basteln. Was davon auch immer zuerst passiert. Aber ich mache gern mein eigenes Ding. Nach der Arbeit möchte ich an meinem Buch schreiben, was essen und/oder mich mit Freunden treffen oder einfach nur rausgehen. Ansonsten sitze ich gerne mit meinem Teddybären und einer Packung Cremekekse auf der Couch und schaue mir *Im Zentrum der Macht* an. Und ja, ich weiß, wie erbärmlich und spießig das klingt …

Ich lehne mich vor dem Monitor sitzend zurück und nippe an meinem Kaffee. Nachmittags ist es ruhig im Caffè Nero. Hinter mir gurrt eine Mama ihr quengeliges Baby an, das unter mehreren Lagen Daunen in seinen Buggy geschnallt ist, offensichtlich ganz hingerissen von seinem halb erstickten Miauen. Am Fenster sitzt ein junger Mann und tippt wie ich auf seinem Laptop (Ich habe ihn beim Reinkommen kurz abgecheckt: Nicht schlecht, aber schlecht gelaunt), und der einzige andere Gast (das Baby zählt nicht, denn ich bezweifle, dass es hier irgendwas konsumiert) ist eine ältere Dame, die in einen Ohrensessel versunken dasitzt. Sie liest die Zeitung und beugt sich dabei nach vorne, um das Kleingedruckte zu erkennen, und blättert mit zitternden Händen um, während sie mit enervierender Schneckengeschwindigkeit an einem Scone knabbert. Wenn ich wirklich Schriftstellerin bin, dann sitzen diese Leute streng genommen alle in meinem Arbeitszimmer.

Ich wende mich wieder dem Bildschirm zu, öffne meine E-Mail und lese zum achten, wenn nicht gar neunten Mal die Nachricht, die Sally mir als Antwort auf meine Mail von vor drei Tagen mit den beiden Auszügen meines Buchprojekts geschickt hat. Sally, meine gute Freundin Sally, die rein zufällig bei einem Verlag arbeitet. Von meinem Blog mal abgesehen (der inzwischen die stolze Gesamtzahl von sage und schreibe zehn Lesern vorzuweisen hat, bestehend aus Mum – die nur unter der Voraussetzung mitlesen darf, dass Dad keinen Zugang zu ihrem Account hat, um ihm meinen Eintrag über Prokrasturbation zu ersparen –, der Besten, den Paaren, Harriet, Liam, Sally und einer Frau namens Kirsty McDermott, die ich zwar nicht kenne, aber was interessiert mich das: Zehn Follower sind einer mehr als neun), hat noch niemand irgendwas von mir gelesen. Ich habe einen ganzen Nachmittag gebraucht, den Mut aufzubringen, endlich auf »Senden« zu klicken und die E-Mail tatsächlich zu verschicken. Davor habe ich ganze sechs Tage gebraucht, bis ich zwei Passagen von 2000 Wörtern zusammenhatte. Sally ist in ihrer Antwortmail nicht näher darauf eingegangen, weshalb ich die Nachricht wieder und wieder durchlese in der Hoffnung, ein winziges Fitzelchen einer Meinung zu meinem Text zu entdecken, das mir bisher entgangen ist.

Ehe sie sich verabschiedete, schlug sie vor, dass wir uns zum Mittagessen treffen. Das verwirrt mich am allermeisten. Warum treffen? Warum Mittagessen? Ob ich einfach eine grottenschlechte Schreiberin bin und sie es netter findet, mir das bei einem Sandwich beizubringen? Will sie mir ihre ätzende Kritik persönlich um die Ohren hauen? Oder kommt es daher, dass Sally mit einem österreichischen Jet-Ski-Lehrer gematcht wurde und mich zu der Mittelalterhochzeit einladen will, die nächste Woche stattfindet? Wir haben uns für Freitag verabredet. Ich freue mich darauf, Sally zu sehen, wie ich mich immer auf sie freue, aber auf den Rest könnte ich gerne verzichten. Ich schließe die Mail und gehe wieder zu meinem halbfertigen Post. Keine Ahnung, wie ich jetzt weitermachen soll. Vielleicht hole ich mir erst mal einen Muffin.

Facebook, Twitter, Buzzfeed, Instagram und Tumblr sind öde Tundren, in denen sich rein gar nichts tut, zumindest nicht, seit ich vor zehn Minuten das letzte Mal reingeschaut habe. Ich habe der Besten eine Nachricht geschrieben, aber sie hat noch nicht geantwortet, weshalb ich sie jetzt hasse und mir eine neue beste Freundin suchen muss. Aber da, ganz in der Ecke meines Handydisplays, flackert immer noch leuchtend hell die Tinder-Flamme. Die Geister von Elliot, Jonathan, Patrick, Andrew, Doug, Archie, Max, Guy und Matt erheben sich mahnend, um mich zu warnen, die Finger davon zu lassen. Ich sollte den Blog-Post zu Ende schreiben und mich dann wieder an mein Buch setzen ... endlich das verflixte Buch schreiben ...

… Ich lade Tinder neu. Das wird einem extrem leicht gemacht. Es ist schon eine Weile her, seit ich in der Tindersphäre unterwegs war, und es hat sich einiges geändert. Was ist denn ein »Moment«? Und kann man ein Match wirklich wieder entmatchen? Ts, die Jugend heutzutage. Zu meiner Zeit (also vor etwa sechs Wochen) blieb einem keine andere Wahl, als ein versehentlich gemachtes Match oder jemanden, der einen nach drei netten Nachrichten nach einem Tittenfoto fragt, qualvoll am ausgestreckten Arm verhungern zu lassen … es ist eine schöne neue Welt. Neulich erwähnte die Beste etwas von einer *neuen* App, die die eigenen Bewegungen in Verhältnis zu potenziellen Kandidaten nachverfolgt. Ich muss erst mal verdauen, dass man auf Tinder jetzt schon eine Kurz-Bio verfassen kann – eine neue App ist mir einfach zu viel.

Auch die Anzahl der Tinder-Nutzer scheint sich in der Zwischenzeit verzehnfacht zu haben. Für jeden Wisch nach rechts muss ich mindestens dreißig nach links machen, und bisher habe ich nur sieben Männer geliked. Vier davon wären es wert, mit ihnen gematched zu werden, zwei dann auch tatsächlich, mit ihnen zu schreiben. Ich muss die Fühler in alle Richtungen ausstrecken, wenn ich es weiß, werde ich es wissen. Ich sollte mir einfach nur die Fotos anschauen und meine eigenen Regeln befolgen … die gesammelten Tinderweisheiten der vergangenen neun Monate gehen mir auf einmal durch den Kopf, während ich weitermache, wisch und weg, wisch und weg, wisch und weg. Gerade will ich dasselbe auch schon mit Nick, 30, machen, als ich mein erstes Match bekomme, und zwar mit Jack. Zum Glück einer von den beiden Männern, bei denen ich nichts dagegen hätte, mich mit ihnen zu unterhalten. Ich tippe auf sein Gesicht. Seine Fotos sind ganz anders als alles, was ich bisher gesehen habe. Auf jedem Bild sieht er irgendwie … anders aus. Es ist fast, als litte er unter einem Alters-Jo-Jo-Effekt, der ihn mal jünger und mal älter erscheinen lässt, oder es ist auf jedem der Bilder ein anderer seiner Brüder zu sehen. Es gibt auch keine Ski-, Surf- oder Hundehalterbilder. Auf einem trägt er einen Anzug, und es scheint an einem warmen Sommertag gemacht worden zu sein. Auf einem anderen hat er einen Sombrero auf dem Kopf. Ein drittes zeigt ihn an einer Bar mit einem ausnehmend hübschen Mädchen, das ich schon auf den ersten Blick nicht ausstehen kann. Aber auf jedem Bild sieht er zum Anbeißen aus.

Ich tindere immer noch, als er sich bei mir meldet.

Jack:
Hi Rosy, wie geht's?

Nicht gerade originell, aber wenigstens nicht vulgär, mit Rechtschreibfehlern oder am Rande der Legalität.

Rosy:
Mir geht's gut, danke Jack, komme gerade von der Arbeit. Wie geht's dir?

Jack:
Das ist aber früh! Was machst du denn?

Verdammt, ich hätte die Arbeit nicht erwähnen dürfen. Klar, dass er mich nach meinem Job fragt. Sage ich Schriftstellerin? Ich sollte bei der Wahrheit und meiner Lernassistentinnenstelle bleiben, aber das klingt nicht sonderlich beeindruckend ... aber Anmaßung ist auch unsexy. Ich wünschte, ich hätte den Mumm, mir irgendwas auszudenken, wie »Ich bin die Assistentin eines Zauberers« oder »Ich züchte Frettchen«, aber im Kreuzverhör würde ich zusammmenbrechen, und Jack müsste mich für eine pathologische Lügnerin halten.

Rosy:
Momentan arbeite ich an einer Grundschule. Bitte sag mir, dass du irgendwas Exotisches machst?!

Jack:
Manche Leute würden das sicher so sehen. Aber ich arbeite oft abends, das nimmt der Sache etwas den Glamour.

Rosy:
Barkeeper? Stripper? Nachtwächter? Jetzt MUSST du es mir verraten ...

Jack:
Ha! Nicht ganz. Ich bin Arzt.

Bin ich oberflächlich, weil ich ihn jetzt noch unwiderstehlicher finde? Für mich sind Ärzte automatisch klug und mitfühlend. Ein Arzt ist mir sogar noch lieber als ein Feuerwehrmann oder ein Polizist. Irgendwann muss ich mal ein Ärzteerlebnis gehabt haben, das so erotisch und traumatisierend zugleich war, dass es sich tief in mein Unterbewusstsein eingegraben hat. Vielleicht sollte ich Mum mal danach fragen.

Rosy:
Was ist denn dein Fachgebiet?

Jack:
Plastische Chirurgie. Eine sehr spezielle Nische.

Rosy:
Glamourmodels und gelangweilte, reiche Ehefrauen? Oder durch Hundebisse entstellte Kinder?

Jack:
Ha – ein bisschen von beiden. Die gelangweilten Ehefrauen zahlen so gut, dass ich auch noch Kassenpatienten in der Kinderklinik behandeln kann.

Ein Arzt, der entstellte Kinder operiert. Rosy: Sag ihm nicht, dass du ihn heiraten willst. Nicht mal im Scherz.

Ich schreibe zurück, dass das nach einem ganz tollen Job klingt, aber auch zehn Minuten später habe ich noch keine Antwort bekommen. Bestimmt hat er zu tun. Vielleicht ist ein Notfall reingekommen und er steigt gerade in seinen OP-Kittel. Bestimmt meldet er sich, sobald er kann. Wir scheinen uns doch gut zu verstehen, warum sollte er sich also nicht mehr melden? Wobei ... vielleicht hat meine blöde Bemerkung über reiche Ehefrauen ihn vergrault. Immerhin sind das auch seine Patienten ... und ich hätte nicht fragen sollen, ob er Stripper ist, verdammt, warum rede ich nur immer so einen Müll? Ich und meine unheimlich witzigen Witzchen. Es würde mich auch nicht umbringen, wenn ich mal den dicken Schutzpanzer ablegen und einfach versuchen würde, ich selbst zu sein. Jack muss aber doch gewusst haben, dass das nur ein Scherz war, und wenn nicht, dann kann er mir auch gestohlen bleiben, denn was soll ich mit so einem humorlosen Pinsel? Also, zum Teufel mit ihm.

Mein Handy piepst.

Jack:
Ich kann das nicht.

Ich hab's vermasselt. Na toll. Ich Depp.

Nein – *der* Depp.

Jack:
Ich bin gar kein Arzt! Das sollte bloß ein Witz sein, aber du wirkst so nett, da will ich dich nicht anlügen.

Jack:
Eigentlich bin ich Musiker! Tut mir leid ...!

Jack – wenn er denn wirklich so heißt – hat mich angelogen, und das gleich mehrfach. Er hat sich eine falsche Identität zugelegt und mich glauben lassen, er sei der Mann meiner Träume, und jetzt stehe ich da wie ein Volltrottel.

Jetzt mag ich ihn noch mehr.

*

Seit der Zeit nach unserem Studium treffen die Beste und ich uns immer an einem Abend vor Weihnachten, um gemeinsam zu feiern. Mit zunehmendem Alter verlieren die wunderbaren weihnachtlichen Familientraditionen, die das Fest früher zu etwas ganz Besonderem gemacht haben, immer mehr an Bedeutung. Vor fünf Jahren erklärte meine Mutter völlig überraschend, dass sie ab sofort keine süßigkeitengefüllten Socken mehr für Bru und mich an den Kamin hängen wird. Und die Eltern der Besten verkündeten im letzten Jahr lapidar, statt eines ganzen Truthahns gebe es ab sofort nur noch Putenbrust. Die Beste hat hemmungslos in den Hörer geschluchzt. Weil wir beide also Weihnachten lieben und uns gegenseitig als Familie betrachten, haben die Beste und ich unsere eigene Tradition ins Leben gerufen. Wir bestellen was vom Chinesen, trinken Cocktails aus der Dose und gucken im Pyjama *Das Wunder von Manhattan*.

Bisher habe ich mich nicht getraut, nach Ed zu fragen, aber bald wird sie einen im Tee haben und redselig werden, und ich brauche die Gewissheit, dass er ein für alle Male Vergangenheit ist.

»Er ist weg. Weg vom Fenster«, knurrt die Beste, als ich schließlich all meinen Mut zusammennehme und sie danach frage. »Er hat mich definitiv betrogen.«

»Das weißt du ganz sicher?«

»Er hat es mir gesagt.«

»Er hat es dir *gesagt*?« Zuerst bin ich fassungslos angesichts Eds unerwarteter Aufrichtigkeit … aber klar hat er es ihr gesagt. Er konnte nicht einfach verfängliche Hinweise streuen und warten, bis sie ihn zur Rede stellt, um sie für paranoid und hysterisch zu erklären, wie jeder andere Mann es getan hätte. Er wollte, dass sie ohne die geringste Spur eines Zweifels wusste, dass sie ihn langweilt und er was Besseres gefunden hat, um sie zu ersetzen. »Hass« ist ein starkes Wort, aber es reicht bei Weitem nicht aus, um meine Gefühle für Ed adäquat zu beschreiben. Die Beste schüttelt den Kopf. »Und ich dachte wirklich, ich liebe den Scheißkerl – ist das zu fassen? Woher soll man so was auch wissen? Ich weiß nicht, woran man merkt, ob man jemanden wirklich liebt oder es sich nur einbildet.«

Ah, die uralte »Liebe-ich-ihn-oder-liebe-ich-ihn-nicht-und-wenn-nicht-warum-fühlt-es-sich-dann-so-an«-Frage – über die habe ich in letzter Zeit häufiger nachgedacht. Nach Matt habe ich das Gefühl, meinem eigenen Urteilsvermögen nicht mehr trauen und die roten nicht mehr von den grünen Männchen unterscheiden zu können und froh sein zu müssen, beim Überqueren der Straße nicht prompt überfahren zu werden. Ich dachte wirklich, ich sei dabei, mich in Matt zu verlieben. Aber wenn ich so darüber nachdenke, war es wohl eher so, dass die Enttäuschung, mich eben *nicht* in Guy verliebt zu haben, die Geschichte mit Matt unnötig aufgebauscht hat. Natürlich hatten bei Matt alle Alarmglocken geschrillt: Drogenkonsum, Desinteresse an allem, was mir wichtig war, SM-Haareziehen (das war wirklich unschön) ... aber ich bin nun mal seit geraumer Zeit Single und noch viel länger nicht mehr verliebt gewesen. Und irgendwann kommt der Punkt, da redet man sich lieber ein, man sei verliebt, als gar nichts zu empfinden. Nicht dass man die Glocken nicht durchdringend schrillen hört – man überhört sie nur geflissentlich. Vielleicht hat es mit dem Alter zu tun, denn irgendwie kommt es mir vor, als schleppten wir alle immer mehr Altlasten mit uns herum. Und das macht es verdammt schwer zu unterscheiden, ob diese frühen Warnsignale im Grunde nur liebenswerte kleine Marotten des anderen sind oder dröhnende Alarmsirenen, bei denen wir auf der Stelle alles fallen lassen, uns umdrehen und schreiend um unser Leben laufen sollten. Ich bin inzwischen zu dem womöglich irrsinnig reduktionistischen Schluss gekommen, dass man es nicht wissen kann – man weiß es einfach nicht.

Man weiß nicht, ob man sich in jemanden verliebt hat oder ob es sich nur so anfühlt. Man weiß nicht, ob der Mensch, in den man sich verliebt, sich umgekehrt auch verliebt. Und es gibt keinerlei Garantie dafür, dass die Liebe, die man für jemanden empfindet, echt oder eingebildet ist oder ob sie vielleicht irgendwann wieder verschwindet und der andere zwanzig Jahre später plötzlich auf und davon ist. Aber dieses Risiko ist es gerade, was die Liebe so wunderbar schrecklich süchtigmachend grandios macht, und ich glaube, erst wenn sie vorbei ist, weiß man genau, was es eigentlich war. Ich weiß, dass meine Liebe zu Charlie echt und aufrichtig war, denn selbst nach so langer Zeit, nachdem er mich verlassen hat, nach all dem Schmerz und dem gebrochenen Herzen und den Höllenqualen, die ich durchgestanden habe, liebe ich ihn in einem kleinen Zipfel meines Herzens noch immer, und das wird auch immer so bleiben. Einem sehr, sehr kleinen Zipfel. Einem Zipfelchen.

Als ich die Beste an meinen Überlegungen teilhaben lasse, hört sie schweigend und sehr aufmerksam zu und meint dann: »Tja, das ist aber ganz schön ...«

»Scheiße?«

»Genau.« Sie tunkt ein Frühlingsröllchen in das Schüsselchen mit der Pflaumensoße und schiebt es sich in den Mund. »Eins weiß ich jedenfalls«, erklärt sie, wobei ihr kleine blättrige Teigflöckchen aus dem Mund sprühen, »ich bin durch damit. Kein Tinder mehr, keine Verabredungen, keine Männer, keiner, der mir die Gedanken im Hirn verdreht.«

»So war das nicht gemeint, dass du gleich alles hinschmeißen sollst.«

Sie zuckt nur grinsend die Achseln. »Nach einer Woche knicke ich bestimmmt sowieso wieder ein. Aber, lieber Gott – erst wenn man raus ist aus Tinder, merkt man, was man da an Zeit und Energie verschwendet. Ich hab sogar meine Beförderung für dieses Jahr auf Eis gelegt, weil ich so beschäftigt war, erst mit meinen Dates, dann mit Ed. Also lautet mein guter Vorsatz fürs neue Jahr: Beförderung bekommen. Glücklich sein.«

Ich habe der Besten nichts von meinem Gespräch mit Ed bei Kates Verlobungsfeier erzählt. Es macht mich immer wieder traurig, einsehen zu müssen, dass manche Menschen, unabhängig von äußeren Umständen oder persönlicher Geschichte, einfach nicht nett sind. Ed ist kein netter Mensch.

Die Beste musste das erst selbst begreifen, um ihn endlich loslassen zu können, aber mir fällt ein Felsbrocken vom Herzen, als ich höre, dass sie endlich so weit ist. »Guter Plan«, stimme ich ihr zu.

»Und was ist mit dir, jetzt wo Matt von der Bildfläche verschwunden ist? Ist er doch, oder?«

Ich nicke. Wann immer ich fürchte, dass einige versprengte kleine Gefühlsreste wieder an die Oberfläche kommen könnten, muss ich nur daran denken, wie er mir gesagt hat, ich solle nicht betteln.

Es wäre albern, ihr nach nur einem Nachmittag Hin- und Herschreiben von Jack vorzuschwärmen, vor allem in Anbetracht dessen, worüber wir gerade geredet haben. Mein Handy vibriert in meiner Handtasche. Ich schaue auf die Anzeige, auf der sein Name aufleuchtet. Als hätte er gewusst, dass ich gerade an ihn denke. »Ich habe heute mit jemandem geschrieben. Er macht einen ganz netten Eindruck. Aber noch ist es nicht der Rede wert.«

»Nein?«, fragt die Beste mit hochgezogenen Augenbrauen.

Und ganz im Sinne von Eds rückhaltloser Aufrichtigkeit entgegne ich genauso freimütig: »Nein.«

29.
Wow

Ich habe Bronzepuder aufgetragen, aber vielleicht nicht genug. Also stäube ich noch eine weitere Schicht auf Wangenknochen und Schläfen und dazu einen kleinen Wischer auf die Nase ... Das war vielleicht zu viel des Guten, aber wenn ich es jetzt wieder wegmache, wische ich auch Foundation und Rouge mit weg – wobei, hätte ich überhaupt Rouge nehmen sollen, wenn ich Bronzepuder auftrage? Mist ... falsche Wimpern würden den Look deutlich aufwerten, aber dafür brauche ich mindestens zwanzig Minuten (und da sind die üblichen fünf Minuten Heulen, Zähneklappern und Fluchen noch nicht mit eingerechnet), und ich bin jetzt schon spät dran: Jack und ich sind um acht verabredet, und es ist schon beinahe halb acht. Ich wurde von einer gewissen ... Kleiderproblematik aufgehalten. Eigentlich hatte ich schon ein ganz bestimmtes Outfit im Kopf (Sexjeans, schwarzes Top, Stiefeletten, in denen die dicken Socken nicht auffallen), aber das sah im Spiegel so langweilig und altbacken aus und so gar nicht nach hippem Boho-Mädel, dass ich mir was ganz Neues ausdenken musste. Schließlich habe ich ein hautenges lila Stretchkleid angezogen, von dem ich gar nicht mehr wusste, dass es in meinem Schrank hängt, aber das sah wiederum total billig-nuttig aus und leider ganz und gar nicht nach Obere-Zehntausend-Freundin-eines-russischen-Oligarchen wie erhofft. Nach insgesamt zwölfmaligem Umziehen trage ich jetzt als dreizehntes Outfit wieder die ursprüngliche

Kombination aus Sexjeans mit schwarzem Top, allerdings mit besserem BH und hochhackigen Stiefeln, und das muss jetzt reichen, denn ich habe keine Zeit mehr. Und keine Klamotten.

Mein erstes Date mit Jack ist gleichzeitig mein erstes Date an einem Sonntagabend. Durch seinen Job war es etwas schwierig, einen Abend zu finden, an dem wir beide Zeit haben – heute war der erste Termin, auf den wir uns einigen konnten. Seit wir gematched wurden, haben wir uns jeden Tag geschrieben. Allein gestern haben wir uns eine Stunde lang gegenseitig Zitate aus *The Job Lot* geschickt. Eine Sitcom, die ich wirklich sehr mag und bei der ich nicht nur so tun muss, damit Jack mich vielleicht eher mag. Ich habe ihm meine Liebe zu Emojis gestanden, und statt mich auszulachen, wie es sein gutes Recht gewesen wäre, hat Jack aus vielen Emojis ein Bild von einem kleinen Jungen gezaubert, der sehnsüchtig seinem davonfliegenden Ballon nachschaut ... wunderschön. Jack kann sogar Emojis in Poesie verwandeln. Bisher war das alles bloß belangloses, albernes Geplänkel. Das locker-flockige Hin und Her hat Spaß gemacht, aber das ernstere Kennenlernen hat darunter ein wenig gelitten. Und jetzt begegnen wir uns im wahren Leben, und wenn aus uns was werden soll, müssen wir das oberflächliche Herumgealber außen vor lassen. Was wiederum heißt, Jack könnte mich wirklich kennenlernen, die guten Seiten wie auch die schlechten. Und wenn er meine schlechten Seiten zu sehen bekommt, dann mag er mich möglicherweise nicht mehr.

Ich komme in den Pub, und er ist schon da. Sitzt in dem blauen Hemd an der Bar, das er mir in seiner Antwort auf meine panische Textnachricht beschrieben hat. Ich hatte das dringende Bedürftnis, ihm zu sagen, was ich heute Abend anhabe, aus Angst, er könne mich nicht erkennen, weil ich ganz anders aussehe als auf den Tinder-Fotos. Jetzt bin ich mir zwar sicher, dass er mich auf Anhieb erkennt, habe aber Angst, er könnte mich womöglich nicht hübsch genug finden. Er schaut mich an, als ich hereinkomme, und es ist ganz komisch: Es kommt mir vor, als hätte ich ihn schon mal gesehen, aber hier draußen, im wahren Leben, nicht in der Tindersphäre. Ich habe fast das Gefühl, als seien wir vor langer Zeit einmal Freunde gewesen, und ich weiß schon, wie seine Stimme klingen wird. Er steht auf. Er ist größer und sieht besser aus als auf den Fotos. Die braunen Haare sind ein bisschen länger und die braunen Augen klarer, und auf den Bildern kommt nicht rüber, wie sanft und freundlich er in Wirklichkeit aussieht. Ein halb getrunkenes Bierglas steht vor ihm auf der Theke, also muss er zu früh da gewesen sein, denn ich bin auf die Minute pünktlich. Er wirkt nervös, vielleicht bin das aber auch nur ich selbst. »Tut mir leid, dass ich zu spät bin«, sage ich, obwohl ich das gar nicht bin. Er beugt sich vor, um mich zu umarmen, und ich will ihm ein Küsschen auf die Wange geben, und am Ende wird daraus ein linkischer Ringergriff, bei dem ich ihm irgendwie die Brust tätschele.

»Was möchtest du trinken?«, fragt Jack.

»Einen Wodka Soda? Wenn das okay ist.« Jack dreht sich zur Theke um und wird gleich bedient, während ich auf den Barhocker neben ihm hüpfe.

»Wie war dein Tag?«, erkundige ich mich, als er mir mein Glas reicht und sich wieder setzt. Ich bin mir der Tatsache sehr bewusst, dass wir nicht an einem Tisch sitzen – es ist mehr so: Jack, Leerstelle, ich, und nichts weiter dazwischen.

»Ganz okay, danke. Mein Orchester hatte gestern Abend seine Weihnachtsfeier, deshalb war ich heute Morgen ein bisschen angeschlagen, aber es geht schon wieder.« Klingt nicht, als wollte er mit seinem hedonistischen, ach so busy, busy Lifestyle angeben. Nein, es klingt eher ein bisschen entschuldigend.

»Du musst mir mehr über deinen Job erzählen«, sage ich. »Die Musik. Nicht deine imaginäre Praxis.«

Jack wird so klein mit Hut und schaut betreten zu Boden, ehe er mich wieder ansieht. »Ich habe echt ein richtig schlechtes Gewissen deswegen! Ich konnte der Versuchung einfach nicht widerstehen, und ich dachte, du glaubst mir das sowieso nicht, aber das hast du doch und ...«

»... Ich fand es sehr komisch.« Wenn ich jetzt daran denke, muss ich lachen und Jack auch. Seit Dienstag habe ich immer wieder darüber lachen müssen – es klingt schön, uns jetzt gemeinsam lachen zu hören.

»Aber ich würde wirklich gerne mehr über dein Musikerleben erfahren.«

»Ist weniger aufregend, als man meint.«

»Für dich vielleicht, aber ich habe davon keine Ahnung, und das würde ich gerne ändern.« An seinem wenig begeisterten Gesicht ist abzulesen, dass Jack genauso gerne über seine Arbeit reden möchte wie ich über meinen Menstruationszyklus. Trotzdem erzählt er mir, wie sein typischer Arbeitstag aussieht, bei dem er oft und lange herumsitzen und immer wieder dieselben Passagen spielen muss. Beim Reden merke ich, dass auch sein Beruf wie jeder andere seine langweiligen Momente hat. Es ist bloß so anders als alles, was ich kenne, und klingt so exotisch, dass ich das Gefühl habe, mich in seinen Worten zu verlieren.

»Wie kommt es denn, dass du an einer Schule arbeitest?«, will Jack wissen, als ich ihn zur Genüge über seine Arbeit ausgequetscht habe.

»Ich bin gerade dabei ... gewisse Dinge ... in meinem Leben

zu verändern.« Eine etwas geschönte Variante dessen, was ich eigentlich im Kopf hatte, nämlich: *»Meine Mitbewohnerin hat mir nur aus Mitleid diesen Job vermittelt.«* Ich trinke einen (großen) Schluck aus meinem Glas. »Ich habe in einer PR-Agentur gearbeitet, aber nach meinem letzten Mitarbeitergespräch habe ich mich entschlossen zu kündigen.« Was irgendwie klingt, als sei ich eine Niete in meinem Job gewesen. »Freiwillig.« O nein, das macht es nur noch schlimmer – das hört sich an, als sei ich gegangen worden. Mein Magen verkrampft sich zu einem schmerzhaften nervösen Knoten. Ich will den Mund aufmachen und etwas sagen, das es (irgendwie) besser macht, aber Jack kommt mir zuvor: »Hört sich echt beeindruckend an. Ich habe mir immer gewünscht, mutig genug für so einen Schritt zu sein.« Und der Knoten löst sich ein klitzekleines bisschen. Und ich merke plötzlich, wie unsagbar dankbar ich Jack bin, dass er das gesagt hat. Meine Freunde und meine Familie haben mich zwar immer unterstützt, aber Jack ist der Erste, den das *beeindruckt*. Soweit man das sagen kann, wenn einem jemand erzählt, dass er seinen Job hingeschmissen hat – ist ja nicht so, als hätte ich Waisenkinder aus Gefahr für Leib und Leben gerettet oder wäre mit einem Fahrrad über eine Reihe Doppeldeckerbusse gesprungen.

Jack meint: »Ich finde es bewundernswert, dass du mit Kindern arbeitest. Ich wäre da sicher ein Totalausfall.«

»Das bezweifele ich.«

»Nein, ganz ehrlich – ich würde aus Versehen die Tür auflassen, und dann würden sie alle auf die Straße rennen, oder ich würde Terpentin offen auf dem Boden stehen lassen oder so was.«

»Warum würdest du denn Terpentin in eine Grundschule mitnehmen?«

»Siehst du!« Jack hebt ratlos die Hände, und ich muss lachen. »Ich versage schon in der Vorstellung.« Er nippt an seinem Bier. »Möchtest du denn Lehrerin werden?«

»Himmel, nein, auf gar keinen Fall.« Ich muss an Seema denken, die für dreißig Kinder verantwortlich ist, und dazu die endlosen Korrekturen und der ganze Papierkram, mit dem sie sich jede Woche herumschlägt. Nie würde ich eine solche Disziplin herstellen können, wie sie bei ihr herrscht – mir gelingt das ja kaum bei einem einzigen Kind. Wobei, ich muss schon sagen, Billy und ich hatten letzte Woche einen echten Durchbruch: einen ganz besonderen Moment wie in unserem eigenen Supermarkt-Weihnachts-Werbefilm. Während unserer Leseübung war er ganz ruhig, still und zufrieden. Bei mir schrillten alle Alarmglocken, dass er in einem abgefahrenen Experiment den Körper mit einem seiner wohlerzogenen Klassenkameraden getauscht hatte. Erst ganz zum Ende unserer Lesezeit ging mir ein Licht auf. Als er kam, hatte er zwei Bücher unter dem Arm, von denen ich eins auf gar keinen Fall anfassen durfte (worauf ich mir dann doch wieder sicher sein konnte, den echten Billy vor mir zu haben) und auf das er sich dann demonstrativ setzte. Wie immer las er sehr gut, und als wir gerade aufstehen und in die Klasse zurückgehen wollten, schnappte er sich das zweite Buch, zog etwas, das er darin versteckt hatte, aus den Seiten und reichte es mir, ohne ein Wort zu sagen. Es war eine Weihnachtskarte aus sorgfältig gefaltetem grünem Papier, darauf ein Rotkehlchen mit Weihnachtsmannmütze (ich glaube jedenfalls, dass es ein Rotkehlchen sein sollte) inmitten einer verschneiten Winterlandschaft. Auf die Innenseite hatte er mit rotem Filzstift geschrieben: *Für Rosy Frohe Weihnachten!!! alles Liebe Billy.* Ich habe nicht geweint, als er mir die Karte in die Hand drückte. Damit habe ich gewartet, bis ich zuhause war. Da steht die Karte jetzt ganz vorne mittig auf meiner Kommode.

Jack runzelt die Stirn. »Aber ist es nicht ein bisschen abwegig, als Lernassistentin zu arbeiten, wenn du gar nicht Lehrerin werden willst?« Da ist was dran.

»Ich brauchte dringend einen neuen Job, nachdem ich meinen PR-Job an den Nagel gehängt hatte, und anfangs habe ich es nur gemacht, weil ich das Geld brauchte ...«

»Anfangs?«

»Wie bitte?«

»Du sagtest ›anfangs‹ hast du es nur gemacht, weil du das Geld brauchtest«, hakt Jack nach. »Hat sich daran in der Zwischenzeit was geändert?«

Ich sage erst »nein«, dann »ja« und dann »irgendwie«, worauf Jack mich verwirrt/alarmiert anschaut. Ich sage: »Es war wegen der beiden Jungs, mit denen ich lesen übe, denen bin ich sehr nahegekommen«, was es noch viel, viel schlimmer macht. »Nein, ich meine ...« Meine Ohren werden ganz heiß. »Ich meine, ich habe sie besser kennengelernt und fand, dass sie prima Figuren für eine Geschichte abgeben würden ...«

»Sollte ich jetzt lieber jemanden anrufen?«, fragt Jack lachend. Nicht ganz lachend.

Jack wird die Nummer elf. Ich erzähle ihm von meinen schriftstellerischen Ambitionen, und zwar alles, die ganze Geschichte. Mir bleibt keine andere Wahl – aber ich will es auch. Ich erkläre ihm, wie aus Dax und Billy Dexter und Bo geworden sind, und erzähle ihm die ganze Geschichte, soweit ich sie schon aufgeschrieben habe (lange dauert das nicht). Jack schaut mich an und hört mir aufmerksam, aber regungslos zu. Für jemanden, der sich kein bisschen für Kinder interessiert, muss mein Erguss todlangweilig sein. »Ich bin keine gute Erzählerin.«

»Nein, bitte, ich bin sehr gespannt, wie es weitergeht«, ermuntert er mich fortzufahren.

Ich beschreibe ihm die Zwickmühle, in die Dexter und Bo geraten, in der es um eine Leiter, ein paar Reißzwecken und eine ausgebüxte Ziege geht. »Klingt toll«, meint Jack wohlmeinend und schiebt unsere leeren Gläser über die Theke. »Wobei ich schon die Gesundheits- und Sicherheitsvorschriften infrage stellen muss, wenn die Kinder während der Unterrichtszeit einfach frei herumlaufen dürfen.«

Ich muss lachen. »Das ist den Kindern zum Glück egal. Wenn ihnen die Geschichte gefällt, schlucken sie auch die hanebüchensten Wendungen.«

»Dann ist Bo also der ungezogene kleine Rotzlöffel? Dexter klingt wie das liebe Engelchen auf seiner rechten Schulter.«

»Du hast's erfasst.« Erstaunlich, dass Jack das so schnell kapiert hat, und das, obwohl ich die Geschichte so hundsmiserabel zusammengefasst habe. Er fragt mich, ob ich noch mal dasselbe trinken möchte, und geht dann zur anderen Seite der Theke, um unsere Getränke zu bestellen.

Trotz des unangenehmen Augenblicks, als Jack kurz dachte, ich sei pädophil, glaube ich fast, er versteht mich auch. Gerade unterhält er sich mit dem Barkeeper. Das hat er bei der ersten Bestellung auch schon gemacht. Höflich, offen und freundlich. Das gefällt mir sehr an ihm.

»Bitte sehr«, sagt er, als er zurückkommt und mir das zweite Glas zuschiebt.

»Danke. Was trinkst du?«

»Oranjeboom.«

»Was ist das denn?«

»Ein Bier. Komischer Name, ich weiß.«

»Ich würde mich zum Idioten machen, wenn ich versuchen

würde, das zu bestellen. So einen Zungenbrecher könnte ich nicht mal aussprechen.«

»Ich bring's dir bei.« Jack lächelt. »Die nächste Runde geht auf dich.«

»Mit Vergnügen.« Jack geht davon aus, dass wir noch eine Runde bestellen. Das heißt entweder, dass er a) den Abend bisher sehr nett fand und noch nicht nach Hause gehen möchte oder dass er b) einen gewissen Alkoholpegel braucht, um diesen unerträglichen Abend irgendwie zu überstehen und es nicht über sich bringt, ihn möglichst schnell zu beenden. Ich tippe mal auf Ersteres. Wir sitzen am Sonntagabend in einem netten Pub – da fällt es nicht schwer, sich zu entspannen –, aber für mich ist es mehr als das: Mit Jack scheint alles ganz locker, leicht und selbstverständlich. Er rutscht auf seinem Hocker herum und setzt sich bequem zurecht. Dann sagt er: »Hast du schon mal überlegt, dir einen Verlag für dein Buch zu suchen?«

*

Sally und ich trafen uns zum Mittagessen bei Pret, wo wir uns schon vor ein paar Monaten (wenn auch zufällig) über den Weg gelaufen sind und sie mich für Tinder und das Leben im Allgemeinen begeistert hat. Zu gerne würde ich behaupten, dieser Treffpunkt habe etwas Poetisches, aber ehrlich gesagt ist mir schlicht und ergreifend nichts Besseres eingefallen. Seit ihrer letzten Mail hat Sal kein Wort mehr über die Textauszüge verloren, die ich ihr geschickt habe, und sie so geschäftsmäßig zu erleben – perfekt sitzender Blazer als krasser Gegensatz zu meinem Sweatshirt mit dem Suppenfleck am Ärmel – macht mich ein bisschen nervös.

»Und, wie läuft's?«, wollte sie wissen, sobald wir am Tisch saßen.

»Gut. Prima.« Sie nickte, sagte aber nichts, worauf ich weiterplapperte: »Ich schreibe gerade an einer Szene, in der Dexter und Bo von einer Riesenratte gestellt werden. Aber die Ratte weiß alles, was sie wissen müssen. Und die Ratte kann sprechen ...« Ich redete ohne Punkt und Komma, was mir lieber war, als zu schweigen, aber ich sah, wie Sallys Blick ins Leere ging. Ich brachte es nicht über mich, sie zu fragen, was sie von der Idee hält, aus Angst vor ihrem vernichtenden Urteil. Aber irgendwann musste ich eine Pause einlegen, um Luft zu holen, worauf Sally nur: »Mm-hm«, brummte. Schweigen wäre mir lieber gewesen.

»Du findest das Buch blöd, oder?«, fragte ich.

»Nein, blöd würde ich nicht sagen ... die Lehrerin gefällt mir ...« Sally seufzte und stellte die Kaffeetasse auf den Tisch. »Rosy, ganz ehrlich: Ja, es ist ziemlicher Schrott. Du schreibst ganz großartig, aber ich glaube, dein Stil ist einfach nichts für ein Kinderbuch.«

Kennen Sie den Moment, wenn man seinen Job geschmissen und sein ganzes Leben auf den Kopf gestellt hat, weil man glaubt, einen Lebenstraum verwirklichen zu können, und dann kommt jemand, der weiß, wovon er redet, und sagt einem, dass man nicht das Zeug dazu hat, seinen Traum zu verfolgen, und man es lieber sein lassen und was anderes machen sollte, und plötzlich zählt nichts mehr von dem, was man tut und je getan hat, die ganze Welt ist gegen einen, und man möchte am liebsten heulen oder kotzen oder vor Wut den Tisch umkippen oder, noch besser, alles zusammen? Das war beinahe so ein Moment. Ich merkte, wie ich dichtmachte und mich in mir selbst verkroch, um mich zu schützen. Doch dann redete Sally weiter.

»Aber ich wollte mit dir über deinen Blog reden – der ist gigantisch. Wenn du als du selbst schreibst, fließen die

Worte nur so. Das klingt alles so leicht und natürlich. Wenn du schreiben möchtest, solltest du dich darauf konzentrieren.«

Mein Hirn war noch im Krisenmanagementmodus, als Sally das sagte, darum dauerte es eine Weile, bis ihre Worte bei mir ankamen: Begriffe wie »gigantisch« bissen sich mit Aussagen wie »ziemlicher Schrott« und »du bist ein Totalversager und musst dringend fünf Pfund abnehmen« (wobei, im Nachhinein betrachtet, stammte der Satz von meinem Selbstbewusstsein, das diesen schwachen Moment gnadenlos ausnutzte). Und nachdem ich einige Monate so tief in die Welt von Bo/Billy und Dexter/Dax eingetaucht war, war ich nicht bereit, sie einfach so gehen zu lassen. Es wäre mir wie ein Verrat vorgekommen. Ich hatte versagt, ich hatte der Welt ihre Geschichte nicht erzählt, dabei hätten sie es so verdient. Der Blog war bloß alberner Firlefanz, die Posts hatte ich einfach so rausgehauen, in nicht mal einer halben Stunde – das war nicht die genreüberspannende Literatur, die ich schreiben sollte. Und ausgerechnet da, glaubt sie, läge mein Talent?

»Du solltest dein Spektrum etwas einschränken, dich auf ein Thema beschränken«, sagt sie und redet sich langsam warm. »Über etwas schreiben, das dich wirklich interessiert. Was gibt es in deinem Leben Aufregendes?« Ich glaube, manchmal verwechselt Sally ihr Leben mit meinem: Ich habe ihr doch gesagt, dass nichts auch nur entfernt »Aufregendes« in meinem Leben passiert. Es sei denn, im immergleichen Trott von arbeiten, an einem miserablen Buch schreiben und abends zuhause rumsitzen, Pasta essen und Oona aus dem Weg gehen, sieht sie etwas, das ich beim besten Willen nicht darin erkennen kann. Einen Moment lang saß sie da und dachte nach, während sie mit den manikürten Fingernägeln auf dem Tisch herumtrommelte.

Und dann sagte sie: »Bist du noch bei Tinder?«

*

Es gibt Regeln für alles, was Tinder betrifft, angefangen damit, wen man wohin wischen sollte, bis hin zum Verhalten bei Verabredungen und dem Erwartungsmanagement (meiner unmaßgeblichen Meinung nach können sämtliche Erwartungen auf Folgendes heruntergekocht werden: Dating an sich kann bisweilen frustrierend sein, aber Tinder kann auch eine Menge Spaß machen. Sei nett, sei respektvoll, und sei dir bewusst, dass die wenigsten Menschen selbst so genau wissen, was sie eigentlich suchen, einschließlich dir selber). Aber soweit ich weiß, gibt es keine Regel, wie man seinem Tinderdate verklickert, dass man sich überlegt, ein Buch über Tinder zu schreiben. Sally hat mich gebeten, zwei kurze Texte über zwei meiner bisherigen Verabredungen zu schreiben. Ich habe mich für Doug und Archie entschieden, nicht weil sie so typisch gewesen wären – würden Sally und ich uns nicht schon eine Ewigkeit kennen (und hätte sie nicht kürzlich erst eine Verabredung mit einem Kerl gehabt, der zunächst wie ein stinknormaler Langweiler wirkte, sie aber gleich mit nach Hause nahm, vorschlug, sich nackt auszuziehen, und dann mit einer Rolle Klarsichtfolie und erwartungsvollem Gesicht aus der Küche kam), sie hätte es mir sicher nicht geglaubt – aber beide zusammen verkörpern den hoffnungslosen Optimismus in den Herzen all derer, die auf der Suche sind nach der großen, wahren Liebe.

Ich möchte Jack nicht anlügen, aber ich will auch nicht, dass er insgeheim befürchten muss, ich hätte zu Recherchezwecken ein Diktiergerät unter die Theke geklebt. Ich erzähle ihm von Sally, und dass sie vorgeschlagen hat, ich solle »ein bisschen was« schreiben, das etwas »persönlicher« ist, und dass dieses »persönlichere Etwas« am Montag bei ihrer Teamsitzung zur Sprache kommen wird.

»Klingt vielversprechend«, sagt er.

»Meine Freundin ist nicht besonders gut in ihrem Job.«

»Na ja, dann hast du es wenigstens versucht«, meint Jack lachend, womit er auch mich zum Lachen bringt.

Ich verlagere das Gewicht und stütze den Arm auf die Theke. Es ist zwar mal was anderes, aber einen ganzen Abend auf einem Barhocker zu sitzen, ist nicht unbedingt bequem. Mit einem Auge halte ich ständig nach frei werdenden Tischen Ausschau, aber für einen Sonntagabend ist ganz schön viel los, und es gibt kaum Fluktuation unter den Gästen. Das kleine Grüppchen am Tisch neben uns hat gerade die Gläser ausgetrunken. Wenn noch mal einer von ihnen aufsteht, um an der Theke Nachschub zu ordern, erzähle ich einfach, ich hätte neben den Zapfhähnen Mäuseköttel entdeckt oder boxe demjenigen »versehentlich« auf die Nase.

»Was wäre denn dein Traumjob?«, frage ich Jack. »Oder ist die Musik dein Traumjob?«

»Ich mache meine Arbeit sehr gerne ...« Er redet bedächtig, und ich sehe ihm an, dass er nachdenkt. »Vielleicht irgendwas mit Fußball?«

»Wie beispielsweise selbst zu spielen?«

Er schüttelt den Kopf. »Nein, Journalismus oder Analyse, mehr so was in der Art. Wenn ich ehrlich bin, habe ich noch nie so richtig darüber nachgedacht.«

»Klingt, als wärst du ganz zufrieden damit, was du machst.«

»Ja – bin ich wohl auch.«

Es steckt ein kleines bisschen Liam in Jack: diese zufriedene, entspannte Präsenz – als seien sie sehr im Hier und Jetzt, statt immer dem nächsten großen Ding nachzuhetzen, so wie ich das immer mache. Der nächste Job, der nächste Lauf, die nächste Verabredung ... Tinder lebt von dieser Denkart: *Die letzten siebenunddreißig Dates waren das Grauen in Tüten, aber Achtunddreißig ist meine Glückszahl, es kann nur besser werden* ... Tinder ist so ein unmittelbares Medium, das kaum dazu anregt, zwischen den einzelnen Dates einfach mal innezuhalten und darüber nachzudenken, was eigentlich schiefgelaufen sein könnte, bevor man wieder kopfüber in die Tindersphäre eintaucht. Ich dachte eigentlich immer, mein frenetischer »Jetzt-handeln-später-wenn-überhaupt-nachdenken«-Ansatz sei so auf- und anregend, dass mir zumindest damit nie langweilig würde. Aber genau das ist passiert. Ich langweile mich. Ich habe es satt, von einer Verabredung zur nächsten zu hetzen. Ich möchte einfach glücklich sein im Hier und Jetzt.

Jack meint: »Ich glaube, die Leute am Nebentisch wollen gerade gehen« und weist mit einem Nicken auf das Grüppchen, das ich auch schon im Auge hatte. »Möchtest du eben umziehen?« Also hat er auch nach freien Tischen Ausschau gehalten. Er fand es die ganze Zeit genauso unbequem wie ich.

Damit sie auch ganz bestimmt gleich gehen, beziehen wir neben der aufbrechenden Gruppe Stellung, während sie Mäntel und Jacken anziehen, und setzen uns dann schräg im Neunzig-Grad-Winkel zueinander. Schluss mit den wackligen Barhockern. Jetzt haben wir Rückenlehnen und stabiles Holz unter dem Hintern. Jack und ich, wir sind auf dem aufsteigenden Ast.

»Dann stehst du also auf Fußball, ja?«

Jack nickt. »Man United.«

»Du würdest gut in meine Familie passen.«

»Mit der hätte ich bestimmt keine Probleme.« War ich gerade eben noch Feuer und Flamme für meine »Leben-im-Moment«-Philosophie, sehe ich uns plötzlich in nicht allzu ferner Zukunft, wie Jack mit Dad und Bru im Wohnzimmer über Fußball philosophiert, während Mum und ich nebenan nach dem Sonntagsessen den Tisch abräumen. In diesem Moment, dem echten, hier und jetzt, erzählt Jack mir gerade irgendwas über die Mannschaftsaufstellung von United, aber ich tagträume unbeeindruckt weiter (Dad nennt Jack einen »anständigen Kerl«, und Mum lächelt mir vielsagend zu ...). Ich muss damit aufhören, ich kann mich überhaupt nicht mehr konzentrieren.

»Du interessierst dich also nicht für Fußball.«

»Leider nein.«

»Überhaupt für Sport?«

»Zählt Fitnessstudio auch?«

»Würde ich schon sagen.«

Um ihm keine Zeit für weitere Fragen zu lassen, damit ich nicht gestehen muss, dass »Fitnessstudio« ein oder zwei kurze Abstecher pro Monat bedeuten, frage ich Jack nach seinen Lieblingsfilmen. Sofort rattert er eine ganze Liste herunter, darunter einige wegweisende Klassiker, die ich vom Hörensagen kenne, aber nie gesehen habe, und einige, von denen ich noch nie was gehört habe. Er gibt die Frage zurück und erkundigt sich nach meinen Lieblingsfilmen, aber auf die Aufzählung meiner Lieblinge aus Kindertagen (*König der Löwen*) und herzerweichender Klassiker (*Forrest Gump*) reagiert er eher verhalten. »Zusammen ins Kino zu gehen könnte wohl etwas schwierig werden«, konstatiert er, aber mein Vorschlag, einfach in unterschiedliche Filme zu gehen, bringt ihn wieder zum Lachen. »Solange du das richtige Popcorn kaufst«, füge ich todernst hinzu.

»Und das wäre?«

»Halb und halb, süß und salzig gemischt.« Ich gucke ihn mit schmalen Augen an. »Warum? Sag jetzt bitte nicht …« Grinsend verzieht Jack das Gesicht. »Du würdest salziges nehmen.«

»Und ich verstehe nicht, wieso *du* was anderes nehmen würdest.«

»Da kann man auch gleich ein Stück Pappe kauen.«

»Bloß hat Pappe viel weniger Kalorien.«

Fußball, Filme und jetzt auch noch salziges Popcorn, verdammt. Jack und ich haben quasi überhaupt nichts gemeinsam, bis auf die Tatsache, dass wir beide hier bei diesem Date sind. Man kann niemanden mögen, mit dem man keinerlei gemeinsame Interessen teilt. Gegensätze mögen sich anziehen, aber Beziehungen brauchen eine gemeinsame Basis, gemeinsame Erlebnisse und die gemeinsamen Erinnerungen, die sie schaffen. Zwischen Jack und mir hat es nicht auf Anhieb gefunkt, wie etwa bei Patrick, und unsere Verabredung trieft auch nicht vor Romantik, so wie die mit Archie. Und nach nur zwei Gläsern sind wir auch noch nicht im Alkohol- und Hormonrausch, wie bei dem Date mit Matt. Waren Patrick, Archie und Matt alle drei grundverschieden, so ist Jack noch mal ganz anders als sie. Und abgesehen von unseren Interessen scheinen auch unsere Persönlichkeiten vollkommen konträr zu sein. Ich bin eher kreativ, wissbegierig und chaotisch, wohingegen Jack eher zurückhaltend, ruhig und nachdenklich wirkt. Wie kommt es also, dass ich immer und immer wieder denselben Gedanken im Kopf habe: Ich mag ihn. Ich mag ihn. Ich mag ihn sehr, sehr.

Ich nehme Jack beim Wort und hole die nächste Runde. Als der Barkeeper mich fragt, was ich trinken möchte, bestelle ich einfach nur eine Cola Light, obwohl der Rum im

Angebot ist. Und das nur, weil ich weder mehr Alkohol brauche noch möchte.

»Vielen Dank«, sagt Jack, als ich ihm sein Oranjeboom hinstelle (das ich bei der Bestellung korrekt ausgesprochen habe, weshalb ich ein bisschen stolz auf mich bin). »Ich hoffe, es ist okay, dass ich die Runde geholt habe.«

»Klar. Mädels sollten wenigstens eine Runde selbst bezahlen.« Ich stutze. »War das bei deinen anderen Tinder-Dates nicht so?« Bitte sag Nein. Bitte sag mir, dass ich wenigstens in einer Hinsicht besser bin als all die anderen.

»Das ist erst meine zweite Verabredung, ich habe also noch keine wirkliche Vergleichsmöglichkeit.« Ich tue, als kramte ich in meiner Handtasche nach einem Taschentuch, um Zeit zum Nachdenken zu schinden. Jack hatte erst zwei Verabredungen, und ich bin eine davon. Möglicherweise ist er besonders wählerisch, dann fühle ich mich geehrt, seinen hohen Ansprüchen genügt zu haben. Es könnte aber auch sein, dass ich eine Verabredung mit einem Mann habe, den 99,5 Prozent der anderen Tindernutzerinnen abstoßend fanden. Und vielleicht war seine andere Verabredung das halbe Prozent, das dies erst *nach* dem Date festgestellt hat. Oder vielleicht trifft er sich noch mit ihr. Vielleicht war er bis eben noch hin- und hergerissen, und nachdem er mich nun kennengelernt hat, ist er sich ganz sicher, dass sie die Richtige für ihn ist. Vielleicht trifft er sich mit der Nackten aus dem Fitnessstudio. Dreck.

»Und wie ist es bei dir?«, erkundigt Jack sich. »Irgendwelche Horrorstorys erlebt?«

»Ein paar waren gut«, sage ich, »ein paar waren schlecht.« Näher komme ich der Wahrheit nicht, ohne zu lügen. Und verglichen mit dem, was meine Freundinnen erlebt haben, stimmt es sogar: die arme, wunderbare Beste, die mit Ed weitaus Schlimmeres durchgemacht hat als ich bei all meinen unschönen Verabredungen zusammen. Sie hat die Nase inzwischen gestrichen voll, aber ich weiß, irgendwann wird ihre Tindermüdigkeit wieder vergehen – spätestens im neuen Jahr habe ich sie in die Tindersphäre zurückgelockt. Kate und Sophie in ihrer gemütlichen, gut geschützten Pärchenblase haben keinerlei Erfahrung mit Tinder, und ich hoffe sehr, dass das auch so bleibt ... aber die Liebe ist unberechenbar. Nach fünf gemeinsamen Jahren haben Harriet und James sich kürzlich getrennt. Ich dachte, es hätte etwas mit Harriets Verhalten bei der Verlobungsfeier zu tun – ich wusste, wie sauer James auf sie war, weil sie sich so maßlos betrunken hat. Aber sie hat mir gestanden, dass es schon eine ganze Weile nicht mehr rundlief und sie sich betrunken hat, um ihre Probleme für eine Weile zu vergessen. Und was Oona angeht ... ich fürchte, da braucht es eine robustere App als Tinder, damit sie ihre bessere Hälfte findet.

Ich muss das Thema wechseln. Ich glaube, ich würde es nicht ertragen, wenn Jack mir von seinem supertollen *anderen* Tinderdate erzählt. »Einmal habe ich bei Tinder einen Typen gesehen, der sah genauso aus wie Gary Barlow«, plappere ich weiter. »Da war ich ganz aufgeregt, weil ich dachte, er könnte sich tatsächlich unter einem Pseudonym angemeldet haben.«

»Aber der ist doch verheiratet, oder nicht?«, überlegt Jack laut. »Vor ein paar Jahren habe ich mal was für ihn im Studio eingespielt. Er war sehr nett.«

»Hast du sonst schon mit irgendwelchen Promis zusammengearbeitet?« Ich werde ganz aufgeregt und kribbelig.

»Ein paar ...«

»Du willst also damit sagen, dass du quasi selbst berühmt bist. Ich habe ein Date mit einem Prominenten.«

»Ja, genau das will ich damit sagen.« Grinsend schauen wir uns an.

Wir reden noch ein bisschen über Gary Barlow, was dann zu einer angeregten Diskussion über sämtliche Alben der Back Street Boys führt und schließlich in einem kleinen Wettstreit endet, wer mehr *Now* ... Compilation-Alben kennt. Schließlich fragt Jack mich, was ich aktuell so höre, und ich winde mich peinlich berührt. »Ich habe einen sehr speziellen Musikgeschmack.«

»Zum Beispiel?«

»Du bist ein hipper Musiker. Das sage ich dir nicht.«

»Komm schon.«

Ich spiele ein bisschen an meinem Strohhalm. »Ich bin ein großer Fan von Kate Bush.«

»Das ist doch nicht speziell. Ich liebe Kate Bush.«

»Wie bitte?«

»Ich liebe Kate Bush.«

Und mit einem Mal merke ich, wie Jack mich anstarrt, und ich muss ihn wohl auch anstarren. Ich kann den Blick einfach nicht abwenden, und in seinen Augen sehe ich etwas, das ich noch nie gesehen habe. Ich sehe mich selbst. Dieser eine Gedanke, *Ich mag dich*, spiegelt sich in seinen Augen, und ich erkenne ihn, denn es ist mein eigener. Er sieht mich an und sagt mir: *Ich mag dich auch sehr.* Ich brauche seiner Aufmerksamkeit nicht nachzujagen – ich habe sie, hier und jetzt. Und ich muss auch nicht vorgeben, jemand anders zu sein, damit er sie mir schenkt. Er sieht mich, so wie ich bin, gut und schlecht, unordentlich, lustig, versagend und liebend – und er hat sich nicht abgewendet. Ich fühle mich geborgen in seinem Blick. Er lächelt mich an, und ich lächele zurück.

*

Als Jack und ich schließlich gehen, ist es draußen eiskalt geworden. Leichter Frost hat sich auf die Autoscheiben gelegt und überzieht glitzernd den Gehweg unter unseren Füßen. Ich ziehe die Jacke enger, und Jack verschwindet fast im Kragen seiner Jacke, als uns ein unerbittlich eisiger Windstoß erfasst.

»Wo musst du langgehen?«, fragt er. Bei den Worten zucke ich zusammen: *gehen.*

»Ich nehme an der Ecke den Bus. Und du – in welche Richtung musst du?«

»Wahrscheinlich ist es am einfachsten, wenn ich die Bahn nehme ...« Er bleibt stehen und schaut sich um. »Die Haltestelle ist da hinten, oder?«

»An der Ampel rechts«, sage ich, »oder du gehst einfach geradeaus ...« Ich sollte die Klappe halten, ehe ich Jack nach Newcastle schicke. »Orientierungsvermögen ist nicht gerade meine Stärke.«

»Keine Sorge, ich vertraue dir.«

»Tu das lieber nicht.«

»Das Risiko gehe ich ein.«

Verabredungen sind ein Risiko. Sich zu verlieben ist ein Risiko. Die ganze Suche nach der großen Liebe ist ein einziges Spiel mit Zufall und Unsicherheit. Bei jeder Verabredung geht man ein Risiko ein, das von einer gelinden Enttäuschung bis hin zu umfassender, zerfleischender, seelenzerstörender Zurückweisung reicht. Man muss sich öffnen, wenigstens ein bisschen, wenn die Möglichkeit bestehen soll, dass aus einer Verabredung mehr werden soll, und das Risiko, gesagt zu bekommen, dass dem anderen das, was er zu sehen bekommt, nicht gefällt, ist eine erschreckende Vorstellung. Und es besteht immer die Möglichkeit, dass *tatsächlich* mehr daraus wird, und dann muss man sich weiter öffnen, weil es sonst nicht funktioniert. Zum ersten Mal überhaupt, seit Charlie und sogar noch viel länger zurück, sehe ich es ganz klar: Auch ich bin ein Risiko. Ich bin nicht die Einzige, die sich verletzlich macht. Ich frage mich, ob Jack mir wirklich vertraut – ich würde ihn nie enttäuschen wollen.

»Danke für diesen wirklich tollen Abend«, sagt er.

»Danke dir auch.«

»Ich hoffe, es hat dir gefallen.«

»Sehr sogar.«

Wir stehen dicht zusammen, um uns ein wenig zu wärmen. Wenn wir uns küssen wollen, wäre das jetzt nicht genau der richtige Moment? Er macht keinerlei Anstalten, aber ich auch nicht ... sollte ich vielleicht? Ob er darauf wartet? Ich glaube nicht, dass er mir einen Korb geben würde, ich bin mir 89 Prozent sicher, dass er mich nicht körperlich abstoßend findet, aber abgesehen davon, dass unsere Hände sich im Pub ein paarmal unabsichtlich gestreift haben, haben wir uns noch nicht berührt. Wir müssen beide verlegen lachen, was die peinliche Situation natürlich nicht besser macht.

Mit rauer, scherzhafter Stimme brummt er: »Komm her« und zieht mich in seine Arme.

»Ffär ffön diff ffiderfuffehn«, murmele ich in seine Jacke.

»Wie bitte?« Jack löst sich von mir, und ich schaue ihn wieder an.

»Es wäre schön, dich wiederzusehen«, sage ich ganz schnell, ehe mich der Mut gleich wieder verlässt. Meine Version eines Kusses.

Jack sagt: »Ja ... vielleicht.«

O Gott. O verdammt, verflucht und zugenäht ... Ich bin so was von auf dem falschen Dampfer. Der Blick vorhin – ich dachte, ich hätte darin etwas gesehen, aber da habe ich wohl komplett danebengelegen. Ich bin aber auch ein hirnverbrannter Vollidiot. Ich dachte, Jack mag mich, aber das habe ich mir wohl nur eingebildet, und als er dann auch noch sagte, er mag Kate Bush und …

»Nein!« Plötzlich schwingt Panik in Jacks Stimme mit. Er packt mich und hält mich mit beiden Händen an den Schultern von sich weg. Seine Augen sind groß und rund und erschrocken. »So habe ich das nicht gemeint … ich wollte nur wieder witzig sein … ich würde dich sehr gerne wiedersehen.«

»Ach.« Das ist meine vollkommen unzulängliche Art, der unbeschreiblichen Erleichterung Ausdruck zu verleihen, die plötzlich jede Faser meines Körpers erfasst.

»Nein, nein, nein – das war nur ein Witz, weil wir den ganzen Abend Witze gemacht haben und … das weißt du doch? Du weißt, dass das nur ein Witz sein sollte, oder?«

»Mm-hm.« Da ist er wieder, der Knoten in meinem Magen, aber diesmal vor Schreck – unfassbar, wie enttäuscht ich war und wie sehr ich mich jetzt freue. So eindringlich, wie Jack gerade klingt, erinnert er mich daran, wie ich mich angehört haben muss, als ich mich von Guy getrennt habe. Als ich unbedingt wollte, dass er mir glaubt.

»Soll ich dich morgen anrufen?«

»Das wäre schön.«

»Prima. Okay. Ich rufe dich morgen an.« Und dann umarmt er mich noch einmal, fester als vorhin, und als er mich wieder loslässt, scheint die Luft kälter zu sein als zuvor. Wir verabschieden uns, Jack und ich, und ich drehe mich um und mache mich auf den Weg nach Hause. *Morgen. Morgen ruft er mich an.* Ich sollte mich noch mal vergewissern, dass ich in die richtige Richtung gehe. Tue ich.

Aber Jack ruft nicht wie versprochen an.

Er hat mich angelogen.

Er ruft an, während ich noch im Bus sitze.

Danksagung

Zuallererst und zuallermeist gilt meine ewige Dankbarkeit meiner lieben Freundin und Superagentin Marigold Atkey, ohne die dieses Buch zwar vermutlich auch geschrieben worden wäre, allerdings nicht von mir. Ohne deine Freundlichkeit, deine Zeit, deinen Rat und das Harissa-Hühnchen hätte ich das nie geschafft. Das habe ich alles dir zu verdanken, Maz – ein diamantenbesetzter Elefant ist auf dem Postweg zu dir. Ein riesengroßes Dankeschön geht auch an das fantastische Team bei David Higham, vor allem an Alice Howe und Emily Randle.

Als Nächstes danke ich meiner Lektorin Francesca Pathak, diesem wahren Kraftwerk an Begeisterung und Schwung, immer freundlich und geduldig, selbst als ich die letzte Fassung des Manuskripts zu spät abgegeben habe. Auch dir kann ich nicht genug danken: Dein Wissen, Instinkt und sicheres Auge haben dieses Buch um ein Vielfaches besser gemacht, als ich es allein je hinbekommen hätte. Danke auch an alle bei Penguin Random House, ganz besonders Philippa Cotton und Lindsay Davies – ach ja, und ein dickes Dankeschön auch an Roger.

Ohne Isla Tulloch, Coralie Lasvergnas, Sophie Barrett und Sabrina Meakins, die mir mit Rat und Tat zur Seite gestanden haben, und ohne alle bei Birbeck und A Space ebenso wie Jessica Mayer-Johnson wäre ich jetzt sicher fröhlich in meiner manisch-schizoiden bunten kleinen Welt versunken.

Besonderer Dank gilt Richard Austen, einem »dieser« Lehrer, der mich überhaupt erst zum Schreiben gebracht hat, und danke auch, immer wieder und immer mehr dem Team der Nieren- und Dialysestation des Guy's Hospital (ganz besonders denen, die zum Evalina Children's Hospital gewechselt sind), die das Überleben in den letzten Jahren sehr viel leichter gemacht haben. Mr John Taylor bleibt auf immer in unseren Gedanken, und dieses Buch wurde in seinem Andenken geschrieben. Nick Hicks-Beach und Kate Stables, ihr seid auf vielfache Weise ganz wunderbar gewesen, und ich kann mich auf euren Rat in literatischen wie in sonstigen Lebensfragen immer verlassen. Ich weiß das sehr zu schätzen. Ich danke dem National Theatre and Southbank Centre für das ruhige, gemütliche – und kostenlose! – Plätzchen, wo ich als angehende Schriftstellerin mein Handwerk üben konnte.

Will, Ian, Izzy, Kirsty, Stu, Phillipa, Jamie, Hannah, Zara und Lizzie, ihr wunderbaren Menschen – danke für die Unterstützung auf dem langen Weg und so vieles mehr. DM: Ich darf freudig verkünden, dass du definitiv – und jetzt auch offiziell bestätigt – kein Nazi bist. Danke für die zarten Schweinebraten, die Chai Lattes und Juan Matas Blog: Du hast beim Schreiben Händchen gehalten und an mich geglaubt, als ich das selbst nicht konnte. Dieses Buch ist für uns beide.

Grenzenlose, schamlose Liebe und Dank gehen an: Amir und Ella Al'Ajooz, Amy Baker, Clare Brenton, James Buckey, James Chapman, Justin Coaley, Ben Cooper, James Dalton, Heidi Gazeley, Steven und Cathy Geraghty, Tom Hand, Pippa Hare, Rachel Hodges, Olly Hodges, Mike und Bev Newman, Mia Reakes, Andrea und Gavin Schaller und Hannah Simmons und ganz besonders an Alex Cooper und Joanne Pickard. An Maisy Harman, die immer für mich da war, auch mitten in der Nacht, ob auf der anderen Seite des Flurs oder auf der anderen Seite des Ozeans. An Mark Goodwin, meinen Kreativguru, der von diesem Projekt so begeistert war wie sonst keiner, und an Adam Crudgington – wenn es mit JD nicht klappt, das Angebot steht noch –, danke für jedes einzelne der vergangenen vierundzwanzig (!) Jahre. Anna Newman, du bist mein schlagendes Herz und meine größte Inspiration, ich habe dich immer in meinen Gedanken, aber leider viel zu selten in meiner Dusche. Kat Baker, Katie Chapman, Siobhan Geraghty und Fiona Robertson, meine Crazytown Crew, meine lautesten Cheerleader, meine Liebsten, ihr seid die talentiertesten, schönsten Frauen, die ich kenne, und es ist mir eine Ehre und ein Vergnügen, euch in meinem Leben zu haben. Und zu guter Letzt an Ellie Sykes: Danke für deine Hilfe und deine Ideen, von denen sich etliche zwischen diesen Seiten wiederfinden, danke, dass du auf mich aufgepasst hast, als ich es nicht konnte, danke für die Umarmung, dieses eine Mal. Du bist mein besonderer Mensch. Es gibt nicht genug Stifte auf der Welt, Alter.

Mein letzter, wundersamer und größter Dank gilt meiner Familie. Benjamin und Sam, die größten, wunderschönsten Brüder, die man sich nur wünschen kann, ihr seid begabter, als ich es je sein werde, danke, dass ihr auf mich aufgepasst habt. Und als Letztes meinen Eltern Anthony und Fiona: Euch verdanke ich alles, jedes Fitzelchen meiner Liebe. Ihr habt mich begleitet und getröstet, weit über die Entstehung dieses Buchs hinaus, und hier reichen ausnahmsweise Worte nicht mehr aus.

Rosy Edwards

wurde im englischen Greenwich geboren, zu einer Zeit, als »Aha« noch Nummer-1-Hits landete. Nachdem sie an der Universität von Durham ihren Abschluss gemacht hat, führte sie ihr Weg zurück nach London in eine WG mit Freunden und zu einem Job als »Junior Executive« in einer PR-Agentur. Nach dem Ende einer Beziehung stürzte Rosy sich ins Londoner Leben. Sie besuchte sogar eine Rollschuh-Disco, begann zu joggen und machte Pilates. 2013 entdeckte sie Tinder.

www.goldmann-verlag.de

GOLDMANN
Lesen erleben